KB076261

뉴욕 검시관의 하루

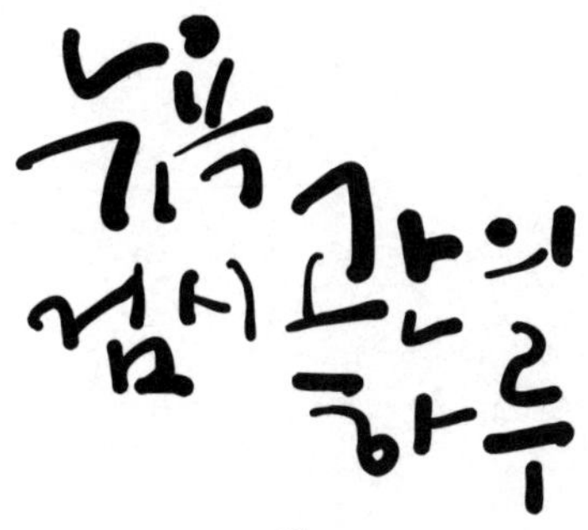

차가운 시신 따뜻한 시선

주디 멜리네크, T.J. 미첼 지음 | 정윤희 옮김

골든타임

WORKING STIFF: Two Years, 262 Bodies, and the Making of a Medical Examiner
by Dr.Judy Melinek and Thomas J.Mitchell

This Korean edition was published by The Korean Doctors' Weekly in 2018
by arrangement with the original publisher, Scribner, a Division of Simon & Schuster, Inc. through KCC(Korea Copyright Center Inc.), Seoul.

루카, 톰, 리타와

내 기억 속 프랭크 시머롤

그리고 나의 아버지 메나헴 멜리네크에게 바친다.

차 례

1

끔찍한 결말

“이번에도 끔찍한 결말이겠지.”

내가 이야기를 시작할 때마다 남편은 매번 이렇게 말한다. 사실 그의 말이 맞다.

그날도 그랬다. 한 인부가 동료들과 함께 맨해튼 미드타운의 어느 인도에 앉아 있었다. 그 인부는 안전모를 눌러 쓴 대여섯 명의 하청 업자들과 함께 오전 근무를 앞두고 모닝커피를 홀짝이고 있었다. 불과 하루 전, 허리케인이 도시 전체를 휩쓸고 지나간 터라 지난 8개월간 공사를 해왔던 오피스 타워 건축 현장은 온통 잔재들로 뒤덮여 있었고, 그들은 다시 작업을 시작해야 했다.

아침이 밝아오면서 차 소리가 점점 크게 들렸다. 버스와 택시의 소음 사이로 끼익 하는 낯선 쇳소리가 났지만 아무도 주의를 기울이지 않았다. 마침내 ‘끼익’ 하던 소리가 ‘우르릉’ 하는 소리로 바뀌었고, 누군가 비명을 질렀다. 디젤 차량의 소음과 세찬 바람 소리 때문에 누구의 비명인지는 알 수 없었지만, 인부들은 위험 신호라는 것을 알아차렸다. 그제야 그들은 고개를 들었고, 엄청난 광경에 놀라서 들고 있던 커피를 내던지고는 사방으로 도망쳤다. 그런데 한 인부는 잘못된 방향을 선택하고 말았다. 지진의 여파로 117미터 높이에 달하는 기중기가 끊어지면서 제임스 프라이어슨의 머리 위로 '쾅' 하고 추락해버린 것이다.

그로부터 2시간 후, 나는 뉴욕 검시관 사무소에서 급파된 사건조사팀의 검시관들과 함께 그 끔찍한 사고 현장에 도착했다. 하필 교통량이 많은 시간에 기중기가 교차로 위로 쓰러진 데다, 경찰들이 현장을 통제하고 있어 사방으로 차들이 오도 가도 못한 채 도로가 꽉 막혀 있었다. 시신 운송용 밴의 운전기사는 뱃사람처럼 거친 욕설을 내뱉으며 꽉 막힌 도로를 비집고 들어가더니 우리를 경찰 통제선에서 몇 블록 떨어진 곳에 내려 주었다.

검시관의 역할은 예기치 못한 사망 현장에 찾아가 초동 대처를 맡아서 시신을 확인하고, 현장의 모든 걸 세세히 기록하며, 시신을 부검하기 위해 안치소로 이송하는 것이다. 당시 나는 4주간 진행되었던 현장 프로그램에 막 참여했고, 나와 같은 젊은 의사들은 처음으로 법의학 검시의 세계를 접하게 되었다.

"박사님."

현장 지휘를 맡은 팀원 하나가 정체된 도로 모퉁이에서 나에게 말했다.

"너무 상심하지 마세요. 어제는 베스 이스라엘 병원 응급실에서 몸집이 작은 할머니 시신을 꺼내느라 고생했는데 오늘은 또 이 난리가 났네요."

"발 조심하세요."

우리가 밴에서 내리자 경찰이 경고했다. 강철로 된 기중기가 제임스를 덮치면서 인도 위에 1미터가 넘는 커다란 구멍이 생겼기 때문이었다. 제임스가 쓰고 있던 딱딱한 안전모는 커피와 도넛, 뇌와 시뻘건 피로 질펀하게 웅덩이진 자리에 덩그러니 놓여 있었다. 불과 얼마 전까지만 해도 나는 4년 차 병리학자로서 밝은 조명이 비추는 살균된 방에서 파란 수술복을 입고 일하고 있었다. 그런데 지금은 꽉 막힌 맨해튼 도로 한복판에서 세찬 바람을 맞으며, 응급 조명과 노란 경찰 통제선, 멍한 얼굴의 구경꾼들, 엄숙한 표정의 경찰들, 계속해서 욕을 내뱉는 피해자의 동료들 사이에서 덩그러니 서 있게 된 것이다. 나는 현장의 매력에 완전히 매료되었다.

"어쩌다 그런 사고가 난 거야?"

사건 현장에서 돌아오자 남편 T.J.가 자세한 상황을 캐물었다.

"기중기가 피해자의 머리를 덮쳤어."

남편이 얼굴을 찌푸렸다.

"어쩌다가 기중기가 넘어진 거야?"

우리는 아파트의 조그만 놀이터에서, 막 걸음마를 뗀 아들 대니가 플라스틱 트럭 장난감과 녹슨 세발자전거로 나란히 줄을 세워 기차를 만드는 걸 지켜보고 있었다.

"전날 허리케인 때문에 기중기가 밤새 기우뚱하게 내려앉아 있었던 모양이야. 기중기 운전사가 깜빡한 건지 전혀 몰랐던 건지 알 수는 없지만 작동 전에 기계 점검을 하지 않았나 봐. 무작정 엔진을 작동시키고 조절판을 눌렀는데 기중기가 꿈쩍도 하지 않더래. 그래서 속도를 높였는데 순간 기중기를 연결하고 있던 선이 끊어져버린 거야."

"맙소사." 남편이 이마를 문지르며 말했다. "결국 거대한 새총이 된 셈이네."

"맞아. 한쪽으로 붕 떴다가 몇 초 후에 아래로 쓰러져버린 거지."

"하나님 맙소사. 기중기 운전사는 어떻게 됐어?"

"무슨 소리야?"

"기중기를 운전하던 사람도 다쳤어?"

"아, 그건 모르겠어."

"다른 인부들은?"

"모르겠어. 다른 사망자는 없었어."

남편은 나무를 멍하니 쳐다보았다.

"사고가 어디에서 났다고?"

"말했잖아. 6번가 쪽이라고."

"정확히 어디?"

"잘 기억이 안 나! 대체 왜 묻는 건데? 기중기가 당신 머리 위로 쓰러질까 봐 그쪽을 피해 다니기라도 하려고?"

"그게 어때서?"

"그런 사고는 매번 일어나는 게 아니야, 내 말 믿어."

어느 순간 목소리가 커지는 바람에 놀이터 벤치에 앉아 있던 다른 부모들이 우리 쪽으로 고개를 돌렸다.

"목소리 좀 낮춰."

남편이 목소리를 낮춰 말했다. 그러고는 놀이터에 가득한 아이들이 소름 끼치는 현장 이야기를 세세히 듣고 싶어 할 리가 없다는 점을 상기시켜주었다.

"그 인부 결혼은 했어? 아이는?"

남편이 조용히 물었다.

"결혼해서 부인이 있는 거 같던데 아이가 있는지는 모르겠어."

내 대답에 남편은 의구심이 가득찬 눈빛으로 쳐다보았다.

"여보, 피해자 신원 파악은 경찰에서 하는 거야! 그건 사건을 조사하는 사람들이 하는 거라고. 난 그저 시신만 감식하면 되는 거고."

"알았어. 그럼 시신이 어땠는지 얘기해 줘."

물론 나는 수련할 때 부검을 해 본 경험이 있었다. 그 당시 부검했던 시신들은 전부 환자들이었고 병원에서 사망한 경우였다. 이번 사건 현장에서 본 것처럼 참혹한 시신을 한 번도 본 적이 없었다.

"건설 현장에서 벌어진 사고라서 머리끝부터 발끝까지 꼼꼼히 부검해야만 했어. 정말 대단했지. 근육질에 체격이 굉장히 컸어. 심장병 소견도 없고, 혈관도 아주 깨끗했어. 사지나 몸통에 찰과상이 하나도 발견되지 않았어. 오직 머리 부분만 달걀처럼 완전히 으깨져버렸더라고. '달걀 껍데기 함몰 두개골절'이라고 부를 수 있을 정도야. 표현이 정말 훌륭하지?"

"아니." 남편은 사색이 되어 말했다. "너무 끔찍해."

***

나는 엽기적인 사람은 아니다. 정직함을 빼면 시체인 데다 무한 긍정적인 성격이다. 검시관이 되기 위한 준비를 시작했을 때, 남편은 이 일 때문에 세상을 보는 나의 시선이 완전히 바뀌는 건 아닌지 걱정스러워했다. 그 후로 몇 달 동안, 얼마나 다양한 방식으로 뉴욕 시민이 사고를 당하고 죽는지 나의 이야기를 들으며 남편의 걱정은 더욱 커졌고, 급기야 우리 부부는 길을 걷다가도 창문에 설치된 에어컨 실외기를 보면 혹시라도 머리 위로 떨어지는 건 아닐까 걱정하기에 이르렀다. 예전에는 대니를 태운 유모차를 별 주의 없이 끌고 다녔는데 이제는 쇠창살 주변은 일부러 피해

다녔다. 특히 남편은 온갖 사고의 근원지인 센트럴파크 근처에는 얼씬도 하지 않았다. 뇌염인 웨스트 나일 바이러스로 세상이 떠들썩했을 때 남편은 이렇게 말했다.

"당신을 아내로 둔 덕분에 수술용 마스크와 글러브로 꽁꽁 무장하고 집 밖으로 나서는 미친놈이 된 기분이야."

하지만 남편의 우려와 달리, 검시관으로서의 경험은 우리 부부의 삶에 긍정적인 영향을 끼쳤다. 나와 남편은 막연한 두려움을 유발하는 '6시 뉴스 공포증'에서 자유로워졌다. 막상 죽음을 두 눈으로 직접 목격하는 입장이 되니, 예기치 못한 사망 사건이란 당사자가 스스로 위험을 자초한 경우가 아니면, 충분히 예측 가능한 위험의 결과였다는 것을 알게 된 것이다.

그러니까, 무단 횡단을 하면 안 된다. 운전할 때는 안전띠를 꼭 매자. 그보다 더 좋은 방법은 가까운 거리는 차를 몰지 말고 걷는 것이다. 조금이라도 운동을 할 수 있으니까. 체중 증가에 유의하자. 흡연자라면 당장 금연해야 한다. 아직 담배를 피우지 않는다면, 애초에 배우지 마라. 총이란 언제든 사람 몸에 총구를 겨누기 마련이다. 마약은 몸에 해롭다. 지하철 플랫폼에 그려진 노란 선을 본 적이 있는가? 노란 선이 그려진 데는 다 이유가 있는 법이다. 예기치 못한 사고를 피해 멀쩡히 살아 있는 사람들은 전부 이런 기본적인 상식을 지켰기 때문이다.

물론 예외도 있다. 뉴욕 검시관 사무소에서 일하면서 깨달은 또 하나의 사실은, 건강한 사람도 미리 알아채지 못한 신체적인 결함으로 하루아침에 죽을 수도 있다는 것이다. 뉴욕의 총인구는 약 팔백만 명에 달하는데, 백만 명 중 한 명꼴로 예기치 못한 질병이 발병할 소지가 있다. 또, 시내 곳곳에 맨홀이 도사리고 있는 데다, 총구가 어느 순간 누구를 겨눌지 아무도 알 수 없으며, 예기치 못했던 기중기 사고도 언제든 발생할 수 있다.

"네가 어떻게 이런 일을 하는지 모르겠어."

친구들은 물론, 동료 의사들까지 입을 모아 말한다. 하지만 의사라면 누구나 환자를 객관적으로 보는 방법을 배우기 마련이다. 의사는 자신의 감정적인 반응을 억눌러야 한다. 그렇지 못하면 의사로서 제대로 일하기 힘들어진다. 어떤 면에서 시신들은 객관적인 대상일 수밖에 없다. 생명을 잃은 차가운 시신에 불과하니까. 하지만 그보다 더 중요한 건, 시신만이 내 환자는 아니라는 점이다. 부검의에겐 사고 현장에서 살아남은 생존자들도 중요하다. 나는 그들을 위해서도 일하는 사람이다.

처음부터 법의학자 되려고 했던 건 아니다. 초등학교 2학년짜리 꼬마가, "나는 커서 사람의 몸을 싹둑싹둑 자르고 싶어요"라고 말할 리 없지 않은가. 보통은 사람의 몸을 절단하는 사람을 의사라고 생각하지도 않는다. 의사란 사람을 치유해야 마땅한 사람들이니까. 우리 아버지도 일종의 의사였다. 아버지는 브롱크스에 있는 자코비 메디컬 센터의 응급실에서 정신의학과 과장으로 일했다. 그는 나에게 인간의 몸이 작동하는 원리에 대한 호기심을 불어넣어 주었다. 서재에는 아버지가 의대 시절에 보았던 의학 관련 서적들이 빼곡히 보관되어 있었다. 나는 말문이 트인 후 높은 서재에 있던 두꺼운 전공 서적을 꺼내어 아버지와 함께 해부학 그림을 보며 궁금한 걸 물었고, 인체의 숨겨진 비밀을 풀곤 했다. 그 방대한 의학 서적들은 탐험가의 지도와도 같았다. 아버지는 서재 곳곳의 책들을 자신 있고 열정적인 태도로 한 번에 찾아냈고, 나는 내가 의사가 되면 아버지와 함께 의학이라는 망망대해를 마음껏 항해할 수 있으리라 생각했다.

그러나 그 기회는 오지 않았다. 아버지는 서른여덟, 그러니까 내가 열세 살이 되던 해에 스스로 목숨을 끊으셨다.

장례식이 있던 날, 사람들은 하나같이 나에게 다가와서 똑같은 말을 되풀이했다.

"아가, 정말 미안하구나."

나는 그 말이 너무 싫었다. 엄청난 충격에 사로잡혀 있던 나는 사람들이 하는 말 때문에 더 화가 났다. 그럴 때마다 속으로 '대체 뭐가 미안하다는 거야? 어차피 당신들 잘못도 아니잖아!'라고 외치고 싶었다. 그건 오롯이 아버지의 잘못이었다. 정신의학과 의사라면 직업적으로나 개인적으로나 자신의 문제를 잘 알고 있었을 테고, 어떻게든 도움을 받을 방법을 모색해야 했다. 자신의 문제를 파악하는 방법도 잘 알았을 것이다. 의대에서는 누구나 자살 충동을 느끼는 환자에게 세 가지 질문을 던져 문진하는 법을 배운다. 먼저, "본인을 해하거나 스스로 목숨을 끊고 싶은 마음이 있습니까?"라고 물은 다음, 만약 그렇다는 대답이 나오면 다음 질문을 던진다. "혹시 자살 계획을 세웠습니까?" 이 질문에도 역시 그렇다고 대답하면 마지막으로, "그 계획이 무엇입니까?"라고 묻는다. 만약 철저하게 자살 계획을 세운 것으로 확인되면 그 환자는 반드시 병원에 입원해 치료받아야 한다. 아버지의 자살 계획은 스스로 목을 매는 방식이었고 이는 굉장한 결단력이 필요했다. 아버지가 자살 계획을 실행에 옮긴 후로 나는 오랫동안 아버지를 향한 분노와 배신감에 휩싸였고, 버림받았다는 감정에서 벗어나지 못했다.

덕분에 나는 가족이나 사랑하는 사람이 자살하여 고통받는 이들과 이야기할 때 그들의 기분이 어떠한지, 그리고 어떤 심경의 변화를 겪었는지 정확히 이해할 수 있었다. 그들도 나를 신뢰했으며, 자기들과 같은 일을 겪은 의사와 대화할 수 있어서 큰 도움이 되었다고 말했다. 상담 후 오랜 시간이 지났는데도 나를 잊지 않았다. 자신의 삶에서 가장 끔찍했던 순간을 상담해 준 의사를 잊지 않고 졸업식, 결혼식, 손자와 손녀가 태어난 날에 함께 기쁨을 나누기 위해 소식을 전해왔다. 최고로 기쁜 날, 가장 힘들었을 때 만났던 사람을 떠올린 것이다. 그런 소중한 인연들에게 연락이 오고, 감사 카드를 받고, 새 생명을 알리는 갓난아이가 태어났다는 소식을 듣는 건 의사라는 직업이 주는 최고의 선물이었다.

물론 가족의 죽음을 경험했다는 이유로 의사라는 직업에 매료된 건 아니다. 아버지의 자살은 내가 삶을 포용하고 감사히 여기도록 해 주었을 뿐이다. 나는 평범한 의사에서 살짝 방향을 틀어, 부검을 전문으로 하는 검시관이 되었다.

1996년, UCLA 의대를 졸업했을 때만 해도 나는 보스턴의 병원에서 외과 전문의의 꿈을 안고 레지던트로 일하기 시작했다. 당시 그 병원은 외과 레지던트를 빡세게 훈련시키기로 정평이 나 있었다. 선임 레지던트들은 하나같이 짜기라도 한 것처럼 잠시만 죽어라 고생하면 그만큼의 대가를 얻을 수 있을 거라고 장담했다.

"5년 동안 미친 듯이 일만 하는 거야. 힘들어도 참고 견뎌. 잘만 끝내고 나면 외과의로 자리 하나 얻는 것쯤 일도 아니니까. 일을 많이 할수록 사람 목숨도 더 구할 수 있고, 레지던트로 일하는 동안 돈도 꽤 모을 수 있을 거야."

나는 그 말을 철석같이 믿었다.

막 레지던트로 일을 시작했을 때 나는 외과 의사들이 쓰는 연구실 구석에 조그만 간이식 침대가 놓여 있는 걸 발견했다. "어째서 연구실에 침대가 있는 거죠?"라고 묻자, 한 베테랑 간호사는 "집에 가서 눈 붙일 시간조차 없는 사람들이 가져다 놓았겠죠"라며 실상을 정확히 꼬집었다. 나는 줄곧 월요일 새벽 4시 30분에 근무를 시작해서 다음 날 오후 5시 30분까지 36시간 동안 병원에서 일했다. 물론 24시간 근무도 있었다. 36시간 근무한 다음 24시간 근무한 뒤 다시 36시간 근무하고 마지막에는 12시간 근무로 이어지는 식이었다. 그리고 2주에 한 번, 주말 중 하루를 쉴 수 있었다. 다시 말해 주당 총 108시간의 스케줄로 레지던트 생활을 했다. 어떤 때는 그보다 더 많이 일할 때도 있었다. 언젠가 쪽잠을 자면서 60시간을 연달아 수술용 메스를 손에서 놓지 못하고 지낸 적도 있었는데 그 주에는 총 130시간의 근무 시간을 기록했다.

당시 남자 친구였던 T.J.는 나를 위해 달걀과 붉은 고기, 단백질 셰이크 등을 산더미처럼 사들였고 열량이 높은 스낵바를 상자째로 사서 내 수술용 가운 주머니에 쑤셔 넣어 주기 바빴다. 아침 해가 뜨기 전에 식탁에 앉으면 T.J.는 내게 최대한 몸에 좋은 음식을 먹이느라 정신이 없었다. 퇴근 후면 녹초가 된 채로 밤새 입었던 수술복 차림 그대로 식탁 앞에 앉아 젖은 수건처럼 늘어져 있기 일쑤였다. 차로 15분 걸리는 통근길에서 적색 신호등에 멈출 때마다 토막잠을 잤다. “잠깐 눈만 감고 있자.” 신호가 초록불로 바뀌고 뒤차 운전자가 빵빵거려야 눈을 떴다.

T.J.의 고향은 보스턴이다. 레지던트가 되기 위해 로스앤젤레스에서 보스턴으로 왔을 때 그의 가족들은 너무나 기뻐했다. 처음 T.J.와 데이트를 시작할 무렵 우리는 열여덟 살이었고, 고등학교 때부터 서로를 향한 감정을 키워왔던 풋풋한 대학 신입생들이었다. 우리는 사랑하는 연인이 되어 20대로 접어들었다. 나는 T.J.와 결혼하고 싶었지만, 반면 그는 점점 의구심이 들었던 것 같다. 나중에 알게 된 사실이지만, 외과 의사와 결혼하는 게 정말 잘하는 일인지 확신을 갖지 못했다고 한다. 레지던트로 일하면서 나는 점점 창백해졌고, 동시에 내가 사랑하고 나를 사랑하는 남자를 조금씩 잃어 갔다.

그러던 9월의 어느 날, 연달아 36시간 근무를 하다가 병실에서 정신을 잃고 쓰러져버렸다. 환자 침대 바로 옆 바닥에 쓰러진 후 다시 눈을 떴을 때 팔뚝에 정맥 주사를 꽂은 채로 환자 이송용 침대에 실려 응급실로 향하고 있었다. 검진 결과, 탈진과 탈수증으로 인한 실신으로 판명되었다. 레지던트 프로그램의 총 담당자이자 내 직속 상관인 외과 과장님은 걱정 가득한 표정으로 내 침대로 다가왔다.

"괜찮아. 그냥 체력이 떨어져서 그런 거야. 12시간 줄 테니 집에 가서 일단 푹 쉬도록 해. 물도 충분히 마시고 알겠지?" 나는 멍하게 축 늘어져 있던 데다 한편으로 창피한 마음도 들어 그저 가만히 고개를 끄덕였다. "그럼 나는 대타로 근무할 레지던트를 찾아볼게." 외과 과장님은 이렇게 말하고는 곧바로 등을 돌리고 응급실 밖으로 뛰어나갔다.

마침내 혼자가 되자 창피했던 마음도 어느 정도 수그러들었다. 그리고 슬슬 화가 나기 시작했다. 레지던트 생활을 시작한 그 누구도, 3시간밖에 못 자면서 수련했음에도 불구하고 외과 수술이 아닌 임상의학에 매달릴 거라고는 상상조차 하지 못할 것이다. 하지만 의대에서 처음 메스를 잡았던 순간부터 그때까지 한시도 외과 의사가 되는 꿈을 놓은 적이 없었다. 수술실에서 소중한 목숨을 살려내는 장면을 항상 지켜보았던 터라, 한번 쓰러졌다고 해서 외과 의사가 되는 꿈을 포기할 생각은 추호도 없었다. 나는 다시 병원으로 복귀했다.

그로부터 한 달도 채 지나지 않아, 피로에 찌든 의사의 손이 환자들을 자칫 엄청난 위험에 빠트릴 수도 있다는 걸 깨닫는 사건이 터졌다. 한창 아침 회진을 돌던 중 병원 약국에서 호출을 받았다. 전화를 걸었더니 수화기 너머의 여자가 이렇게 말했다.

"선생님, 과영양 환자에게 인슐린 200유닛을 주사하라고 지시하신 게 맞나요?"

전날 밤에 충분히 잠을 잤기 때문에 어느 때보다 정신이 또렷한 상태였다. 하지만 그 말을 듣자마자 나도 모르게 이런 말이 튀어나왔다.

"200유닛? 안 돼요! 그 정도면 말 한 마리를 잡고도 남을 거예요!"

과영양 환자에게는 영양제가 든 수액을 정맥 주사로 혈관에 직접 투여해야 한다. 그래서 15유닛, 20유닛 같은 식으로 정확한 양의 인슐린을 투여해 신체가 에너지를 축적하고 분출하여 최적의 건강을 유지할 수 있도록 해야 한다. 만약 200유닛의 인슐린을 주사했다면 저혈당으로 의식을 잃거나 치명적인 심부정맥 손상이나 발작으로 몇 분 안에 죽을 수도 있다.

"제가 그렇게 지시한 건 아니죠?"

"성함이 어떻게 되세요?"

"주디 멜리네크입니다."

"잠시만요, 확인해 볼게요." 그리고 수화기 너머로 종이를 넘기는 소리가 들렸다.

"아니네요."

그 대답을 듣고 나서야 제대로 숨을 쉴 수 있었다.

"알겠습니다. 어제는 그 환자에게 몇 유닛의 인슐린을 주사했나요?"

"20유닛이요."

"그 전날에는요?"

"20유닛이네요."

"그러면 오늘도 20유닛으로 하는 게 좋겠어요."

"알겠습니다."

병원 약국 관계자의 확인으로 한 환자의 목숨을 구한 것이다.

그 황당한 일을 저지른 사람은 나보다 먼저 회진을 돌았던 동료 레지던트였다. 영양제 투약 수치에 동그라미 하나를 더 쓰는 바람에 하마터면 환자 하나를 황천길로 보낼 뻔했다. 다행히 다치거나 죽음에 이른 환자가 없어서 그 사건은 그대로 묻혔다. 나는 스스로에게 물었다. '130시간 동안 연달아 병원 일에 매달리면서 나도 모르는 상태에서 환자에게 몹쓸 짓을 하지는 않았을까? 혹시 나 때문에 목숨을 잃은 환자는 없었을까?'

그로부터 3개월이 지나고 난 뒤 나는 레지던트 생활을 끝내야겠다고 결심했다. 당시 나는 심한 유행성 독감에 걸려서 병가를 내기 위해 병원에 전화를 걸었다. "이번에는 자네 대신 근무를 맡아줄 사람이 없어." 외과 과장님이 단호하게 잘라 말했다. 마치 9월에 응급실에 실려 갔던 전례가 내가 일부러 꾸민 일이라도 되는 양 꾸짖는 말투였다. 어쩔 수 없이 타이레놀 두 알을 꾸역꾸역 삼키고 나머지 약은 주머니에 넣은 채 출근했다.

근무를 어떻게 했는지 제대로 기억조차 나지 않았다. 타이레놀을 먹고 불과 2시간이 지나고 나자 약 기운이 슬슬 떨어지면서 오한으로 온몸이 떨리기 시작했다. 잠시 숨 돌릴 짬이 나서 곧바로 빈 간호사실에 들어가 체온을 쟀는데 38.8도였다. 황급히 타이레놀 두 알을 입에 다시 털어 넣었다. 약을 먹자마자 급성 충수염으로 응급 환자가 도착했다는 호출이 왔다. 환자 이송용 들것을 따라서 정신없이 수술실로 들어가자 누군가 환자의 차트를 드밀었다. 환자의 체온은 38.4도. 나보다도 낮았다.

수술에 들어갔고 다행히 손이 떨리지는 않았다. 나는 환자의 배를 가르고 맹장을 묶은 다음, 절개하고 다시 봉합을 했다. 수술실이 빙글빙글 돌고 땀이 뚝뚝 떨어졌다. 그럼에도 불구하고 나는 숨을 깊이 들이쉬고 수술용 바늘에 온 정신을 집중해서 수술 부위 봉합을 마무리했다. 그렇게 외과 레지던트 6개월 차에 61번째 수술을 했고, 그것이 내 마지막 외과 수술이 되었다. 수술실 밖으로 나와 손을 소독한 뒤 곧바로 외과 과장을 찾아가서 몸이 너무 좋지 않아 집에 가겠다고 말했다. "너무 기분 나빠하지 마." 외과 과장은 위로했다. "나는 당직 서다가 유산한 적도 있어."

나는 낙담하고 화가 난 상태로 T.J.에게 전화를 걸었다. 그는 내가 있는 레지던트 대기실로 달려왔고, 오자마자 아무 말 없이 문을 걸어 잠갔다. 그리고 내가 누운 간이침대 옆에 앉아서 물었다. "그만두고 싶어?" 나는 그렇다고 솔직하게 말했다. "잘 생각했어." T.J.는 확신에 찬 목소리로 말했다. "그렇다면 그만둬야지."

"그런데 여기서 그만두면 앞으로 뭘 해야 할지 모르겠어. 중간에 레지던트 때려 치우고 나온 사람을 어느 병원에서 받아주겠어?"

"걱정 마. 그딴 걱정은 할 필요 없어. 당장 그만둬."

그의 말이 옳았다. 그딴 건 문제될 게 아니었다. 당장 그만두고 벗어나는 게 무엇보다 중요했다. 다음 날, 나는 그만두겠다고 병원에 말했다. 그리고 T.J.와 더 많은 시간을 함께 보냈다. 9년 전 밸런타인데이에 첫 데이트를 하며 거닐던 거리에 가서 마치 10대로 돌아간 것처럼 데이트도 즐겼다. 우리가 처음 손을 잡았던 곳에 이르자, T.J.는 차가운 인도에서 한쪽 무릎을 꿇고 앉았다. 나는 놀라움 반, 즐거움 반으로 키득거리며 웃었다.

"설마 지금 나한테 청혼하려는 거야?"

그는 애원하듯이 말했다. "바닥이 얼음장처럼 차가워."

나는 거의 일 년 만에 처음으로 행복을 느꼈고, 한편으로는 겁도 났다. 당시 나는 불안이 가득한 상태였다. 레지던트 생활을 하면서 절대 외과 의사가 되고 싶지 않다는 사실만 깨달았을 뿐, 레지던트를 중도에 때려치우고 나온 이상 어느 병원에서도 나를 받아주지 않을 거라고 생각했다. 그러고 보니, 의대에 다닐 때 행복했던 시간은 병리학 수업을 들을 때 뿐이었다. 병리학이라는 학문은 나를 매료시켰고 사망자의 사례 하나하나가 눈길을 사로잡았으며 병리학 전공의들은 누가 봐도 평온한 삶을 사는 것 같았다. UCLA 의대 졸업반이던 시절, 병리학 레지던트 담당자가 나를 스카우트하려 했던 적도 있었다. "아니요, 안 하겠어요." 나는 외과 의사가 되겠다는 열정 가득한 마음으로 자신만만하게 거절 의사를 밝혔다. "저는 외과 의사가 되고 싶거든요."

그로부터 1년이 지나 나는 병리학 레지던트 프로그램 담당자에게 전화를 걸었다. 외과 레지던트를 때려치우고 나온 상태에서 병리학 레지던트로 일할 자리가 있을지 물었다.

"7월부터 시작할 수 있어요?" 그녀가 물었다.

"그게 무슨 말씀이세요?"

"주디, 7월부터 일할 수 있다면 UCLA 병리학과에서 레지던트로 일할 수 있도록 자리를 마련해 두겠어요."

그보다 더 놀라운 건, 병리학 레지던트를 하게 되었다는 내 말을 들은 T.J.의 반응이었다.

"나 때문에 당신 가족들과 또다시 떨어져 지내야 하잖아." 나는 중요한 문제를 지적했다.

"박사님." T.J.가 말했다. "당신이 지옥 끝까지 간대도 따라가서 구해올 거야. 함께 로스앤젤레스로 가자."

2
영원한 주검

출생증명서가 없다고 해서 큰 문제가 생기는 건 아니다. 반드시 출생증명서가 아니어도 다른 종류의 증명서만 가지고 있다면 직장에 다니고, 은행 계좌를 만들고, 사회보장번호를 받는 데 큰 문제가 없기 때문이다. 하지만 사망한 후에 사망진단서를 받지 못하면 남은 가족들은 그야말로 관료주의적인 지옥을 그대로 상속받게 될 것이다. 시신을 안치하지 못하는 것은 물론이고, 주 경계선을 넘어 시신을 운반할 수도 없거니와, 망자가 남긴 투자금도 매각하지 못할뿐더러, 유언장에 남겨진 대로 상속을 받을 수도 없다. 사망진단서는 부검전문의, 즉 법의학 병리학자의 손에서 만들어진다.

병리학자들은 인간의 질병과 부상의 원인, 그로 인한 영향을 연구하는 사람들이다. 온갖 질병과 다양한 형태의 부상, 인간 신체의 모든 부분을 속속들이 파헤친다. 나는 UCLA 병리학과에서 레지던트 생활을 하는 4

년 동안 인간 신체의 모든 세포와 조직 그리고 인체 구조에 대해서 깊이 있는 연구를 했다. 무엇보다 그 모든 요소가 잘못되었을 때 어떤 결과를 낳는지와 그 소소한 변화를 설명하는 방법을 확실하게 배웠다.

법의학 병리학자는 의학의 전반적인 분야를 통달한 전문가다. 갑작스럽고 예상치 못한 죽음의 현장을 찾아가서 사망자의 진료 기록을 자세히 확인한 후 부검을 한다. 그때 재판 과정에서 필요한 모든 증거를 수집하기도 한다. 임상병리학자들이 인체 내부의 형태를 속속들이 꿰고 있어야 하는 것처럼, 법의학 병리학자들은 그 형태뿐만 아니라 기능적 방식까지도 파악해야 한다. 또한 어떤 식으로 잘못 기능했을 때 죽음에 이르는지, 또 잘못된 기능을 수습하려다가 어떻게 죽음을 맞이했는지도 샅샅이 파악해야 한다. 법의학 병리학자들은 직접 죽음을 목격하는 의학 전문가로서 모든 의문에 답하고, 논쟁을 종식시키고, 인체라는 커다란 그릇에 담긴 미스터리를 해결해야 하는 사람이다. 동료들은 줄곧 "내일이면 너무 늦어"라고 농담처럼 말하곤 한다.

법의학 병리학자들은 의학 검시관 사무소에서 일하거나 검시관으로 일한다. 검시관의 경우 관리자나 보안관으로 관할 구역 내에서 벌어진 갑작스러운 사망 사건 현장을 조사하는 역할을 맡는다. 검시관은 부검을 맡아줄 의사를 고용하기도 하지만 이 경우 부검의는 시체 안치소에서 부검만 할 뿐 사건 조사에서 특별한 역할을 하지는 않는다. 검시관은 시신에 대한 부검 병리학을 위해 특별히 훈련된 사람으로, 해부(라틴어로는 '하나하나 잘라낸다'는 뜻이다)와 이와 연관된 모든 공식적인 조사를 전반적으로 담당한다. 따라서 검시관은 의사이면서 동시에 다른 의사들을 훈련하는 역할까지 맡으며, 4년간 병리학 레지던트 과정을 마친 후 추가로 1년간 펠로우 생활을 해야 한다.

나는 뉴욕 검시관 사무소에서 1년간 펠로우 생활을 했다. 악명 높은 로스앤젤레스 카운티 검시관 사무소에서 의무적으로 순환 근무를 해야 했는데, 그곳으로부터 빨리 도망치고 싶은 마음뿐이었다. "거기서 볼 수 있는 거라곤 완전히 부패한 시신 아니면 자동차 사고를 당한 시신들 뿐이야." 펠로우 레지던트들은 항상 이렇게 불평을 토로하곤 했다.

"그럼 뭘 기대했는데? 검시관 사무소에 시신이 있는 건 당연한 일이잖아." UCLA 레지던트 과장님은 정곡을 찌르며 반문했다. 나는 틈이 날 때마다 과장님 책상에 들렀다. 병리학에 대한 열정이 누구보다 높은 분이기도 했고, 책상에 꽂힌 연구 논문들의 제목이 하나같이 흥미를 자극했기 때문이다. 〈음경 주사로 인한 헤로인 치사율〉이나 〈차가운 음료수를 마신 후의 급격한 사망〉과 같은 논문 말이다. 반대로 〈무 종양 세포의 자멸과 신생 인간 뇌하수체 : Bcl-2 계열 단백질〉 같은 평범하기 짝이 없는 논문 제목들은 좀처럼 내 관심을 끌지 못했다. 누구라도 〈파이프 폭탄을 사용한 자살의 사례 보고서〉 같은 논문이 더 읽고 싶지 않을까?

"법의병리학을 제대로 배우고 싶다면 뉴욕 검시관 사무소에서 근무해야 돼." 과장님은 이렇게 조언해 주었다. "온갖 종류의 사망 사건이 발생하는 데다가 굉장히 차근차근 잘 가르쳐 주거든. 나도 거기서 순환 근무를 했었는데 정말 즐거웠어."

"뉴욕에 가서 한 달간 근무를 해 보라는 말씀이신가요?"

"안 될 것도 없지."

놀랍게도 뉴욕으로 가고 싶다는 나의 말에 T.J.도 이와 똑같은 대답을 했다. 당시 나는 첫 아이를 밴 상태였고, 경제적이고 육아적인 문제로 남편이 집에 머물면서 주부 역할을 맡기로 했었다. 덕분에 우리는 각자의 직업적인 이유로 골치를 썩지 않았고 언제 어디든 우리가 원하는 곳으로 옮겨갈 수 있었다. "지금은 아기를 손쉽게 데려갈 수 있잖아." 남편이 말했다.

1999년 9월 대니가 태어나기 6개월 전, 우리 가족은 뉴욕으로 이사를 했다. 그리고 나는 뉴욕 검시관 사무소에서 순환 근무를 시작했다. 한 달간의 근무가 끝나갈 무렵, 나는 법의병리학이 나에게 딱 맞는 학문이라는 확신을 얻었다. 뉴욕 검시관 사무소는 병리학자로서 경력을 쌓기에 더할 나위 없이 좋았다. 지적인 엄격함은 물론, 사망 사건 조사를 과학적으로 풀어야 하는 이 일이 너무나 즐거웠다. 검시관 사무소에 근무하는 초짜 학생에서부터 지긋한 선배 의사들까지 모두 행복해 보였고, 하나라도 더 배우고 싶어 했으며, 전문가다운 도전 의식이 가득했다. 사무실에 간이침대를 가져다 놓은 사람도 당연히 한 명도 없었다. "여기서는 응급하게 부검할 일이 없잖아." 다른 레지던트가 지적했다. "우리가 맡은 환자들은 불평불만도 하지 않아. 저녁을 먹다가 응급 호출을 받고 뛰어갈 일도 없고. 내일도 여전히 죽어 있는 상태니까."

한 달간 순환 근무를 마치고 로스앤젤레스로 돌아온 나는, 곧바로 뉴욕 검시관 사무소에서 1년간 펠로우로 일하기 위한 지원서를 작성했다. 그리고 4개월 후, 출산 휴가 중에 뉴욕 검시관 사무소 과장 찰스 히르쉬 박사로부터 2001년 7월부터 검시관 보조로 일해 달라는 연락을 받았다.

처음 출근하던 날, 나는 뉴욕 브롱크스의 아파트에서 동이 트기도 전에 일어났다. 남편은 침대 한쪽에 곤히 잠들어 있었고, 16개월 된 아들 대니도 아기침대에서 아빠처럼 쌔근쌔근 자고 있었다. 나는 창문 너머로 자동차 소리를 들으면서 외과의 레지던트를 그만두었던 아픈 과거를 떠올렸고, 남편과 아들까지 데리고 왔는데 이번에도 잘못된 선택을 한 것은 아닌지 걱정이 들었다.

나는 여유롭게 출근하고 싶어서 일찌감치 아파트를 나섰다. 렉싱턴 애비뉴 지하철로 향하는 통근객들과 함께 그랜드 센트럴 역에서 내린 후, 여름 햇볕이 내리쬐는 28번가로 걸음을 옮기면서 마음은 점점 더 불안해졌다. 몇 블록을 더 가서 모퉁이에 이르자 드디어 520 퍼스트 애비뉴에 도착했다.

나의 새로운 직장은 남색의 사각형 건물에 거무칙칙한 알루미늄이 띠처럼 둘려 있었다. 보일러 장치가 왕관처럼 드러나 있었으며, 보일러 절연 테이프가 바람에 펄럭이고 있었다. 사무실로 향하는 문은 어두운 그림자 안에 숨겨져 있었고, 울퉁불퉁한 나무 문에는 녹슨 지렛대가 걸려 있었다. 건물 뒤쪽에는 당장이라도 무너질 듯한 낡은 건축 가설물이 반쯤 페인트칠 되어 있었다. 누가 봐도 흉물스러운 그 구식 건물이 바로 뉴욕 검시관 사무소였다.

로비로 들어서자 보안 요원이 고개를 들고 나를 훑어보았다. 보안 요원의 머리 위로 보이는 벽에는 은색 스테인리스로 새겨진 장문의 문장이 한눈에 보일 정도로 큼지막하게 적혀 있었다.

TACEANT COLLOQUIA. EFFUGIAT RISUS. HIC LOCUS EST UBI MORS GAUDET SUCCURRERE VITAE.

나는 그 문장을 뚫어져라 쳐다보았다. "어떻게 오셨습니까?" 그제야 보안 요원이 말을 걸었고, 내 이름을 밝히자 환한 미소를 지으며 대답했다. "새로 오신 검시관이시지요? 환영합니다, 박사님!"

순간 심장이 얼어붙는 것 같았다. 불과 2주 전만 해도 나는 로스앤젤레스에서 평온한 일상을 살고 있었다. 공식적인 레지던트 과정도 마쳤고,

이제야 제대로 자격을 갖춘 내과의가 되었다. 집 근처 연구소에 취직해 유유자적 편하게 일을 하면서 종일 현미경으로 슬라이드나 쳐다보고 진단서나 끄적이며 지낼 수도 있었다. 그런데도 나는 내가 어린 시절을 보냈고, 게다가 뼈아픈 추억이 깃들어 있는 뉴욕으로 남편과 아이까지 끌고 돌아온 것이다. 대체 무엇을 위해서 이런 결심을 했을까?

보안 요원의 표정이 아까보다 부드러워졌다. 이곳 검시소를 방문한 사람들이 놀라는 모습을 수도 없이 봐왔던 게 분명했다. 그녀는 반짝이는 은색 스테인리스로 적힌 문구를 가리키며 말했다.

“대화를 멈추고 웃음을 거두어라. 이곳은 살아 있는 자를 위해 망자의 도움을 구하는 곳이니.”

우리는 고요하고 서늘한 로비에 가만히 서 있었다.

“아.” 나는 마침내 이렇게 말했다.

“뉴욕 검시관 사무소에 오신 걸 환영합니다, 주디 멜리네크 박사님.” 보안 요원은 인사말과 함께 ‘방문객’이라고 적힌 임시 출입증을 주었다.

***

마크 플로멘바움은 뉴욕 검시관 사무소의 수석 검시관이었다. 찰스 히르쉬 박사의 오른팔이자 나의 직속 상관인 마크 박사는 나를 다정하게 안으며 인사를 건넸다. 그는 190센티미터의 장신으로, 둥근 안경을 낀 길고 온화한 얼굴이었다. 마크 박사는 사건조사팀 직원들과 1층에 있는 신원조사 담당 직원들에게 나를 소개한 후 2층으로 올라가서 본인의 사무실 건너편에 있는 사무실로 안내했다. 이곳이 바로 내가 앞으로 일 년 동안 다른 두 명의 펠로우들과 함께 법의병리학을 연구하게 될 사무실이었다.

사무실에는 또 다른 펠로우인 스튜어트 그레이엄 박사가 먼저 자리 잡고 있었다. 그는 15년 동안 플로리다에서 임상병리학 연구실을 운영하다가 새로운 분야로 이직을 결심하고 온 사람이었다. "그동안 현미경 앞에 앉아 있거나 혈액은행에 있는 차트를 확인하면서 세월을 보냈어요. 그래서 지난 10년을 통틀어도 한 달에 한 번 넘게 부검을 한 적이 없었죠."

"곧 적응할 걸세." 마크 박사가 밝은 목소리로 그에게 말했다.

스튜어트는 유머 감각이라곤 없는 데다 말투가 워낙 느리고 나비넥타이를 즐겨 하는 사람이었다. 우리는 펠로우 연구실 안에서 책상을 나란히 사용했고, 조금만 움직여도 회전의자가 맞닿을 정도로 가까운 거리에서 일하게 되었다. 칸막이 한쪽 구석에 있는 세 번째 펠로우 책상은 멀쑥한 키에 긴 다리로 흐느적거리며 걷고, 금발 머리를 말총머리로 묶고 다니는 더그 프리먼 박사가 사용했다. 한눈에 보기에도 마음씨 좋은 전형적인 중서부 타입의 남자였다. 마크 박사는 7월 첫 주에 우리 셋의 지문을 채취하고 신체검사와 요식적인 서류 작업 등 검시관 사무소에 직원으로 등록하기 위한 절차를 진행할 거라고 설명했다. 그 모든 절차가 끝나는 대로 묵직한 가죽 지갑 안에 번쩍이는 방패처럼 붙어 있는 검시관 배지를 발급받게 될 것이다. 설명을 마친 수석 검시관 마크 박사는 시간을 확인한 후 말했다. "좋아요. 이제 찰스 히르쉬 박사의 아침 회진에 참여할 시간입니다. 다 함께 지옥으로 가보죠."

부검실에 '지옥'이라는 별칭을 붙인 사람이 누구인지 아무도 알지 못하는 것 같았다. 하지만 말만 지옥이지 실상은 딴판이었다. 오히려 먼지 하나 없이 깔끔하고 잘 정리된 공간이었다. 기다란 직사각형 모양의 방 한쪽 벽에 스테인리스로 된 부검대가 나란히 늘어서 있었다. 부검대는 널찍하고 깨끗하게 소독되어 반짝거렸으며, 뱃전의 모양처럼 끝이 위쪽으로 휘어져 있었다. 각각의 부검대 뒤쪽에는 높은 전력으로 작동되는 식기 세척용 스프레이가 부착되어 있었다. 또 금속 재질의 칸막이가 쳐져 있어서, 부검을 할 때 시신에서 흘러나오는 혈액이 아래 놓인 납작한 배수통으로 흘러가도록 설계되어 있었다. 배수통은 유해 물질을 담는 싱크대와 곧바로 연결되어 있었다. 배수통은 살인 사건에 연루된 시신일 경우, 혈액 안에 남아 있을지 모를 탄피나 칼 끝부분 혹은 이물질들이 싱크대 안에 잘 보존되도록 미리 배수구 뚜껑을 막아 두어야 한다. 예전에 한 불운한 예비 검시관이 무심코 배수구 뚜껑을 닫지 않았다가 직접 배수관을 헤집어 증거를 찾아야만 했다는 끔찍한 이야기를 들은 적이 있었다.

부검대 아래쪽에 다이얼 형식의 저울이 매달려 있어서 부검 후 장기의 무게를 측정할 수 있도록 되어 있었다. 인체 조직의 추출물을 보관할 수 있도록 10퍼센트 농도의 포름알데히드 용액이 첨가된 커다란 포르말린 통도 구석에 놓여 있었다. 반대쪽 벽면에는 보존 장치의 유리문 뒤로 조그만 모터가 돌아가고 있었고, 보존 장치 안에는 재판이나 실험실 시험에 필요한 사망 사건의 증거물을 건조하기 위해 피 묻은 옷가지를 걸어두는 옷걸이가 있었다.

부검은 오전 시간에 진행되었다. 마크 박사는 우리 세 사람에게 오전 8시까지 가운을 갖춰 입고 각자 맡은 부검대 앞에서 대기하고 있으라고 말했다. 그래야 총책임자가 부검실로 오기 전에 그날 맡은 부검 작업을 마무리할 수 있는 충분한 시간을 확보할 수 있다고 했다.

찰스 히르쉬 박사는 정확히 9시 30분부터 사건조사팀, 의대생들과 함께 오전 회전을 시작했다. 그는 푸근한 삼촌 같은 이미지였다. 파이프 담배를 물고 편한 멜빵 바지에 넥타이를 착용했으며 수술용 마스크를 착용한 채로 날카로운 눈빛을 번뜩이며 부검실에 모습을 드러내곤 했다. 매일 아침, 히르쉬 박사가 엑스레이 사진과 외진 보고서를 꼼꼼히 읽는 동안 우리는 간략히 부검의 세부 내용을 설명했다. 자신이 맡은 사건에 대한 제대로 된 프레젠테이션을 준비해야 했고, 자기 생각을 뒷받침할 수 있는 내용이 아니라면 무턱대고 말을 꺼내서는 안 되었다. 그래서일까, 히르쉬 박사의 오전 회진이야말로 근무 중 가장 가슴이 두근거렸던 순간이었다.

찰스 히르쉬 박사는 품위 넘치는 목소리로 부검대를 장악했고, 나머지 사람들은 그 모습을 우러러보았다. 연구실 사람들은 일명 '히르쉬즘'이라고 부를 정도로 존중의 의미로 그를 표현했고, 보통 박사들이 그러하듯 유난히 질색하며 꺼리는 표현도 서슴없이 말했다. 히르쉬 박사의 심기를 거스르는 표현이 무엇인지 깨닫는 데는 그리 오랜 시간이 걸리지 않았다. 부검 후 결과가 사실상 거의 명확한 데도 '일치하는 듯하다'고 뭉뚱그려 말하는 걸 굉장히 싫어했고, 정확한 수치 대신 '엄청난', '약간' 등의 애매한 표현을 사용하기라도 하는 날에는 히르쉬 박사가 이를 악물고 참는 모습이 눈에 보였다. 또한 고인을 지칭할 때에는 '남자, 여자'가 아닌 '남성, 여성, 소년, 소녀'로 불러야만 했다. 근무 첫 주에 스튜어트가 부검을 맡은 남성의 시신을 설명하면서 "아주머니가 쏜 총에 맞았다"라고 말했다가 불호령이 떨어졌다.

"여성에게 총을 맞은 거겠지!" 히르쉬 박사는 곧바로 스튜어트의 표현을 정정했다. "아주머니가 총을 쏜 게 아니라."

부검실에서 오전 회진은 짧게 끝나는 편이었고, 매일 오후 3시가 되면 검시관들은 다 함께 회의실에 모여 앉아서 때로는 토론에 가까울 정도로 그날 각자 맡은 사건의 부검 결과를 보고하고 의견을 교환했다. 히르쉬 박사는 온통 뒤죽박죽되고 복잡한 사건조사서를 보고도 사망진단서 작성을 간략히 정리할 방법을 찾아냈다. "사망진단서를 작성할 때에는 복잡한 사건조사서의 내용을 그대로 옮기려고 하면 안 돼. 최대한 간결하고 정확하게 정리하는 게 중요하지." 히르쉬 박사는 힘주어 말했다.

펠로우 과정을 시작하고 처음 두 달 동안, 히르쉬 박사는 우리 세 사람을 개별적으로 지도해 주었고 초기 부검보고서와 분석 내용을 섬세하게 피드백해 주었다. 덕분에 우리 세 사람은 검시관의 가장 막중한 임무란, 사망진단서에 기재될 두 가지를 명확하게 파악하는 것이라는 사실을 배웠다. 그건 바로 '사망의 원인'과 '사망의 방식', 즉 무엇이 사망에 이르게 했는지를 아는 것이었다. "사망의 원인이란, 충분한 중간 사인의 개입이 없는 상태에서 치명적인 결과를 이끌어 낸 특정한 질병이나 부상을 뜻해." 히르쉬 박사는 설명을 이어갔다. "그걸 기록한 후에 머릿속에 똑똑히 기억해 둬야 해. 사망의 원인은 '무엇 때문인가?'라는 질문의 답이 되고, 또 '어떻게 죽었나?'라는 질문의 답이 될 거야. 결국 이 '무엇'이 일련의 사건을 발생시켜 사망이라는 결과를 끌어낸 '원인'인 셈이야. 사망의 방식, 즉 '어떻게 사망했는가?'라는 질문의 대답은 상황에 따른 법의학적 분류 체계에 맞춰 기록하는 것이지. 검시관은 총 여섯 가지로 사망 사건을 분류하는데, 살인, 자살, 사고사, 자연사, 치료적 합병증으로 인한 사망, 원인 불명 사망으로 나누지."

우리는 그 사망의 방식이 모든 기관에 지대한 영향을 끼친다는 사실을 배웠다. 이는 보험회사부터 지방검사, 경찰서 살인 사건 전담반부터 고인이 살던 집의 집주인에게까지 영향을 주었다. 검시관 사무소에서 일하게 된 첫째 주에 기록 담당 직원 하나는 이런 말을 했다. "정작 살아 있을 때는 아무런 상관도 안 하던 사람들이, 일단 죽고 나면 온갖 곳에서 일제히 관심을 보이죠."

보조 검시관으로서 첫 번째 사후 부검 수사를 시작하기 전에, 나는 일주일 동안 선임 검시관이 부검하는 모습을 참관했다. 참관 첫째 날에는 수전 엘리 박사가 나를 가르쳤다. 수전 박사는 늘씬하고 매력적인 몸매의 소유자로, 내 아들 대니와 같은 나이의 딸을 키우는 엄마였다. 그래서 함께 탈의실에서 수술복을 갈아입고 머리를 단정히 정리하면서 같은 엄마로서의 동질감과 함께 심심한 위로를 나누기도 했다. 내가 안경을 벗고 도수를 넣은 라켓볼용 고글을 끼자 수전 박사의 눈에는 그게 꽤 신기하고 재미있었던 모양이었다. 나는 수전 박사의 높은 굽의 구두가 내가 낀 고글만큼이나 신기하다고 말했다. "이 구두를 신으면 부검대 위를 훤히 내려다볼 수 있거든요." 박사는 농담 섞인 말투로 대답했다.

부검대가 있는 '지옥'에 도착한 나는, 수전 박사의 부검대와 히르쉬 박사의 부검대를 오가면서 두 사람의 업무 스타일이 어떻게 다른지 최근 신체검사를 받을 때보다 더 눈을 부릅뜨고 살펴보았다. 이곳에서의 부검은 의대 시절 해부학 시간에 했던 실습과는 사뭇 달랐다.

'부검'은 '직접 확인하다'라는 의미로, 단순한 해부학 탐험을 넘어서 무엇이 어떻게 잘못되었는지 명확하게 살펴야 한다. 부검은 짧게는 45분에서 길게는 4시간까지 걸릴 수 있으며, 외진을 시작으로 밖에서 안으로 샅샅이 파고든다. 나는 옷가지 하나에서부터 시신에서 발견된 액세서리 하나까지 빼놓지 않고 기록하는 방법을 배웠다. 부검의들이 겉옷 아래 어떤 기상천외한 물건들을 숨기고 다니는지 알게 된다면, 많은 사람이 이 세상이 보기보다 더 기이하고 재미있는 곳이라는 걸 알게 될 것이다.

부검대에 누운 시신뿐만 아니라, 시신의 모든 소지품까지 내 소관이다 보니 때론 망자의 주머니를 뒤져야 할 때도 있다. 외인사, 즉 비명횡사한 경우에는 가끔 지하경제와 연루되기도 한다. 한 번은 몸에서 100달러 지폐로 총 1만 2천400달러에 달하는 현금이 나온 적도 있었다. 정확한 액수를 기억하는 이유는 지폐를 한 장 한 장 세어서 두 번이나 총액을 확인했기 때문이다. 부검 중에 현금을 발견하면 즉시 기술자에게 보여줘야 하지만, 당시 주변에 기술자가 없어서 나는 현금을 쥔 손을 번쩍 들고 부검실에 있는 사람들에게 공식적으로 알렸다. "여기 현금 다발이 나왔어요!" 만약, 시신에서 발견된 돈을 훔치기라도 하는 날에는 직장을 잃을 수도 있기 때문에 우리들은 불문율처럼 현금이 발견되었음을 최대한 큰 소리로 공지하곤 한다.

주검이 되면 인체의 크기가 줄어들기 때문에 상처 입은 흔적을 빼놓지 않았는지 유심히 살펴야 하며 모든 흔적을 상세히 기록해 두어야 한다. 노련한 검시관은 눈으로 시신을 살피면서 멍이나 긁힌 자국, 자상, 관통상만 봐도 어느 정도 사인을 추측할 수 있다. 만약 사후경직으로 몸이 뻣뻣하게 굳어진 상태라면 손바닥에 무언가를 쥐고 있는지 확인하기 위해서 손가락 다섯 개를 억지로 펼쳐야 한다. 이렇게 하여 남아 있던 가해자의 체모를 찾아낸 적도 있었다. 약을 먹고 자살한 경우에는 손바닥에 약병을 쥔 채로 부검대에 오르기도 하고, 약물 과다로 사망한 마약중독자들은 팔뚝에 바늘이 꽂힌 상태로 오기도 한다.

"눈에 보이는 부상 외에도 문신, 흉터, 특이한 신체적 특징, 포경 여부, 절단 부위 그리고 모반 하나까지도 전부 기록으로 남겨야 해." 마크 박사가 부검대 앞에서 내게 말했다. 유족들은 부검보고서에 적힌 내용을 매우 진지하게 확인한다. 만약 부검보고서에 조금이라도 부정확한 부분, 가령 오래된 흉터 하나라도 놓치는 날에는 사망 사건 전체의 타당성까지 의심받을 가능성이 생긴다. 나의 첫 근무지인 이곳 뉴욕 검시관 사무소에서 나를 가르쳤던 바바라 샘슨 박사는 아주 소소한 신체적 특징 하나라도 유족 입장에서는 매우 중요한 의미가 될 수 있다며 꼭 유의해야 한다고 일려주었다. 문신의 묘사 하나까지도 말이다. 나는 속 쓰린 실수를 통해서 그 교훈을 배웠다. 어느 날, 총에 맞아 죽은 한 피해자의 여자 친구인 베라Vera라는 사람으로부터 유쾌하지 않은 전화를 받았다. 내가 부검보고서를 작성하면서 시신의 가슴 위쪽에 네라Nera라는 문신이 새겨져 있다고 기록했던 것이다. 그뿐만 아니라 얼굴에 흉터가 있다는 것도 놓쳤다. 그래서 베라는 부검보고서의 대상이 완전히 다른 사람이라고 의심을 했다.

나는 베라에게 사과의 말을 전한 뒤 부검보고서를 수정해 주겠다고 제안했다. 하지만 피부색이 그대로 보이는 증명사진까지 다시 살펴보았는데도 도대체 흉터가 어디에 있는지 찾을 수가 없었다. 어쩌면 그 흉터는 눈썹이나 거뭇하게 자란 수염 자국 사이에 있었는지도 모르겠다. 혹은 육안으로는 확인하기는 어렵지만 베라의 기억 속에는 생생하게 남아 있었던 것일지도 모르고, 아니면 그 흉터 자체가 그녀에게는 꽤 상징적인 의미였을 수도 있다. 어쩌면 본인이 만들어 준 흉터일 수도 있다. 하지만 베라는 남자 친구의 가슴에 새겨진 자신의 이름을 제대로 기록하지 않았다는 사실 하나로 나를 전혀 신뢰하지 않았다.

"조심해서 나쁠 건 없으니까…." 또 다른 선임 검시관 모니카 스미디 박사는 내게 이런 조언을 해주었다. 모니카 박사는 보스턴 특유의 경쾌한 억양과 말끝을 흐리는 버릇이 있었다. 그녀는 부검을 할 때 부검 자의 손가락과 발가락이 각각 열 개인지도 확인해야 한다고 조언했다. 만약 사망자가 여덟 살에 마트 카트에 찍혀 손가락 끝이 떨어져 나갔다면, 비록 그게 사망과 아무 상관이 없는 사실이라고 해도 유족 입장에서는 그런 세세한 부분까지 부검보고서에 포함되어 있기를 기대한다고 했다. 자칫 그 부분을 놓쳤다가는 유족들은 그 검시관의 부검 결과를 절대로 신뢰하지 않을 것이다. 이는 맹장이 있는지 없는지의 문제에도 적용될 수 있다. 흔한 내장 기관의 유무 하나가 망자의 신원을 확인하는 데 결정적인 역할을 하기 때문이다. 모니카 박사는 부검할 때, 남성은 고환, 여성은 난소의 견본까지 전부 남겨두라고 조언했다. "그리고 빼먹지 말고 내장 기관의 숫자까지 헤아려 둬야 해요. 고환이 하나뿐이거나 인공 삽입물이 있는 경우도 있으니까요. 다른 사람은 몰라도 아내는 부검보고서의 내용을 유심히 살펴볼 거예요. 그러니까 최대한 세심히 살펴서 실수를 최소화해야 해요. 꼼꼼하면 할수록 실수가 줄어들 테니까."

그렇게 나는 점차 검시관의 일상에 익숙해졌다. 오전에는 내내 부검을 하고 오후에는 회의를 하고 서류 작업을 했으며, 때로는 사건 현장에 파견되거나 증언을 위해 재판정에 서는 등 단조로운 일상에 재미를 더해가면서 말이다. 비록 초짜 검시관의 어설픔이 사라지기까지 몇 주가 걸리긴 했지만 서서히 사인 진단에 익숙해졌으며, 사건을 전담할 수 있을 만큼 공식적으로 인정받는 위치에 이르게 되었다. 2001년 7월 6일, 선임 검시관들의 부검을 참관한 지 5일째 되던 날 비로소 첫 부검을 맡았고 처참한 실패를 맛보았다.

3
직접 확인하라

26세의 테런스 부커는 겸상적혈구증으로 병원에 입원했던 환자로, 뉴욕대학병원 응급센터의 입원실 바닥에서 사망했다. 겸상적혈구증은 주변에서 흔히 볼 수 있는 유전적 변이의 일종인데 대부분 평생 증상이 나타나지 않는다. 하지만 겸상적혈구증은 겸상적혈구빈혈로 발전할 가능성이 높다. 본래 적혈구는 가운데 구멍이 뚫린 디스크 모양이어야 하는데, 겸상적혈구증 환자의 적혈구는 낫 모양을 띠기 때문에 혈관으로 쉽게 이동하지 못하고 자칫 폐쇄되어 혈류의 흐름을 방해하곤 한다. 겸상적혈구빈혈은 비교적 진단이 쉬운 편이다. 이런 환자들은 눈에 띌 정도로 고열이나 맥박수가 증가하는 심박 급속증, 복부 경직 등의 증상을 보이기 때문이다.

하지만 겸상적혈구증 환자들에게 혈관 폐쇄와 같은 합병증이 발생한다면 의료진의 입장에서 객관적인 진단이 불가능하다는 문제가 있다. 혈관이 수축하면 국소 빈혈이 발생하고, 체내에 있는 세포 조직의 산소 부족 현상으로 환자는 신체 전체에 극심한 통증을 느낀다. 국소 빈혈은 불과 몇 분 사이에 치명적인 장기 손상을 불러올 수 있기 때문에 겸상적혈구증 이력이 있는 환자가 통증을 호소하며 병원에 실려 오면, 의료진들은 매우 심각한 상황임을 인지하고 곧바로 응급처치를 시작한다. 치료는 일사분란하게 이뤄지며 먼저 코와 입에 산소마스크를 씌우고 정맥 주사를 통해 체내에 수분을 공급한 뒤, 옥시코돈이나 코데인 같은 마약성 진통제를 투약한다. 마약성 진통제에 중독되면 어떻게 될까? 바로, 헤로인 중독자가 된다.

테런스 부커는 마약중독 이력을 가진 환자로, 마약성 진통제를 투약받기 위해 거짓으로 극심한 통증을 호소했다. 의사 입장에서는 환자의 꾀병을 한눈에 꿰뚫어 보기 어렵다. 고열이나 심박 급속증은 꾀병이 불가능하지만, 통증은 지극히 주관적인 부분이라 진짜인지 판별할 수 있는 기준이 없기 때문이다. 테런스가 응급실에 실려 와 자신이 겸상적혈구증 환자라는 사실을 알렸을 때 응급의료진들은 혈관 폐쇄증의 가능성을 염두에 두고 치료해야만 했다. 그래서 즉시 환자를 입원 조치하고 강력한 마약성 진통제인 옥시코돈을 주사했던 것이다.

테런스는 그날 밤에 병원을 몰래 빠져나갔다가 몇 시간 후, 눈빛이 멍해지고 발음이 불분명해진 상태로 돌아왔다. 의식을 잃은 테런스를 발견한 간호사는 곧바로 응급 상황을 알리는 코드블루를 호출했고, 의료진은 황급히 크래시 카트*를 끌고 도착했다. 의료진은 곧바로 기도에 산소호흡 튜브를 끼우고 심폐소생술을 실시한 후 아편제 효과를 억제시키는 약

* 심정지 시 긴급처치용 약품과 기계를 실은 카트

물을 투여했고, 세동제거기*로 심장에 충격을 가했다. 응급처치팀은 테런스의 심장을 다시 뛰게 하는 데는 성공했지만 너무 늦어버렸다. 테런스는 뇌사 상태에 빠졌다. 그로부터 8일 동안 테런스의 심장이 뛰었지만 결국 테런스 부커의 시신은 내 부검실에 도착했다.

뉴욕 검시관 사무소의 보조 검시관으로서 맡게 된 첫 번째 부검은 간단한 것이라야 했다. 나는 먼저 시신의 외진을 하기 위해 병원의 의료진들이 삽입한 정맥 주사와 기도에 끼워진 호흡 보조 장치를 제거했다. 다음으로 시신에서 제거한 장치들은 물론 그로 인해 피부에 남겨진 조그만 흔적 하나까지도 빼지 않고 기록해 두었다. 그러고 나서 커다란 주사기를 들고 부검의 첫 단계에 돌입했다. 양쪽 안구에 주사기를 꽂고 유리체액 샘플을 채취했다. 시신의 활짝 열린 동공을 예의 주시하면서 조심스럽게 바늘을 꽂았다. 마크 박사는 바늘을 너무 깊게 찌르면 망막을 건드려서 '사후 구슬 놀이'를 하게 될 수도 있다고 알려 주었다. 한 번은 시신의 안구에 바늘을 최대한 깊이 찔렀다가 안구가 튕겨 나와서 바닥으로 데구루루 떨어져버렸고, 모니카 박사로부터 '꼼꼼하면 할수록 실수가 줄어든다'는 조언을 들었다. 다행히 사후의 망막은 유리가 아닌 플라스틱과 같아서 깨지지 않았다. 다음으로 테런스의 말초 혈액 샘플을 채취하기 위해 쇄골 뒤쪽의 굵은 정맥에 주사기를 찔렀다. 하지만 샘플을 얻지 못해서 사타구니 쪽의 대퇴정맥으로 바늘을 꽂았다. 일단 인체를 절개하면 체내에 있던 혈액이 중력을 따라 이동하기 때문에, 첫 절개에 들어가기 전 미리 폐쇄 순환기관의 혈액 표본을 채취해야 한다.

첫 절개는 Y자 모양으로 실시한다. 메스를 들고 양쪽 쇄골부터 복장뼈

* 심장 박동을 정상화시키기 위해 전기 충격을 가하는 데 쓰는 의료 장비

까지 Y자 형태로 피부와 지방, 가슴 근육 깊숙이 갈라내는 것이다. 그러고 나서 절개선을 따라 복부부터 골반 앞부분 뼈까지 길게 피부를 절개한다. 첫 절개 작업을 끝내고 책을 펼치듯이 테런스의 가슴을 활짝 열었다. 흉곽뼈에 붙은 결합 조직을 잘라서 뼈와 분리하고, 복부의 살점을 걷어내어 복막이 드러나도록 했다. 상체 내부는 각 내장 기관을 연결하는 주요한 다섯 개의 공간으로 나뉘어 있다. 그중에서도 복막은 소화관을 포함한 가장 큰 부분이다. 복막 뒤의 공간에는 신장을 비롯한 기관 몇 개가 있다. 좌우의 폐는 흉강 안에 둘러싸여 있으며, 그 사이에는 심장의 주머니인 심낭이 있다. 부검을 할 때는 이런 각각의 내장 기관 내 액체와 혈액이 다른 기관에 영향 주지 않도록 하면서 이들을 따로따로 분리해야 한다.

총상이나 눈에 보이는 다른 외부적 특이점이 없는 경우, 일반적으로 복막부터 부검을 한다. 나는 복막을 자세히 살펴보기 위해서 메스로 복막 주변을 가늘게 절개했다. 만약 복부 안에서 비정상적인 냄새나 색을 발견하면 간부전이나 심부전, 감염, 종양 등 다양한 질병의 신호로 간주한다. 검시관 훈련을 받으며 비장이나 대동맥의 열상이 복부에 2리터에 달하는 혈액을 남길 수 있다고 배웠다. 나는 테런스의 복막에서는 별다른 특이점을 찾을 수 없었다.

만약 시신의 복막에 엄청난 양의 혈액이 남아 있다면, 이스트 23번가의 주방용품점에서 산 국자로 그 양을 정확하게 재서 기록한다. 대부분의 검시관이 사용하는 기구는 일반 병원에서 사용하는 기구처럼 번쩍이지도, 이국적이지도 않다. 부검 중인 시신이 없어서 굉장히 한가로웠던 어느 날, 남편을 부검실에 초대해서 내부를 구경시켜 준 적이 있었다. 남편은 자신의 어머니가 고기를 자를 때 사용하는 칼처럼 길고 낡은 푸주 칼이 걸려 있는 걸 보고 경악을 금치 못했다. 우리 동료 중 하나는 그 푸주 칼을 날카롭게 갈아서 내장 기관을 절개할 때 사용한다. 외관은 좀 그렇지만 성능만은 감탄할 만하다. 어느 작업대 위에는 나무 블록에 꽂힌 주방용 칼 세트가 놓여 있었다. 벽에는 쇠톱이 크기별로 나란히 걸려 있었고, 커다란 주걱도 두 개나 걸려 있었다.

"망치에, 정까지?" 남편은 공포에 떨면서 물었다. "대체 이걸로… 아니, 말하지 마." 그는 나의 작업대 앞으로 돌아와 가지치기할 때나 사용할 법한 긴 손잡이가 달린 전지가위를 가리켰다. 철물점에서 특별히 이름까지 새겨 넣은 것이었다. "이 가위는 대체 뭐야?"

"듣고 싶지 않을 텐데." 나는 남편을 타일렀다. 하지만 가위의 용도를 알고 싶다며 끝까지 고집을 피우는 바람에 마지못해 대답해 줬다. "늑골을 자를 때 사용하는 거야."

테런스의 늑골에 눈에 띄는 골절이 없는 걸 확인한 후, 나는 전지가위로 늑골을 하나하나 잘라낸 다음 흉갑 전체를 완전히 들어내서 두 개의 커다란 구멍과 심낭이 드러나도록 했다. 배 부분을 부검할 때는 폐를 둘러싸고 있는 구멍 속에 특이한 색의 액체가 있는지 주의해서 확인해야 한다. 초록색 액체는 감염, 즉 폐렴의 가능성을 의미한다. 맑은 액체는 심부전을 뜻하고, 혈액이 뭉쳐 있다면 외상인 경우다. 흡연자의 폐에는 거품이 많고 검고 딱딱한 혹이 있다. 흡연을 예방하기 위해 담뱃갑에 붙여 놓은 사진 속 모습과 거의 같다. 최악의 경우에는 폐를 손으로 쥐었을 때 오도독 소리가 나기도 한다. 테런스의 폐는 일주일 동안 기계 호흡을 했기에 조금 손상이 있었지만, 선홍색을 띠고 부드러운 상태로 보아 완벽하게 건강한 듯했다.

심장은 불투명한 심낭 뒤에 숨겨져 있다. 그래서 나는 메스를 들고 최대한 조심조심 심장을 꺼내 외상이나 혈관 파열로 인한 출혈의 흔적이 있는지 살펴보았다. 일주일 전, 마크 박사의 부검을 참관할 때 급성 심정지로 심벽이 완전히 파열된 시신을 본 적이 있었는데, 빵빵하게 공기가 찬 튜브가 터진 것처럼 심낭 안쪽이 완전히 엉망이었다. 테런스의 심낭에는 출혈의 흔적도 심장병으로 추정될 만한 징후도 발견되지 않았다.

내부 기관을 모두 살폈고 시신에 남아 있던 액체도 전부 제거했으니, 이제 내장 기관을 하나씩 들어낼 차례였다. 그 과정에서 일일이 조직 샘플을 채취해 둬야 한다. 부검대 위에는 주방용 플라스틱 도마 세트와 조직 샘플을 담을 플라스틱 통이 나란히 놓여 있었다. 나중에 심장이나 폐, 간, 신장, 부신, 췌장 등 각종 내장 기관의 조직을 현미경으로 자세히 들여다보고 싶을 때를 대비해 따로 보관해 두는 것이다. 나는 투명한 플라스틱 통의 뚜껑을 열어 도마 위에 두고 각 내장 기관의 조직을 조금씩 떼어냈다. 이는 수프를 일회용 용기에 담는 것과 비슷하다. 조직 샘플을 플라스틱 통에 담고 포르말린 액을 절반 정도 채운 후 보험회사의 조사계로 보낸다. 또 포름알데이드 용액이 담긴 용기에 조직 샘플을 따로 보관해 두면 나중에 필요할 때 다시 꺼내서 조사할 수 있다. 부검마다 전용 보관함이 있어서 잘 밀봉한 조직 샘플을 일 년 동안 보관한다. 미결 사건일 때는 더 오랫동안 보관한다.

나는 왼쪽 폐와 오른쪽 폐를 모두 절단한 뒤, 심장이 연결된 관에서 분리해 두었다. 그 다음 시신의 발 쪽으로 폐와 심장을 조심히 옮겨 두었다. 그래야 나중에 내장 기관을 해부할 때 공간을 넉넉히 사용할 수 있다. 어떤 검시관들은 내장 기관을 부검대에 누운 시신 옆에 빼두기도 하는데, 경험상 자칫 바닥으로 떨어질 위험이 있어 개인적으로 선호하지 않는다. 사람의 내장 기관은 매우 미끄럽다. 그중에서도 간이 가장 미끄럽다. 특히 알코올중독자의 간은 굉장히 통통하다. 그런 간은 기름기도 많고 미끄러워서 잘못하면 부검실 바닥으로 통통 튀어 다니는 불상사가 생길 수 있다.

내장은 길고 하나로 연결되어 있다. 나는 Y자 형태로 절개한 상체 아랫부분에 있는 골반으로 손을 쑥 넣어서 직장의 제일 위쪽에 있는 창자를 메스로 잘라 냈다. 그리고 직장 주변을 감싸고 있는 장간막을 일일이 분리하고, 창자를 고정하고 있는 두꺼운 조직의 덮개를 잘라낸 후에 한 손으로 밧줄을 당기듯 쑥 잡아당겨서 아래쪽 내장 부분을 커다란 쇠 그릇에 담았다. 일단 십이지장을 분리하고 나면, 소장과 내장은 모두 빼낸 거나 다름없다.

간은 세 개의 주요 혈관과 연결되어 있다. 한 뭉치의 인대들이 이를 복부와 십이지장으로 연결하고 있어서, 일단 창자를 꺼내고 나면 간을 분리하는 건 어렵지 않다. 꺼낸 간을 들고 자세히 살펴보니, 두꺼운 세 개의 혈관이 하나로 맞닿는 부분에 비대한 림프샘이 튀어나와 있는 것을 확인할 수 있었다. 이는 약물 사용의 징후로 볼 수 있는데, 중요한 것은 '징후'일뿐 '증거'는 아니라는 점이다. 만약 간이 밝은 홍색을 띠거나 흐물흐물하면 심각한 감염 상태였다는 것을 의미한다.

간의 반대편에 위치하고 있는 비장은 완벽하게 정상이었다. 테런스의 비장을 살펴본 결과, 외상성 손상의 증거는 찾을 수 없었다. 비장은 작은 혈관들이 촘촘하게 붙어 있는 매우 섬세한 기관이라, 조금만 충격을 가해도 쉽게 파열된다. 꽤 많은 사람이 화려한 빨간 버섯처럼 생긴 두세 개의 부비장*을 가지고 있다. 비장이 하나도 없는 경우도 있다. 외상으로 인해 비장을 제거한 환자들에게는 복강 전체에 작은 부비장들이 생기기도 한다. 비장은 정말로 신기한 내장 기관이다.

* 비장의 주변부가 본체에서 분리된 것으로서, 본체와 연결된 것과 연결되지 않은 것이 있다.

나는 샘창자, 췌장, 위 그리고 식도를 전부 꺼내서, 길고 구불거리는 상부 소화관 덩어리를 시신의 발치에 차곡차곡 쌓아 두어 후복막 공간을 쉽게 살필 수 있도록 했다. 신장을 잘라내고 근육계 아래쪽 주변에 붙은 두꺼운 조직들을 전부 걷어냈다. 그리고 신장 위쪽으로 뻗어 나온 조그만 피라미드 같은 부신 한 쌍을 잠시 유심히 살폈다. 부신이 붉고 핏기가 맺혀 있지 않은 이상, 육안으로 정확히 판단하기는 힘들어 보였다. 만약 그랬다면 이는 전신 감염의 징후라고 볼 수 있다. 확인하기 위해 샘플을 채취해서 작은 통에 담았다. 이제 복부 쪽에 남은 건 방광과 직장이다. 방광과 직장을 들어내기 위해서는 골반 아래로 손을 깊숙이 집어넣어 항문 안쪽에서 절개해야 했다. 항문 쪽에 단단히 붙어 있어서 손으로 꺼낼 때 으드득하는 소름 끼치는 소리가 났다. 방광이 꽉 차 있다면 묵직한 물풍선을 잡는 기분이 든다. 나는 방광이 터지지 않도록 조심조심 옮겼다.

부검 대상이 남성이기 때문에 마지막으로 고환을 분리하는 작업이 남았다. 흔히 음낭을 직접 절개하는 방식을 생각하지만, 그렇게 하지는 않는다. 나는 열린 복부를 통해 성기 쪽으로 손을 넣어 살갗을 뒤집어서 고환만 꺼냈다. 고환을 하나씩 자세히 살핀 후에 샘플을 조금씩 채취해 통에 보관하고, 고환을 다시 원래 자리로 돌려놓았다. 유가족들은 생식기 부분을 민감하게 여겨서 종양이나 부상의 흔적이 있지 않는 한, 반드시 제자리에 돌려놓아야 한다고 배웠기 때문이다.

첫 부검에 약 2시간 반 정도가 걸렸다. 이는 내가 지난 2주간의 연습 시간보다 두 배는 더 소요된 것이다. 해부 작업은 매끄럽게 진행되었고, 필요한 샘플도 모두 채취했으며, 내장 기관을 바닥에 흘리는 실수도 없었다. 하지만 나는 테런스 부커의 사인에 도움이 될 만한 어떤 단서도 찾을 수 없었다. 조직학 연구 결과에서도 겸상적혈구증발증과 관련된 어떤 이론이나 가정을 찾을 수 없었다. 나는 테런스가 아편제 과다 복용으로 사망했으리라 강하게 확신했지만, 독극물 보고서에도 아무런 수치가 나오지 않아서 이를 입증할 방법이 없었다. 테런스가 병원 응급실에 도착했던 그날 밤, 워낙 급박하게 응급처치에 들어 갔고, 기관 내 삽관과 제세동이 이뤄진 터라 병원 측에서도 혈액 샘플을 따로 채취해 둘 틈이 없었다. 혈액 샘플도 독성학적으로 아무 이상이 없었기 때문에 테런스가 뇌사 상태에 빠졌던 당시, 그의 혈류에서 어떠한 화학 작용이 일어났는지 파악할 도리가 없었다.

최대한 꼼꼼하게 부검 작업을 했지만, 테런스의 사인을 정확히 판단할 어떤 단서도 얻지 못했다. 나는 보고서에 '원인을 알 수 없는 무의식 상태로 인한 무산소 뇌병증'이라고 적었다. 이 말을 풀이하면 '대체 이유가 뭔지는 몰라도 뇌 속에 산소가 부족하여 사망했다'는 것이다. 더 최악인 사실은 테런스가 의식을 잃은 원인이 자연적 질병 때문인지, 독성 물질 때문인지 파악할 수 없기 때문에 사망의 방식 역시 '알 수 없음'이라고 적어야 한다는 거였다. 결론 내릴 수 없음. 정말로 짜증 나는 상황이었다. 처음으로 맡은 부검을 이렇게 마무리하고 싶지는 않았다.

***

새로운 직장에서 한 주를 보내는 동안, 의대에서 배운 지혜로운 금언을 떠올리며 새삼 고마움을 느꼈다. 그 금언은 바로 "말발굽 소리를 들으면 얼룩말이 아니라 말을 떠올려라"는 것이었다. 이 말의 뜻은 눈에 보이는 것이 그대로인 경우가 많으며, 가장 단순한 대답이 대부분 옳다는 의미다. 나는 심장병 말기 환자였으며 말초 혈관병으로 사망한 78세 남성과 그보다 심장병이 더욱 심각했던 55세의 여성의 시신을 부검했다. 두 사람 모두 수술 후 며칠 사이에 사망한 케이스였다. 두 사망자의 유족들은 수술 때문에 사망한 것이라고 확신하고 부검을 의뢰했다. 하지만 두 시신을 모두 부검한 결과 같은 사실을 발견했다. 심장병이 말기까지 진행된 상태였기 때문에 집도의에게 사망에 대한 과오를 돌릴 수 없다는 사실이었다. 혹여 조금이라도 실수가 있었다고 해도 수술 때문에 사망한 것은 아니었다. 그 후로 2년 동안, 동맥경화증 질환으로 인한 사망진단서를 다섯 번이나 작성했다. 동맥경화증 질환은 미국에서 가장 악명 높은 사망 원인으로 많은 뉴욕 시민을 죽음으로 몰았다고 해도 과언이 아니다.

외상성 사망 조사는 법의병리학에서는 특이한 케이스에 속한다. 레지던트로 수련을 받는 동안 거의 접해보지 못하기도 했다. 병원에서 일하는 병리학자들은 주로 자연사로 사망한 환자들만 부검했기 때문이다. 주말이 다가오는 어느 날, 나는 첫 번째 외상성 사망 사례를 맡게 되었다. 62세의 요한네스 로스캄은 집에서 불이 나서 구급대에 구조되어 뉴욕대학병원 응급실로 이송된 지 3시간 만에 사망했다. 오전 회의를 하는 사이, 수전 엘리가 요한네스 로스캄의 시신을 부위별로 나누어서 어느 정도로 화상을 입었는지 표시해 둔 화상 분포도를 만들어 주었다. 한쪽 팔은 9퍼센트, 한쪽 다리는 18퍼센트 이런 식으로 말이다. 요한네스 로스캄의 외부 조사를 하면서, 분포도 위에 부상당한 부위를 색칠하고 몸 전체에 열화상을 입은 부위를 계산해 보니 대략 20퍼센트에 달하는 것으로 나타났다.

요한네스의 시신에서 붕대를 풀었더니 하얀 화상 연고가 두껍게 발라져 있었다. 자세히 살펴보니 대부분의 화상 부위가 붉게 변했고 물집이 생겼으며, 주위에 딱지가 생겨 허물이 벗겨져서 속살이 그대로 드러나 있었다. 이러한 정황으로 보아 2도 화상으로 판단했다. 어떤 부위는 3도 화상으로 피부 껍질이 전부 탄소질의 잔해로 쭈그러들었고 노란 피하지방과 근육 조직이 새빨간 와인색으로 보였다. 요한네스의 경우는 뼈까지 까맣게 탄 상태인 4도 화상까지는 입지 않은 것으로 보였다.

열화상이 심각한 편이었지만 그렇다고 해서 요한네스가 열화상으로 사망한 것은 아니었다. 대부분의 화재로 인한 사망자들이 그러하듯 요한네스도 일산화탄소 중독으로 끔찍하게 생을 마감했다. 일산화탄소는 화학적 연소 작용이 생길 때 나오는 가스로 적혈구의 헤모글로빈을 굳게 하여 일산화탄소 헤모글로빈으로 만들어서 질식할 때까지 산소 분자가 들어오지 못하게 막아버린다. 요한네스의 시신을 절개해 보니, 기도에 그을음이 꽉 차 있었고, 기도부터 비강, 목구멍 그리고 호흡기관까지 새까맣게 변한 것으로 보아 대형 화재 속에서도 계속 숨을 쉬고 있었다는 사실을 확인할 수 있었다. 몇 달 후, 요한네스의 독소 보고서가 책상에 놓여 있었다. 검토해 보니 체내 일산화탄소 헤모글로빈 수치가 65퍼센트에 달하는 것으로 기록되어 있었다. 이는 거의 치사 범위에 가까운 수치다. 그로부터 2주 후, 소방서에서 도착한 감식 보고서에 따르면 망자는 흡연자였으며 침대에서 담배를 피우다가 불이 난 것으로 밝혀졌다. 따라서 그 화재는 우연히 발생한 것으로 확인되었고 부검보고서에도 사망의 방식을 '사고사'로 기록하였다.

같은 주 토요일, 그러니까 한창 요한네스의 부검을 하고 있을 무렵 다른 사건이 터졌다. 36세의 율리야 코롤레바는 암스테르담대로의 한가운데 있는 도로를 무단 횡단했다. 그녀는 72번가 지하철에서 북쪽으로 몇 블록 떨어진 곳에 주차되어 있던 두 대의 자동차 사이로 무단 횡단을 하던 중 하얀색 미니밴에 치여 형체를 알아보기 힘들 정도로 온몸이 으스러지는 사고를 당했다. 율리야는 응급실로 옮겨졌고 골반 쪽 엑스레이를 찍었다. 그때까지만 해도 의사들은 그녀가 임신했다는 사실을 알지 못했다. 나중에 수술실에 들어가고 나서야 율리야가 임신 중이었다는 사실이 밝혀졌다. 끝내 율리야는 수술대 위에서 사망했다.

일요일 아침, 율리야의 부검을 하였다. 막 Y자로 절개를 하고 부검을 시작하려던 참에, 금색 살인 사건 전담반의 배지를 목에 건 한 여자가 부검실로 들어왔다. 그녀는 알몸으로 부검대 위에 누워 있는 율리야의 시신을 내려다보며 말했다.

"미니밴 운전자는 여자를 치고 도주해버렸어요." 경관이 이렇게 말하고는 불안정한 시선으로 나를 훑어보더니 다시 말을 이었다. "혹시 예전에 저랑 함께 수사한 적이 있었나요?"

"이번 주부터 근무를 시작했어요. 새로 온 부검의입니다. 주디 멜리네크라고 해요."

"셰릴 윌리스예요."

우리는 고갯짓으로 인사를 대신했다. 부검실 안에서는 누구도 악수를 하지 않는다. 셰릴은 다부진 체격에 말끔해 보이는 정장 차림이었다. 수술용 마스크를 쓰고 있어서 정확히 어떤 모습인지는 알 수 없었지만 부검대 위에 섬뜩한 시신을 보고도 전혀 겁먹지 않았다는 것 정도는 알 수 있었다. 허리 아래쪽이 완전히 뭉그러진 여성의 시신이 있고, 그 앞에 다른 여자는 날카로운 메스를 들고 가슴을 절개하려고 폼을 잡고 있는 데도 말이다.

"네, 멜리네크 박사님."

"주디라고 부르세요."

"주디. 그러죠. 부탁드릴 게 있어요."

셰릴은 부검대 쪽으로 한 걸음 더 다가오더니 율리야의 시신을 머리부터 발끝까지 훑으며 말했다.

"DNA 테스트 때문에 머리카락이 좀 필요해요. 그리고 혹시 부검 중에 페인트 자국이나 철제 조각 같은 게 나오면 저에게 꼭 연락해 주세요."

범퍼에 피해자의 머리카락이 붙어 있거나, 차량에서 떨어져 나온 페인트 조각이 시신에서 발견된다면, 경찰에서 뺑소니를 치고 달아난 차량을 찾을 수 있고 성공적으로 가해자를 기소 조치할 수 있다. 셰릴의 시선이 율리야의 복부 쪽에 멈추었다.

"임신 중인 걸 알고 계셨나요?" 나는 그렇다고 대답했다.

"배 속의 아이가 생존할 가능성이 있었을까요?"

"태아를 직접 확인해 보기 전까지는 알 수 없어요. 확인된다고 해도 단언하기 힘들고요. 육안으로 확인해 본 바로는 임신 중기 정도에 접어들었던 걸로 추측됩니다. 자궁 밖에서 태아가 생존할 수 있으려면 최소한 24주 이상이 되어야 해요. 그런데 제가 보기에는 그만큼 자라지는 않았던 것 같아요. 일단 자궁을 절개하고 태아의 크기를 확인해야지만 정확히 말씀드릴 수 있을 것 같습니다."

"24주가 되지 않았다는 걸 어떻게 확신하시죠? 주 수보다 작은 아이였을 수도 있지 않나요?"

"산모가 임신성 당뇨 환자가 아니라면 태아의 크기는 육안으로도 충분히 가늠할 수 있어요. 물론 제일 정확한 것은 태아의 발 크기를 재보면 알 수 있어요. 자궁 내에 있을 때는 남자아이든 여자아이든, 몸집이 크든 작든 간에 발 크기는 주 수에 따라 동일하게 측정되거든요. 태아 병리학 도서를 참고하면 태아의 발 크기로 정확한 주 수를 계산해 볼 수 있습니다."

그제야 경관이 고개를 끄덕였다.

"다행이네요."

사실관계를 정확히 파악하려는 모습이 눈에 역력히 보였고, 나도 모르게 셰릴 경관에게 호감이 갔다. 겉으로는 퉁명스러워 보이지만 굉장히 똑똑한 사람 같았다.

경관은 나를 부검대에 남겨두고 금방 자리를 떠났다. 차라리 혼자 남겨진 것이 다행이라고 생각했다. 왜냐하면 율리야의 자궁을 절개하는 것은 지금까지 했던 그 어떤 부검보다도 가슴이 아팠기 때문이다. 배 속에 완벽하게 보존된 태아를 보는 순간, 그 조그만 태아를 손에 안는 순간 뜨거운 눈물이 차올라 눈앞이 흐려졌고 부검의로서의 신중한 태도도 와르르 무너져 내렸다. 손가락 열 개와 발가락 열 개가 완벽히 정상인 남자아이였다. 아이는 엄마 배 속에서 매우 건강하게 무럭무럭 자라고 있었다. 아이의 내장 기관 역시 제자리에 자리 잡았고 기형인 부분이 하나도 없었다. 발 사이즈는 30밀리미터로 19주 차에 접어든 태아였으며, 총 임신 시간의 절반을 넘긴 상태였다. 나는 엄마와 함께 곤히 잠들 수 있도록 태아를 다시 엄마의 배 속에 눕혔다.

그 주 일요일에 처음으로 자살한 시신을 부검했다. 뇌암과 인후암 병력이 있는 50세 남성으로 병원의 종양학 의사로부터 암세포가 전이되었을 수도 있다는 소식을 들은 후에 칼로 목을 베어 목숨을 끊었다. 부검은 그리 복잡하지 않았다. 성인의 몸은 평균 3.8리터의 수분과 그중 절반은 혈액으로 이뤄져 있는데, 시신의 혈액은 거의 남아 있지 않았다. 검시 보고서에 따르면 욕실에서 몸속에 있는 거의 모든 혈액을 쏟아냈다고 기록되어 있었다. 망자는 부인 앞으로 유언장을 남겼다. 유언장에는 다시는 항암 치료를 하면서 병시중을 들지 않아도 된다는 내용이 적혀 있었다. 하지만 자살은 이기적인 행동이었고 결국 남편은 아내를 진심으로 아껴주지 않은 꼴이 되었다. 남편의 시신을 발견한 것이 다름 아닌 아내였기 때문이다. 아내의 마음을 아프게 한 것은 남편의 암이 전이되었다는 소식보다 남편이 욕실 바닥에 피범벅이 되어 얼음장처럼 차디찬 주검으로 쓰러져 있는 모습이었을 것이다.

열 살 때였나, 겨울 방학에 아버지의 손을 잡고 브롱크스 동물원에 간 적이 있었다. 어찌나 추웠는지 핫도그 판매대 뒤에 서 있는 사람의 얼굴이 하얀 김 때문에 제대로 보이지 않을 정도였다. 아버지는 추위에 꽁꽁 얼어붙은 판매원에게 케케묵은 농담을 던졌고, 카메라를 내 손에 쥐여주고는 원숭이 집 앞에서 원숭이 흉내를 내는 자기 얼굴을 찍어달라고 했다. 킁킁대며 원숭이처럼 겨드랑이를 긁는 모습이 어찌나 우스웠는지 깔깔대며 웃느라 사진이 흔들려서 흐릿하게 나왔다. 지금도 그때 보았던 아버지의 모습을 생생히 떠올릴 수 있고 그날 먹었던 핫도그의 맛도 그대로 기억할 수 있으며 아버지가 스스로 목숨을 끊음으로써 느꼈던 상실감 또한 아직까지 치유되지 않았다. 아버지는 농담을 잘하고 버트 레이놀즈처럼 콧수염이 났으며 네모난 까만 안경을 쓰고 다니던 중년의 남성이었다. 겨울이면 묵직한 코트에 울로 된 모자를 눌러 쓰고 다니던 한없이 재미있는 분이었다. 그로부터 3년 후, 아버지는 스스로 목을 맸다. 함께 동물원에 갔던 추억이 이렇게 오랫동안 머릿속에 맴돌 줄 알았더라면 제대로 사진 한 장을 더 찍어서 그 모습을 그대로 남겨 두었을 텐데.

내가 맡은 첫 번째 자살 부검 케이스의 당사자가 유언장에 남긴 말처럼 아버지도 이렇게 생각했을 것이다. '내가 없으면 가족들이 더 행복해지겠지.' 하지만 그와는 정반대였다. 그런 생각은 철저히 자기중심적이고 삐뚤어진 생각이다. 남편이 떠나고 홀로 남겨진 아내는 절대로 행복할 수 없을 테니 말이다.

이렇게 두 건의 부검을 마치고 나니, 찰스 히르쉬 박사와 동료들과 오후에 회의할 때까지 좀처럼 마음을 추스를 수가 없었다. 자살한 시신의 경우에는 사망진단서를 분류하는 작업이 어렵지 않았지만, 율리야의 케이스는 셰릴 경관이 사건 수사를 진행하는 동안 일단 '미결 상태'로 보류해 두기로 했다.

우리는 필요 이상으로 시신을 오랫동안 붙잡아 두지 않았다. 이는 찰스 히르쉬 박사가 제일 중요하게 생각하는 부분이다. 시신에서 채취한 샘플들을 테스트하고 연구소에서 결과를 받을 때까지는 사인을 정확히 판단할 수 없다. 그래서 우리가 작성하는 사망진단서의 거의 절반가량은 조사 결과와 추측에 의한 사망 원인 분석으로 사건 조사가 정확히 이뤄질 때까지 잠시 계류 상태로 두었다. 사망진단서가 계류 중이라도 유족들은 사랑하는 가족의 시신을 묻고 주 경계선을 넘어 이송할 수 있다. 그래서 일단 모든 서류 작업을 마무리해 둔 후에 사건 조사가 끝나는 대로 진단서 내용을 수정하여 율리야의 최종 사망진단서를 작정할 계획이었다.

나는 찰스 히르쉬 박사에게 명백한 살인 사건을 쉽고 단순하게 공표할 수 없는 이유에 관해 물었다.

"상대를 해치려는 의도가 있었는지 증명할 수 없는 한 살인 사건으로 볼 수 없기 때문이지."

"네, 하지만 미니밴 운전자는 사망 사고를 내고도 뺑소니를 쳤잖아요. 그런 상황에도 '타인에 의한 사망'으로 결론 내릴 수 없는 건가요?"

"명백한 의도가 있었는지 증명할 수 없다면 쉽게 결론 내릴 수 없어."

"피해자가 피를 흘리며 도로에 쓰러진 걸 보고도 그냥 도망쳤는데요?"

"맞아."

박사는 묵묵부답인 나에게서 또 다른 질문을 기대하는 눈치였다.

"뺑소니 사고라고 해도 여전히 사고일 뿐 가해자의 살인 의도를 증명할 수 없는 이상 우연에 의한 사고로 볼 뿐이야. 사건을 계류하기로 한 건 잘한 일이야. 경찰 조사에 대해서는 크게 걱정하지 마. 결국 가해자를 잡아들일 테니까. 그때가 되면 사망 진단을 계류시킨 오늘의 판단이 옳았다는 것을 알게 될 거야."

찰스 히르쉬 박사는 선견지명이 뛰어난 사람이었다. 그로부터 2주 후, 셰릴 경관은 파트너와 함께 사무실에 불쑥 나타났다. 2미터 가까이 되는 장신에 살집이 통통하고 반짝이는 눈동자를 가진 토레스 경관이었다.

"본론으로 들어가죠, 박사님." 그는 첫인사로 악수를 하고 나서 곧바로 이렇게 말했다. "그럼 사건 얘기부터 해 볼까요?"

경찰은 현장에 있던 미니밴의 위치를 파악했다. 운전자는 사건 현장에 갔었다는 점을 부인하지 않았지만, 그의 진술은 목격자들의 증언과 일치하지 않았다. 목격자들에 따르면 율리아는 동쪽에서 서쪽으로 도로를 무단으로 건넜다고 했다. 그런데 운전자는 율리아가 서쪽에서 동쪽으로 도로를 건넜다고 주장한 것이다. 목격자들은 미니밴이 그녀를 치고 피해자가 차 아래쪽으로 깔렸는데도 운전자가 급히 도망쳤다고 말했다. 하지만 운전자는 본인이 아니라 앞에 있던 차가 이미 그녀를 치고 갔으며 그 후로는 어디로 갔는지 보지 못했다고 말했다.

"그래서 말인데, 박사님은 어느 쪽의 말이 진실인지 판단하실 수 있나요?" 토레스가 물었다.

나는 미소를 지었다.

"경관님, 물론 대답해 드릴 수 있습니다."

나는 율리아의 부검 파일을 꺼내서 외부 조사를 마친 후에 시신에 남아 있는 찰과상과 좌상을 빠짐없이 표로 그려 넣은 종이를 꺼냈다.

"여기를 보세요. 왼쪽 허벅지에 커다랗게 멍이 들어 있지요?"

두 경관은 내 책상 쪽으로 몸을 숙이고 나란히 머리를 맞댔다.

"피해자가 서 있었다고 가정한다면 이 멍의 높이가 어느 정도나 될까요?" 셰릴이 물었다.

나는 외부 조사 분포도를 가리켰고 정확히 66센티미터였다.

"이 정도면 딱 자동차 범퍼 높이 정도 되겠네요." 나는 말했다.

셰릴은 토레스를 쳐다보았고 두 사람은 승리의 미소를 지었다.

"멍청한 자식 같으니." 토레스가 말했다.

셰릴 경관의 설명에 따르면 경찰의 심문에 운전자가 당시 상황을 조작해서 경관들도 그의 말에 맞장구를 쳐주었다고 했다. 바로 앞에서 뺑소니가 벌어지는 걸 보면서 운전대에서 얼마나 놀랐겠냐는 말도 했다는 것이다. 그렇다면 운전자가 눈앞에서 목격했다는 차량은 어떤 모델이었을까?

"파란색 토요타 캠리였다고 하더군요." 토레스가 말했다. "이 멍청한 자식. 토요타 캠리의 범퍼 높이는 53센티미터밖에 안 되는데 말이죠."

"이미 범퍼 높이를 확인했어요." 셰릴 경관이 덧붙였다.

"박사님, 피해자를 치고 달아난 미니밴의 범퍼 높이가 얼마나 될지 예상해 보실 수 있나요?"

"제가 기록해 둔 것처럼 66센티미터 정도 되겠죠. 그래야 시신의 왼쪽 허벅지에 남은 멍 자국의 위치와 일치하지 않겠어요?"

셰릴 경관의 얼굴에는 화색이 만연했다.

"왼쪽 허벅지. 암스테르담대로는 북쪽으로 향하는 일방통행 도로니까요. 증인들이 말한 대로 피해자가 서쪽을 향해 무단 횡단을 했다면, 차량에 부딪혔을 때 몸에 닿은 부위는…?"

"…왼쪽 허벅지겠죠!"

토레스가 셰릴 대신 말을 맺으면서 미니밴 운전자의 거짓 진술이 어이 없는지 피식하고 웃음을 터트렸다.

셰릴 경관은 시신의 부상 분포도를 다시 한 번 유심히 살피더니 피해자의 등 뒤에 큰 반점처럼 까맣게 칠해진 부분을 가리키며 물었다.

"이건 뭐죠?"

나는 부검을 하면서 빈 곳에 메모해 둔 내용을 보여 주면서 대답했다.

"기름 자국이에요."

"차량 하부에서 흘러나온 기름인가요?" 토레스가 되물었다.

나는 사건 파일을 뒤져서 외부 조사 당시 찍어 둔 사진을 꺼냈다. 사진에는 사망한 여성의 위쪽 등에 시커멓게 남은 기름 얼룩이 보였다.

"시신에 기름 자국이 남아 있었어요. 그러니까 무언가에 의해서 피해자의 블라우스가 벗겨졌다는 의미겠지요."

나는 중요한 점을 지적했고 셰릴 경관은 내가 한 말을 급히 메모지에 적었다. 나는 율리야의 배 속에 있던 아이의 아버지가 누군지 알아보았냐고 물었다.

"차량으로 인한 사망 사고라서 태아의 아버지가 누구인지까지는 조사하지 않았어요." 토레스 경관이 무표정하게 대답했다.

"현재 두 명의 남자가 아이의 아버지라고 주장하고 있어요. 그중 하나는 교도소에 있는 사람인데 교도소에 투옥되기 전에 아이를 가진 건지 정확히 시간을 계산해 보지 않았어요. 다른 한 명은 외부에 있고요."

그 말을 듣자 친자 확인 검사를 할 수도 있다는 생각이 들어, 미리 태아의 조직 샘플을 냉동해 두기 잘했다는 생각이 들었다. 나는 셰릴 경관에게 부검 후에 작성한 부상 분포도를 건네주면서 꼼꼼하게 사건을 조사한 두 경관에게 감사의 인사를 건넸다.

"이번 사건이 뺑소니 사고로 끝나지 않아서 정말 다행이에요. 태아를 부검한 후로 내내 마음에 걸렸거든요.”

“아직 축배를 들기는 일러요.” 세릴 경관은 서류를 높이 들며 말을 이었다. “박사님이 주신 서류가 도움이 되겠지만 검사 측에서 이 단서로 배심원단을 충분히 설득시킬 수 있다고 생각할지 아직 알 수 없으니까요.”

“정확히 말하자면 대배심이죠.” 옆에 있던 경관이 끼어들었다.

“아, 그렇지.”

“일단 차량을 압수한 사무실에서 무슨 단서를 찾아냈는지 살펴봐야겠어요.”

그로부터 며칠 후 셰릴 경관에게서 전화가 걸려왔다.

“주디, 새로운 소식이 있어서 연락했어요. 차량 연구실에서 미니밴 하단에 붙어 있던 머리카락을 발견했어요. 조사 결과 박사님이 주신 율리야의 체모 샘플과 일치합니다. 더 다행인 것은 자동차 바닥에 있는 기름과 윤활유가 흘러나오는 부분에서 발견되었다는 거예요. 일단 조사 결과를 검사에게 보냈으니 단순 뺑소니 사고에서 살인 사건으로 사건이 전환될 거예요.”

그제야 마음이 놓였다. 물론 사망의 방식은 여전히 살인 사건이 아닌 폭력과 살인 행위지만, 나쁜 짓을 한 사람을 기소하는 데 일조했다는 사실에 뿌듯함을 느꼈다.

***

검시관이라고 하면 백이면 백 ‘살인’이라는 단어를 떠올리지만 사실 살인 사건은 손에 꼽을 정도다. 가장 일반적인 케이스는 ‘자연사’로, 검시관 사무소에 도착하는 1/3 정도의 시신이 이에 해당한다. 자연사 중에서는 부상보다 질병으로 사망한 경우가 많다. 그 원인이 전염병인 경우도 있지만 대다수는 그렇지 않다. 근무를 시작한 첫 주에 내가 작성한 사망진단서만 해도 심장병, 당뇨병, 선천적 장애 그리고 습관성 알코올 섭취로 인한 간 손상이 선행 사망 원인이었다. 우리는 갑작스럽고 예상치 않게 자연사한 경우에만 부검 조사를 한다. 치명적인 사망 원인이 무엇인지 파악하고 유족들에게 유전적으로 닥칠 수 있는 의료적 위험 요소를 알리고 공중위생을 보호하려는 의도에서다.

레지던트들이 참여하는 오후 수업 중에, 찰스 히르쉬 박사는 나와 스튜어트, 더그에게 본인이 자연사를 분류할 때 사용하는 하위분류 도식 프로그램을 소개해 주었다. 다음에 소개하는 내용은 직접 사망진단서에 기재하지는 않지만, 부검에서 발견한 것들을 평가하는 데 용이하며 법의학자답게 생각하는 데 도움을 주었다.

1. 부검에서 논쟁의 여지가 없는 증거가 발견된 경우 : 장기 파열이나 생명 중추부의 출혈

이스트할렘 116번가의 인도를 걸어가던 69세 여성이 갑자기 돌덩이처럼 바닥에 쓰러졌고 다시 일어나지 못했다. 부검을 하였고, 심각한 심근경색증으로 시신의 심장에 동전 크기만 한 구멍이 생겨서 심막과 우측 늑막에서 1500cc가량의 혈액이 쏟아져 나왔다는 것을 확인했다. 심장 파열은 전형적인 '논쟁의 여지가 없는' 자연사의 원인이다. 이러한 범주는 내가 맡은 케이스 중에서는 지극히 미미한 비율을 차지한다. 가장 간단한 케이스다.

2. 다른 원인을 배제하고 충분히 진행 가능한 치명적인 질병이 존재할 가능성이 있는 경우

아만다 피바디는 TV 뉴스 제작자로 막 4개월간의 출산 휴가를 마쳤다. 직장에 복귀한 첫째 날 저녁, 길을 가던 행인이 오른손에 차 키를 쥔 채 차갑게 굳어져 고꾸라져 있는 아만다의 시신을 발견했다. 지갑은 다리 위에 놓여 있었고 폭행을 당한 흔적은 어디도 없었다. 아만다의 남편은 법의학 수사관에게 생전에 아내에게 승모판 일탈증후군이 있었으며 심장 잡음 양성 반응을 자주 보였다고 말했다.

부검을 통해 아만다의 심장판막이 푸르스름하고 두껍게 변해서 바닥에 추락한 낙하산처럼 겹겹이 쌓여 있는 것을 발견했다. 이것은 점액종성 변성이라는 심장 질환의 징후 중 하나였다. 폐색전증이나 동맥류의 흔적은 없었으며 뇌에 혈액이 차 있지도 않아서 그 외에는 갑작스러운 사망의 원인이 될 만한 증거를 찾을 수 없었다. 독성학 조사 결과에서도 음성 판정을 받았다. 결국 심장판막이 조금씩 새기 시작하면서 심장 기능이 천천히 악화되었고, 심실세동으로 이어져 심장이 영원히 정지했다는 결론을 내릴 수밖에 없었다. 사망 당시 아만다의 자세 또한 죽음의 원인을 유추할 수 있는 증거였다. 평상시처럼 행동하다가 갑자기 심장이 정지하여 그 상태로 굳어져버린 것이다.

3. 병리학의 주변적인 요소와 주목할 만한 이력과 연관이 있으나, 다른 원인이나 의료 이력, 환경의 요인이 전혀 없는 경우

때로는 고인이 앓았던 질병이 사망에 치명적인 영향을 미치지 않았으

나, 현장의 주변 상황으로 인하여 사망에 이르는 경우도 있다. 패트릭 발처는 운동으로 단련된 건강한 40세의 변호사로 흡연도 하지 않았고 음주도 자제하는 편이었으며 이렇다 할 의료 이력이 눈에 띄지 않았다. 그러던 어느 날 저녁 식사 자리에서 패트릭은 속이 쓰리다고 고통을 토로했다. 다음 날 아침, 그는 얼굴이 창백해져서 눈을 떴고 호흡 곤란을 호소했다. 그의 아내는 곧바로 911에 신고했지만 응급구조팀이 도착할 즈음 패트릭은 사망했다.

아만다 피바디의 경우와 정반대로, 패트릭 발처의 심장은 단단하고 매끄럽고 건강해 보였으며 지방 분포도 적고 심장마비의 징후도 찾아볼 수 없었다. 심혈관을 절개하고 그중 좌측 전하행지 중 하나를 살펴보았지만 질병에 연관된 증거를 찾지 못했다. 그저 동맥이 죽상경화반으로 인해 막혀 있다는 것만 확인할 수 있었다. 혈류 안의 지방 분자가 비대해지면서 동맥의 흐름을 방해한 것이다. 하지만 부검으로 찾아낸 것치고는 매우 미미한 결과였다. 전혀 다른 이유로 사망한 남성들의 심장에서 그보다 더한 경우도 자주 보았기 때문이다. 독성학과 조직학 보고서도 음성으로 판명되었다.

"뭔가 놓친 부분이 있을 거예요." 나는 찰스 히르쉬 박사의 회진에서 부검 결과를 보고하며 이렇게 덧붙였다. "죽상경화반으로 혈관 하나가 막혔다고 해서 사망했을 리가 없잖아요."

"그 혈관 하나가," 찰스 박사는 안경 너머로 '히르쉬즘'의 경구를 떠올리게 하는 눈을 반짝이며 말을 이었다. "그것과 아내의 진술 그리고 응급의료진이 조사한 현장 상태를 복합적으로 생각해야 해. 객관적 타당성만 생각하고 현실을 부정해서는 안 되지. 현장과 당시 상황으로 보아 사망원인을 심장병으로 유추할 수는 있지만, 심장을 보니 그리 심각한 상태는 아니었다는 거지? 부검에서 신체적인 문제점을 발견하지 못했다는 사실에 지나치게 집착하면, 왠지 뭔가 부족한 기분이 들기 마련이지. 사망 사건을 조사할 때는 무엇보다 전체적인 그림을 그리는 것이 중요해. 우리는 철저하게 증거에 바탕을 두고 결론을 내려야 하는 사람들이니까.”

찰스 박사의 말은 구구절절 맞았다. 우리는 과학자이고 얄팍한 데이터에 의존하는 것을 좋아하지 않는다. 하지만 과학적인 객관성을 유지하기 위해서 안간힘을 쓰다 보면 진실이 가진 힘까지도 부정할 때가 있다. 그래서 나는 고인의 건강한 심장에만 사로잡혀 속 쓰림과 호흡 곤란 증세가 있었다는 당시 정황을 무시해버렸던 것이다. 결론적으로 사망의 원인은 심장마비였다. 심장마비에 걸릴 위험이 전혀 없던 사람이었다. 하지만 이것이 현실이고 그의 주요한 사망의 원인이었다.

4. 병리학적으로 병변을 입증하기 불가능한 경우

특히 조현병과 간질 같은 증상으로 인한 사망은 신경계통, 호흡기관 혹은 심장의 메커니즘으로 입증하기 어려운 경우에 해당된다. 매서운 추위가 한창이던 1월의 어느 날, 조사관들의 표현에 따르면 ‘냉동인간’이라고 불리는 시신 한 구가 부검실에 도착했다. 한 달 전, 욕조에서 사망한 조현병 환자인 여성의 시신이었다. 공과금이 미납되면서 주인이 아파트 보일러를 차단해버렸고 결국 시신이 얼음처럼 꽁꽁 얼어버리게 된 것이다. 부검을 시작하기 전에 시신을 해동해야만 했다. 해동 후 부검을 한 결과 여성의 시신에서는 아무런 문제가 발견되지 않았다. 사망 당시 찍힌 사진으로 보아 여성의 머리는 물 위로 올라와 있었기 때문에 익사한 것도 아니었다. 이전 의료 이력에서 그나마 사인과 관련이 될 만한 것이라고는 정신병을 앓았다는 것뿐이었고 그걸로는 충분히 사인을 설명할 수 없었다. “다른 증거가 발견되지 않았다고 해도 조현병 하나만으로도 충분히 사망의 원인으로 간주할 수 있어.” 찰스 히르쉬 박사는 오후 회의 자리에서 이렇게 말했다. “연구에 따르면 조현병은 환자에게 자율신경 불안증과 추후 부정맥을 일으킬 수 있지. 물론 그게 사실인지 실험해 볼 방법은 없지만 그렇다고 해서 발생 가능성이 있다는 사실을 무시해버릴 수는 없어.” 그래서 그 케이스는 사망의 원인이 ‘조현병’이라는 한 단어로 표현되는 자연사로 분류되었다.

5. 최선의 노력을 다했음에도 불구하고 사망의 원인이 미결인 경우

자연사로 사망했지만 정확한 원인을 알 수 없는 경우가 있다. 가장 짜증나는 케이스로 막다른 길에 몰린 것과 비슷하다. 30세의 중국인 이민자가 집에서 잠을 자던 중에 사망했다. 부검 결과 그는 인생에 최고로 건강한 상태였던 것으로 밝혀졌다. 심장의 손상도 없었다. 혈관도 깨끗하고 탄력적이었다. 폐 질환의 소지도 보이지 않았다. 조그만 담석 몇 개가 있었으나, 이는 등 쪽에서 발견된 것으로 통증을 일으킬 가능성도 있지만 반대로 전혀 아무런 증상을 보이지 않을 수도 있는 수준이었다. 시신을 부검했는데도 어떤 이유로 사망했는지 단서를 찾을 수가 없었다.

검사소 건물 위층에 있는 법의생물학 분야의 한 직원이 유족과 통화를 위해 중국어 통역을 도와주었다. 사무실 전화기로 고인의 사촌에게 전화를 걸었고, 고인이 생전에 등 통증으로 6개월 넘게 고통을 받았으며 이를 치료하기 위해 한약을 섭취했다는 사실을 알게 되었다. 저녁을 먹을 때까지도 멀쩡했던 아들이 다음 날 아침, 침실에서 차가운 시신이 된 채 부모에게 발견되었다. “혹시 예전에 먹던 중국 한약이 남아 있는지 찾아보고 연구실로 가져다 달라고 말해 주세요.” 나는 법의생물학 직원에게 부탁했다. 그는 유족에게 내 말을 전달했고, 사촌이라는 사람이 연구실로 가져다주겠노라고 말했다.

그로부터 몇 주 후, 조직학 분야에서 현미경용 슬라이드가 도착했고 나는 혹시 심근염, 즉 심장의 벽에 전염병이 있었는지 세세히 살폈다. 심근염은 건강한 사람도 순식간에 사망에 이르게 만드는 병이다. 물론 심근염은 발견되지 않았다. 독성학보고서도 음성으로 판명되었다. 하지만 아직 ‘중국의 전통 한약재’ 안에 어떤 성분이 함유되어 있는지, 이를 어떻게 추출할지 알아내지 못한 상태였다. 나는 유리 포도당과 전해액 수치를 다시 조사해 달라고 요청했고 포르말린이 든 플라스틱 용기 안에 보관해 둔 고인의 심장 샘플을 채취했다. 심장전기자극전도계를 실험해 봐야 하는 상황이었다. 이는 쉽지 않은 실험이었다. 건강한 심장박동을 조절하는 신경다발과 섬세한 가닥들이 심근 조직 깊숙이 자리 잡고 있기 때문이다. 바바라 샘슨이 정확히 어디를 해부해야 하는지 분포도를 만들어 주어서, 나는 그 자료를 참고로 최대한 세심하게 부검에 돌입했다. 심장을 분해해 보았지만 숨겨진 결함이나 단서를 하나도 찾지 못했다.

한약재를 가져오겠다던 사촌도 감감무소식이었다. 안구에서 추출한 유리 액체도 보통 수치로 나와서 진단 미확정 당뇨병이나 전해질 불균형으로 인한 급성 심장 부정맥으로 사망한 것도 아니었다. 슬라이드를 가지고 바바라 샘슨에게 찾아가서 마지막으로 하나하나 검토를 마쳤지만 결국 아무런 소득 없이 끝이 났다. “이걸로 부검의 한계를 깨닫게 된 셈이네요. 인체 구조도 그 다양한 기능의 모든 것을 알려주지 못하네요.” 바바라 박사는 그렇게 위로의 말을 건넸다. 현미경 아래서는 완벽히 정상으로 보이는 것이 실제로는 제대로 작동을 하지 못한 것이다. “만약 심장긴 간격증후군이나 브루가다 증후군 때문이라면 아무런 단서도 찾지 못할 수도 있어요.” 바바라 박사는 현미경 아래를 빤히 쳐다보며 말했다. “심장 전도계를 아주 섬세하게 분해했네요.” 그리고 나를 보며 말했다. “정말 멋지지 않아요?”

나도 그 말에 동의했다. 이번 부검을 통해 많은 것을 배웠지만 결론을 찾을 수 없었다. 최선의 노력을 다했음에도 사망진단서에는 ‘원인 불명의 자연사’라고 기록할 수밖에 없었다. 발견하지 못한 병리학적 과정이 이 젊은 남성의 사망 원인으로 작용했지만, 결정적인 질병이 무엇이고 어떠한 섭리로 발생한 것인지 고인과 함께 무덤에 묻히게 되었다.

4
우연한 사고

더위로 온몸이 끈적거리는 8월의 어느 저녁이었다. 우르릉 천둥소리가 창문을 흔들고 번쩍이는 번개가 하늘을 갈랐다. 우리 가족은 6층 아파트의 맨 꼭대기 집에 살았다. 남편은 하늘에서 벌어지는 번개 쇼를 감상하기 위해 대니를 품에 안고 덮개가 쳐진 테라스로 한달음에 달려갔다. 그렇게 두 남자는 30분 가까이 번개가 번쩍일 때마다 깜짝 놀라 몸을 움츠리며 테라스에 서 있었고 대니는 우지끈 천둥소리가 들릴 때마다 꽥 소리를 질렀다. 나는 천둥 번개에 대한 상식이 없는 사람이라며 남편에게 잔소리를 퍼부었다.

"번개는 더 높은 건물로 떨어지잖아." 남편이 받아쳤다. "밖에 나가서 보는 것도 아닌데 무슨 걱정이야."

"바보 같기는! 테라스에 방충망이 하나밖에 더 있어?"

다음 날 아침 신문을 읽으며 내 주장을 입증할 기회가 왔다. "오늘 우리 연구실에서 어떤 시신이 도착할지 궁금하지 않아?" 그제야 남편은 어깨 너머로 고개를 내밀고 신문에 나온 기사를 읽었다. 폭풍우가 몰아치던 어젯밤 20대 청년들이 차이나타운에 있는 6층 건물의 옥상으로 올라갔고 그중 하나가 벼락에 맞아서 사망했다.

벼락에 맞은 피해자의 부검은 내게 할당되지 않았지만 부검실에 가서 자세히 살펴볼 기회를 얻을 수 있었다. 낙뢰 사는 보기 드문 사인이고, 나 또한 난생처음 보는 것이었다.

"신고 있던 신발까지 날아가버렸더라." 나는 저녁 식사를 준비하면서 남편에게 전했다. "모자에 조그만 구멍이 뚫려 있었고, 머리 한가운데 7~8센티미터 정도의 머리카락이 완전히 타버린 흔적이 남아 있었어. 복부와 허벅지 안쪽에 있는 체모도 새카맣게 타버렸고."

"피부는 멀쩡해?"

"응. 꽤 잘생긴 청년이었어. 머리숱도 많고 염소수염이 참 잘 어울리는 얼굴이더라고. 당신처럼 눈동자 색이 파랗고. 그런데 눈빛이 정말로 멍해 보였어."

"누구나 죽고 나면 멍한 표정이 되지 않나?"

그 말을 듣고 잠시 생각해 보니, 남편의 말이 맞는 것 같았다. 실제로 사망자의 눈빛은 멍해 보인다. 하지만 나는 방금 했던 말을 바로 잡고 싶었다. "다시 생각해 보니 그렇게 심하게 멍하지는 않았던 것 같아."

"그러면 어땠는데?"

나는 알맞은 표현을 찾기 위해서 한참 동안 머리를 굴리다가 적당한 단어를 떠올렸다.

"벼락을 맞은 표정이었어."

***

머리에 총알 자국이 남아 있다면 사인을 총상으로 할 수 있지만, 사망의 방식은 살인(누군가에게 총을 맞은 경우), 사고사(장난을 치다가 스스로 쏜 총에 맞은 경우) 혹은 사인 불명(피해자를 쏜 총이 발견되지 않거나 누가 총을 쐈는지 언제 그랬는지 알 수 없는 경우) 등으로 나뉜다. 사고사는 당시 상황에 따라 달라지며 때로는 그 상황만으로 사망의 방식을 파악하기 어려운 경우도 있다. 정확히 무슨 일이 있었는지 파악하기 위해서는 부검실에서 과학적 감식과 더불어 경찰과 사건 현장에 나갔던 수사관들과 필수적으로 협력해야 한다. 만약 시신에 연기를 흡입한 흔적이 남아 있거나, 자상 혹은 장기에서 다수의 외상성 손상이 발견된다면? 독성학 조사 결과 코카인 수치가 높게 나타났다면 어떠한 작용으로 사망한 걸까? 그런 경우에는 시신 부검을 통해 알아낸 정보만큼 사건을 목격한 사람들의 증언도 중요하다.

38세의 마약중독자 제리는 최근 재활센터에서 퇴원했다. 그는 브롱크스의 아파트에서 여덟 명의 친구들과 함께 마약 파티를 벌였다. 저녁이 되었고 마약에 찌든 상태로 제리와 친구 척은 함께 침실로 사라졌다. 잠시 후 일행 중 하나가 침실의 문설주 사이로 뿌연 연기가 새어 나오는 것을 발견했다. 곧이어 총소리가 났고, 이와 함께 비명과 유리창이 깨지는 소리가 났다. 건물 밖에 있던 이웃들은 아파트 창문 사이로 연기와 불길이 치솟고, 제리가 창문 아래 선반에 매달려 있는 것을 보자 곧바로 신고했다. 결국 제리는 선반을 잡고 있던 손을 놓치면서 8층 높이에서 떨어져 인도 위로 추락하고 말았다.

소방관들이 황급히 사건 현장에 도착했다. 침실 문이 안쪽에서 텔레비전 케이블로 단단히 고정되어 있어서 어쩔 수 없이 문을 부수고 들어가야 했다. 불길이 방안을 가득 메우고 있었다. 소방관들은 소파 뒤에서 의식을 잃고 쓰러져 있던 척을 발견했고 몸을 흔들어 깨우자 곧바로 의식을 회복했다. 척은 벌떡 일어나 미친 사람처럼 도망치면서 제리가 자신을 죽이려 했다고 소리치고는 주방 쪽에서 정신을 잃고 쓰러졌다. 소방관이 아파트 밖으로 척을 끌고 나왔다. 아파트 밖으로 나오자마자 척은 가지고 있던 칼을 꺼냈다. 소방관은 그대로 척을 놓아주었다. 척은 복도를 따라 위층으로 도주했고 화재 소식을 듣고 급히 피신하느라 문을 열어 둔 다른 집을 발견했다. 척은 그 집으로 들어가 문을 걸어 잠갔다.

사건조사팀에 따르면 그 집 식구들은 혹시나 소방관들이 험한 일을 당하지 않을까 싶은 마음에 일부러 문을 열어 두고 도망쳤다고 한다. "그 아파트에 사는 사람들은 워낙 이런 일을 자주 겪어서 어떻게 행동할지 잘 알고 있었던 모양이에요." 사건이 난 후에 소방관이 이렇게 말했다. "예전에도 마약중독자들 때문에 화재 사고가 있었나 봐요." 안 그래도 잦은 사고로 고통받던 가족들에게는 정말로 안 된 일이지만 소방관들은 반쯤 정신이 나간 척을 저지하기 위해 현관문을 부숴야만 했다. 척은 코카인에 중독된 상태에서 불안함에 떨다가 붙잡혔다. 화재 당시 유독 가스를 흡입했고 몇 군데 화상을 입었지만 그 외에 큰 부상은 없었다. 반면 제리는 인도에 추락한 채 사망했고 2002년 3월 초, 제리가 어떻게 사망했는지 밝혀내는 것이 나의 새로운 임무가 되었다.

외진에 따르면 제리는 양손과 팔에 2도 화상을 입었지만 사망할 정도는 아니었다. 그보다 오른쪽 등 뒤로 심한 찰과상과 타박상 그리고 거리에 있던 잔해로 입은 자잘한 부상의 흔적이 발견되었다. 이는 납작하고 딱딱한 바닥에 충돌하면서 단 한 번의 충격으로 사망했다는 의미였다. 만약 상대에게 얻어맞아서 사망한 거라면 시신 곳곳에서 상처의 흔적을 발견했을 것이다. 하지만 그 대신 제리가 창문 밖으로 떨어질 때 척으로부터 반갑지 않은 도움을 받았을 수도 있을 것 같다는 추측을 할 수 있었다.

게다가 칼에 대한 의문점도 남아 있었다. 제리가 바닥으로 추락하면서 몸에 남은 찰과상과 타박상 말고도 팔뚝에 깊숙이 찔린 상처가 있었다. 상처는 12센티미터 정도 났으며, 주요 혈관을 피해 척골신경에 거의 닿을 정도로 살갗을 파고들었다. 고통이 엄청났을 것이다. 우측 겨드랑이 아래에서부터 조금 얇은 부분까지 찔린 상처가 하나 더 있었다. 상처가 남은 부위로 보아 척이 칼로 공격할 때 제리가 두 팔을 들어 얼굴을 막으면서 남은 방어흔으로 추정되었다. 달리 생각해 보면 깨진 창문이 살갗을 파고들면서 남은 상처일 수도 있을 것 같았다.

100미터 높이에서 인도로 추락한 시신이 굉장히 섬뜩한 모습일 거라고 생각할 수도 있지만 이번 사례에서는 그렇지 않았다. 적어도 외부에 남은 상처들은 그리 끔찍하지 않았다. 반면 시신의 내부는 정말 끔찍했다. 제리는 피를 많이 흘리지도 심하게 구타당하지도 않았다. 하지만 그의 심장은 반쪽만 남아 있었고 간도 갈기갈기 찢어져 있었다. 우측 갈비뼈가 부러지면서 양쪽 허파를 관통하여 완전히 너덜너덜해졌고 출혈이 생겼다. 화재 당시 연기를 흡입해서 기도가 새까맣게 그을어 있었다.

심하게 훼손된 장기를 가슴뼈 밖으로 꺼내고 나서야 혈관과 뼈 그리고 근육 아래쪽을 제대로 살펴볼 수 있었다. 제일 먼저 가장 두꺼운 동맥과 정맥, 대동맥과 하대정맥을 척추의 안쪽 표면으로부터 분리해냈다. 내부에 장기 파열이 있었는지 살펴보았지만 아무 이상이 보이지 않아서, 가느다란 관을 하나씩 떼어 내어 부검대 아래쪽에 다른 장기들과 함께 올려두었다. 나는 제리의 척추 부분을 안에서부터 자세히 살폈다. 골절이나 출혈의 흔적은 없었다. 높은 곳에서 인도로 추락했지만 척추가 부러지지 않은 모양이다.

하지만 골반은 완전히 부스러졌다. 굳이 골반을 살펴보지 않아도 한눈에 알아차릴 수 있을 정도였다. 엉덩이 부분을 들자 조약돌이 든 가방을 흔들 때처럼 부서진 뼈들이 부딪히는 소리가 들렸다. 나는 엉덩이 안쪽의 커다란 근육인 형근과 요근을 절개하고 타박상이 있던 우측 엉덩이 부분에 안쪽으로 엉덩이뼈가 산산조각이 나 있는 것을 발견했다. 그러니까 8층 높이에서 떨어져 인도에 추락하면서 제리의 우측 골반이 완전히 으스러졌던 것이다.

부검 기술자가 제리의 뇌를 절개하는 동안, 좌골신경의 샘플을 채취하여 보관용 통에 넣고 손상되지 않은 근육과 피부 조직 샘플을 추가로 떼어 냈다. 부검 기술자는 제리의 머리에 왕관을 씌운 것처럼 양쪽 귀 부분을 연결하여 U자형으로 절개했다. 그리고 두개골 위에 붙은 두피를 잡아당겨 반은 얼굴 위로 나머지 반은 목으로 길게 늘어트렸다. 나는 두피 안쪽으로 혹시 혈액이나 멍이 남아 있는지 살피고 나서 두개골 바깥으로 골절이 있지 않은지 확인했지만 아무런 흔적을 찾을 수 없었다.

두개골을 드러나고 난 뒤 부검 기술자는 반원형 모양의 톱날이 달린 외과수술용 절단기 톱을 들었다. 일단 절단기를 작동시키면 소음이 크고, 두개골 조각과 뼛조각들이 공기 중에 가득해 지기 때문에 기술자는 얼굴 전체를 가리는 마스크를 썼다. 나는 두개골 절단이 끝날 때까지 잠시 거리를 두고 떨어져 있었다. 두개골을 절단하는 작업은 집중력과 기술이 필요하다. 부검 기술자는 두개골 안쪽에 있는 부드러운 조직 속으로 어떠한 인공물도 들어가지 않도록 두개골 위를 둥글게 절단했다. 또 두개골 위쪽의 구멍이 난 부분으로 뇌를 들어내고 다시 두피를 연결했을 때 뼈가 한쪽으로 쓰러지지 않도록 비대칭으로 두개골을 잘라 냈다. 부검 조사를 위해 불가피한 일이지만 시신을 보게 될 유가족을 배려하여 최대한 원래 형태를 유지해야 한다. 만약 영안실에서 장례식이 진행되는데 관에 놓인 베게 위로 두개골 반쪽이 흘러내리는 날에는… 누구라도 분노를 금치 못할 테니 말이다.

부검 기술자는 교과서에 나온 대로 정확하게 제리의 두개골을 절개했고 바닥에 흩어진 잔재들도 말끔히 진공청소기로 빨아들여 정리했다. 뇌를 감싸고 있는 두꺼운 막인 경뇌막이 오래된 천 벽지처럼 두개골 안에 붙어 있어서, 나는 경막외혈종이 있는지 살피면서 경뇌막을 살살 걷어내야 했다. 경막외혈종이 있다면 혈액이 뇌를 압박하면서 발작과 무의식 상태에 빠질 수 있으며 갑작스럽게 사망할 수도 있다. 하지만 뇌의 경뇌막에서 경막외혈종의 흔적이나 그 어떤 이상도 발견할 수 없었다. 결론적으로 제리는 뇌 손상으로 사망한 것이 아니었다.

뇌의 바깥 단면은 하얀색이며, 뇌의 회백질은 더 깊숙한 곳에 위치해 있다. 뇌의 위쪽으로는 거미집 모양의 유수막이 얇게 뒤덮여 있다. 제리의 뇌에서는 하얀 바탕 위로 붉은 점 같은 얇은 혈흔이 남아 있었다. 나는 수술용 장갑으로 혈흔을 닦아내려고 했지만 거미줄 같은 조직 위로 단단히 달라붙어서 좀처럼 닦이지 않았다. 빙고! 제리는 거미막밑출혈 증상이 있었던 것이다. 두개골이 없는 상태에서 이런 두개골 내의 혈흔이 남아 있다는 것은 두개골 안에서 뇌가 앞뒤로 흔들리면서 표면에 있던 섬세한 혈관들이 잘려나갔다는 뜻이었다. 이렇게 뇌에 비교적 미미한 부상이 남았다는 것은 바닥에 추락하면서 제일 마지막으로 머리 쪽을 부딪혔다는 증거였다.

일단 두개골 내부를 제대로 조사하기 위해서 안쪽을 깨끗이 걷어냈다. 눈썹 아랫부분으로 손가락 두 개를 집어넣어서 대뇌 전두엽을 잡은 후 얼굴 안쪽으로 이어지는 신경과 혈관을 잘라내면서 천천히 들어냈다. 다음으로 삼위일체뇌(소뇌와 뇌관)을 보호하는 경뇌막의 선반과 같은 역할을 하는 소뇌천막을 절단했다. 그제서야 두개골 아랫부분을 제대로 들여다볼 수 있었다. 그리고 머리 덮개 뼈에 마치 접시에 놓은 듯이 제리의 뇌에서 꺼낸 부분들을 올려 두고는 척수를 잘라내기 위해 제일 긴 메스를 찔러 넣었다. 드디어 내 손바닥 위로 고인의 대뇌와 소뇌 그리고 연수가 달려서 올라왔다.

나는 포르말린 용액이 든 플라스틱 통 안에 뇌에서 꺼낸 조각들을 집어넣은 다음 신경병리학에 자문하는 요청서를 썼다. 우리의 뇌는 일단 두개골 밖으로 나오고 나면 젤리처럼 말랑말랑한 상태가 된다. 그렇게 포르말린 용액 속에서 2주 정도 보관하고 나면 뇌에 탄력이 생겨 모차렐라 치즈처럼 변하는데 그때가 되면 신경병리학자 버넌 암브러스트마처에게 이것을 보낼 것이다. 이러한 해부학상의 과정을 의학적으로 완곡하게 달리 표현할 방법은 없다. 버넌 박사는 꼬불꼬불한 뇌의 표면을 살피고 난 후에 긴 칼과 플라스틱 도마를 이용해 커다란 빵을 자르듯 뇌를 절단했다. 그러고 나서 우리는 뇌를 한 번 절개할 때마다 내부 구조가 어떤지 살폈다. 언젠가 부검을 마치고 집에 돌아와서 신발을 대충 벗어 던지면서 이렇게 소리를 지른 적이 있다. 그 소리를 들은 남편은 완전히 공포에 질린 표정을 지었다.

"여보, 오늘 뇌를 절단하느라 얼마나 힘들었는지 몰라!"

목 부분을 해부하기 전에는 일단 뇌를 제거하고 잠시 시간을 두고 기다려야 한다. 두개골과 얼굴에 있던 피가 다 빠져야만 길고 납작한 목구멍 앞쪽의 근육을 제대로 살펴볼 수 있기 때문이다. 만약 길고 납작한 목구멍의 근육이 붉게 변했다면 이는 액사, 즉 손으로 목이 졸려 사망했다는 확실한 증거다. 피부 바깥으로는 아무 흔적이 남아 있지 않아도, 피부를 걷어내고 나면 목구멍 근육에 살인자의 손가락이 닿았던 부분이 붉은 혈흔으로 그대로 남는다. 제리가 창문 밖으로 떨어지기 전에 물리적 다툼이 있었는지 목격자나 다른 증거가 없었기 때문에 목이 졸려 사망했을 가능성을 확실히 살펴보아야 했다. 제리의 목구멍 근육에는 아무런 흔적이 남아 있지 않았다. 척은 목을 졸라서 제리를 죽이려고 하지 않은 것이다.

다음으로 목 부분을 제거하기 위해서 기도와 갑상선, 식도를 잡고 혓바닥 아래쪽에서부터 전체를 한 번에 걷어냈다. 입천장과 부비강을 빠르게 살펴본 후 오른손으로 제리의 턱뼈를 잡고 왼쪽 집게손가락을 두개골 안쪽으로 찔러 넣었다. 그리고 제리의 머리 부분을 위아래로 흔들었다. 만약 제리의 목뼈가 부러졌다면 손가락 끝으로 뼈가 닿는 느낌이 들거나 뼈가 으스러지는 소리가 들릴 것이다. 목 부분도 멀쩡했다. 나는 고리 뒤통수 전위나 체내단두증의 사례를 조사할 때, 이런 식으로 고개를 흔들어 어떤 상태인지 확인한다. 만약 두개골과 목의 제일 위쪽 뼈가 틀어지면 연수에 이상이 생겨 머리 부분이 신체에 연결되어 있는 상태로도 즉사할 수 있다. 제리의 경추, 즉 목뼈의 경우에는 외면상으로도 소리로도 아무런 이상이 없었다. 그러니까 아파트에서 인도로 추락하면서 목뼈가 부러지지 않은 것이다.

앞서 발견한 둔기로 인한 부상에 대해 기록을 남기기 위해 잠시 부검을 멈추고 제리의 팔 부분에 있는 자상으로 관심을 돌려 각각의 상처에 남은 혈흔을 샅샅이 살펴보았다. 비록 부검을 하면서 체내에 있던 혈액이 모두 빠져나간 상태였지만, 상처를 입은 조직은 생체 반응에 의해 밝은 붉은색을 띤다. 이는 심장이 뛰고 있을 당시에 상처를 입었다는 의미다. 부상은 칼에 베인 것처럼 나 있었지만 반드시 칼에 의한 상처라고 단정 지을 수는 없었다. 창문 밖으로 뛰어내리면서 깨진 유리에 베일 수도 있었기 때문이다. 나는 상처 부위를 벌리고 세 겹의 수술용 장갑을 낀 손가락 끝으로 유리 조각이 남아 있는지 조심스럽게 살피고 상처 부위를 물로 씻어내고 다시 한 번 확인했다. 부상 부위에서 반짝이는 유리 조각은 발견되지 않았다. 하지만 유리 조각이 없다고 해서 칼에 의해 난 상처라고 단정 지을 수도 없었다. 깨진 유리든 날카로운 칼이든 둘 다 비슷한 상처를 남길 수 있기 때문이다. 이제 사건 현장 조사 결과에 의지하는 수밖에 없었다.

"부검은 어떻게 되어가고 있나요?" 사건 조사를 맡은 경관이 전화로 물었다.

"생각보다 쉽지가 않네요. 상처가 워낙 많아서요. 대부분 몸 안의 상처지만 팔 쪽으로 자상이 남았어요. 방어흔일 가능성도 있고 창문 밖으로 뛰어내리다가 난 상처일 수도 있고요. 그런데 창문 밖으로 뛰어내릴 때 난 상처라고 보기에는 유리 조각이 하나도 남아 있지 않았어요. 소방관이 도착했을 때 칼을 꺼냈다는 얘기도 마음에 걸리고요."

"그러니까 저희가 사건 현장에 다시 가서 확인해 주기를 바라시는 거군요." 그 목소리는 질문도 아니었고 그렇다고 크게 열의가 느껴지는 목소리도 아니었다.

"만약 불길을 피해서 창문 밖으로 뛰어내렸다면 이번 사건은 사고사겠지요. 하지만 칼을 휘두르는 가해자를 피하느라 추락하게 된 거라면 이건 살인 사건이에요. 당시 현장에 있던 칼이나 10센티미터가량 되는 길이의 혈흔이 묻은 유리 조각 둘 중 하나가 꼭 필요한 상황입니다. 그때까지 부검 결과는 보류해 두도록 할게요."

"알겠습니다, 박사님."

별로 걱정스러운 목소리는 아니었다. 만약 혈흔이 묻은 칼이 발견된다면 이번 사건은 살인 사건으로 바뀔 테고, 그러면 누가 봐도 확실히 성공한 부검 결과로 마무리될 터였다.

다음 날, 경관과 파트너가 사건 현장의 깨진 유리창과 혈흔이 묻은 유리 조각이 찍힌 사진을 가지고 사무실로 찾아왔다. 침실은 혈흔이 남은 유리창만 제외하면 완전히 검게 그을려 있었다. 창문 크기로 보아 깨진 유리가 제리의 팔에 남은 자상을 만들었을 거라고 가늠해 볼 수 있었다. 유리창 가장자리에 핏자국이 스며들어 있었다. 그 유리가 제리의 몸속으로 파고들었다는 것을 알 수 있었다. 제리는 바닥으로 떨어져 죽기 전까지 그러니까 창문 밖으로 뛰어들 때부터 유리 조각에 깊숙이 베인 부상 부위의 통증 때문에 엄청나게 괴로웠을 것이다.

담당 경관은 사건이 벌어진 아파트와 척이 몸을 숨겼던 아파트 두 곳을 완전히 수색했지만 당시 가지고 있던 칼을 발견하지 못했다고 말했다.

"사건 현장이 완전히 엉망진창이 되었거든요. 소방관이 진입하느라고 문을 박살 냈으니까요. 척이 칼을 꺼냈다고 증언한 사람을 다시 만나서 이야기를 들어봤는데 제대로 본 건지도 확실하지 않더라고요. 워낙 정신이 없었고 연기도 가득했을 테고 갑자기 그런 일이 터지니 굉장히 겁도 났을 거예요."

"그동안 불이 난 건물에서 사람을 구조할 때 칼을 꺼낸 사람은 없었을 테니까요." 경관의 파트너가 그 말에 이렇게 맞장구를 쳤다. "마약중독자들이 모여 있던 아파트에 불이 났으니 온갖 쓰레기들이 가득했을 겁니다. 박사님."

독성학보고서에 따르면 시신에서 코카인 성분이 확인되었고, 일산화탄소 헤모글로빈 수치가 낮은 걸로보아 연기 흡입으로 사망한 것이 아니라는 것을 알 수 있었다. 그로부터 4개월 후, 소방관으로부터 보고서 한 장이 도착했다. 그 보고서를 보고 나서야 나는 제리의 사망진단서에 '사고사'라고 기록할 수 있었다. 화재는 침대에서 불이 나면서 시작되었다. 그런데 일부러 불을 낸 흔적은 어디서도 발견되지 않았다. 결정적으로 불길이 처음 시작된 곳에서 코카인을 피울 때 사용하는 파이프가 발견되었다. 목격자에 따르면 그 파이프는 고인의 것이 확실했다.

***

케이블 가이는 종종 두 마리의 강아지를 데리고 저녁 산책에 나섰다. 그는 산책하기 전에 A급 마약인 메타암페타민을 복용하곤 했다. 어느 후텁지근한 여름 저녁, 평소처럼 마약을 흡입하고 강아지 산책을 마치고 집으로 돌아왔다. 그날은 실수로 집 밖에서 아파트 문을 잠가서 오도 가도 못 하는 상황에 부닥치게 되었다. 그의 집은 9층이었다. 뉴욕에서는 열쇠 수리공 출장비용이 엄청나게 비싸다. 그래서 그는 수리공을 부르는 대신 집으로 들어갈 방법을 생각해냈다. 현관 손잡이에 강아지를 묶어 놓고 지붕으로 올라갔다. TV 케이블선이 든 상자를 억지로 연 다음 동축 케이블을 잡아 빼서 가슴에 꽁꽁 둘러맸다.

만약 약 기운이 없는 상태였다면 '이건 자살 행위야'라고 생각했을 것이다. 하지만 그는 지붕 위로 폴짝 넘어가서 한 층 아래에 있는 자신의 집까지 케이블 선에 의지한 채 내려갔다. 라펠 하강을 하듯이 아파트 창문의 열린 틈새로 몸을 날릴 참이었다. 하지만 케이블 선은 그의 몸무게를 지탱하지 못했고 서서히 풀어졌다. 마침내 끈이 끊어지면서 케이블 가이는 바닥으로 추락했다. 그는 몇 초 동안 창문 선반을 붙잡고 버텼다. 목격자들의 증언에 따르면 아파트 위쪽에서 "살려주세요!"라는 비명이 들렸다고 한다. 몇 초 동안 선반을 붙잡고 있었지만, 손이 미끄러지면서 그는 8층에서 1층의 인도로 추락했다.

다음 날 아침, 부검대 위로 도착한 케이블 가이의 시신은 말 그대로 엉망진창이었다. 두개골이 너무 심하게 골절되어서 조각난 두개골 뼈들이 삐죽삐죽 가시처럼 솟아 나와 있었다. 갈비뼈도 완전히 조각이 나는 바람에 폐와 식도, 대동맥과 허파동맥을 뚫고 튀어나와 있었다. 그 외에 별다른 생체 반응이 없는 것으로 보아, 케이블 가이는 바닥에 추락할 때의 충격으로 사망한 것으로 보였다. 독성학보고서에서 마약 양성 반응이 나왔다. 아파트 문에 묶여 있던 강아지들은 아무 이상이 없는 상태로 발견되었다. 경찰이 도착했을 때, 강아지들은 꼬리를 흔들며 문 앞에 서서 평소처럼 충성스러운 태도로 주인이 돌아오기를 기다리고 있었다고 한다.

케이블 가이의 경우처럼 실제로도 어이없이 사고사를 당하는 경우가 종종 발생한다. 어떤 경우는 실소를 금치 못할 때도 있다. '에그롤 기계에 의한 사망'이 바로 그런 경우이다. 하지만 방금 설명한 것처럼 이 사건은 우습기만 한 사건은 아니었다. 뉴욕에서 발생한 산업재해의 처참한 결과이자 살인 사건이었기 때문이다.

사건이 발생한 에그롤 공장에는 방 하나를 꽉 채울 정도로 커다란 음식물 분쇄기가 설치되어 있었다. 이 사건은 차이나타운의 브룸스트리트에 있는 '막의 국수'라 불리는 소규모 도매회사를 조사하다가 발각되었다. 분쇄기가 빠른 속도로 작동되던 중 폭발했다. 그러면서 주요 부품이 빠져나갔고 그 바람에 분쇄기 칼날이 날아가버렸다. 그 칼날에 일꾼 하나의 어깨 부위가 잘려나갔고, 파편으로 다른 두명의 일꾼도 부상을 당했다. 그리고 어마어마한 크기의 금속제 원통이 네 번째 피해자, 미구엘 갈린도의 가슴 부위와 목을 덮치면서 그는 완전히 바닥에 깔리고 말았다. 미구엘의 가슴뼈는 두 동강이 났고 대동맥과 허파동맥이 중상을 입었으며 양쪽 폐에 구멍이 뚫렸다. 하지만 척수는 멀쩡했고 머리 쪽에도 아무런 부상이 없었다. 미구엘은 거대한 원통에 깔려 질식사로 사망하기 전까지 완전히 의식이 깨어 있는 상태로 끔찍한 고통을 견뎌내야 했다. 척수에 이상이 없었기 때문에 마비도 없었고 사지도 움직일 수 있는 상태였다. 아무런 부상이 없었던 심장은 부상 당한 대동맥으로부터 혈액을 계속 끌어올려서 불구가 된 가슴 쪽으로 계속 피를 흘려보냈다. 그 결과 미구엘의 흉강에 혈액과 공기가 가득차서 더는 호흡을 하지 못하는 상태가 되었고 뇌에 산소를 모두 써버릴 때까지 버티다가 호흡 곤란이 왔다. 결국 미구엘은 긴 고통에서 벗어나 정신을 잃고 운명하게 되었다.

미구엘은 건강한 노년의 남성으로 심장이나 폐에 아무 질환이 발견되지 않았고 간의 상태도 최상이었다. 독성학보고서에 따르면 혈액 내에서 약물이나 알코올, 약품조차 전혀 발견되지 않았다. 그의 부검을 하면서, 마치 덜컹거리는 지하철에 몸을 싣고 퇴근할 때처럼 온몸이 덜덜 떨렸다. 거대한 원통 실린더에 깔린 후 얼마나 오랫동안 숨이 붙어 있었을까? 몇 초, 아니 몇 분일 수도 있었다. 분명한 것은 즉사가 아니라 얼마 동안 의식이 멀쩡한 상태였다는 것이다.

"많이 고통스러웠을까요?" 나는 그 질문을 받는 것이 너무 견디기 힘들었다. 유족들은 항상 똑같은 질문을 던졌다. 만약 사망 직전까지 별 통증이 없었다면 사실 그대로 대답해 준다. 하지만 사망 직전까지 큰 통증을 겪었을 거라고 예상된다면 그럴 경우에는 거짓말을 할 수밖에 없었다. 그간의 경험에 비추어 볼 때, 슬픔에 빠진 유족들은 논리적으로 사고를 하지 못하기 때문이다. 그들이 알고 싶은 것은 사망 당시의 상황인데 정확한 상황을 듣고 나면 괜히 들었다고 후회하기 일쑤였다. 부슬부슬 비가 내리던 저녁, 바퀴가 18개 달린 대형 트레일러 운전자가 고와너스 고속도로에서 차량 고장으로 사망했을 때에도 나는 고인의 아내에게 거짓말을 했다. 운전자는 고속도로 안전 수칙 첫 번째 '절대로 차량에서 내리지 말 것!'이라는 규칙을 지키지 않았다. 차량의 이상을 살피기 위해 트레일러에서 하차해서 자동차 덮개를 열고 들여다보다가, 다른 트럭이 트레일러를 들이받으면서 자기가 몰던 트레일러 아래 깔리게 된 것이다. 그는 몸통이 완전히 부서졌고 척추도 두 동강이 났지만 미구엘의 경우처럼 머리 부분은 전혀 상처가 나지 않았다. 아마도 죽음에 이르기 전까지 얼마 동안 의식이 분명했을 것이다. 고인의 아내는 내게 전화로 이렇게 물었다.

"많이 고통스러웠을까요?"

"고인은 사고를 당한 후 즉사했습니다." 나는 거짓말을 했다.

로스앤젤레스에서 인턴 생활을 했을 때는 자동차 사고 환자들을 수도 없이 보았지만, 뉴욕에서는 자동차 사고가 거의 없었다. 맨해튼의 차량 규정 속도는 16킬로미터다. 찰스 박사의 말처럼 "쥐가 달리는 속도보다 빠르면 안 된다"는 엄격한 규칙이 정해져 있기 때문이다. 그래서 검시소에 도착한 사건들은 보행자와 자동차 혹은 버스로 인한 사고가 대부분이었고, 그중에서도 내가 직접 접한 시신들은 지극히 소수였다.

소수의 경우를 기억해 보자면 이렇다. 한번은 횡단보도를 건너다가 배달 트럭에 덮쳐 사망한 중년 여성의 시신을 본 적이 있었다. 그 배달 트럭 운전사는 후방에 사람이 있는지 모르고 후진을 했다. 주변 사람들이 비명을 지를 때까지도 운전자는 트럭 아래 여성이 깔려 죽었다는 사실조차 알지 못했다고 한다. 그 외에도 부검의로 근무한 첫 주에 밴에 치여 사망한 율리야 코로레바라는 여성이 있었다.

2001년 크리스마스에는 중년 남성 운전자가 액셀과 브레이크를 혼동하는 바람에 한창 붐비던 시간에 헤럴드 스퀘어를 뚫고 나가서 7명이 사망했으며 8명의 부상자가 발생했다. 나는 사고 후 골반이 으스러진 상태로 병원에서 16시간 동안 생존해 있었던 여성의 시신을 부검하게 되었다. 그녀는 사고 현장의 마지막 사망자였다.

멜린다 헤인은 술이 떡이 된 남자 친구가 112킬로의 속도로 화강암 건물로 충돌하던 차 안에 타고 있었다. 조수석 뒷자리에 앉아 있던 멜린다는 그 자리에서 즉사했다. 그 옆에 타고 있던 케이티도 사망했다. 사고 차량 렉서스의 주인은 케이티의 남자 친구로 차 주인은 보조석에 타고 있었다. 그는 비장이 파열되었지만 목숨은 건졌다. 멜린다의 남자 친구 제이슨 드와이어는 자동차가 박살이 난 후에 찰과상과 자상만 입은 채로 차량 밖으로 나왔고, 경찰에 의해 음주운전과 차량 과실치사, 부주의에 의한 살인 혐의로 기소되었다.

나는 멜린다를 부검하며 그녀의 아름다움에 넋을 잃고 말았다. 멜린다는 인생 최고의 전성기에 목숨을 잃었고 안전벨트 때문에 약간의 타박상을 입기는 했지만 긁힌 상처 하나 없이 말끔한 상태였다. 티끌 하나 없이 멀쩡한 그녀의 시신을 쳐다보고 있자니, 처음에는 검시관으로서 메스를 들 수조차 없었다. 그 모습이 곤히 잠든 아이 같아서 두 눈과 코를 가리고 있던 머리카락을 보자 본능적으로 머리카락을 걷어내 주었다.

어쩔 수 없이 시신을 절개했고 차량이 과속으로 달리다가 충돌할 때 생긴 상처들이 체내 곳곳에서 발견되었다. 좌석에 앉은 상태에서 인체 중심부의 우측에 위치한 멜린다의 11번째 척추와 12번째 등뼈가 부러져 있었다. 같은 부위에 있는 대동맥은 반으로 매끈하게 잘려나가 있었다. 그녀의 신체는 파열되어 혈액 공급이 대부분 등 아래쪽으로 쏠렸으며 한데 뭉쳐 있었다. 안전벨트를 맸기 때문에 자동차 밖으로 튕겨 나가지 않았지만, 워낙 속도가 높아 흉곽 내 대동맥이 횡단으로 잘려져 나갔기 때문에 목숨을 부지하기 어려웠다. 멜린다의 머리 쪽에는 아무런 부상이 없었다. 아마도 사고가 났을 때 어느 정도 의식이 남아 있어서 통증을 고스란히 느꼈을 것이다. 척추가 부러져 있어서 허리 아래쪽으로는 아무런 감각을 느낄 수는 없었지만, 내출혈로 사망하기까지 짧으면 몇 초, 길게는 몇 분 사이의 시간이 걸렸을 것이다.

멜린다의 살인 사건은 세간의 이목을 끌었다. 2003년 3월, 멜린다의 부검을 한 후 일 년이 지나서야 '제이슨의 형사 재판' 증인 자격으로 재판정에 출석했다. 재판을 준비하기 위해서 검사보를 만나러 갔을 때 나는 둘째 리를 임신한 지 8개월 차에 들어서 육중한 상태였다.

뉴욕 검시관 사무소의 업무 중 99퍼센트가 520 퍼스트 애비뉴에서 이뤄졌지만, 평소 하던 일과 달리 흥미진진하고 짜릿한 업무는 주로 재판정에서 이뤄졌다. 뉴욕시 검사보가 우리를 소환할 때는 우리가 작성한 사망진단서와 부검보고서가 자신들이 주장하고자 하는 바를 충분히 뒷받침하지 못할 경우다. 재판정에 서는 것은 검시관 레지던트 수련 중에서 중요한 부분을 차지하기 때문에 나는 증언대에 서서 선서를 하기 전에 꽤 많은 시간을 할애하여 예전에 작성했던 보고서와 사진과 메모를 다시 훑어보았다.

검사 측에서는 고살죄 혐의로 제이슨 드와이어를 공소했다. "음주 운전을 한 사람들은 전부 고살죄로 공소하나요?" 나는 검사에게 질문했다.

"아닙니다. 이 경우에는 차량 속도가 워낙 빨랐던 데다 빨간불을 보고도 신호를 무시한 정황이 있어서 누군가 목숨을 잃을 수 있다는 점까지 개의치 않은 것으로 판단되기 때문입니다." 당시 현장 목격자의 증언과 렉서스 차량의 파손 정도, 건물의 훼손 정도를 바탕으로 볼 때, 제이슨 드와이어가 치명적으로 빠른 속도로 차량을 운전했다는 사실을 충분히 유추해 볼 수 있었다. 시속 50킬로미터, 아니 70킬로미터 정도만 되었어도 멜린다의 척추가 그렇게 박살이 나지 않았을 테고 대동맥이 끊어지지 않았을 것이다. 그랬다면 그녀는 목숨을 부지할 수 있었다. 하지만 시속 112킬로미터에서 목숨을 부지한다는 것은 사실상 불가능했다.

나는 거침없이 증언을 이어나갔다. 멜린다가 매고 있던 안전벨트로 복부와 우측 어깨에 남아 있던 찰과상에 대해서 자세히 설명했다. 그리고 배심원들에게 부검 중에 창자 파열과 좌측 수뇨관의 열상의 흔적이 발견되었으며, 이는 급가속과 급제동으로 발생하는 부상의 특징이라고 말했다.

"시신에 남아 있던 내장 파열은 결국 피해자를 죽음으로 내몰았으며, 이는 높은 속도에서 갑작스럽게 제동을 걸었을 때 발생한 것입니다." 그리고 양쪽 주먹을 차례대로 쌓고 수평으로 벌리면서 척추가 완전히 분리되어 나간 과정을 직접 시연해 보였다. "온몸에 혈액을 공급하는 대동맥이라는 가장 큰 혈관이 척추 기둥의 앞에 붙어 있습니다. 그 대동맥이 두 동강으로 잘리면서 몸속의 피가 전부 등 아랫부분의 근육으로 흘러내렸습니다." 순간 배심원이 움찔하는 모습이 보였다.

검사는 재판정에서 한 편의 드라마를 연출하는 데 일가견이 있는 사람이었다. "멜린다 헤인의 나이는 몇 살이었습니까?" 그가 물었다. 나는 잠시 멈추어서 보고서를 훑어보고는 이렇게 답했다. "27살입니다."

그러니까 내가 남편과 약혼을 했던 바로 그 나이였다. 그다음 해에 우리는 결혼식을 올렸다. 30살이 되던 해에 대니를 낳았다. 이제 33살에 접어들어 다음 달이면 둘째를 볼 나이가 되었다. 멜린다는 나와 같은 삶을 살 기회를 얻을 수 없었다. 순간 아까운 생명이 사라졌다는 안타까움이 파도처럼 밀려들었고 내 표정에도 그 마음이 그대로 드러났을 것이다.

검사는 배심원들이 피해자의 꽃다운 나이를 충분히 곱씹을 수 있도록 잠시 휴지를 두었다.

"더 이상 질문이 없습니다." 검사는 말했다.

2주간의 재판 끝에, 그날 새벽 음주 사고가 있기 전까지 아무런 전과가 없다는 점을 고려하여 친구의 렉서스 차량으로 사고를 낸 피고는 2년에서 6년 형의 징역형을 선고받았다.

"아, 정말 안타깝네요." 재판정에서 증인으로 선 후에 사건에 대해 설명하자, 모니카 스미디 박사가 부드러운 목소리로 말했다. "정말 슬픈 사건이에요." 그날의 사건 기록지를 넘기면서 모니카는 나지막한 목소리로 다시 한 번 덧붙였다. 모니카는 그날그날 도착하는 시신들을 부검의들에게 분류하는 역할을 맡고 있었다. "이 사건도 비슷해요." 모니카는 근무자 명단이 적힌 종이 위에, 한 장의 사건 기록 파일을 올려놓으며 이렇게 말했다. "이 남성 말인데요. 정말 안타깝게 사망했어요. 너무 슬퍼요."

나는 모니카 박사가 있는 쪽으로 몸을 기울이면서 그녀의 부드러운 목소리에 걸맞게 최대한 목소리를 낮추며 이렇게 대꾸했다.

"모니카, 어느 하나 안타깝지 않은 죽음이 없어요."

5
마약 중독

“노크할 때 문 앞에 서 있으면 안 돼요.” 러셀 던은 뼈아픈 경험이 있는 듯한 표정을 지으며 경고조로 말했다. 우리는 음식물 쓰레기로 찌든 내가 진동하는 저소득층 주택단지의 현관을 가로질러 걸었다. “경찰이 사건 현장을 보존해 뒀지만 시신까지 돌보는 건 꺼려요. 보통은 현관 앞에서 보초만 서게 하죠. 그래서 집안에 정신 나간 여자 친구가 있다거나 마약중독자가 있어도 미리 알려주지 않을 때가 있어요.”

베테랑 병리학 검시관인 러셀은 엘리베이터의 7층을 누르며 계속해서 주의점을 이야기했다. “일단 집안에 들어가면 경찰만 제외하고 모두 밖으로 나가게 해야 해요. 그리고 현장 조사를 할 때에도 반드시 경찰과 함께 다니면서 시신에 있던 소지품 일체를 건드리지 않았다는 점을 확인받아야 합니다.” 그러고는 내 눈을 똑바로 바라보더니 병리학 전문가들이 비공식적으로 신조로 여기는 말을 또박또박 읊었다. “무슨 일이 생길지 모르니까요."

우리는 7층에 도착해 비좁은 엘리베이터에서 내렸다. 예상대로 복도 끝에 있는 아파트 현관 앞에 경찰 두 명이 보초를 서고 있었다. 경찰이 서 있는 쪽에서 누군가 숨죽여 흐느끼는 소리가 들렸다.

법의학 전문가와 동행하에 처음으로 맡게 된 이 사건은 헤로인 중독으로 사망한 시신을 부검하는 일이었다. 마약은 젊은이들을 죽음으로 몰아넣는 가장 큰 요인이지만 때로는 화학적으로 중독이 된 상태에서도 오래 살아남는 경우도 있다. 아파트 안에는 60대 초반으로 보이는 남성의 시신이 누워 있었다. 노모는 아들의 시신을 발견하고 깜짝 놀라서 비명을 질렀고 이를 들은 이웃이 경찰에 신고를 했다. 현장에 출동한 경찰은 남성이 이미 죽었다고 판단하고(러셀의 말로는 '막대기로 시신을 찔러봤을 것'이라고 했다) 곧바로 검시관 사무소로 연락을 한 것이다.

아파트 내부는 어두웠고 엉망이었지만 그동안 가봤던 불법 건물들보다는 나름대로 깔끔한 편이었다. 손바닥만 한 거실 구석에는 또 다른 경찰이 퉁명스러운 표정으로 버티고 서 있었고, 마약중독자의 노모는 주방에 홀로 앉아 아들의 죽음을 기리고 있었다. 러셀은 숙달된 태도로 노모에게 위로의 말을 전하고는 복도로 모시고 나갔다.

잠시 후 그는 수술용 라텍스 장갑을 끼고 클립보드에 하얀 종이를 끼운 채 다시 나타났다. "현장에 왔을 때 유족에게 신분 확인 차 서명을 받아 두는 게 좋아요. 그러면 나중에 사무실로 따로 찾아와야 하는 번거로움을 줄일 수 있거든요." 노모는 러셀에게 아들이 바닥에 누워 있었으며 움직이지 않았다고 말했다. 시신은 거실에 놓인 소파 위에 고개를 처박은 상태로 고꾸라져 있었다. 러셀은 죽은 남성의 몸을 손으로 더듬거렸다. "비록 팔에 주삿바늘이 꽂혀 있는 상태라고 해도 혹시 모르니까 다른 주삿바늘이 남아 있지 않은지 확인해 봐야 해요. 특히 주머니 쪽을 잘 봐야죠. 시신에서 발견한 소지품들은 일일이 기록해 두고, 따로 검시용 증거 보관 비닐에 집어넣어 두어야 하고요."

마침내 사건 현장에서 시신 감식이 끝났고, 시신을 밴에 싣는 일만 남았다. 거대한 몸집의 소유자인 밴의 운전자 데이브의 도움을 받아야 했다. 공감대를 가지고 유족을 대하는 것, 사건 현장을 예리하게 관찰하고 시신에 대한 두려움을 가지지 않는 것 말고도 튼튼한 신체를 가져야 하는 것 역시 검시관이 갖춰야 할 자질 중 하나다. 월급을 많이 받는 데는 다 그만한 이유가 있지 않겠는가. 누구라도 자신이 소중하게 생각하는 시신이 능숙한 전문가의 손에 다뤄지기를 바랄 것이다.

"이제는 중력에 맡기면 돼요." 러셀은 데이브와 함께 시신을 소파에서 끌어내어 바닥에 깔아둔 시신 운송용 부대에 넣은 후 묵직한 비닐 부대의 지퍼를 채우고, 바닥에서 몇 센티미터 높이에 있는 바퀴 달린 들것 위로 옮겼다. 데이브가 들것의 다리를 세워 허리 높이까지 올리자 러셀은 벌써 현관문을 열고 기다리고 있었다. "일단 시신을 부대에 넣고 나면 최대한 빨리 현장에서 벗어나야 해요." 러셀은 클립보드를 운동용 가방 안에 쑤셔 넣으며 이렇게 말했다.

복도로 나오자 어깨가 축 늘어진 노모가 주방 의자에 앉아 있는 모습이 보였다. 바로 옆에는 현장에 막 나타난 듯한 흐릿한 표정의 한 남자가 서 있었는데, 시신과 사뭇 닮아 보였다. 두 사람 모두 아무 말 없이 우리를 쳐다보고 있었다. 복도 끝에 도착하자 데이브는 두 개의 레버를 움직여 철제로 된 들것을 똑바로 세워 엘리베이터 안에 세 사람이 모두 탈 수 있도록 공간을 확보했다.

"어머니 옆에 있던 남자 팔에 주삿바늘 자국 봤어요?" 건물 밖에서 상쾌하게 불어오는 맑은 공기를 마시면서 러셀이 내게 물었다. 나는 제대로 못 봤다고 솔직히 말했다. 러셀은 어두운 표정으로 고개를 끄덕였다. "꽤 오래된 모양이던데. 어머니 정말 걱정이 많으시겠어요."

찰스 히르쉬 박사는 약물 남용의 이력이 있는 시신의 경우는 반드시 부검해야 한다는 원칙을 세워두고 있었다. 뉴욕은 마약과 알코올에 중독된 사람들이 넘쳐나는 곳이다. "알코올중독자와 마약중독자는 사회의 보이지 않는 곳에서 살아가고 있고, 약물이나 알코올에 중독되지 않은 사람보다 다칠 확률이 더욱 높지." 그는 펠로우들이 전부 모인 자리에서 이같이 말했다. 특히 만성 알코올중독자는 불가사의한 부상으로 사망에 이르기 쉽다. 부상이 잘 안 보이거나, 육안으로 확인이 불가능한 경우도 많다. "알코올중독자들은 다치기 쉬워. 내부 장기를 다쳤다면 사인 분석이 쉽지 않기 때문에 사망의 방식을 결론 내리기 전에 반드시 시신 전체를 꼼꼼히 부검해 봐야 하지. 또한 독성학보고서에만 의존하면 안 된다는 점을 꼭 기억해 두도록. 독성학보고서는 사실을 확인하기 위한 것이지 조사를 대신해 주는 것은 아니니까."

엄격히 말하면 알코올은 치명적인 마약이다. 만성 중독자들은 천천히 죽게 하고 폭음을 하는 사람은 빨리 사망하게 만들기 때문이다. 2002년 새해 첫날, 부검 사무실에 도착한 시신 일곱 구 중 네 구가 알코올중독자였다. 대체로 알코올중독자 부검에는 이래저래 손이 많이 간다. 40세 생일을 코앞에 둔 찰리는 아파트 지하실 계단 바닥에 사망한 채로 발견되었다. 손에는 포장한 중국 음식을 든 상태였고, 그의 정맥에서는 18잔가량의 알코올이 남아 있었다. 그의 룸메이트가 현장 검시반에게 이야기한 바로는 이 남성은 일주일에 3번가량 만취 상태였다고 말했다. 나는 꽤 많은 시간을 투자해서 온몸을 휘감고 있는 문신과 몸 곳곳에 피어싱을 피해

가며 시신을 꼼꼼하게 부검했다. 일을 빨리하기로 소문난 능숙한 부검 기술자, 빈센트의 도움을 받을 수 있어서 천만다행이었다. 그는 뉴욕대학교 의대에서 레지던트로 일하던 방문 병리학자였다.

"와우!" 찰리의 바지를 벗기는 순간, 전문가로서 이성적인 표정을 유지할 수 없었다. 그의 생식기에 온갖 피어싱들이 주렁주렁 매달려 있었기 때문이다. "대체 이게 다 뭐예요?"

"아, 프린스 알버트라고 불리는 유명한 피어싱들이에요." 빈센트가 철저히 사실에 입각한 대답을 내놓았다. 우리 둘은 찰리의 하반신 쪽으로 고개를 돌렸다. 우리의 눈길을 끈 것은 성기 끝에 매달린 철제였다. 그것은 회색 볼이었으며, 은으로 된 두꺼운 고리가 대롱대롱 매달려 있었다. 비록 나는 여자의 몸이지만 지금까지 나름대로 온갖 신기한 것들을 많이 보았노라고 자부했는데, 생식기 끝에 매달린 프린스 알버트라고 불리는 피어싱만큼은 도저히 눈 뜨고 보기 힘들었다.

"저 조그만 장식들도 프린스 알버트인가 뭔가인가요?" 나는 조금 전에 보았던 것과 비슷한 싸구려 피어싱이 찰리의 음낭과 항문 조직을 연결하고 있는 곳을 메스로 가리키며 다시 물었다.

빈센트도 얼굴을 찌푸렸다. "저런 피어싱은 처음 보네요. 하지만 저것도 프린스 알버트가 맞을 거예요. 이걸로 프린스 알버트의 오점을 남긴 셈이네요. 흥미롭네요." 이쯤에서 나는 인체 해부도가 그려진 종이 여백에 갖가지 피어싱을 자세히 묘사하려다 그냥 손을 놓아버렸다. 대체 이런 걸 어떻게 묘사해야 할지 도저히 엄두가 나지 않았다.

하지만 시신에 남아 있던 장식품을 전부 제거한 다음 소지품 봉투에 넣어 밀봉해 두는 것 또한 부검의 일부였다. 그 소지품은 유가족들에게 전달될 것이다. 그래서 나는 찰리의 몸에 있던 반짝이는 싸구려 장식들을 전부 기록으로 남긴 다음, 몸에서 분리해 내는 작업에 돌입했다. 마침내 프린스 알버트를 떼어내야 할 순서가 되었고, 나는 동그란 장식을 빼기 위해 조그만 볼을 돌려보려고 애썼다. 그런데 그 빌어먹을 볼이 꼼짝도 하지 않는 것이다! 나는 메스를 손에 들었다. "박사님, 메스를 대면 안—!" 빈센트의 말이 끝나기도 전에 나는 메스로 성기 끝에서 피어싱이 달린 부분까지 살짝 짼 다음, 프린스 알버트를 시신에서 떼어냈다. 훤칠한 키의 빈센트는 눈이 튀어나올 것 같은 표정을 지으며, 사타구니를 가린 채로 부검대 뒤로 주춤거리며 물러섰다.

찰리의 몸을 절개하자 시신에서 나는 특유의 냄새 말고도 알코올의 들큼한 냄새가 코끝을 찔렀다. 부검 결과 다툼으로 발생할 수 있는 내부 장기의 손상이나 질병의 흔적은 발견되지 않았다. 현장 사진을 보면 그는 지하실 계단에 몸을 웅크린 채 쓰러져 있었다. 이 점을 고려한다면 자세성 질식을 의심해 볼 수 있었다. 그는 굳게 닫힌 아파트 문 옆에 쓰러져 가슴에 턱을 붙인 채 손에는 포장한 중국 음식을 꽉 쥐고 있었다. 마침 모니카가 바로 옆 부검대에서 작업 중이어서 부검 결과 기록지를 넘겨 달라고 부탁했다. 자세성 질식은 기도가 막힌 자세로 바닥에 쓰러졌을 때 발생한다. 그 경우 신체에 명확한 흔적이 남는데, 모니카의 기록지에는 아무것도 적혀 있지 않았다. "과다 출혈이나 점상 출혈은 없었어요." 모니카는 시신의 눈동자를 자세히 들여다보면서 말했다. 과다 출혈일 경우 안면에 홍조가 생기고 점상 출혈일 경우 목이 꺾였다는 신호로 눈동자의 흰 부분에 혈관이 터지게 된다. "짐, 잠시만 이리로 와 주실래요?"

짐 길 박사는 그날부터 검시소에서 함께 일하게 된 선배 레지던트였다. "알겠어요." 그는 모니카의 걱정 가득한 목소리를 듣고 이렇게 대답했다. "기도가 압축됐다는 증거도 없어요. 과다 출혈이나 점상 출혈의 흔적이 남지 않았다고 해서 자세성 질식일 가능성을 완전히 배제할 수도 없고요. 속성으로 독성 테스트를 한 거죠?"

"결과가 음성으로 나오기는 했는데 그 결과도 못 믿겠어요." 나는 투덜대며 말했다. '속성'이라는 단어에서 느낄 수 있듯이, 독성 테스트는 운이 좋으면 알코올과 여타 마약 성분을 감지해 낼 수 있는 일회성 소변 검사와 같은 테스트에 불과했기 때문이다. 그래서인지 신뢰도가 높지 않다. "알코올중독 이력이 있어서 그 점이 아무래도 의심스러워요."

"맞는 말이에요." 짐도 동의했다. "다시 테스트를 해보죠. 또다시 결과가 음성으로 나오면 혹시 모르니 혈액 테스트를 할 수 있도록 사건을 보류해 두는 게 좋겠어요."

두 번째 속성 테스트 결과는 양성으로 나왔지만 동전 던지기를 할 때와 같은 정확성이라 전혀 신뢰가 가지 않았다. 하지만 혈액 테스트 결과 육중한 레슬러 챔피언도 쓰러트릴 만큼 많은 양의 알코올을 섭취했다는 점을 확인할 수 있었다. 찰리가 사망한 아파트 현장 사진에서도 다툼이나 몸싸움의 흔적은 찾아볼 수 없었고, 경찰 조사 결과에서도 무단 침입의 흔적은 발견되지 않았다. 결국 찰리 스스로 발을 헛디뎌서 계단 아래로 굴러떨어진 것으로 결론을 내렸다.

"혹시 뇌를 다쳐서 사망한 건 아닐까요?" 사건을 마무리하고 오후 회진에서 결과를 보고할 때 짐이 다시 물었다.

"두개골 골절이 없었어요. 뇌에도 이상이 없었고요."

"하지만 정신을 잃고 쓰러졌거나 바닥에 굴러떨어지고 나서 머리를 부딪쳐 의식을 잃었을 수도 있지 않을까요?"

"그렇죠." 나는 전문가답게 목청을 고르며 대답했다. "자, 골라 봐요. 사인은 똑같으니까. 과음으로 인해 기절했든 발을 헛디뎌 계단을 굴렀든 말이죠. 척수 외상이 없었기 때문에 알코올을 과다 섭취한 뒤 계단으로 굴러떨어져 사망했다고도 볼 수 있어요."

"혹시 모르니까, 그 두 가지 가능성을 전부 기록해 두는 게 좋겠네요." 짐이 조언했다. "뇌에 강한 충격과 급성 알코올중독, 두 가지 모두요."

뉴욕 검시소에서 2년 동안, 찰리처럼 급성 알코올중독으로 사망한 것으로 추측되는 시신들을 수없이 많이 부검했다. 하지만 급성 알코올중독의 경우에는 술에 취해 추락해서 사망하는 것보다 수년간 술을 마시다가 사망해서 부검대로 실려 오는 경우가 압도적으로 많았다. 그런 경우 특이한 외상의 흔적이 발견되지 않아서, 부검 결과지에는 "사망 요인 : 자연사"로 기재되는 일이 잦았다. 물론 수년간의 음주로 간경변, 섬유성 췌장, 심장병, 장출혈과 같은 질병 외에도 여러 가지 소소한 병들이 발병했을 것이다. 최근에는 만성 질환과 급성 에탄올 중독이라는 두 가지의 불운이 겹쳐 사망한 남성을 부검했다.

폴 파넬리는 2003년 1월 18일 새벽에 동상으로 사망했다. 그는 평소처럼 어퍼 웨스트사이드 교회의 계단에 누워 잠이 들었다. 기온이 영하로 떨어졌는데도 끝까지 노숙자 쉼터에 가지 않은 것이다. 응급의료진이 도착했을 당시, 폴은 의식이 없었고 맥박도 거의 잡히지 않는 데다 체온이 21도밖에 되지 않았다. 이는 사람이 생존할 수 있는 최저의 체온이었다. 얼마 지나지 않아 폴은 사망했다.

폴의 시신을 부검 하자마자 나는 그가 저체온증으로 사망했다는 것을 알아낼 수 있었다. 매끄럽고 분홍빛이어야 할 위벽이 검붉은색을 띠었고 위궤양의 영향으로 위가 쭈글거렸으며 어두운 갈색이 되었기 때문이다. 중심 체온이 35도 아래로 떨어지면 인체는 위기관리 체제로 돌입하고 생존에 가장 필요한 기능을 유지하기 위해서 불필요한 장기로 흐르는 혈액의 공급을 막아버린다. 위로 흐르는 혈류가 막히면 결국 심각한 저체온증 증상이 나타나고, 표범 피부 위 분문leopard skin gastric cardia이라고 불리는 조직의 괴사 현상이 나타난다. 그때처럼 저체온증으로 죽은 명확한 시신을 본 적이 없었다. 시신 하나하나가 우리에게 말해주는 것이 있다면 폴의 시신은 추위로 사망했다는 불행한 이야기를 여과 없이 들려주었다.

폴의 혈중알코올농도는 사망 당시 만취했다는 사실을 입증할 만큼 높았다. 사실 아무리 알코올 수치가 높다고 해도, 추위를 참지 못하는 사람이라면 에탄올 중독보다 추운 환경에 노출되어 사망할 수도 있다. 아마도 폴은 의식을 잃고 난 뒤 다시 깨어나지 못했을 것이다. 교회와 노숙자 쉼터의 관계자들의 증언에 따르면, 살아생전에 폴은 거의 30년간 떠돌이 생활을 했으며 자살하고 싶다는 말을 입에 달고 살았다고 한다. 하지만 그의 목숨을 앗아간 것은 본인 스스로가 아니었고, 비록 자살할 의도가 있었다고 해도 사망진단서에 자살로 기록할 정도가 아니었다. 나는 폴 파넬리의 사인을 사고사로 결론 내렸다.

대부분 알코올중독자들은 거주지에서 사망한 상태로 발견된다. 음주 자체가 합법적이기 때문에 최소한 성인이라면 알코올로 인한 사망을 굳이 치명적 중독으로 사고를 당했다는 사실을 은폐할 필요가 없기 때문이다. 하지만 친구의 집에서 불법으로 약물을 복용했다면 그 친구는 경찰에 연락할지 시신을 유기해야 할지 고민에 빠지게 될 것이다. 일단 살인 사건으로 경찰을 자신의 거주지로 끌어들이고 나면, 자신이 저질렀던 불법 행위까지 정밀 검사를 받게 되는 상황을 피할 수 없을 것이다. 어쩌면 약물 과다 중독으로 사망한 친구의 시신을 유기할 만한 공공장소를 찾아 이런 상황을 피하고 싶을 수도 있다. 하지만 그렇게 한다고 한들 정밀 검사는 피할 수 없을 것이다.

나는 수잔 엘리의 악담 덕분에 '우체통'에 당첨이 되었다. 2001년 10월 25일, 작업을 마치고 퇴근하려고 하는데 수잔이 사무실로 찾아왔다. "내일은 러닝화를 신고 오는 게 좋을 거예요." 장난조의 말이었다. "내일은 우리 둘밖에 일할 사람이 없거든요."

그날 밤 대니는 여느 때처럼 한시도 가만히 있지 않고 집 안 구석구석을 뛰어다녔고, 남편과 나는 저녁 식사 후 텔레비전에 나오는 엄청난 뉴스를 보느라 아이가 뛰어다니든 말든 상관할 겨를이 없었다. 파크 애비뉴에 있던 건축 공사장의 가설물이 쓰러지면서 다섯 명이 사망했다는 뉴스였다. 수잔과 나, 단둘이서 공사장에서 사망한 시신을 부검할 수는 없었다. 게다가 그것 말고도 부검해야 할 다른 시신들이 남아 있는 상태에서 말이다. "일찍 자야겠어." 나는 남편에게 말했다. "아무래도 내일은 정신없이 바쁠 것 같아."

남편은 잠옷 바람으로 원을 그리며 거실을 뛰어다니는 대니를 손가락으로 가리키며 대답했다. "우리 아들은 원숭이처럼 한시도 가만히 있지를 않네."

다음 날 아침 검시소에 도착했을 때, 신분 확인 담당실 위에 있는 파이프에서 물줄이가 뿜어져 나오고 있었다. 수리공 두 명이 양동이를 세워두고 열심히 걸레질을 했고, 다른 한 사람은 책상을 밟고 서서 천장 위로 고개와 어깨를 쑥 들이밀고 있었다. 마크 플로멘바움 박사는 그 물바다 속에서 이리저리 왔다 갔다 하며 오늘 부검해야 할 사건 목록들의 서류를 치우느라 정신이 없었다. 아무리 서류가 무거워도 오늘 일을 미룰 수는 없는 법이니까.

"러닝화 신고 왔어요." 나는 수잔을 보자마자 이렇게 말했다. 수잔은 잔뜩 찡그린 표정을 지었다. "우리가 어제 공사장 사고로 숨진 시신들을 부검해야 하는 거죠?"

"마크 박사가 카렌과 헤이즈에게 서류 작업을 맡겼어요. 두 사람이 시신 두 구씩 맡아서 부검할 거라고 하더라고요. 바바라는 다섯 번째 시신을 맡기로 했어요. 그리고 목격자는 없지만 추락 후 경막하출혈로 사망한 것으로 추정되는 나이 든 여성의 시신도 바바라가 부검할 테고. 나는 유아 돌연사 증후군으로 추정되는 생후 3주의 영아 시신을 맡고, 남은 건 우체통 하나뿐이에요."

"우체통이요?"

"위층으로 올라가서 시체 안치소로 가보면 알아요." 수잔이 말했다.

위층에 올라가자마자 수잔이 말한 우체통이 곧바로 눈에 들어왔다. 부검실의 구석에 미국 우체국의 소인이 찍힌 우체통 하나가 떡하니 버티고 있었다. 우체통 아래는 바퀴가 달려 있었고 가로 1.2미터, 세로 1.8미터, 높이 1미터가량 되어 보이는 우체통 안에서 시신이 썩어가는 악취가 풍겼다. 우체통으로 가까이 가서야 그 이유가 무언지 깨달았다. 우체통 안에는 뉴욕의 온갖 쓰레기들이 쌓여 있었고, 쓰레기 더미 위로 양쪽 발이 툭 하니 튀어나와 있었다.

우체통은 53번가와 11번가 애비뉴 사이의 골목에서 발견되었다. 그곳은 '헬스 키친'이라고 불리는 곳이었다. 쓰레기 더미를 뒤져 먹을거리를 찾으려던 노숙자들이 시신을 발견하고 911에 신고했다. 경찰은 쓰레기 더미 위에서 시신 형체에 돌돌 말린 검정 폴리스터 재질의 담요를 발견했다. 목 부분과 발목은 고무 밧줄로 묶여 있었고 무릎에는 전기 코드가 둘려 있었다. 그리고 엉덩이에는 넥타이가 매어져 있었다. 고무 밧줄을 풀자 두 발이 드러났고 경찰은 즉시 시신이 들어 있는 우체통 전체를 검시소 사무실로 보냈다.

"이게 웬 난리예요!" 나는 우체통을 보자마자 이렇게 말했다. 뉴욕 경찰서의 뮬러 경관이 그런 내 모습을 빤히 지켜보고 서 있었다. "경관님, 대체 제 부검실에 왜 쓰레기 더미를 가져다 놓으신 거죠?"

"그 안에 시신이 있습니다, 박사님."

"알아요, 시신 썩는 내가 진동을 하네요! 하지만 사건 현장을 감식하고 서류를 작성하는 건 제 임무가 아니잖아요? 쓰레기는 경찰 쪽에서 해결하셨어야죠!"

"그게 말이죠." 경관은 노련하게 걱정스러운 말투로 대답했다. "쓰레기 더미 속에 시신이 돌돌 말려 있어서 말입니다. 이 자체가 사건 현장을 대신하는 거라 따로 시신을 빼내면 안 될 것 같아서요."

나는 화들짝 놀랐다. 그 말은 우체통 안의 모든 것들이 증거라는 뜻이었다. 그렇다면 쓰레기를 하나하나 꺼내서 살펴야 하고, 증거 보관용 비닐에 넣고, 서류로 작성해야 한다는 의미가 아닌가! 그것도 악취가 풍기는 쓰레기들을 전부! 일단 내 부검실에 들어온 이상, 다른 누구도 우체통 안의 물건에 손을 댈 수가 없는 상황이었다. 그래서 나는 부검실을 가로질러 걸어가 증거 보관용 비닐을 한아름 가슴에 안고 작업을 시작했다.

프라이팬 1개. 구겨진 종이 가방 2개. 13개의 조각으로 부서진 검은색 세라믹 재질 접시. 뚜껑이 덮인 2개의 빈 종이컵. 반쯤 커피가 담겨 있는 종이컵. 빈 주스병 1개. 깨진 도스 에끼스 맥주병 하나. 죽은 생선 한 마리. 플라스틱 커피 스틱 22개. 군데군데 얼룩이 묻고 구겨진 신문 몇 장. 먹다 남은 샌드위치 2개, 하나는 포장용 비닐에 쌓여 있음. 뼈를 발라낸 닭고기 뼈 한 움큼. 그리고 백인 남성의 시신 한 구가 부패하여 담요에 쌓인 상태였다.

부검 기술자 두 명이 시신을 부검대 위로 옮기는 것을 도와주었고 나는 시신을 감싸고 있는 담요를 조심스럽게 벗겨냈다. 담요에 시신의 것으로 추정되는 검고 하얀 곱슬곱슬한 털들이 뒤덮여 있고, 시신의 양 손가락을 살펴본 결과 예상했던 결론이 나왔다. 하지만 그 하얗고 까만 털은 시신의 것이 아니었다. 사망자의 머리카락은 담황색 금발로 담요에 붙은 털은 동물의 것으로 추정되었다. 시신은 속옷만 걸친 거의 알몸의 상태여서 성폭행 증거 수집용 응급 키트를 사용했다. 워낙 부패가 심해서 사망 당시의 상태를 추정하기 어려웠다. 시신의 살점은 푸르게 변했고 축축하게 젖어 있었다. 우체통에 머리부터 처박힌 터라 얼굴은 보랏빛에 형체를 알아볼 수 없을 정도로 훼손되었고 눈알이 툭 하니 불거져 나와 있었다. 손가락으로 머리칼을 잡자 쉽게 떨어져 나왔다. 시신 근처만 가도 끔찍한 악취가 심하게 풍겼다.

시신을 부검한 결과 특이 사항은 하나도 발견되지 않았다. 뼈가 부러진 곳도 없었고 두개골 골절이나 뇌출혈, 교살의 흔적도 전혀 보이지 않았다. 물론 경관에게 시신이 스스로 담요를 뒤집어쓰지 않았다는 사실 말고는 특별히 전할 소견이 없었다. "아무래도 마약과 관련해서 유기된 것 같은데 그것도 독성학보고서를 받아보기 전까지는 장담할 수가 없어요."

일주일 후 지문 분석 결과 경찰 데이터베이스에서 시신의 인적 사항이 확인되었다. 시신의 이름은 마이클 도너휴이며, 며칠 뒤 여동생 클레어가 오빠의 여자 친구까지 데리고 사무실로 찾아왔다. 여동생은 도너휴가 과거 마약 혐의로 보호관찰 중이었기 때문에 실종되고도 경찰에 선뜻 신고하지 못했다고 했다. "괜히 오빠가 곤란한 일을 겪을까 봐 걱정이 되어서요." 클레어는 조심스러웠지만 진심을 다해 설명했다. "우리 오빠가 마약 문제가 있었던 건 사실이지만 그건 예전 얘기고 이제는 아니에요."

"어떤 종류의 마약이었죠?"

“코카인이요. 코카인 때문에 체포된 적이 있어요. 예전에는 알코올중독도 있었죠. 하지만 여름 이후 방송 프로그램에 참여하면서 철저하게 자기 관리를 했어요. 본래 음반 산업 쪽에서 컨설턴트로 일했고 TV 출연도 꽤 많이 했던 사람이에요.”

“마이클은 자기 관리가 뛰어났어요.” 여자 친구가 덧붙였다. “고급 양복을 입었고 머리 손질에도 공을 들였고요. 본인 말로는 남들에게 그럴싸하게 보여야 한다고 했어요. 며칠 동안 아무도 마이클 소식을 듣지 못해서 정말 의외였어요. 저도 휴대폰으로 전화를 걸었는데 모르는 사람이 받더니 곧바로 끊어버리더라고요.”

두 사람은 마이클을 쌓고 있던 담요와 넥타이가 고인의 것인지 확인하기 위해서 사무실로 찾아왔다고 말했다. 확인 후 두 사람 모두 마이클의 것이 아니라고 동의했다. 그리고 뮬러 경관에게 다른 사람이 휴대 전화를 받았다는 사실을 알려주기를 부탁했고, 나도 독성학보고서가 도착하는 대로 경찰서에 연락을 취하겠노라고 말했다.

그로부터 몇 주가 지나서야 마이클 케이스를 맡게 된 검사보로부터 전화가 왔다. 독성학보고서를 더 재촉해 달라는 부탁이었다. 이 무렵 뮬러 경관은 사건과 연관된 소중한 정보를 알아냈다. 어느 날 밤, 떠돌이 디노와 스테이시가 우연히 클럽에서 마이클을 만났고, 세 사람이 함께 마이클의 집으로 파티를 하러 갔다는 사실이었다. 두 사람이 경관에게 전한 바로는 마이클이 얇은 비닐에 든 헤로인 두 봉지를 흡입하고 곧바로 잠들어 집이 떠나가라 코를 골았다고 했다. 아침에 일어나 보니 마이클은 죽어 있었고, 디노와 스테이시는 그를 담요에 싸서 우체통에 버린 것이다.

독성학보고서에 따르면 마이클의 혈류에서 코카인과 알코올, 헤로인이 다량으로 검출되었다. 하지만 마약 양성 반응이 나왔다고 해서 디노와 스테이시가 무죄로 판명되는 것은 아니었다. 담요에 싸서 우체통에 버렸을 때 마이클이 살아 있었는지 죽었는지 아직 확실히 판단하지 못한 상태였기 때문이다.

다음 날 오후 3시 회진 때 찰스 히르쉬 박사에게 부검 결과를 보고했다. 그는 마이클의 혈류에서 리터당 0.5밀리그램가량의 아편 성분이 남아 있었고 이는 모르핀 계열의 1종 마약이라는 점을 지적했다. "그 정도면 상당한 양이야. 그리고 그 모르핀 성분이 대사 작용에 영향을 미치지 않았다는 사실은 마약 복용 후 12시간이 지났을 때, 시신이 이미 사망한 상태였다는 점을 알려주는 거고. 만약 아침까지 살아 있었다면, 혈류 내 모든 성분이 모르핀의 영향으로 대사작용을 마쳤을 테니까." 결국 마이클의 사인은 '사고사'로 결론이 났고 헤로인 과다 섭취로 사망한 것으로 판명되었다. 조나단 헤이즈 박사는 "집이 떠나가게 코를 골았다"는 두 사람의 이야기가 바로 마약 과다 복용의 전형적인 불규칙한 호흡 증세를 보여주는 것이라고 지적했다.

나는 크리스마스 직전에 경찰의 보고서를 확인하고 사망진단서에 '사고사'라고 기록했다. 그러고 나서 2주 후, 검사보로부터 다시 전화를 받았다. 경찰 측에서 디노의 자백이 담긴 비디오테이프를 건네받았다는 거였다. 그러니까 두 사람이 함께 마이클 도나휴를 죽였다는 사실을 자백한 것이다.

"뭐라고요? 그게 살인 사건이었다는 말씀이세요?"

"피고가 자백한 바에 따르면 그렇습니다." 검사보가 대답했다. "비디오테이프에 모두 기록되었어요."

"어떻게 자백을 받아낸 거죠?"

"뮬러 경관과 패터슨 경관이 알아낸 바에 따르면, 그 여자 친구라는 사람이 다량의 헤로인을 마이클에게 주사하고 정신을 잃으면 그 사람의 지갑을 훔치자고 꼬드겼다는 겁니다. 그래서 2급 살인죄로 기소하기로 했어요. 절도 행위가 없었다고 해도 피해자에게 헤로인을 주사했다는 것을 시인한 것만으로도 2급 살인이 성립되거든요."

"정말 멋지네요!" 나는 이 사건으로 사람이 죽었다는 사실조차 잊은 채 이렇게 외쳤다. "제 상관이 들으면 정말 좋아하겠어요!"

내 생각이 옳았다. "그 정도의 치명적인 중독 현상은 정말 보기 드물지." 찰스 히르쉬 박사는 이번 사건에 대해 새로운 보고서를 작성하여 제출하자 이렇게 말했다. "그럼 증언을 하러 대배심에 가겠군."

"목요일에요."

"지금까지 몇 번이나 재판정에 섰지?"

"이번이 세 번째입니다."

"너무 긴장하지 마." 찰스 박사가 나를 안심시켰다. "그냥 재판정에서 멀뚱히 서 있는 게 아니라는 사실만 명심하면 돼."

목요일 아침, 나는 행운의 초록색 정장을 빼입고 검사보 하비 로센을 만나러 80 센터 스트리트로 향했다. 뮬러와 패터슨 경관은 대배심을 앞두고 머리를 식히기 위해서 잠시 밖에 나와 있었다. 나는 검시소 사무실에서 직원들이 궁금해하던 질문들을 모조리 쏟아냈다.

"어떻게 살인이라는 단서를 잡으셨어요?"

"피해자의 여동생이 한 말 때문에 다시 생각하게 됐죠." 뮬러 경관이 입을 뗐다. "두 배가량의 헤로인 양이 검출되었다고 말하니까, 여동생이 그럴 리가 없다고 말하더군요. 어릴 때부터 오빠가 바늘을 무서워했대요. 오빠가 코카인에 손을 대기는 했어도 헤로인은 절대 하지 않았다고 말이에요. 전화 통화 얘기도 그렇고 뭔가 미심쩍어서 검사 측에 이야기해서 디노와 스테이시를 다시 불러들였습니다."

뮬러의 파트너 패터슨이 그의 이야기를 이어받았다. "두 사람의 진술이 처음부터 맞지 않았어요. 스테이시의 증언에 따르면 마이클이 스스로 헤로인 주사를 맞았다고 했는데, 디노는 스테이시가 헤로인 주사 놓는 걸 도와줬다고 말했거든요. 스테이시란 여자는 마약과 매춘으로 전과 기록이 다수 있었어요. 그래서 제가 디노를 따로 불러서 스테이시가 당신 몰래 마이클과 놀아났고 뒤로 현금을 꽤 많이 빼돌린 걸 발견했다고 말했어요. 디노는 스테이시를 연인으로 생각했던 모양이더라고요. 그 말을 듣고 화가 난 디노는 말하고 싶어 안달 난 사람처럼 사건 정황을 술술 불었어요."

패터슨은 땅딸만 한 키에 어깨가 쩍 벌어지고 밝은색 눈동자를 가졌다. 17년의 경력을 가진 뮬러 경관의 부하 직원 격으로 10년의 경력을 가진 경관이었다. 대배심을 앞두고 오후 내내 시간을 낭비한다는 사실 때문에 다소 초조해 보이는 듯했으나, 디노를 구슬러 자백을 받아낸 것을 떠올리며 기운을 차린 것 같았다. "그래서 지금은 스테이시가 마이클에게 헤로인 주사 6대를 놓자고 꼬드겼다고 말을 바꾼 상태예요. 그래야 정신없이 잠들 거라고 했다는 거죠. 그러면 쉽게 지갑을 훔칠 수 있을 테니까. 스테이시는 헤로인 주사를 놓고 피해자가 코를 골며 잠들 때까지 기다렸다가 600달러를 훔쳤어요. 지갑 안에 현금 다발이 있다는 걸 벌써부터 눈여겨봤던 거죠. 그 돈으로 헤로인을 더 사서 주사를 맞았고 하루 종일 차가운 시신이 된 마이클을 멍하니 쳐다만 보고 있었대요. 하루가 지나서 친구 한 명을 불렀는데 마이클의 머리카락이 담요 사이로 삐져나온 걸 들켰고 그제야 시신을 유기해야겠다고 결심한 겁니다."

그 얘기를 듣고 나니, 경찰서에서 인계받은 우체통이 내 사무실에 도착하기 전까지 마이클의 시신은 사건 현장에서 이틀, 시체 안치소 냉동고에서 하루를 보낸 후였으며, 부검 결과 밝혀진 사실들은 그 오랜 시간의 결과물이라는 사실을 알게 됐다. 여러 변수들이 시신을 완전히 부패하도록 만든 원인이었다. 나는 부패한 시신을 보면서 깨달은 사실을 머릿속으로 떠올려 보았다. 그러니까 내 부검대 위에 놓인 초록색으로 변해버린 마이클의 몸과 보랏빛 얼굴은 일반적인 남성이 48시간 동안 담요에 꽁꽁 싸인 채로 바닥에 방치되고, 포댓자루에 쌓여 머리부터 쓰레기 더미에 처박혀 있었을 때 벌어질 수 있는 결과물이었다. 그것도 다른 동물에게 물어뜯기지 않고 바나나 껍질과 소다 캔으로 뒤덮여 선선한 가을의 공기 속에서 방치되었을 경우에 말이다. 나는 머릿속에 떠오르는 이미지를 잘 정리해 두었다.

"결국 자백을 받아냈죠." 경관이 말을 이었다. "디노가 자백 내용을 적고는 이렇게 묻더군요. '경관님, 그럼 저는 형량이 어떻게 됩니까?' 하비라는 친구가 말했어요. '2급 살인.' 뭐 고민할 것도 없었죠!" 패터슨 경관이 당시 상황을 곱씹을 때 바로 옆에 있던 로젠 검사가 하얀 수염 뒤로 흐뭇한 미소를 지었다. "저는 앞으로 2년만 버티면 연금을 받을 자격이 되거든요. 하지만 그때 당황하던 디노의 표정을 다시 볼 수 있다면 2년 아니라 4년이라도 버티겠어요!"

"법은 책임의 경중을 따지지 않습니다." 로젠 검사가 덧붙였다. "마이클의 지갑을 훔칠 의도가 있었기 때문에 헤로인을 주사한 스테이시는 책임을 묻게 되는 것이지요. 애초에 마약에 취하게 만들어 지갑만 빼앗을 생각이었고, 스테이시가 헤로인을 주사한 후에 사망했다고 해도 어차피 살인 사건으로 분류되는 건 마찬가지예요. 과실치사죄 정도는 되겠네요. 다량의 마약을 주사하고 절도를 계획했다가 결국 살인까지 저질렀으니까요."

뮬러 경관은 마이클의 손가락 사이에서 발견된 털과 담요에 붙은 털의 출처에 대해 의구심을 보였던 나의 의견이 옳았다는 점도 이야기해 주었다. 그건 강아지 털이었다. 진술에 따르면 디노는 검정 털과 하얀 털이 뒤섞인 저먼 셰퍼드 종을 키우고 있었고 마이클이 정신을 잃기 직전까지 강아지와 놀았다는 것이다.

대배심은 피고를 기소할 만한 충분한 증거가 확보되었는지 결정하는 일련의 법리적 과정에 불과하다. 재판정은 으리으리할 만치 넓었고, 짙은 색의 나무판자로 되어 있어서 목소리가 크게 울렸으며, 판사를 제외한 시민 배심원단 20명이 착석해 있었다. 나는 재판정 정중앙에 놓인 묵직한 오크 재질의 책상으로 가서 로젠 검사를 쳐다보며 서 있었다. "검사 측에서 신청한 증인 주디 박사입니다." 로렌 검사가 말했다.

배심원단 중에서 나이가 지긋하고 콧수염을 기른 스페인계 남자가 자리에서 일어나더니 오른손을 들라고 말했다. "증인은 본 법정에서 계류 중인 사건에 대해 오직 진실만을 말할 것을 맹세합니까?"

"네." 나는 단호한 목소리로 대답하고 증인석에 앉았다. 한 편의 드라마에 나오는 것처럼 법적인 절차 한가운데 서게 되었다는 사실에 신경이 살짝 곤두서 있었다. 도저히 간략하게 대답할 수 없는 두 가지 질문, 그러니까 '병리학이란 무엇입니까?'라던가 '부검이란 뭔가요?'만 제외한다면 더듬거리지 않고 말할 준비가 되어 있었다. 그 질문만 제외한다면 증언이 거침없이 술술 나올 것이다.

다음 날 오후 3시, 평소처럼 오후 회진이 있던 자리에서 우체통과 관련된 사건의 결론을 설명하자, 찰스 박사는 피고가 저먼 셰퍼드를 키웠다는 사실에 지극한 관심을 보였다. "만약 자백 현장을 녹화한 테이프가 증거로 채택되지 않았다고 해도 그 개털이 발견된 것으로 두 명의 살인 용의자가 피해자와 같은 아파트에 있었다는 증거로 활용할 수 있었을 거야." 나는 디노와 스테이시가 어떻게 되었는지 최종 결과를 들을 수 없었다. 어쩌면 형량에 불복했을 수도 있다. 그리고 한참이 지난 후에야 검사 측에서 피해자 몸에서 발견된 개털을 기소 증거로 사용했다는 소식을 들었다.

불법 마약을 과다 복용한 시신을 부검하는 일은 어렵지 않다. 마약 과다 복용 사망사의 경우, 시신이 젊고 대부분 건강한 편이라 부검이 빠르게 이뤄지기 때문이다. 만약 부검을 하고도 별다른 것을 발견하지 못했을 경우에는 독성학보고서가 도착할 때까지 기다려야 한다. 그걸로 사망을 일으킨 물질이 무엇인지 확실히 알아낼 수 있다. 마약 과다 복용 시신은 유독 바쁜 날 재빠르게 작업을 진행할 수 있는 반가운 손님이다. 알코올이나 마약중독, 폭력 등이 얽힌 가족 문제를 안고 있는 중독자의 경우만 아니라면 말이다. 가까운 친족 때문에 마약을 과다 복용을 하게 되는 경우가 많기 때문이다.

로버트 워드는 28세의 백인으로 알코올중독자인 데다 조제약과 불법 마약류를 모두 과다 복용했다. 2001년 핼러윈을 일주일 앞둔 어느 날, 로버트는 친구들과 함께 술을 마시러 나갔다. 술을 마시고 혼자 아파트로 귀가한 로버트는 몇 시간 후 사망한 채로 룸메이트에게 발견되었다.

고인의 모친 워드 부인으로부터 전화를 받았다. 모친은 부검에 대해 개인적으로 강한 반대 의사를 보였다. "우리 애한테 손 하나만 까닥해 봐요!" 187센티미터에 110킬로그램에 육박하는 장신의 아들을 건드리지 말라며 신경질적으로 소리를 질렀다. 일단 유가족으로부터 부검 반대 의사를 접한 것이라 나는 부검을 보류하고 찰스 히르쉬 박사에게 보고하려고 기다리고 있었다.

오후 3시 회진에서 만난 찰스 박사는 나를 전적으로 지지해 주었다. "만약 알코올을 섭취하지 않았다면 그 아들은 모친과 함께 집에 있다가 사망한 채로 발견되었을 거야. 일단 부검은 하지 말고 외진만으로 사인을 찾아보도록 해. 몸에 부상이 발견되지 않았다고 해도 몸속에서 치명적인 부상이 일어나는 경우도 있어. 술을 마시고 주먹다짐이 벌어지기도 하지만 젊은 청년들이 술을 마시고 싸웠다고 해서 쉽게 죽지는 않으니까. 어쨌거나 부검은 반드시 필요할 것 같군."

어쩔 수 없이 부검을 했고 진행은 그리 어렵지 않았다. 워드 부인의 아들을 부검한 결과 문맥 인파선염*과 내장 출혈** 그리고 폐부종으로 입안에 3센티미터가량의 분홍색 콘 모양의 물질이 튀어나온 증상이 발견되었다. 이 세 가지를 모두 종합해 볼 때 아편에 의한 중독을 강하게 의심할 수 있었다. 대다수의 젊고 건강한 뉴욕 청년의 사인은 십중팔구 헤로인 과다 복용이었다.

로버트 워드의 독성학보고서는 4개월이 지나서야 내 책상에 도착했다. 4개월 동안 워드 부인은 일주일에 2번 이상 나에게 전화를 걸어댔다. 어떤 주에는 하루가 멀다고 전화를 걸 때도 있었다. 아들의 죽음에 대한 여러 가지 추측을 내놓았는데 그중에서 마약과 연관된 것은 하나도 없었다. "우리 애는 마약에 손을 댄 적이 없다니까요." 부인은 끝까지 이렇게 우겼다. 부검 결과 마약 과다 복용으로 인한 결과들이 여러 개 발견되었다고 전화할 때마다 설명을 해 줘도 아무 소용이 없었다. "혹시 초밥을 잘못 먹어서 그런 건 아닐까요?" 한번은 이렇게 물은 적도 있었다. "상한 초밥을 먹고 잘못되는 사람들도 얼마나 많다고요. 그날 우리 애가 초밥을 먹었거든요. 혹시 위 속에 남은 초밥을 제대로 검사해 보셨나요?" 나는

---

* 간 손상으로 림프절이 비대해지는 증상

** 심장마비로 장기에 피가 차는 현상

상한 초밥을 먹었다고 해서 반드시 사망하지 않는다고 전문가로서 견해를 밝혔다. 내 경험상 상한 초밥을 먹고 사망한 경우는 보지 못했다. 다량의 헤로인일 가능성이 높았고, 상한 초밥의 가능성은 제로였다.

"그럼 맥주를 마셔서 그랬을까요? 초밥과 맥주를 함께 마셨다고 했어요. 혹시 날생선이랑 맥주를 함께 마셔서 독성이 생겼을지도 모르잖아요. 상한 초밥에 맥주까지 마셔서 목숨이 위태로워진 거 같아요!" 그렇게 4개월 내내, 워드 부인은 아들의 사인에 대해 매번 새로운 이론을 내놓았다. 친구의 천식 약물 치료제를 잘못 먹은 건 아닌지, 탄저병에 걸린 게 아닌지(2001년 9월은 미국 내에서 '탄저균 우편물'이 발견되어 한창 탄저병에 대한 관심이 고조되던 시기였다), 알레르기성 폐포염, 집 먼지 진드기 그리고 상한 초밥까지 매번 말도 안 되는 이론을 이야기했다.

마침내 크리스마스가 막 지나고 나서 독성학보고서가 도착했다. 조사결과 로버트 워드는 치명적인 양의 헤로인과 코카인 그리고 신경안정제까지 섭취한 것으로 밝혀졌다. 나는 이걸로 마침내 슬픔에 빠진 워드 부인에게 상한 초밥이 아들을 죽음으로 몰고 간 것이 아니라는 점을 확신시킬 수 있을 거라고 생각했다. 하지만 확신은커녕 유선으로 독성학보고서 결과를 알린 다음 날, 워드 부인은 뉴욕 검시소에 당당하게 모습을 드러냈다.

보안 요원으로부터 워드 부인이 로비에서 기다린다는 연락을 받고 나가 보니, 부인은 손에 저녁에 먹는 감기약 통을 들고 서 있었다. 아들이 죽기 일주일 전, 그 약을 들고 다니는 걸 봤기 때문에 직접 그 약을 내게 보여주고 싶었던 것이다. 그것도 정확히 그 약이 아니라 그와 비슷한 약통이라고 했다. 워드 부인은 감기약에 친구의 천식 약물 치료제가 더해져서 뭔가 일이 터진 게 아니냐며 새로운 이론을 내놓았다. 나는 최대한 부드러운 목소리로 독성학보고서 결과는 한 치의 오차도 없이 정확하다는 점을 설명했다. 부인의 아들은 약물 과다 복용으로 사망했다고.

워드 부인은 내 말에 움찔거렸다. "우리 애는 마약에는 손도 안 댔다니까요." 똑같은 말을 되풀이했다. 나는 로버트의 사망진단서에는 사인이 '사고사'로 기록될 것이라는 점을 다시 확인시켰고, 오히려 그 말을 듣자 워드 부인은 엄청난 두려움을 느끼는 것 같았다. 사고사라고 하면 아들이 뭔가 잘못해서 죽었거나 엄마로서 아들을 잘못 키워서 죽게 된 거라고 생각했던 모양이다. "살인 사건이 분명해요." 워드 부인은 나를 똑바로 쳐다보며 차갑게 말했다. "누군가 우리 애한테 마약을 팔았으니, 결국 그놈들이 우리 아들을 죽인 거 아니겠어요? 내가 어떻게든 단서를 찾고 그놈이 누군지 잡아서 경찰서에 신고하고야 말겠어요!"

단서를 찾는다고? 대체 TV 드라마를 얼마나 많이 보신 걸까? "단서를 찾는다는 게 무슨 뜻인가요?" 나는 물었다. 워드 부인이 말하기를 브로드웨이 업타운에 있는 자동차 수리점에서 로버트가 마약 과다 복용으로 죽었다는 이야기를 떠들고 다니는 사람이 있다는 소문을 들었다고 했다. 거기에 가면 아들에게 마약을 판 판매상이 있을 거라고 했다. 부인은 자동차 수리점에 찾아가서 '심문'을 해 봐야겠다는 계획까지 세우고 있었다.

나는 깜짝 놀랐다. "불법 약품 판매상이라면 매우 부도덕한 사람일 거예요." 최대한 조심스럽게 단어를 선택하려고 애썼다. "자칫 잘못했다가는 부인이 다칠 수도 있습니다. 특히나 협박을 받는다고 느낀다면요. 제가 부인이라면 그런 낯선 사람을 절대로 만나지 않을 거예요." 그 말을 하고는 나도 모르게 머릿속으로 손쉽게 마무리될 줄 알았던 부검 대상의 모친이 네 발이 묶인 채로 이스트 리버에서 사망했다는 사실을 찰스 박사에게 설명하는 나의 모습이 그려졌다.

그 후로 부인과 나는 로비에서 큰 소리로 아들의 죽음을 추모했으며, 부인은 여전히 '범죄'라고 주장하며 여러 가지 이론을 쏟아냈다. 심지어 나중에는 아들이 자살한 것이 분명하다는 이야기까지 꺼냈다. 독성학보고서에 나온 피할 수 없는 사실, 그러니까 아들이 재미로 마약을 과다 복용해 왔으며 그로 인해 사망했다는 충격적인 사실을 인정하지 못하고 온갖 가설을 끄집어내기 시작했다. 나는 워드 부인의 손을 잡고 로비에 앉아서 최대한 유족의 심정을 이해해 보려고 애썼다. 결국 그렇게 한 시간이 지났고 '성분 분석'을 위해 사 온 약통을 억지로 내 손에 쥐여주고 나서야 부인은 집으로 돌아갔다.

나는 사망진단서를 작성했고 2월 19일 자로 로버트 워드의 부검을 공식적으로 마무리 지었다. 다음 날 워드 부인은 내게 전화를 걸어서 서류작업을 마무리해 주어 고맙다는 말을 전하면서 아들의 조직 샘플을 '안전한 장소'에 보관해 두었는지 물었다. 그래야 이번 사건을 다시 제대로 수사할 수 있다는 말을 덧붙였다.

3월이 되어 브롱크스 검시소에서 한 달간 순환 근무를 시작했다. 그곳에서는 마약으로 인한 죽음을 많이 접하게 되었다. 브롱크스 검시소에서 헤아릴 수가 없을 정도로 많은 부검을 했는데, 그중 1/3 이상이 마약 남용으로 인한 시신들이었다. 23구의 시신 중 9구가 마약 과다 복용으로 사망한 경우였다. 또 하나의 공통점이 있다면 모두 젊은 사람이라는 점이었다. 브롱크스 검시소에서 맡았던 첫 부검 케이스는 46세의 여성으로 코카인과 메타돈 그리고 항히스타민제를 복합적으로 과다 복용한 사례였다. 두 번째는 47세의 남성으로 매춘을 하기 위해 차를 몰고 다니다가 코카인 기인성 심장마비로 운전석에서 사망했다. 알코올로 온몸이 부패되고 코카인 성분이 검출된 경우도 있었다. 제리는 코카인 파이프에 불이 붙어서 창문 밖으로 도망쳤는데, 그 당시 마흔 살도 되지 않은 젊은 나이였다.

워드 부인은 나를 수소문하여 브롱크스 검시소까지 찾아냈다. 그녀는 절대로 멈추지 않을 기세로 일주일 내내 전화를 걸어댔다. 4월에 맨해튼 검시소로 돌아왔을 때 비로소 워드 부인의 전화도 점차 줄어들었고, 5월이 되자 완전히 잠잠해졌다. 이제서야 아들이 마약 과다 복용으로 사망했다는 사실을 받아들인 거라고 생각했다. 그렇게 5월의 마지막 날이 되었다. 사무실에 도착했는데 12통의 음성 메시지가 나를 기다리고 있었다. 그중 6통은 말없이 그냥 끊어버린 것이라 막연하게 워드 부인의 전화일 거라고 짐작하고 있었다. 부검실로 급히 자리를 피하려는데 다시 전화벨이 울렸다. 순간 벽에 붙은 전화선을 빼어버릴까 싶은 생각이 들었지만 그래 봤자 별 소용이 없을 것 같았다. 나는 수화기를 들었다.

"박사님, 아무래도 로버트의 사인을 살인으로 바꿔주셔야 할 것 같아요. 경찰 말로는 자기들은 판매상을 체포할 수가 없다고 하네요. 내가 우리 애를 죽인 놈이 누구인지 가르쳐 줬는데도 말이에요! 우리 애가 남의 손에 죽은 것이 아니기 때문에 너무 바빠서 도와줄 수가 없다는 거예요. 그러니까 박사님이 경찰서에 전화해서 살인 사건이라고 얘기를 해 주셔야겠어요. 그게 박사님이 해야 할 일이니까요."

"워드 부인." 나는 최대한 분노를 억누르며 목소리를 다듬었다. "아드님의 부검은 이미 오래전에 끝났습니다. 아드님은 헤로인과 코카인 그리고 신경 안정제 과다 복용으로 사망했고요. 저는 그렇게 사망한 시신들을 수도 없이 봤는데요. 분명히 아드님은 아무런 고통 없이 세상을 떠났을 겁니다. 크게 힘들거나 오랫동안 고생하지도 않았을 테고요. 아드님은 자살하려고 했던 것이 아니라 그저 마약을 했기 때문에 사고사로 분류되었어요." 나는 잠시 멈추었다. 수화기 너머에서도 정적이 감돌았다. "부디 그 사실을 부인께서도 이해해 주셨으면 해요. 로버트가 억지로 마약을 했다거나 본인도 모르는 상태에서 마약을 투약 당했다는 것을 입증할 만한 논란의 여지가 없는 증거가 나오기 전까지는 사고로 사망했다는 제 결론은 뒤바뀌지 않을 겁니다. 이번 사건은 살인 사건이 아니기 때문에 사인을 살인으로 변경할 수 없습니다. 부인께서도 아드님이 사고로 사망했다는 사실을 인정하시기를 간절히 바랍니다."

워드 부인은 내 말이 끝날 때까지 참을성 있게 기다려주었다. 그리고 내가 한 말을 전혀 못 들은 사람처럼 자기 말을 이어나갔다. "내가 서류 작업까지 전부 마쳤는데도 경찰에서 조사할 수가 없다는 거예요." 부인은 똑같은 말을 반복했고, 미국자유인권협회에서 본인의 호소를 받아들이지 않았다는 점을 비판하더니, 계속해서 뉴욕 경찰 당국에서 사건을 제대로 수사하지 못했다는 이야기를 했다. 아들을 죽인 마약 판매상을 조사하는 것조차 나서지 않았다나!

그날 나는 브롱크스에서 맡았던 두 구의 부검 결과를 마무리 지을 계획이었다. 모두 남성의 시신으로 두 발의 총상을 입었다. 가정폭력으로 칼에 찔려 사망한 한 구의 여성 시신의 사망진단서도 작성해야 했다. 그 여성의 경우, 양쪽 손에 방어흔이 남아 있었는데 가슴에 남은 치명적인 상처의 위치와 각도로 보아 가해자가 피해자와 비슷한 신장일 거라는 사실을 추측할 수 있었다. 나는 그 점을 경찰 측에 일러줘야 했다. 전화벨이 울렸던 순간 내 책상 위에는 80세의 여성이 욕조에 누운 채로 사망한 장면을 찍은 현장 사진들이 놓여 있었다. 강간당하고 두들겨 맞고 목이 졸린 상태로 사망한 시신이었다. 부검 결과 목 주위에 혁대에 묶인 자국이 발견되었는데 이는 오른손잡이 폭행범이 손으로 목을 졸라서 생긴 것이라는 사실을 나타냈다. 그 사건은 대대적으로 뉴스에 보도되기도 했다. 경찰은 용의자를 잡아들였고, 검사 측에서는 부검 결과 보고서가 도착하기만 기다리는 상태였다. 이런 상황에서 나는 워드 부인의 전화를 받게 되었고 언제나 그렇듯이 경찰이 자신의 얘기에 귀를 기울이지 않는다는 불평을 한참 동안 들어주게 된 것이다.

결국 나는 참을 수 없는 지경에 이렀고 수화기에 대고 이렇게 소리를 지르고 싶은 마음을 애써 참았다. '당신 아들은 스피드볼* 때문에 죽었다고요! 제발 부탁이니까 저를 좀 내버려 두세요! 그래야 저도 진짜 살인 사건을 제대로 조사할 테니까요!' 하지만 차마 그러지 못했고 워드 부인은 20분도 넘게 전화통을 붙잡고 있었다. 평소 부인의 전화를 받느라 일주일에 몇 번씩이나 30분간 통화를 했고, 핼러윈이 지나면서 전화 오는 횟수가 늘어나더니 드디어 5월 30일 현충일이 코앞에 온 시점까지 이어지게 된 것이다. 그렇게 워드 부인과 나는 전화 통화를 하며 여러 계절을 함께 보냈다.

그날 점심을 먹기 위해 밖으로 나가려는데 인사과에서 근무하는 직원 두 명이 할 얘기가 있다며 나를 불러 세웠다. 워드 부인이 전날 인사과로 전화를 해서 어떻게 하면 나를 만날 수 있는지, 몇 시에 출근하는지 물어봤다는 것이었다. 그리고 퇴근 이후에 통화하고 싶다며 집 전화번호까지 물어봤다고 했다. 물론 부인의 질문에 대답하지 않았지만 그래도 나에게 그 사실을 알려주는 것이 순서라고 생각한 모양이다. 워드 부인은 나를 스토킹하고 있었다. 갑자기 혼자 사무실 밖으로 나가는 게 겁이 났다. 나는 함께 일하는 펠로우의 사무실로 가서 고개를 쑥 내밀고 도움을 청했

---

* 코카인, 헤로인, 모르핀 또는 암페타민을 섞은 마약 주사

다. "스튜어트, 내 보디가드 좀 해 줄래요? 점심은 내가 살게요."

물론 워드 부인이 나에게 고통을 주려고 했던 것은 아닐 것이다. 그저 본인이 나의 시간을 낭비하고 있다는 점과 아들의 죽음으로 인한 슬픔의 고리에서 스스로 벗어나지 못하고 있다는 사실을 깨닫지 못한 것뿐이다. 워드 부인은 의사로서 또 슬픔을 달래 주는 상담가로서 나의 설득의 기술이 좀처럼 미치지 못하는 곳에 있는 사람이었다. 로버트 워드는 마약 판매상의 손에 죽은 게 아니다. 어쩌면 로버트가 마약에 중독되었고 도움이 필요한 상태였는지는 모르지만, 어느 누구도 그의 머리에 총구를 겨누지 않았고 억지로 팔에 주삿바늘을 꽂지 않았다. 다른 사고사보다 마약 과다복용으로 인한 사망은 온갖 추측이 따르게 마련이다. 워드 부인의 반응은 조금 심했지만 어찌 보면 일반적이라고 할 수 있다. 예기치 못한 죽음을 접했을 때, 이를 부인하는 태도는 다소 강력하거나 또는 어느 정도 예상 가능한 반응이지만, 온갖 억측을 더해 가며 이를 계속 부인하다 보면 절대로 죽음으로 인한 상처를 치유할 수 없다. 뉴욕에서 보낸 시간 동안, 이러한 이유로 고통받는 수많은 유족을 보았고 그들이 치유할 수 있는 방법을 나름대로 배웠다. 물론 수많은 설득에도 워드 부인은 굴하지 않았지만, 그러한 억측들이 오히려 자신에게 해가 된다는 사실을 설득하는 수밖에 없었다.

워드 부인의 전화는 어느 순간 뜸해졌다. 나는 안심이 되었지만 한편으로 걱정이 되기도 했다. 이런 경우에는 쉽사리 돌파구를 찾거나 마침표를 찍는 것이 불가능하기 때문이다. 워드 부인의 입장에서는 아들이 재미 삼아 마약에 손을 댔다는 사실을 상상하는 것조차 어려웠을 것이고, 나로서는 그 사실을 부인에게 계속 상기시켜야 한다는 점이 괴로웠다. 로버트 워드를 세상에 태어나게 만든 사람은 부인이었다. 워드 부인의 사랑스러운 아들은 잠시 잠깐 짜릿한 기분을 느끼려다가 세상을 떠났다. 세상의 그 어떤 어머니도 그 사실을 믿고 싶지 않을 테고, 적어도 내가 아는 범위 내에서 워드 부인도 영원히 그 사실을 믿지 않을 것이다.

6

악취와 뼈

칵테일 파티에서 만난 낯선 사람들은 호기심에 찬 얼굴로 어떻게 썩은 시체와 구더기를 보고 코를 찌르는 악취를 견디면서 일할 수 있냐고 묻는다. 대답은 단순하다. 하다 보면 익숙해진다는 것. 썩을 대로 썩어버린 시신을 부검하는 일을 좋아하는 사람이 어디 있을까? 하지만 개중에 흥미를 불러일으키는 시신을 만날 때 있다. 흙에서 태어나 다시 흙으로 돌아가는 인간의 신체를 다루는 법을 배우는 이 직업이야말로 그 어떤 것보다 나를 죽음에 익숙해지도록 만들었다. 동시에 집파리와 고양이에 대한 두려움이 예전보다 훨씬 더 커졌지만 말이다.

살인 사건 조사관인 러셀 던과 함께 순환 교대 근무를 서게 되었다. 그때 현장에서 처음으로 시신에 꼬인 집파리를 직접 보게 되었다. 러셀과 함께 일주일 동안 일하면서 사건조사팀으로부터 많은 정보를 배웠다. 그동안 앞뒤 문맥이 뚝 잘려나간 상태로 부검대 위에 놓인 시신만 보느라고 수많은 것들을 놓쳤다는 사실을 깨닫게 되었다.

러셀과 함께 현장에 도착하자 사건이 일어난 아파트의 문이 활짝 열려 있었다. 사건 현장에는 나이 많은 남성이 거주했으며 티끌 하나 없이 깔끔했다. 족히 열흘 분량의 우편물이 쌓이고 나서야 주변 이웃들이 경찰서에 신고한 것이다. 누군가 복도에 향을 피웠는지 코끝을 찌르는 시신 썩는 악취와 더불어 이국적인 향기가 풍겼다. 만약 자동차 대시보드 안에 쥐가 기어들어 가서 그곳에서 죽어버렸다면 우리는 뭔가 썩어가고 있다고 생각을 하지만 악취가 얼마나 심한지는 알지 못한다. 사람이 죽었을 때도 마찬가지다. 시신이 썩을 때 생기는 박테리아성 악취는 그 어떤 것보다 지독하다. 그저 심한 냄새가 풍기는 것이 아니라 주먹으로 한 대 얻어맞는 느낌이라고 해야 할까. 부패한 시신의 악취를 맡으면 순간적으로 누구든지 섬뜩한 냄새에 움찔거리며 뒤로 물러서게 된다. 그 악취는 목구멍을 비집고 혀의 미뢰를 때린 다음 눈까지 따끔거리게 만든다.

이번 시신은 체구가 작은 편이었지만 악취만큼은 굉장했다. 우리는 시신이 발견된 옆집을 지나갔다. 그 집 앞에는 순찰 경찰관이 서 있었고, 한창 커피를 끓이고 있었다. "오래전부터 교재에 나오는 비법 같은 건데 정말 효과가 있어요." 러셀이 설명을 시작했다. "이웃 주민들에게 집에서 커피를 끓여달라고 부탁했어요. 잠깐이 아니라 계속 끓여달라고요."

"악취도 악취지만 커피 끓이느라 바빠져서 수사를 방해하지 않을 것 같은데요."

러셀의 얼굴에 염세적인 미소가 번졌다. "두고 보면 알겠지요."

우리는 먼저 구두 위에 플라스틱 비닐을 씌우고 라텍스로 된 수술용 장갑을 꼈다. 러셀은 우편함에 꽂혀 있던 우편물 몇 개를 꺼내서 읽어 내려갔다. "에리코 라바지노." 그는 곧바로 클립보드에 이름을 기록했다. "하지만 이 이름도 그저 추정에 불과해요. 과학적인 방법으로 정확한 신원을 확인하기 전까지는 부패한 시신들은 신원 미상의 여성 혹은 남성의 시신으로 보고 수사를 하니까요. 지문, 치과 진료 기록, 병원 진료 기록을 통해 방사선과의 확인을 받거나 그마저도 힘들면 DNA까지 확인해야 해요." 에리코 라바지노, 현재 신원 미상으로 분류된 남성의 시신은 피클이 담긴 유리병을 손에 쥔 채로 얼굴을 숙이고 주방 바닥에 엎드려 있었다. 그 피클은 마치 헝가리의 매운 고추처럼 보였다. 시신을 보는 순간 복도로 새어 나오던 코를 찌르는 악취는 그저 앞으로 닥칠 고난 중에서 빙산의 일각이라는 사실을 깨달았다. 태어나서 그렇게 많은 구더기는 처음 보았다.

날파리가 떼를 지어 시신 주위로 몰려들었다. 파리의 새끼들이 시신을 뜯어 먹고 있는 거였다. 날씨가 후끈하고 습도가 높은 날이면 구더기들이 시신에 몰려들어서 한바탕 잔치가 벌어진다. 축축하고 따뜻한 곳에 알을 낳는 암컷 파리들은 입가와 사타구니 그리고 겨드랑이에 몰려든다. 사망 후 한두 시간, 그러니까 사후강직이 시작되기 전에 암파리들은 제일 먼저 눈동자를 갉아내고 그 안에 수백 개의 알을 낳는다. 그 파리 알들은 잘게 조각낸 파르마 산 치즈 가루처럼 눈물이 흐르는 길을 따라서 하얗게 흩뿌려져 있었다. 알을 낳고서 하루가 지나기도 전에 구더기가 되고 그때부터 야금야금 시신을 뜯어 먹기 시작한다. 그중에서도 검정파리 종은 일주일에서 열흘 사이에 다시 번식을 시작하기 때문에 내가 도착하기 전에 이미 2대에 거친 파리 떼들이 시신을 두고 신나게 잔치를 벌인 셈이었다.

물론 시체 안치소에서 부패한 시신을 본 적은 있었지만, 안치소에 보관 중인 시신들은 어느 정도 최적화된 환경에서 보관된 것이었다. 안치소에서는 개인 보호 장비, 즉 가운과 수술용 모자 그리고 나일론 앞치마와 플라스틱 수술용 부츠, 라텍스 글로브, 팔 토시와 얼굴 전체를 가리는 마스크까지 쓰고 완전히 무장한다. 하지만 여기서 나는 장갑과 부츠만 신었을 뿐이고 수술용 마스크 같은 건 꿈도 꿀 수 없었다. 흡사 벌거벗겨진 기분이었다. 시체 안치소에서는 호스로 물을 뿌려 시신에 붙은 구더기들을 떼어내면 그만이었다. 하지만 이 아파트에서는 그것조차 불가능했다.

구더기는 신체의 중요 기관을 선호하는 편이라 시신의 몸속까지 파고든다. 어떤 구더기는 피부의 표면을 뚫고 가지만 어떤 경우는 구멍이 있는 곳을 집중적으로 공략하여 피부 사이로 깊숙이 파고든다. 아무래도 딱딱한 부분보다는 물렁물렁한 조직을 좋아하기 때문이다. 에리코의 얼굴은 결합조직의 껍데기만 남은 채 하얀 해골만 남은 상태였다. 육안으로도 구더기들이 콧구멍 사이를 기어 다니고 귀를 통해 뇌로 꿈틀거리며 움직이는 모습이 한눈에 보였다. 새하얀 머리카락은 이미 한쪽으로 쏠려 나와서 우측 귀 근처에 벗겨진 가발처럼 축 늘어져 있었다. 구더기는 머리카락과 뼈를 좋아하지 않기 때문에 주로 두피 조직 아래로 파고들면서 행군하듯이 일렬로 기어 다니고 있었다. 구더기들이 모낭 사이로 파고드는 바람에 커다란 구멍이 생겨서 마치 민머리가 된 것처럼 두개골 위로 구멍이 송송 뚫려 있었다.

나는 숨을 참은 채로 시신 쪽으로 가까이 다가갔다. 시신 쪽으로 발을 내딛는 순간, 바닥에서 으드득 소리가 들려 깜짝 놀라 다시 뒤로 물러섰다. 번데기 껍질을 밟은 것 같았다. 온갖 크기와 형태의 번데기 껍질들이 튀긴 쌀처럼 시신 둘레로 흩뿌려져 있었다. 야생에서는 구더기들이 번데기로 변하기 전에 땅을 파고들어 가지만, 주방의 딱딱한 바닥에서는 그렇게 하지 못하고 사방으로 흩어져 굴러다니고 있는 거였다. 구더기 더미에 쭈그리고 앉은 나는 시신을 살피기 위해 몸을 숙였고 깜짝 놀라 주춤대며 물러섰다. 죽은 남성의 옷가지가 바스락거리며 스멀스멀 움직이는 것이 아닌가! 시신에 붙어 있던 수백만 개의 구더기들이 소용돌이치듯 움직이는 바람에 시신까지 꿈틀거리는 것처럼 보였던 것이다. 속이 메슥거리기 시작했다.

팔이나 다리 같은 경우 별로 구더기들이 뜯어 먹을 부드러운 조직이 없기 때문에, 그나마 뭔가 남아 있을 것 같은, 심장에서 멀리 떨어진 부위부터 살펴보기로 했다. 눈에 보이는 피부는 깊게 파여 가죽처럼 갈색으로 바짝 말라붙어 있었다. 유리병을 붙잡고 있는 손에 앙상하게 남은 손가락 관절이 그대로 보였다. 약지에는 아름다운 에메랄드가 박힌 금반지가 느슨하게 걸려 있었다. 보석이 박힌 반지를 낀 채 피클이 담긴 유리병을 움켜쥐고 있는 손을 보자 아까 구더기 떼를 보았을 때보다 더 속이 메슥거렸다. 나는 고개를 돌리고 몇 번이나 깊은숨을 들이쉬며 구토를 참으려고 애썼다.

"그러지 말고 소지품부터 살펴보는 게 어때요?" 보다 못한 러셀이 이렇게 말했다. 러셀은 지금까지 초짜 검시관들을 많이 데리고 다녔던 터라 메스꺼워하는 표정만 봐도 어떤 상태인지 알아채는 것 같았다. "뭔가 찾으면 알려 주세요."

"알겠어요." 나는 겨우겨우 대답했다. 막상 대답하니 무엇을 찾아야 하는지 떠오르지 않았다. "그런데 정확히 뭘 찾아야 하는 거죠?"

"이번 사망 사고에 관련된 정보가 될 만한 것들은 뭐든지 괜찮아요. 제일 먼저 유서가 남아 있는지 살펴봐야겠죠. 쓰레기통을 뒤져보면 미납 고지서나 사적인 편지 같은 게 나올지도 몰라요. 그걸 보면 죽기 직전에 사망자의 심경이 어땠는지 유추해 볼 수 있거든요. 냉장고 안도 살펴보세요. 만약 냉장고 안이 텅 비어 있다면 궁핍한 생활을 했다는 뜻일 테니까요. 만약 술병이 가득차 있으면 알코올중독자일 확률이 높은 거고요. 약을 보관하는 선반에 약통이 비어 있다면, 그 약들을 삼키고 자살을 시도했을 수도 있겠죠? 쓰레기통, 냉장고, 약통 순서로 살펴보세요." 러셀은 장갑을 낀 손가락을 헤아리며 정확한 순서를 일러주었다. "그렇게 해주시면 제게 큰 도움이 될 것 같아요. 저도 얼른 시신 운송용 가방을 꾸려서 여기서 빨리 나가고 싶거든요."

활짝 열린 창문 아래에 쓰레기통이 보여서 제일 먼저 그것부터 시작했다. 책상 위에는 이탈리아에서 도착한 편지들이 수북이 쌓여 있었다. 대부분 이탈리아어로 적혀 있었지만, 좁은 책장 사이사이에 영어와 프랑스어 제목이 적힌 책들도 가지런히 놓여 있었다. 그것을 보니 왠지 모르게 기분이 좋아졌다. 한쪽에는 작곡가별로 꼼꼼하게 분류해 둔 오페라 음반도 보였다. 비록 기차 칸처럼 좁고 답답한 아파트에 살았지만 에리코는 질 좋은 목재가구에도 꽤 투자를 한 것 같았다. 창문에는 통통하게 영글어 가는 토마토 화분이 있었다. 그 화분을 넘어 발코니 쪽으로 나갔다. 발코니 쪽에도 토마토 화분이 여러 개 놓여 있었다. 화분에서 풍기는 파릇파릇한 식물의 향기를 맡으니 그제야 부패한 시신의 악취가 사라지는 기분이 들었다. 내심 다른 수사관들이 작업을 마칠 때까지 발코니에 숨어 있고 싶었다. 화분에서 자란 토마토 줄기에는 새빨갛게 익은 토마토 열매들이 여럿 보였다. 아파트 발코니에서 이렇게 아름다운 토마토를 키울 수 있는 사람이 죽었다는 건 뉴욕시 입장에서도 크나큰 손실이라는 생각이 들었다.

약을 보관하는 선반에는 속이 가득찬 타이레놀과 구식 양날씩 면도기, 칫솔이 있었다. 처방받은 약통은 하나도 없었다. 주방의 호두나무로 짠 선반에는 아직 따지도 않은 와인 병들이 놓여 있었고, 반쯤 남은 그라파*도

---

* 포도로 만든 독한 이탈리아 술

보였지만 알코올중독으로 보이는 증거는 찾아볼 수 없었다. 냉장고 속도 꽉 차 있었다. 채소 보관실에도 온갖 채소들이 가득했고, 약간 시들기는 했지만 아예 썩어버릴 정도는 아니었다. 절인 고기와 홈메이드 파스타 소시가 든 커다란 유리병들도 선반에 나란히 놓여 있었다. 지독한 악취를 풍기는 시신에서 불과 몇 미터 떨어진 곳에서 선 채로 눈을 감고 조그만 주방에서 에리코 씨가 요리하는 모습을 그려보았다. 아마도 토마토 소스를 곁들인 양고기와 송아지 고기 혹은 홈메이드 바질을 가득 넣은 미네스트론*을 만들었겠지. 하지만 아파트 안에 온통 죽음의 악취가 배여 있어서인지 내 뜻대로 상상이 되지 않았다.

러셀은 더플 백에 있던 수건 넉 장을 꺼내서 시신의 두 팔과 두 다리를 덮었다. 나는 그 이유가 궁금했다. "수건을 잡고 끌어당기려고요." 그가 대답했다. "시신을 그냥 옮기려다가 나도 모르게 피부가 떨어져 나가는 경우가 있거든요. 특히 심하게 부패한 시신일 때는 손으로 옮기는 것보다 수건으로 묶어서 옮기는 편이 낫습니다." 러셀과 운전기사는 수건으로 묶은 시신을 들어 올려서 시신 운송용 가방에 넣었다. 시신에 붙어 있던 구더기들이 부패한 시신이 있던 바닥에 우수수 떨어지더니, 끈적끈적한 윤활유 같은 액체 속에서 꿈틀거리기 시작했다.

나는 '심한 악취로 이웃의 신고가 들어옴'이라는 표현 대신 현장감식보고서에 적을 문장을 고심했다. 찰스 박사는 이것을 "외로움의 악취"라고 불렀다. 환자 이송용 들것을 따라서 악취가 코를 찌르는 아파트를 나와 복도로 나오자, 강한 커피 향 말고 아무런 냄새도 나지 않았다. 러셀의 이야기가 옳았다. 내가 그 사실을 이야기하자 러셀은 좁은 계단으로 내려가

---

* 야채와 파스타를 넣은 이탈리아식 수프

기 위해 들것의 높이를 낮추며 그저 지친 미소를 지어 보였다.

나는 러셀과 동행하며 수습을 한 것이기 때문에 그의 시신을 부검하지 않았다. 내가 부검한 첫 번째 부패한 시신은 해진 옷가지와 뼈만 남은 채로 물에 불어 있었다. 덕분에 나는 검시소에서 근무하는 인류학자 에이미 젤슨과 협업할 수 있는 기회를 얻었다.

맨해튼에서는 삽으로 땅만 파면 뼈가 발견되는 일이 비일비재하게 일어난다. 그러면 공사는 전면 중단되고 경찰은 인류학자인 에이미에게 뼈를 가져다준다. 에이미는 그 뼈가 무엇인지 알려 준다. 보통 99퍼센트 정도가 동물의 뼈로 판명된다. 지난 3백 년이 넘는 시간 동안 뉴요커들이 수많은 돼지와 양, 소를 가리지 않고 즐겨 먹었기 때문이리라. 하지만 아주 가끔은 그 뼈가 사람의 것으로 판명되는 경우도 있다. 그 경우 경찰은 즉시 뼈가 발견된 지역에 통제선을 설치하고 검시소의 현장조사팀이 출동한다. 건설 감독은 경찰이 다른 아무것도 찾을 수 없다고 판단할 때까지 견뎌야 할 온갖 골치 아플 일들을 떠올리며 집으로 돌아가서 아스피린 두 알을 삼킬 것이다. 그런 경우 보통 다른 뼈들이 연달아 발견되는데, 에이미는 발굴된 뼈만 보고도 오랫동안 땅에 묻힌 이들의 온갖 흥미로운 이야기들을 하나하나 파헤쳤다.

2001년 7월 19일 자정, 브루클린 브리지에 있는 바위 아래로 해골이 떠내려왔다. 현장에 나간 경관은 곧바로 에이미 박사를 호출했다. "사람 뼈인지 소뼈인지 도저히 모르겠어서요." 그는 말했다.

"맨해튼에서 풀을 뜯어 먹는 소들이 그렇게 많은가요?" 에이미는 대답했다. "혹시 털이나 가죽 같은 게 붙어 있으면 제 사무실로 보내 주세요. 내일 자세히 살펴보죠." 경찰은 에이미의 무덤덤한 반응에 좀처럼 만족하지 못했다.

다음 날 아침, 에이미는 '소뼈'라고 보내온 것에 사건 번호를 기록했다. 머리 부분과 양팔과 다리 부분이 사라지기는 했지만 의심할 여지 없이 사람의 뼈였다. 하지만 핼러윈 때 흔히 볼 수 있는 새하얀 뼈는 아니었다. 산소가 차단된 서늘하고 습기가 많은 공간에 있던 터라 시랍화를 거쳤기 때문이다. 지방 조직이 짙은 회색이나 노란색으로 불린 비누처럼 변한 것을 시랍이라고 한다.

다리로 떠내려온 부유물은 이전에 부검했던 부패한 시신들과는 달랐다. 전형적으로 부패한 시신은 그 과정에서 형체가 거의 무너져 내린다. 보라색을 띠고 부풀어 오르면서 지독한 악취를 풍기기 때문에 갓 사망한 시신보다 몇 배는 더 엉망인 상태다. 사람이 죽고 나면 박테리아가 파고들어 한바탕 잔치를 벌여서 인체의 세포 중 조직을 구성하는 단백질을 전부 갉아먹어 버린다. 제일 먼저 우리 배 속에서 사는 '좋은 박테리아'가 주변 조직에 침투하면서 복부 부분이 초록색으로 변한다. 미생물이 혈관을 통해 퍼져 적혈구를 파열시키고 그 내용물을 밖으로 뿜어내면 피부 조직이 대리석처럼 검고 푸르게 변한다. 부패하기 쉬운 수포들이 피부 위로 솟아오르기도 한다. "그 경우 수포는 화이트 와인과 레드 와인처럼 둘 중 하나의 색으로 나타나지." 찰스 박사는 어느 오후 수업에서 우리에게 주의를 주었다. "무엇을 하든 절대로 그 물집을 터트리면 안 돼. 일단 물집이 터지고 나면 엄청난 악취를 피할 수 없으니까." 만약 사망 후에도 피부가 온전한 상태라면, 그러니까 구더기나 쥐, 고양이에게 뜯겨 먹히지 않았다면 우리 몸은 말 그대로 박테리아성 가스가 가득찬 풍선이 되어버린다. 그래서 부검대 위에 피부가 멀쩡한 상태로 도착한 시신을 메스로 복부를 절개하면 독성이 있는 가스가 한꺼번에 부검실에 퍼져버리는 것이다. 그러면 나는 잠시 뒤로 물러서서 시신에 들어 있던 독가스가 부검실의 강력한 공기 정화 시스템에 의해 깨끗한 공기로 바뀔 때까지 기다려야 한다.

아, 집에서 키우는 고양이에 대한 설은 100퍼센트 진실이다. 이게 무슨 말이냐면 충성스러운 골든 리트리버는 주인이 죽고 난 후에도 며칠 동안 배를 곯으며 시신 옆을 지키지만, 얼룩무늬 고양이는 다르다. 고양이는 아무 거리낌 없이 곧바로 주인의 시신을 먹어 치운다. 기회만 되면 먹잇감을 찾아 나서는 다른 포식자들처럼 제일 먼저 주인의 눈알과 입술을 뜯어 먹는다. 그 결과물이 어떤지 내 눈으로 직접 본 적도 있다.

이번에 내 부검대 위에 도착한 시신은 어렴풋하게 부패한 냄새와 바다의 향기만 품고 있었다. 살갗이 전부 떨어져 나가 있어서 곧바로 복부의 빈 공간을 볼 수 있었다. 세포 조직은 창백하고 왁스처럼 진득거렸으며 부드러운 촉감이 느껴졌다. 육안으로 보이는 갈비뼈들이 대부분 부러져 있었는데, 에이미 박사에 따르면 갈비뼈 끝부분이 울퉁불퉁한 것은 사후에 충격을 받아서 그런 거라고 했다. 나는 시신에서 발견한 모든 요소를 기록한 후에 독성학 시험을 하기 위해 샘플을 수집했고, 따로 누르스름한 근육과 뼛조각을 챙겨서 법의생물학 연구실에서 그 샘플로 DNA를 얻어낼 수 있기를 간절히 기도했다. 에이미 박사는 엉덩이 고관절에서 우측 대퇴골을 탈구시키더니 치골과 쇄골 그리고 두 개의 갈비뼈를 절단했다. 아무리 봐도 눈에 익는 부분이 아니라서, 왜 그 부분의 뼈를 골랐느냐고 물었다. "쇄골이 아직 바닷물에 용해되지 않아서요. 18세에서 30세가 되면 뼈의 끝부분에 연골이 들어차는데, 여기 용해되지 않은 쇄골을 조사해 보면 이 신원 미상의 여성 혹은 남성의 대략적인 나이를 가늠해 볼 수 있을 거예요."

"남성이에요. 저기 음경이 있네요." 나는 치골의 앞부분에 위풍당당하게 매달려 있는 음경을 가리키며 말했다.

"아, 그렇군요. 이제 성별은 파악이 됐네요. 대퇴골의 길이로 신장이 어느 정도인지 유추하고 치골부와 갈비뼈의 성장 정도로 연령의 폭을 줄여 봐야겠어요. 기술을 많이 사용할수록 정확성은 높아지기 마련이니까요."

에이미는 나와 동갑으로 키도 비슷했고 갈색의 눈동자를 가졌다. 그녀는 검고 구불거리는 머리카락을 하나로 질끈 묶고 다녔다. 오랜 연륜이 있어서인지 뼈를 붙잡을 때마다 탄탄한 잔 근육이 드러났다. 벌써 거인의 신발처럼 생긴 커다란 대퇴골의 길이도 측정해서 데이터를 기록해 둔 모양이다. 에이미는 짙은 회색 뼈의 더미가 20대 초반으로 오차 범위는 2세가량이며, 신장은 157센티미터에 오차 범위는 8센티미터 정도라고 결론 내렸다.

나는 오후 회진에서 찰스 박사에게 브루클린 브리지의 미스터리한 시신에 대해 보고했다. 그는 날카로운 관찰력으로 말을 했다. "내 생각에… 아무래도 다리로 뛰어내리지 않았을까 싶은데. 시신이 부패한 형태로 추측해 볼 때, 몇 달 전 그러니까 겨울 무렵에 강물로 뛰어들었고 진흙이 가득한 강바닥에 계속 깔려 있었던 것 같군. 그렇다면 왜 보통 다른 시신들은 부패가 시작되면 강물 위로 떠 오르는데 이 시신은 수면 위로 떠오르지 않았을까?"

"뭔가가 그의 몸을 강물 아래 붙잡고 있지 않았을까요?"

"엄청난 힘으로 붙잡고 있었겠지? 추측하건대 손목과 발목이 완전히 묶인 상태가 아니었을까 싶어. 그래서 마침내 근육이 전부 찢겨서 관절이 탈구되었고 몸뚱이만 다리로 떠내려온 것 같아."

"그럼 머리는 어디에 있을까요?"

"아마도 머리에 뭔가를 씌웠을 거야. 그래서 아직까지 손목과 발목이 묶인 채로 강바닥에 가라앉아 있었겠지." 찰스 박사는 극적인 요소를 배제한 채 사실만을 나열했다. "하지만 마피아의 짓은 아닐 거야. 마피아라면 16킬로미터 위에 있는 강 상류까지 끌고 갔을 테니까. 내 개인적인 소견으로는 마약이 연루된 사건이 아닐까 싶어."

에이미 젤슨의 사무실은 검시소 안의 한쪽 구석에 제일 꾀죄죄한 방사선학 연구실 맞은편에 있었다. 앞뒤로 빽빽하게 부패한 시신을 실은 이동용 들것이 세워져 있었고 코를 찌르는 악취를 풍기면서 X-레이 순서를 기다리고 있는 곳이었다. "아, 이제 익숙해져서 시신 썩는 냄새도 거의 느껴지지 않아요." 에이미는 불평을 쏟아내는 나의 말에 아랑곳하지 않고 태연하게 말했다. "아무래도 그동안 참을성이 생긴 것 같아요."

법 인류학 연구실은 가로세로 2.44×3.05미터 너비로 넓고 깔끔했으며, 꼼꼼하게 이름표를 붙여 둔 뼈들이 가득한 판지 상자들이 수북이 쌓여 있었다. 가스버너 위에 놓인 삼각대 위쪽으로는 단단히 고정된 가마솥 같은 것이 걸려 있었는데, 누가 봐도 불용 군수품 같아 보였다. 그 가마솥 하나면 40명의 병사는 거뜬히 먹여 살릴 수 있을 것 같았다. 조리대 위에는 평소 흔히 볼 수 있는 육수용 냄비 2개가 뿌연 김을 뿜어내면서 보글보글 끓고 있었다.

에이미는 몸짓으로 저쪽을 보라고 가리켰다. 고개를 돌려보니 조그만 냄비 속에 브루클린 브리지에서 발견된 시신의 골반이 부글부글 끓고 있었다. 짙은 회색의 조직이 전부 떨어져 나가 있었다. 그보다 더 큰 냄비 속에서는 누군가의 팔뚝과 심하게 상처가 난 하악골이 끓고 있었다. "어머나!" 나는 놀라서 소리쳤다. "페레즈인가요?" 에이미는 고개를 끄덕였다. 일주일 전, 나는 디에고 페레즈의 골절을 에이미에게 분석해 달라고 부탁했었다. 그의 골절에서는 치유의 흔적이 있었고 원인을 알고 싶었다.

에이미는 책상에서 상자를 꺼내더니 조심스럽게 뚜껑을 열었다. 상자 안에는 스펀지 고무로 만든 틀에 놓인 매끈한 플라스틱 주물이 크기별로 놓여 있었다. 에이미는 우측 네 번째 흉골의 단 표면의 모형을 가리키며 성별과 나이대별로 제작해 놓은 것이라고 설명했다. 그리고 신원 미상의 우측 네 번째 갈비뼈를 흉골 모형에 하나씩 맞추어 보며 정확히 일치하는 것을 찾기 시작했다. "연령대가 높아질수록 구부러진 모서리에 깊은 홈이 생기는 게 보이죠? 그러고 일정 연령대가 지나면 다시 평평하게 변해요." 시신의 갈비뼈는 한눈에 봐도 입술 모양이었고, 20~23세 남성의 모형과 정확히 일치했다.

"정말 끝내주네요!"

"골반 모형도 가지고 있는데 사실 그게 더 정확해요. 하지만 골반 모형을 맞춰 보려면 뜨거운 물에서 뼈에 남은 조직들이 떨어져 나갈 때까지 기다려야 하거든요. 연령대를 추정해 보려면 최대한 다양한 요소들을 가늠해 보는 것이 좋아요. 하나의 해부 구조보다 더 많은 걸 공부하면 오차 범위를 줄일 수 있으니까요."

나는 상자 속에 든 뼈들을 살피면서 에이미의 연구실을 일일이 살펴보았다. "이것 좀 보세요." 에이미 박사가 경추뼈 한 쌍이 든 증거 수집용 봉투를 들며 말했다. "도끼 살인을 당한 사건이에요. 가족 비즈니스를 빼앗으려고 했다는 이유로 삼촌 손에 토막 살인을 당했어요."

"아, 맞아요. 루카스한테 그 얘기 들은 것 같아요." 나는 날카로운 도끼날에 목뼈가 잔인하게 잘려나간 부위를 자세히 살펴보았다. "그때 들은 바로는 척추동맥이 절단된 것이 결정타였다고 하던데요."

"맞아요. 하지만 보다시피 도끼날이 척수까지 완전히 절단하지는 못했어요." 에이미가 내게 보여 준 척수뼈 안의 세세한 것들은 부검할 때 명확히 파악할 수 없었던 부분이었다. 만약 그 도끼가 증거로 발견되었다면 에이미는 뼈에 남은 흔적을 통해 도구 표시 분석까지 했을 테고, 반대의 경우라면 그 도끼가 살인 무기로 사용되지 않았다는 증거를 찾아냈을 것이다.

나는 두개골을 집어 들었다. 에이미는 그 두개골이 철도 고가교 아래 부패한 채로 발견된 노숙자 여성의 것이라고 일러주었다. "치아를 살펴보니 그야말로 굴곡진 인생을 살아왔다는 걸 알 수 있었어요. 어금니를 살펴보니까 꽤 고가의 치료를 받았더라고요. 아마도 제대로 된 건강 보험 혜택을 받았거나 직장 의료 보험 혜택을 받았던 거겠지요." 하지만 위쪽 송곳니와 아래쪽 앞니에는 커다란 구멍이 나 있었다. 실제로 고통이 심각했을 것이다. 만성 치통에 시달렸을 가능성이 농후해 보였다. 이러한 사실로 사망한 여성이 말년에 매우 궁핍한 삶을 살았다는 것을 알 수 있었다. 에이미 박사는 내 손에 들려 있던 두개골을 받아 자세히 살펴보더니 다시 돌려주었다. "뼈 하나하나마다 다른 이야기가 담겨 있어요. 난 내 일을 정말 사랑해요."

주말이 지나자 강물에 쓸려 내려온 또 다른 시신이 도착했다. 이번 시신에는 머리가 붙어 있었다. 그 시신은 동료인 카렌 투리 박사에게 배정되었다. 실종 전담반에서 보낸 팩스에 따르면 한 달 전에 실종한 한 남성이 마지막으로 목격되었는데, 59번가 다리에서 투신한 것으로 추정된다는 내용이었다. 경찰 자료에 따르면 실종자의 신장은 165센티미터에 나이는 22세였다. 그렇다면 카렌 박사가 맡은 시신보다 15센티미터 정도 작았다. 하지만 내가 부검했던 머리가 없고 시랍화된 시신에 딱 들어맞는 인물이었다.

나는 실종자의 가족에게 전화를 걸었다. 가족의 말에 따르면 사고로 한 달 동안 병원에 입원했다가 실종되었다고 했다. 실종자의 병원 X-레이 기록이 도착하자마자, 나는 곧바로 에이미 박사에게 찾아갔다. 우리는 악취가 진동하는 복도를 지나 영상의학과로 가서 엑스레이 판독용 조명판에 필름을 고정하고 신원 미상의 시신과 실종자의 기록을 면밀히 비교해 보았다. 에이미는 두 개의 기록을 비교했고 숨이 막힐 정도로 정확히 일치하는 것을 확인했다. "척추의 형태를 봐요. 일곱 번째 목 경추골과 첫 번째 흉곽이 정확히 일치하네요!" 두 개의 엑스레이는 각각 밝고 하얀 오각형의 형태를 보였고 정확히 일치했다. 척추의 형태를 추적하여 척추 뒤쪽으로 불룩 튀어나온 부분을 살폈다. 사람에 따라 각기 다른 형태를 보이는데, 확인 결과 두 개의 척추 형태가 병리학적으로 일치하는 것으로 판단되었다. 이는 실종 남성과 내가 맡은 신원 미상의 시신이 똑같은 척추 형태를 가졌다는 증거였다. "주디, 시신의 주인을 찾았어요!" 에이미는 활짝 웃으며 이렇게 말했고 우리는 하이파이브를 했다.

머리가 없고 부패한 시신의 주인이 스테판 브랭코라는 사실을 밝혀내는 데 정확히 5일이 걸렸다. 바로 그날 오후 회진에서, 찰스 박사는 신원 미상의 시신이 영원히 신원을 밝히지 못할 경우가 많다는 점을 지적했다. 하지만 과학과 경찰의 협조, 행운까지 더해지면서 수면 위로 떠 오른 스테판의 존재를 5일 만에 밝혀낼 수 있었던 것이다.

그로부터 며칠이 지나지 않아서 과학수사연구원으로부터 DNA 결과지가 도착했고, 우리의 판단이 옳았음을 확인할 수 있었다. 나는 곧바로 임시 사망진단서에 사인했고 고인의 남은 유해를 장의사에게 보냈다. 그는 스테판의 유족들이 아들의 신원이 확인되었다는 소식을 듣고 기뻐했다는 이야기를 전해 주었다. 평소 아들이 우울증에 시달렸고 자살 직전의 상태였다고도 했다. 경찰은 스테판이 실종되던 날, 한 남성이 59번가 다리에서 이스트강으로 투신하는 모습을 보았다는 다수의 목격자 증언이 그의 인상착의와 일치한다는 소식을 전했다. 지금으로부터 5주 전에 벌어진 일이었다. 유족들은 이제라도 진실을 알게 되고 아들의 죽음을 마음껏 추모할 수 있다는 사실에 조금은 마음을 놓은 것 같았다.

하지만 스테판 사건은 여전히 미스터리로 남았다. 시신이 강 위로 떠오르지 않은 이유를 찾아내지 못했기 때문이다. 비록 찰스 히르쉬 박사가 예측했던 마약 연루설은 빗나갔지만, 나는 찰스 박사의 추측이 과학적으로 논리적이고 또 정통하다는 사실을 다시 한 번 느낄 수 있었다.

우리는 스테판과 같은 형태로 겨울에 습지나 서늘하고 토사가 쌓인 강바닥에서 부패한 시신 한 구를 더 발견했다. 부검 결과 이 시신은 물속에 들어간 지 한 달이 지났지만, 7월 중순까지도 이스트 리버에서 발견되지 않았다. 여름에 강물에 투신할 경우, 일반적으로 하루나 이틀이면 수면 위로 떠 오른다. 왜냐하면 박테리아 가스가 생성되면서 곧바로 부패하고 팽창하기 때문이다. 그렇다면 이 시신은 왜 강 밑바닥에 가라앉아 있었을까? 그런 조건 속에서 어떻게 시랍화 현상이 진행된 것일까?

이처럼 정답을 찾지 못한 의문점들이 나로 하여금 다시 한 번 히르시즘의 가치에 대해 곱씹어 보도록 만들었다. "부검과 살인 사건 조사를 혼동하지 마. 그 둘은 서로 부분적으로 연관되었을 뿐이니까." 손과 발이 묶인 채로 강물에 버려졌을 것이라는 찰스 박사의 가설은 스테판의 부검을 하던 날 부패의 정도와 형태 그리고 경찰 조사로 밝혀낸 단서를 기초로 한 것이었다. 만약 에이미 박사가 근골격을 해부하지 않고, 엑스레이 자료 또한 분석하지 않았다면? 더불어 경찰의 실종 보고서도 없었다면? 우리는 절대로 진실을 밝히지 못했을 것이다. 그러면 스테판 브랑코는 미결 사망 피해자로 남았을 것이고, 그의 가족들은 아들이 어떤 최후를 맞았는지 영영 알지 못했을 것이다.

에이미 박사도 모든 시신의 신원을 밝혀내는 마법을 부리지는 못한다. 도시의 공동묘지에는 수백만의 신원 미상의 시신이 묻혀 있다. 하지만 가끔씩 기억 속에서 잊힌 주검이 본인의 신원을 되찾는 경우도 있다. 1986년 10월, 뉴욕에 살던 한 남성이 음주로 사망했고 하트 아일랜드의 공동묘지의 수많은 신원 미상 묘지 아래 묻혔다. 그로부터 15년 하고도 6개월이 지나서야, 신원 미상의 시신은 제이미 루비오라는 자신의 이름을 되찾았다.

제이미는 거리를 떠돌던 알코올중독자였다. 피를 토하며 인도에 쓰러져 있는 상태로 발견되었고 맨해튼 병원으로 이송되었다. 병원으로 이송된 후에도 의식을 찾지 못한 그는, 그 누구도 그의 신원을 알지 못하는 상태에서 곧바로 사망했다. 부검도 하지 않았다. 시신은 신원 미상인 상태로 시의 공공비용으로 매장되었고, 그렇게 잊혔다. 1986년 제이미의 두 여동생이 실종 신고를 했다. 실종 신고 후에도 아무 소식을 듣지 못했지만, 로사와 이르마는 끝까지 포기하지 않았고, 경찰을 귀찮게 만들었다. 마침내 2002년, 실종자 전담반에서 과거 체포 기록을 통해 제이미 루비오의 지문 기록을 확보하는 데 성공했다. 그렇게 제이미의 시신은 사후조사를 받게 되었다.

제이미의 여동생들은 당시 부검이 시행되지 않았다는 사실을 확인한 뒤 부검을 의뢰했다. 그렇게 하여 그의 시신은 내게 배정되었다. 사후 부검을 위해 묘지에서 파낸 시신은 묘지의 흙이 가득찬 상태로 부검실에 도착했다. 내가 할 수 있는 것이라고는 복부에 있어야 할 자리에 들어차 있는 갈색의 뭉친 흙덩어리와 두개골 사이에 있는 초록색 덩어리를 손으로 파내는 것뿐이었다. 만약 독성학자들이 관속에 15년간 있던 시신에서 무언가를 발견한다면, 그 자체로 흥미로운 일이 될 것이다. 나 역시 에이미 박사와 함께 유골을 조사했고, 골절이나 또 다른 부상의 흔적이 없는지 일일이 확인했다. 평소 부패한 시신을 부검할 때처럼 엑스레이를 찍어 보았지만 아무것도 발견하지 못했다. 사후 부검 작업을 모두 마친 후에 나는 제이미의 여동생에게 전화를 걸었다. 그리고 시신의 골격만 남은 상태라서 오빠의 사망 원인을 밝힐 수 있는 별다른 단서를 찾아내지 못했다는 사실을 설명하려고 애썼다. 로사는 하루 전에 오빠가 세상을 떠나기라도 한 것처럼 흐느껴 울기 시작했다. 결국 이르마가 나서서 언니를 진정시켰고, 두 사람은 나의 친절함과 힘든 작업을 해준 것에 대해 아낌없는 감사를 전했다.

그로부터 몇 주 후, 유난히 까다로운 부검 작업을 마치고 보고서를 작성하고 있는데 전화 한 통이 걸려 왔다. 이번 부검 작업은 스스로 몸에 불을 붙이고 칼로 자해한 청년으로 몇 건의 외과 수술을 받은 후 몇 주 뒤에 자살한 사건이었다. 전화를 건 사람은 검시소 출입구 직원이었다. 제이미 루비오의 여동생들이 아무 연락 없이 로비로 찾아온 것이다. 두 사람은 오빠의 모습을 볼 때까지 한 발자국도 움직이지 않겠다고 버티고 있었다.

나는 로사와 이르마를 만나기 위해서 로비로 내려갔다. 두 사람 모두 계속해서 눈물을 흘리고 있었다. 제이미의 유골이 곧바로 화장될 예정이었다. 제이미의 여동생들은 영안실로 이송되기 전에 잠깐이라도 오빠를 보고 싶다고 했다. 장례식장에 오빠의 시신을 모실 만한 돈이 없는 게 분명해 보였다. 그 모습에 동정심이 느껴졌지만 한편으로는 걱정이 되었다. 검시소 사무실에는 시신을 보여주기 위한 별다른 공간이 마련되어 있지 않았다. 흔히 TV에서 볼 수 있는 것처럼, 유족을 시체 안치소로 불러들이는 일도 전혀 없다. 만약 유족에게 시신을 확인하도록 요청해야 할 상황이면, 엄숙하고 조용한 로비에 위치한 조그만 사무실에서 폴라로이드 사진을 통해 확인해야 했다. 이 가련한 여성들과 함께 부검실로 가서 흙으로 뒤덮인 오빠의 유골을 보여줄 생각을 하니 섬뜩했다.

결국 나는 접수원 데스크로 가서 시체 안치소의 수석 기술자에게 전화를 걸어 잠시 유골을 살펴볼 수 있도록 해 달라고 부탁했다. 왜 그래야 하는지 이유를 설명하자 남자 직원은 "재키에게 부탁하죠"라고 대답했다. 재키는 젊고 침착한 성격으로 차분하고 공감력이 뛰어나서 평소 가장 좋아하는 기술자 중 하나였다. 스페인어도 능숙했다. 검시소에 있는 시신을 장례식장처럼 유족에게 보여줘야 하는 상황이 생기면, 가장 능숙하게 해결할 사람이었다.

재키는 훌륭하게 일을 처리했다. 하루 일과가 끝날 무렵, 눈물을 쏟아내는 제이미의 두 여동생을 검시소 뒤쪽 조그만 방으로 데리고 갔을 때, 재키는 이미 끔찍한 부검실의 모든 난장판을 말끔히 치워 둔 상태였다. 파란 침대보를 베개처럼 깔아두고 그 위에 제이미의 두개골을 올려 놓았다. 그리고 시신 이송용 들것 위에 나머지 유골들이 나란히 정리해 놓았다. 그 위에는 파란 침대보를 덮어서 겉에서 보기에는 사람이 누워 있는 것처럼 보였다. 게다가 들것 위에 천을 씌워 놓아서 얼핏 보면 관 속에 유골이 들어 있는 것 같았다. 제이미의 유골은 누가 봐도 평온하게 잠든 것처럼 보였다.

여동생들은 조그만 방에서 연신 흐느끼며 남아 있는 오빠의 두개골을 유심히 살폈다. "정말 우리 오빠 같네요." 로사가 스페인어로 말했다. "평소 눈이 삐뚤어졌다고 느꼈거든요." 그리고 잠시 쉬었다가 눈물을 흘리며 썩어버린 두개골에 대고 영어로 말했다. "오빠, 사랑해! 마지막 인사도 하지 못하고 오빠를 보내다니 정말 불공평한 일이야."

이르마는 바짝 건조된 유골에서 아무 냄새가 나지 않는데도 계속해서 스웨터로 코를 막고 있었다. 그리고 어느 순간 재키 쪽으로 몸을 돌리고 이렇게 물었다. “어떻게 이런 일을 하시죠?”

“하다 보면 익숙해져요.” 재키는 대답했다.

우리는 그렇게 몇 분간 자리에 서 있었다. 두 여동생도 어느새 울음을 멈추었다. 제이미의 두개골은 눈알이 뻥 뚫리고 한쪽이 삐뚤어진 채로 두 사람을 쳐다보고 있었다. 그러고 나서 나는 두 사람을 데리고 로비로 나왔다. 로비로 나오고 나서야 이르마는 코를 막고 있던 스웨터를 내리며 재키에게 했던 질문을 나에게도 던졌다. 어떻게 이런 일을 하느냐고. “저는 유골을 다루는 게 아니에요.” 나는 진심을 다해 대답했다. “이 모든 게 살아 있는 사람들을 위한 일이라고 생각해요. 당신이나 저 같은 사람 말이에요. 두 분을 위해서 한 일이에요.” 두 사람은 나를 껴안으며 감사 인사를 한 뒤 서로 팔짱을 끼고 로비를 빠져나갔다.

***

검시소에 도착하는 신원 미상의 뼈들이 모두 검시관의 관할이 되는 것은 아니다. 어떤 경우는 분류조차 불가능할 때도 있다. 한 번은 센트럴 파크의 바위 위에 놓인 사람의 두개골을 누군가 우연히 발견하여 경찰에 신고한 적이 있었다. 깃털과 구슬로 장식한 목걸이를 하고 있었고, 시뻘건 피로 잔뜩 물든 두개골이었다. 에이미가 보고를 접수한 후, 경찰은 누군가의 짓궂은 장난을 했거나, 부두교 의식의 일종일 거라고 결론 내렸다. 공원에 있던 두개골은 진짜라고 해도 믿을 정도로 정교했지만, 깃털은 가짜였고 피도 붉은 페인트로 판명이 났다.

2002년 5월 초, 경관 하나가 플라스틱 양동이를 들고 우리 사무실로 들어왔다. 아파트 복도에 있던 이 양동이를 보고 누군가 깜짝 놀라서 신고를 한 것이다. "순찰 나갔던 경찰이 이걸 보자마자 저에게 전화를 걸어왔어요." 경관이 말했다. "저도 양동이 속을 들여다보자마자 토할 뻔했고요. 누가 봐도 사망한 태아 같은데 이게 진짜인지 아닌지 확인을 해봐야겠습니다."

미스터리한 양동이는 조나단 헤이즈 박사가 맡았다. 그는 뿌옇고 시뻘건 내용물 속에서 차갑고 딱딱한 물체를 꺼냈다. 포르셀린으로 만든 뽀뽀하는 천사의 모형이었다. 그다음으로는 마라스키노 체리 수십 개가 나왔고, 마지막으로 60센티미터가량의 유기물 덩어리가 나왔다. 조나단 박사의 눈에는 뱀의 허물이나 당나귀의 생식기처럼 보였지만 정확히 알 수 없었다. 결국 그는 유기물 덩어리를 씻어서 방사선과로 보냈다. 엑스레이 촬영 결과, 그 물체에서 뼈가 발견되지 않아 태아가 유기된 것이 아닌 것으로 밝혀졌다. 그렇다면 생식기일 가능성도 있었다. 확실히 알아보기 위해서 조나단 박사는 그 덩어리를 반으로 잘랐다. 반으로 자르니 스펀지 같은 횡단면이 나타났다. 마침내 그 유기물 덩어리는 인간의 것이 아닌 동물의 생식기로 밝혀졌다.

조나단 헤이즈 박사는 위트가 넘치고, 서슴지 않고 노골적인 표현을 던지는 사람이었다. 덕분에 그의 고상한 영국식 악센트로 일명 '마라스키노 당나귀 생식기의 미스터리' 사건을 들을 수 있었다. 이 일은 검시소 직원이 겪은 한 주의 사건 중 가장 흥미진진한 일이었다. 누군가 길이가 60센티미터가 넘고 코카콜라 병의 둘레만큼 두툼하다고 해서 인간의 생식기가 아니라는 법은 없지 않느냐고 지적하기도 했다. 물론 인간의 생식기라고 보기에는 우리 상식을 넘어서기는 했지만 과학자로서 의심을 해봐야 하지 않을까? 혹시 경우에 대비해서 현미경으로 단면을 조금 더 면밀히 확인했어야 하지 않을까? 이런 경우에 대한 학술 논문이 있을지도 모를 일이니까.

조나단은 자신이 검시관 훈련을 받았던 플로리다에서는 이런 경우가 빈번하게 발생했다고 말했다. 그는 산테리아 신봉자들이 벌인 일일지도 모른다고 했다. 물론 검시관 입장에서 당나귀의 생식기로 대체 무슨 일을 했는지는 중요치 않았다. 조나단 헤이즈 박사가 그 길고 두툼한 덩어리가 확실히 인간의 유해가 아니라고 판단내리는 순간, 그의 일은 끝이 났다. 조나단 박사는 두툼한 덩어리와 마라스키노 체리, 뽀뽀하는 천사 모형을 양동이에 던져버렸다. 그 이야기를 듣고서 나는 못내 실망하지 않을 수 없었다. 다른 건 몰라도 뽀뽀하는 천사 모형만큼은 문진으로 사용하기 위해서라도 남겨두었어야 했다고 생각했기 때문이다.

7
타인에 의한 사망

2001년 8월 6일, 도밍고 수엘로의 시신이 안치소에 도착했다. 마크 플로멘바움 박사는 내가 살인 사건의 부검을 맡아도 될 정도로 준비가 되었다고 판단을 내린 듯했다. 그는 펠로우들이 다량의 총상을 입은 시신이나 심각한 자상을 입은 시신들을 부검하기 전에 조금 더 단순한 살인 사건의 피해자를 경험 삼아 부검해 보기를 바랐다. 히르쉬즘에 이런 말이 있었다. "총상 일곱 발을 맞은 시신 하나를 부검하느니 하나의 총상을 입은 시신 일곱 구를 부검하는 편이 낫다." 그날 아침 마크 박사는 사건 보고서를 읽은 후 곧바로 도밍고 수엘로의 시신을 나에게 보냈다. "그렇게 까다로운 부검은 아니야, 두세 개의 자상밖에 없으니까."

도밍고 수엘로는 아내 몰래 바람을 피웠다. 도밍고의 처남이 그 사실을 알게 되었고 그를 칼로 찔렀다. 도밍고는 26세의 조그맣고 늘씬한 체격으로 뛰어난 호남 형은 아니었다. 문신이 여러 개 있었지만 갱에 연루되었거나 전과가 있지는 않았다. 부검을 하면서 가장 힘든 부분은 세세한 상처들을 하나하나 전부 기록에 남겨야 한다는 점이었다. 도밍고의 시신에서는 정당방위였을 것으로 추정되는 몸싸움의 흔적이 다수 남아 있었다. 그래서 나는 찰과상과 멍 그리고 긁힌 흔적까지 아무리 작은 상처라도 하나도 빼지 않고 기록하느라 꽤나 많은 시간을 소비해야 했다.

도밍고 수엘로는 즉시 응급실로 이송되었고 곧바로 수술실로 옮겨졌다. 하지만 칼에 찔린 상처를 치료한 흔적을 보니 훨씬 더 심각했던 모양이다. 부검 결과 칼이 우측 가슴을 깊숙이 파고들면서 쇄골하동맥이 끊어졌고 그러면서 굉장히 많은 출혈이 있었던 것으로 밝혀졌다. 병원 의료진들은 가슴에 외과적 배출관을 삽입해 두었다. 처음에는 왜 병원에서 그런 조치를 했는지 이해가 되지 않았다. 이미 병균에 노출된 상처이기는 했지만, 배출관을 상처에서 빼는 날에는 자칫 패혈증으로 이어질 수도 있기 때문이다. 게다가 살해 도구가 남긴 혈흔을 따라가다 보니 플라스틱 조각이 하나 발견되었는데, 배출관을 삽입할 때 남겨진 상처 때문에, 살해 도구로 사용된 칼날의 길이가 어느 정도인지 가늠하기가 어려웠다. 그래서 환자에게 무턱대고 배출관을 삽입하여 상처에 감염되기 쉬운 상황으로 내몰고, 나아가 법의학 병리학자의 부검을 방해했다는 점에서 두 배로 화가 치밀어 올랐다.

물론 도밍고는 감염 때문에 사망한 것은 아니었다. 과다한 출혈이 문제였다. 외과의사로 일했던 경험에 비추어 볼 때, 이 환자가 수술실에 도착했을 때 의료진들은 가장 빠른 처치 방법으로 상처 부위에 관을 삽입했을 것이다. 이 점에 대해서는 충분히 이해할 수 있었다. 의사들이 동맥을 막아 다행히 출혈은 멈추었지만 너무 늦어버렸다. 도밍고의 중요 기관의 조직이 생기 넘치는 모습에서 고기 내장처럼 창백한 빛으로 변해버렸기 때문이다. 보편적으로 부검을 할 때 내장 기관들은 밝은 색을 띠고 번들거리며, 부검대 위에 내장 기관을 꺼냈을 때 붉은 피가 배어 나오기 마련이다. 하지만 도밍고의 내장 기관은 안쪽부터 바짝 말라붙어 있었다.

사건 현장을 찍은 사진을 보니 도밍고의 혈액이 어디로 흘러갔는지 한눈에 알 수 있었다. 맨 처음 다툼이 벌어진 곳은 그의 아파트 건물 옥상으로 술병과 맥주병이 어지럽게 널려 있었다. 도밍고와 그의 처남은 옥상에서 소동을 벌여서 급기야 아파트 아래로 내려왔고 그곳에서 칼부림이 벌어진 것이다. 도밍고는 건물 로비에 쓰러져서 피를 한 양동이 가까이 쏟았다. 이번 살인 사건을 맡게 된 검사보는 피고 측 처남이, 피해자가 스스로 칼을 꺼냈고 '실수로' 칼 위로 엎어진 것으로 사건을 이끌어 갈 예정이라는 이야기를 듣고는, 재판정에서 부검 결과 사망의 원인이 장시간의 몸싸움으로 인한 것이라고 진술해 줄 수 있냐고 물었다. 검사 측에서는 다수의 자상과 방어흔에 대한 나의 부검보고서가 사건을 사고사로 이끌어 가려는 피고측의 의도를 잠재울 수 있다고 확신하고 있었다. 하지만 검사 측에서 재판 소환장을 보내오지 않았고 나는 재판정에서 진술할 기회를 얻지 못했다.

"그래서?" 내가 맡은 첫 번째 살인 사건을 그쯤에서 마무리 짓자 남편 T.J.는 짜증 섞인 목소리로 되물었다. "그럼 그 처남이라는 사람은 어떻게 된 건데?"

"나야 모르지. 아마 형량 협상을 했겠지. 처음 협상을 시도했을 때는 피의자 측에서 거절했다고 하던데, 검사가 어리석은 짓이라고 했어. 결국에는 검사 측의 제안을 받아들였을 거야."

"당신은 결과가 어떻게 됐는지 궁금하지 않구나. 정말 이해가 안 돼!"

"나도 바쁘잖아." 나는 딱 잘라 말했다. "나만 그런 게 아니라 검사들도 바쁠 테고. 이미 끝나버린 사건 말고도 처리해야 할 사건들이 수두룩하게 쌓여 있으니까!"

살인 사건은 누구나 듣고 싶어 하는 이야기이다. 내가 맡은 사건 중에서 살인 사건으로 인한 시신은 10퍼센트밖에 되지 않지만 부검을 위해 투자해야 하는 시간은 그야말로 엄청나다. 살인 사건으로 인한 시신을 사후 부검할 때에는 굉장히 많은 과정이 필요하며, 사망의 방식을 '살인'이라고 결론내리기 위해서는 정말로 살인으로 인한 사망인지 반드시 재확인해야 한다.

법의학 병리학자, 즉 부검의라는 나의 직업은 지난 10년 동안 TV 드라마에 단골손님으로 등장했다. 내가 업으로 삼는 일이 가상의 드라마로 소개될 때마다 나 역시 덩달아 짜릿함을 느꼈다. 강렬한 눈빛의 여자 검시관이 높은 스틸레토힐을 신고 가슴골이 드러나 보이는 의상을 걸친 채로 흐릿한 조명 아래 피투성이가 된 사건 현장에 등장한다. 드라마 속의 부검의는 즉각적이고 완벽한 진단을 내리며, 여기서 나아가 성적인 긴장감이 팽팽하게 감도는 가운데 동료와 위트 넘치는 농담을 주고받기도 한다. 그런 장면을 볼 때마다 나도 모르게 너털웃음이 터질 때도 있다. 실제 부검의들은 4주간의 수습 기간 동안, 단 일주일만 뉴욕의 살인 현장에 나갈 수 있으며 그것도 경찰서의 사건 조사 전담반이 동행할 때만 가능하다. 또한, 주로 발이 편한 신발을 신고 두툼한 바람막이를 걸치고 다닌다.

택시 기사가 퀸스 공업단지에 위치한 뉴욕경찰국 본부에 나를 내려주었다. 나는 철제 책상에 앉아서 그리스식 문양이 그려진 종이컵에 든 커피를 마시고 있는 위스와 이건 경관을 쉽게 찾을 수 있었다. 찰리 이건 경관은 40대 후반으로 트리니다드 억양이 도드라지는 늘씬한 체격의 진지한 흑인 남자였다. 폴 위스는 금발의 바람둥이 호남 형으로 빳빳하게 다린 양복을 입고 광낸 구두를 신었으며 자신감 넘치는 미소를 지닌 총명해 보이는 남자였다. 어쩌다 보니 저녁 식사 시간에 맞추어 딱 제시간에 도착했다. 나는 이미 저녁을 먹고 온 터라 예의상 어니언 링이나 몇 개 집어 먹으면서 살인 사건 현장에 대한 찰리의 이야기에 열심히 귀를 기울이고 있었다. 그는 노련한 경관으로 자신의 일에 대해 이야기하는 걸 즐기는 것 같았다. 한창 이야기가 샛길로 빠질 무렵 때마침 전화벨이 울렸다. 한 10대 청년이 빌더시 플레이그라운드 근처 브루클린 플랫랜드 애비뉴에서 머리에 총상을 입었다는 소식이었다.

거리에는 경찰이 빽빽이 들어차 있었다. 파란 경찰차 조명이 번쩍거렸고, 노란색 통제선으로 주변에 모여든 시민들을 막아선 가운데 인도 위에는 시뻘건 피 웅덩이가 보였지만 시신은 어디도 보이지 않았다. 그 청년은 길거리가 아닌 앰뷸런스에서 사망한 것이다. 총격이 일어난 현장에는 40구경 탄피들이 곳곳에 널려 있어서 우리가 나서서 일일이 탄피들을 수거해야만 했다. 관할 경찰들이 조그만 종이컵에 인도와 거리에 흩어진 탄피들을 모았지만 자동차 아래쪽이나 대형 쓰레기통 뒤로 굴러가 버린 탄피들도 있었다. 은으로 세공한 다이아몬드 귀걸이 한 쌍이 피 웅덩이 안에 뒹굴고 있는 양키즈 모자 옆에 놓여 있었다. 총알 하나를 간신히 찾아냈다.

이번 사건을 총괄하는 폴 경관은 주변 지도를 자세히 들여다보았다. 그러고는 인도를 살피더니, 베이글 가게와 멀지 않은 곳에 있는 세탁소를 차례대로 짚어 보고는 날쌘 손놀림으로 증거품을 수집할 상자를 꺼내서 꼼꼼하게 물건들을 정리하고 가지런한 글씨체로 일일이 이름표를 붙였다. 그러고 나서 지도 위에 각각의 증거품들이 발견된 장소를 D1부터 D12까지 점으로 표시하고 측량용 바퀴로 사이사이 공간을 재고 벽과 도로의 커브에서부터 삼각 측량까지 했다. 도로 위에 주차된 자동차들의 등록번호를 일일이 기록하면서 이번 총격 사건이 불러올 복잡한 여파를 떠올리며 나지막이 욕설을 내뱉었다.

그 복잡한 작업이 끝나자 이번에는 카메라를 꺼내서 사건 현장의 사진을 찍었다. 인도의 사진을 찍은 다음 양쪽 거리의 위아래를 찍고 피로 얼룩덜룩해진 음침한 벽들도 찍었다. 전체적인 맥락을 그려보기 위해서 증거품 하나하나를 각기 다른 각도에서 사진으로 남기기도 했다. 도움을 주고 싶었지만 폴 경관은 스티커로 번호를 붙인 탄피가 혹시라도 바람에 날려가지 않도록 잘 보관해 달라고만 했다. 탄피의 사진을 모두 찍고 난 후에 장갑을 낀 손으로 이를 집어서 이름표가 붙은 지퍼백에 집어넣었다. 누군가 주차된 자동차 아래 굴러다니는 탄피를 꺼내와야만 했다. 내가 맡게 되었는데 덕분에 사건조사반과 살인 사건 전담반의 남자 경관들의 눈길이 모두 나에게 쏠렸다. "저분 현장에 자주 좀 모시고 나와요." 혼다 자동차 아래로 기어들어 가서 꿈틀거리고 있는데 누군가 이렇게 말하는 소리가 들렸다.

일단 증거를 모두 수집하고 나서 찰리와 나는 비좁은 밴에 끼어 앉아서 폴이 증거품에 이름표를 붙이는 작업이 끝나기만 기다렸다. "처음 이 일을 시작했을 때는 증거품을 전부 사무실로 가지고 가서 일일이 작업을 했어요. 그런데 사무실에 발을 들이고 책상에 증거품들을 펼치고 펜 뚜껑을 열기라도 할라치면 곧바로 전화벨이 울려대는 겁니다. 사건 하나를 마무리하기도 전에 또 다른 사건이 터지는 거죠. 그래서 요즘은 현장에서 곧바로 증거품을 정리합니다. 현장에 있을 때는 새로운 사건을 맡기지 못할 테니까요." 그리고 관자놀이에 펜을 대며 이렇게 말했다. "나름 머리를 쓰는 거죠."

찰리가 눈알을 굴리며 대꾸했다. "늦었어! 서둘러!"

우리는 자정을 훌쩍 넘기고 나서야 사무실로 돌아왔다. 찰리는 입이 찢어지게 하품을 했다. 폴의 정장은 구겨졌고 넥타이도 삐뚤어져 있었다. 그 모습을 본 다른 경찰들은 가차 없이 그를 놀림감으로 삼았다.

"폴, 셔츠 좀 집어넣어!"

"저렇게 엉망인 모습은 처음 보네."

"여자분이 계시니까 정신 못 차리고 허둥대나 봐."

폴은 브롱크스 사무실까지 경찰차로 데려다주겠다고 말했다. 그러면 따로 검시소에서 차량을 호출할 필요가 없었다.

우리는 차를 타고 메이저디건 익스프레스 웨이를 달렸고 그사이 나도 모르게 깜빡 잠이 들었다. 그러다가 갑자기 차가 멈추어서 번쩍 눈을 떴다. 두 남자가 타고 있던 개조한 머스탱 차량이 휙하고 도로를 돌면서 고가도로 벽을 들이받은 것이다. 어디 다친 데는 없어 보였지만 폴이 경찰차의 파란 사이렌을 켜고 조명을 밝힌 채로 다가가자 굉장히 당황한 표정을 짓고 있었다. "차에서 꼼짝 말고 있어요." 평소 장난기는 온데간데없이 사뭇 진지한 목소리로 말했다. "경찰이 고속도로에서 무턱대고 차량 밖으로 내렸다가 사망하는 경우가 가장 많거든요." 그리고 대쉬보드에 있던 무전기를 들고 스위치를 눌렀다. "차량 옆에서 대기하세요. 곧 견인차가 도착할 겁니다." 스피커 너머로 폴의 목소리가 쩌렁쩌렁 울려 퍼졌다. 두 사람은 화들짝 놀란 표정을 지었고 그중 하나가 고마움을 표시하며 손을 흔들었다. "하고 싶은 말 없어요?" 폴이 무전기를 건네며 이렇게 물었다.

"멍청한 청년들, 내 부검대가 아니라 여기서 만난 걸 천만다행인 줄 알아!" 나는 무전기 스위치를 누르지 않은 채로 무미건조하게 소리 높여서 말했다. 그리고 활짝 웃으며 폴에게 무전기를 건넸다. 그는 담당 직원에게 전화를 걸어 사고 상황을 전했다. 그렇게 30분가량, 아니 그보다 더 오랫동안 파란 사이렌을 켠 채로 경찰차에 앉아서 지역 순찰차와 견인 트럭이 도착할 때까지 기다렸다. 그리고 10분 후, 나는 안전하게 집에 도착했다.

뉴욕 경찰국과 함께 일주일을 보내면서 찰스 히르쉬가 말했던 것처럼 나 자신이 전혀 다른 분야에서 다른 기술을 가진 사람들이 모인 하나의 팀 속에 속한 일원이라는 사실을 절감할 수 있었다. 사망진단서에 서명하는 건 나 혼자였지만 사건 수사는 혼자서 해낼 수 없는 일이었다. 이른바 '알몸 사건'으로 불리는 잊지 못할 사건에서처럼 말이다. 나는 경찰과 검사와 협력하여 살인자를 감옥으로 보낼 수 있는 결정적인 단서를 시신에서 찾았다.

패티 브라운과 그녀의 남자 친구는 새벽 1시에 다른 사람을 몰래 만났다는 이유로 크게 말싸움을 벌였다. 급기야 그녀의 남자 친구는 군용 스위스제 나이프를 꺼내서 그녀의 좌측 목정맥을 세 번이나 찔렀다. 패티는 목에서 피가 솟구치는 상태에서 반라의 몸으로 아파트 복도로 몸을 피했고 그녀의 남자 친구는 홀딱 벗은 상태로 그 뒤를 따랐다.

이웃이 빼꼼히 문을 열어서 그 장면을 목격했다. 한 여자가 피를 흘리며 복도에 쓰러져 있었으며, 벌거벗은 남자가 피범벅을 한 채 그 모습을 지켜보고 있었다. 그 이웃은 곧바로 문을 걸어 잠그고 911에 신고했다. 벌거벗은 남자는 미친 듯이 문을 두드리기 시작했다. 패티의 아파트 문이 닫히면서 자동으로 잠겨버린 것이다. 그는 다급했던 나머지 제발 옷을 달라고 복도에서 고래고래 고함을 질렀다. 그 사이 패티는 여전히 피를 흘리며 죽어가고 있었다. 그는 이집 저집 문을 두드리며 옷을 달라고 소리쳤지만 아무도 문을 열어 주지 않았다. 결국 그는 아파트 입구까지 뛰어 내려 갔다. 그리고 길을 건너려는 찰나, 차를 세우고 도넛 가게 앞에 앉아 있던 뉴욕시의 순찰관과 맞닥뜨리고 말았다.

이 사건을 맡은 검사는 그 남자에게 '알몸'이라는 별명을 붙였다. 패티 브라운의 남자 친구는 경찰에게 이렇게 말했다. "내가 칼로 찔렀어요." 경찰 한 명이 그를 붙잡고 있었고, 그 사이 다른 경찰이 건물로 뛰어들어 갔다. 피해자는 온몸에 피를 뒤집어 쓴 채 복도에 쓰러져 있었다. 패티 브라운은 숨이 끊어지는 와중에도 남자 친구의 이름을 경찰에게 말하려고 애썼다. 결국 남자 친구의 이름이 그녀가 남긴 마지막 말이 되었다. 패티는 그대로 의식을 잃었고 응급실로 옮겨졌지만 숨을 거두고 말았다.

패티 브라운의 부검을 하기까지 오랜 시간이 걸렸다. 경부절제술이 꽤나 까다로운 작업이었기 때문이다. 하지만 그 덕분에 세 개의 자상이 남긴 흔적을 정확히 들여다볼 수 있었다. 패티 브라운 사망의 치명타인 목정맥의 절단면을 확인했다. 시체 안치소의 사진 담당자가 부검실로 와서 시신의 상태를 완벽하게 사진으로 남겼다. 또한 뉴욕시의 성폭력 응급 키트를 테스트하는 것도 빠트리지 않았다. 정확한 명칭은 아니지만 보통 강간 키트라고 불리는 응급 키트를 테스트하는 데만 꼬박 30분이 걸렸다. 마크 박사에게 응급 키트 사용법을 배웠을 때보다 거의 두 배 가까이 시간이 걸렸다. 정황상 성관계가 연루되어 있거나 가정폭력의 가능성이 있거나, 옷이 반쯤 벗겨지거나 완전히 알몸으로 사망한 경우, 검시관은 반드시 성폭력 키트로 진단해야 한다. 그렇다고 해서 강간의 여부만 확인하려는 것은 아니다. 성폭력 응급 키트는 DNA를 채취하고 성관계와 연관된 증거를 찾아내기 위한 도구로 성관계가 합의하에 이루어진 건지 아닌지를 판단하는 도구였다. 멍이나 열상이 남아 있는지 확인하는데, 그 증거를 통해 성관계가 강제로 이루어졌는지 판단하는 것이다. 내가 해야 할 일은 이런 증거들을 수집하여 경찰이나 검사 측에 넘겨주고, 범인을 기소하기 위한 증거로 활용할 수 있도록 도와주는 것이다.

성폭력 응급 키트는 4개의 면봉과 조그만 이름표가 붙은 봉투 한 묶음이 들어 있는 커다란 봉투로 이뤄져 있다. 첫 번째 면봉에는 '질 원개'의 샘플이라는 이름표가 붙어 있고, 두 번째 면봉은 항문, 세 번째는 구강을 검사하기 위한 것이다. 네 번째 면봉은 '분비물'이라고 적혀 있었다. 하지만 네 번째 면봉으로 무얼 해야 하는지 알 수가 없었다. 수잔 엘리 박사가 바로 옆 부검대에 있기에 물어봤더니 이런 대답이 돌아왔다. "아, 그건 시신에서 발견된 의심스러운 오물 같은 걸 채취하는 용도예요." 봉투 안에는 왼손과 오른손의 손톱을 깎아서 보관하기 위한 두 개의 봉투와 손톱 깎기도 들어 있었다. 가끔 가해자의 DNA가 시신의 손톱 밑에서 발견되는 경우가 있기 때문이다. 마침내 성폭력 응급 키트를 모두 마무리해서 봉투에 넣고 빨간 증거용 테이프까지 붙인 후에야 부검을 마칠 수 있었다. 패티 브라운의 부검 결과를 오후 3시 회진에서 프레젠테이션했다. 나는 앞으로 사건이 무난히 해결될 거라는 사실에 기분이 들 떠 있었다. 이번 사후 부검은 내가 맡은 세 번째 살인 사건이었고, 이렇게만 간다면 일사천리로 해결될 것 같았다.

다음 날 오전 회진이 끝난 후, 스테파니 피오레 박사가 나를 찾아왔다. 먹잇감을 쫓는 듯한 그녀의 눈빛을 보니 나도 모르게 불안해졌다. "어제 찰스 박사님 회진 때 이번에 맡은 살인 사건 피해자의 사인을 설명하면서 '목이 베인 상처'라고 말했던 거 알고 있죠? 그건 '자창'이에요." 나는 혼신의 힘을 다해 그런 말을 한 적이 없다고 설명했지만 스테파니 박사는 완고했다. "분명히 베인 상처라고 했잖아요."

“말이 잘못 튀어나왔나 봐요.” 나는 말했다. “분명히 사망진단서에는 자창이라고 기록했을 거예요.” 물론 의미론적으로 큰 차이가 없는 말이다. 칼에 베인 상처의 경우 깊지는 않으나 피부 위에 긴 상처를 남기고, 자창은 길지는 않지만 더 깊은 상처를 남긴다. 만약 이 두 가지를 혼동한 법의학 병리학자가 있다면 그건 가장 기본적인 업무, 즉 상처를 정확히 판단하는 것을 제대로 이해하지 못한다는 의미였다.

“아무튼 나는 분명히 들었으니까 혹시 모르니 사망진단서를 다시 확인해 보도록 해요.” 스테파니 박사는 그 말을 남기고 오만하기 짝이 없는 표정으로 자리를 박차고 나가버렸다.

그 모습을 보는 순간 머리끝까지 화가 치밀었다. 본인이 뭐 대단한 사람이라도 된다고 생각하는 건가? 말실수 좀 했다고 해서 크게 문제가 될 것도 없잖아? 검사와 변호사, 판사 그리고 배심원단이 면밀히 조사하게 될 공식적이고 법적인 서류인 사망진단서만 제대로 썼으면 그만이다. 당장이라도 패티 브라운의 사망진단서를 꺼내서 확인하고 대단한 조심성을 가진 스테파니 박사의 염려와 조언에 감사하고 싶은 마음이었다. 확인이 끝나는 대로 나 역시도 스테파니 박사에게 한두 마디 말할 참이었다. 사망진단서를 내 눈으로 확인하기 전까지는 정말로 그렇게 하고 싶었다. 그런데 사망진단서 사인 난에 ‘목에 베인 상처’라고 똑똑히 적혀 있는 것이 아닌가!

망했다. 세 번째 살인 사건의 사망진단서인데 잠깐의 부주의한 실수로 망쳐버렸다! 검사 측에서는 이미 가해자를 구속시킨 상태였고 제발 이대로 형량 협상에 동의하기를 바랐다. 물론 사망진단서의 내용도 수정할 작정이었다. 사망자의 생년월일이 잘못되어서 그런 게 아니었다. 다른 것도 아닌 사망의 원인을 잘못 기록했기 때문이다! 피고 측 변호사가 반대 신문을 하려고 들 수도 있었다. 그렇게 되면 배심원단에게 사망의 원인을 잘못 기록했다고 사실은 그게 아니라고 설명해야 할까? 잘못된 원본 사망진단서를 들고 재판정에 서서 온갖 심적 부담을 떠안느니 지금이라도 수정하는 편이 백 배는 나은 일이었다. 결국 스테파니 박사가 나를 구한 거나 마찬가지였다!

이 사건의 담당 지방 검사 질 혹스터를 만났을 때에도 사망진단서 수정에 대한 말은 한마디도 하지 않았다. 그저 가해자가 형량 협상을 받아들이지 않는다고 열을 올렸을 뿐이다. "끝까지 고집을 피우지는 못하겠지만 우리로서는 최대한 형량을 세게 때리려고 계획 중이에요. 살인죄로 기소하면 최소 15년에서 종신형까지 가능하지만 가해자 입장에서는 10년 이상 복역하고 싶지 않겠죠."

그제서야 검사보는 기운을 되찾고 파일을 열었다. "이걸 좀 봐요." 그녀는 8×10센티미터 크기의 반들거리는 사진을 꺼냈다. 사진 속에는 파리한 피부에 온몸에 털이 나고 구슬처럼 파란 눈동자를 가진 포경 수술을 하지 않은 벌거벗은 남자가 있었다. 그는 카메라를 똑바로 쳐다보고 있었다. 온몸에 피를 뒤집어썼고 정말로 양손이 피범벅이 되어 있었다. 검사 측에서 입수한 사진이 이를 증명하고 있었다. "뉴욕 경찰에서 사건 현장에 있던 가해자의 사진을 카메라로 찍어 두었더라고요. 덕분에 우리 사무실 사람들은 말도 못하게 짜릿한 기분을 느끼게 되었고요."

가해자의 전면 사진 말고 또 다른 사진도 있었다. 목 부분을 가까이서 찍은 사진이었다. 좌측 아래쪽으로 수북한 가슴 털이 보였다. 목에는 곡선 형태로 난 네 개의 긴 상처가 남아 있었다. "이것 보세요! 피해자가 목을 할퀴었나 봐요!" 나는 소리쳤다.

질은 몸을 숙이고 사진을 자세히 들여다보았다. "정말 손톱으로 긁은 상처일까요?"

"네, 물론이죠! 분명 손톱으로 긁은 거예요. 칼로는 이런 상처가 날 수 없어요. 여기 손톱자국 보이세요?" 나는 손가락으로 사진을 가리켰다. "성폭력 응급 키트에 피해자의 손톱을 잘라둔 게 있어요. 아마 손톱을 분석해 보면 DNA를 채취할 수 있을 거예요."

"그럴 필요는 없어요." 검사보는 메모지에 뭔가를 휘갈겨 쓰며 대답했다. "이미 현장에서 입수한 무기에서 두 사람의 DNA를 채취해 두었거든요. 그보다 저 상처가 손톱에 긁힌 상처라고 확신하신다면 재판정에 증인으로 출석해 주셨으면 해요. 그렇다면 살인 의도가 있었던 걸로 볼 수 있을 테니까요."

"물론 그래야죠."

가해자의 목에 손톱으로 긁힌 상처가 남았다는 것은 피해자가 죽기 전까지 반항했다는 의미가 될 테고, 부검의로서 재판정에 서서 이를 증언한다면, 피고 측 변호인들도 더는 실수로 칼에 찔린 거라고 주장할 수 없을 것이다. 결국 나체 남성은 형량 협상을 받아들였고 15년 형에 처했다. 나는 재판정에 서지 않아도 된다는 소식에 내심 마음이 놓였다. 하지만 경험이 어느 정도 쌓이고 나니 사망진단서에 사인을 제대로 기재하지 못했던 실수를 두고 그렇게까지 당황할 필요가 없었다는 것을 깨닫게 되었다. 찰스 히르쉬 박사가 배심원단도 우리 의사들이 기계가 아닌 인간이라는 점을 충분히 이해한다고 가르쳐 주었다. "우리가 실수를 했다고 해서 배심원단이 우리를 나쁘게 보지는 않아."

나는 스튜어트, 더그와 함께 찰스 히르쉬 박사로부터 총상에 대한 철두철미한 교육을 받았다. 총상으로 사망한 시신에서 총알과 산탄총의 탄알을 추적하고 사출구와 사입구를 대조하는 일까지 총상을 부검하기 위해서 엄청난 시간을 할애해야 했다. 검시관이 시신에 무슨 일이 벌어졌는지 밝혀낸다면, 경찰에게 총이 발사된 방향과 거리를 밝혀내는 데 도움을 주며 심지어 총격이 벌어지던 당시 상황을 하나의 이야기로 엮어내기도 한다. 시신에서 찾아낸 총알은 보통 살인에 사용된 무기와 일치하는지 확인하고 이는 재판에서 결정적인 증거로 활용된다.

사입구는 일반적으로 찰과상 경계에 긁힌 상처와 함께 피부 위에 동그란 구멍을 남긴다. 만약 피부에 남은 구멍 주위에 '찢어진 상처'가 남아 있다면 사출구로 봐야 한다. 나의 부검 장비 상자에는 4개의 상처 탐침 장치가 있는데, 45센티미터 정도 길이에 연필보다는 조금 얇은 철제 막대기였다. "총상을 가늠할 때는 사출구에서 사입구 방향을 살피는 것이 더 쉬워." 찰스 박사는 이렇게 가르쳤다. "총알이 뚫고 간 구멍의 크기와 주변 부위 그리고 출혈량 정확히 기록해야 해. 만약 출혈이 적다면 여러 발의 총상을 입어 동맥 혈압이 떨어진 후에 난 상처일 테니까."

총알의 위치는 어느 정도 예측이 가능하다. 일단 몸 안에 들어가면 구슬처럼 이리저리 튕기는 일이 거의 없기 때문이다. 그러니까 일직선으로 이동하게 된다는 뜻이다. 만약 총알이 뼈 부분에 맞으면 그 자리에 박히거나 튕겨 나와서 약간 다른 경로로 바뀌기는 하지만 핀 볼처럼 통통 튀어 다니는 일은 발생하지 않는다. 어떤 탄약의 경우에는 일단 목표물 안으로 들어가면 꽃이 피듯이 사방으로 날카롭게 펼쳐지도록 디자인되어 있기도 하다. 외과의사나 법의학 병리학자들은 이런 탄약을 가장 싫어한다. 이런 경우에는 반드시 손으로 탄피를 처리해야 하기 때문이다. 다른 도구를 사용했다가는 표면을 긁거나 탄도학상의 증거를 훼손할 우려가 있다. 나는 2개의 라텍스 장갑 사이에 면장갑까지 끼지만 그렇다고 해서 완벽히 피부를 보호할 수 있다고 장담할 수는 없다. 손가락으로 시신의 몸속을 헤집다 보면 뾰족한 금속 날이 장갑을 뚫고 들어와서 정말로 건드리고 싶지 않던 부위에 맨살이 닿는 경우도 발생한다.

때때로 법의학 병리학자들은 탄도학적인 난관에 부딪히기도 한다. 나에게는 총알 색전이 가장 흥미롭다. 총알이 심장을 관통하면 정확한 힘으로 순환계로 파고드는데 그렇게 되면 사입구로부터 한참 멀리 떨어진 곳에 박힐 때까지 더 작은 혈관들을 이리저리 파고들게 된다. "지금까지 본 것 중에서 가장 이상한 위치에 총알이 파고들었어." 피해자는 가슴에 총을 맞았지만 총알은 아무런 손상 없이 멀쩡한 상태로 간에서 발견되었다. 총알이 하대정맥 안으로 박히면서 중력에 의해 다시 간정맥으로 이동한 것이다.

만약 사입구만 있고 사출구를 찾을 수 없다면 어떻게든 총알을 찾아내야 한다. 실패한다면 살인 기소를 완전히 좌초시킬 수도 있다. 어느 날 오후 회진에서 찰스 박사는 아주 오래전 다수의 총상을 입은 사건에서 뼈아픈 실수를 한 적이 있다는 자신의 경험을 들려주었다. 여러 발의 총상의 사입구와 사출구를 전부 확인하고 총알까지 전부 꺼냈는데 딱 한 개의 총알이 부족했다. 엑스레이까지 찍으면서 시신 속에서 철제로 된 총알의 흔적을 찾으려고 애썼지만 아무 소득이 없었다. 결국 찰스 박사의 표현을 빌리자면 "너무 절박한 나머지 렌치로 부검대 아래 싱크대를 분해하는 사태"까지 벌어졌다고 한다.

"그래서 찾으셨어요?" 스튜어트 박사가 물었다.

찰스 박사는 평소와 달리 반쯤 미소를 지으며 대답했다. "아니. 끝내 찾을 수 없었어. 그 후로도 몇 년 동안 그 사건을 곱씹어 보았지. 분명히 흉추 어딘가에 총알이 박혀버리는 바람에 엑스레이 검사에서도 발견할 수 없었던 것 같아." 우리는 입을 모아 끙— 하는 신음을 냈고 찰스 박사의 부드러운 미소도 어느새 사라져버렸다. "어차피 다 끝난 일이야. 이제 진실은 아무도 알 수가 없어."

총을 어느 정도 거리에서 발사했느냐에 따라서 상처의 형태도 제각각 다른 양상을 보인다. 총을 직접 몸에 대고 쏘는 접사 총상의 경우, 새카맣게 탄 자국이 남는다. 우리는 이것을 일명 '강아지 콧구멍'이라고 부른다. 만약 총이 직접 피부에 닿지는 않았지만 가까운 거리에서 발사된 경우에는 찰과상처럼 총알의 잔재들이 상처 부위에 남는다. 15센티미터 이내에서 총을 쏜 경우에는 상처에 검댕이가 그대로 남는다. 15센티미터 이상에서 75센티미터 미만으로 총을 쏜 경우를 중거리 상처라고 하는데 반점 같은 것만 생기고 검댕이는 남지 않는다. 반점이나 검댕이가 남지 않은 총상은 먼 거리에서 총을 쏘았을 경우다. 75센티미터나 27미터 이상에서 총을 발사했을 경우 매끈한 총알 구멍이 생기며 아무런 흔적도 남지 않는다.

덕분에 나는 탄도학에 대해 많이 배우게 되었다. 2003년 1월, 각기 다른 총상이 남기는 특정한 단서에 대해 더욱 자세히 배울 기회가 생겼다. 안드레 제퍼슨은 22세의 흑인 남성으로 이스트 할렘의 와그너 하우스에서 사망했다. 좌측 관자놀이에 남은 한 발의 총상에 대해 증언해 줄 수 있는 사람은 바로 그의 친구인 저스틴뿐이었다. 경찰에 따르면 저스틴이 안드레에게 총을 주었고 두 사람은 총을 팔아치울 계획이었다. 저스틴은 안드레가 총을 들고 창문 밖을 겨누었다고 말했다. "하지 마!" 저스틴은 안드레를 만류했다.

"그럼 이건 어때?" 안드레는 총을 자기 머리에 겨누었고, 총성과 함께 총알이 발사되었다. 경찰이 현장에 도착했을 때 총은 창문턱에 놓여 있었다. 경찰은 저스틴을 현장에서 체포했다.

안드레 제퍼슨을 부검한 결과, 우측 귀 부근에 사입구가 남아 있었으며 검댕이는 없고 반점만 남아 있었다. 그 결과 총알 하나가 머리를 관통한 것으로 밝혀졌으며 전형적인 중거리 총상으로 보였다. 총알은 뇌를 뚫고 반대쪽에서 멈추었다. 머리를 절개하고 뇌를 꺼냈을 때, 경질막 밑 공간, 그러니까 두개골 바로 윗부분에서 총알을 발견했다. 총알은 사입구의 정반대 쪽에 끼어 있었다. 22구경, 크기는 소구경에 속했다. 나는 형태가 변형된 회색 철제 조각을 증거용 봉투에 넣고 "소구경, 피복이 없는 탄환"이라고 기록했다.

안드레의 머리에 남은 반점의 형태로 보아 15센티미터에서 75센티미터 거리에서 총알이 발사되었음을 확인할 수 있었다. 저스틴이 말한 것처럼 안드레가 실수로 방아쇠를 당겼다는 증언에 그럴싸하게 들어맞는 위치였다. 중거리에서 총이 발사된 경우, 스스로 자해를 했을 수도 있고 그렇지 않을 가능성도 있다. 어떤 거리든지 간에 다른 사람이 총을 들고 쏘았을 경우를 배제할 수 없었고 그렇다면 이번 사건은 살인 사건이 되는 것이다.

그렇다면 총을 쏜 사람은 누구일까? 나는 거리별 탄도학 연구 결과를 경찰 측에 요청했고, 두 달 하고도 보름이 지나서야 놀랍고도 즐거운 소식이 도착했다. 뉴욕 경찰국의 탄도학 연구팀의 션 하트 경관이 탄도학 실험을 하는데 참관할 수 있도록 초대받은 것이다. 나는 학생들을 데리고 가도 되느냐고 물었다. "물론입니다. 얼마든지 데리고 오셔도 됩니다." 흔쾌한 대답이 돌아왔다. 이때가 2003년 3월로 둘째를 임신한 지 8개월째 접어든 시기였다. 나는 동료가 운전하는 차량 조수석에 반쯤 누운 자세로 앉았고, 뒷좌석에는 세 명의 운이 좋은 의대생들이 동행했다. 우리는 퀸스로 향했다.

하트 경관은 짙은 초록색 눈동자를 가졌으며 동그란 얼굴형이었다. NYPD라고 적힌 뉴욕 경찰 운동복 상의에 청바지 차림을 하고 있었다. 그는 뉴욕 경찰국에 입사한 지 17년 차로 8년 전부터 탄도학팀에서 근무하게 되었으며, 이 팀에서 계속 일하다가 은퇴하기로 마음먹었다고 말했다. "맨해튼 북부 순찰팀에서 몇 년 동안 근무하다가 이곳 퀸스의 관할 경찰서 마약전담반에서 일했어요. 이 동네에서 2년 동안 마약을 사러 돌아다녔죠."

"합법적으로 마약을 구매하면서 체포되지 않는 유일한 방법이겠군요." 나는 농담을 건넸다.

"한 번 체포됐어요."

"정말로요?"

"네. 건설 현장에서 일하는 사람처럼 위장하고 있었거든요. 청바지를 내려 입고 안전모를 쓰고 작업용 부츠까지 신었었죠. 그런데 관할 경찰서에서 마약 소탕 작전을 벌이는 바람에 마약을 구매하는 현장에서 체포된 거예요." 션 하트 경관은 무표정한 얼굴로 길고 긴 무용담을 늘어놓기 좋아하는 스타일이었고, 우리 다섯 명은 귀를 쫑긋 세우고 가까이 모였다. "순찰차에 저를 밀치고 수갑을 채우더군요. 그래서 경찰 귀에 대고 이렇게 속삭였죠. '이봐, 나 경찰이야.' 사실 총을 가지고 있어서 혹시라도 수색하다가 문제가 생길까 봐 걱정이 됐거든요."

"총을 발견하고 쏠까 봐서요?"

그 질문을 던지자마자 션이 경찰 특유의 날카로운 눈빛으로 정확히 내 머리에 총구를 겨누는 바람에 깜짝 놀라 쓰러질 뻔했다.

"네, 어떤 일이 벌어질지 예상할 수가 없으니까요. 위장 근무 중인 게 탄로날까 봐 큰 소리로 얘기할 수도 없었어요. 운이 좋았는지 담당 경관이 제 쪽으로 다가오더군요. 순찰 중인 경찰이 수갑을 채우는 과정에서 문제가 생긴 줄 알았던 모양이에요. 담당 경관은 저를 보자마자 위장 근무 중이라는 사실을 눈치챘어요. 그래서 수갑을 채운 상태로 경찰차 뒷좌석에 태우고는 몇 블록이 떨어진 곳에서 다시 풀어주더군요."

"와!" 의대생 하나가 감탄사를 터트렸다. "정말 짜릿하네요!"

"네, 언젠가 아이에게 꼭 들려주고 싶은 무용담으로 남았죠."

사격 훈련장의 탁자에 하얀 캔버스 천을 둘러놓은 검은 나무 상자가 보였다. 누가 봐도 집에서 만든 애완동물 가방처럼 보였다. 철제로 된 거리표시용 막대기가 상자가 놓인 곳에 기우뚱하게 세워져 있었다. 션 경관은 그 상자를 사격용으로 만들었다고 설명했다. "상자 안에는 뭐가 들어 있나요?" 나는 상자 내부가 궁금했다. 그는 캔버스 천을 벗기고 내부를 보여주었다. 그 속에는 이불 가게에서 파는 이불솜 같은 것들이 꽉 들어차 있었다.

"이게 사건에 사용되었던 총이에요." 경관은 이렇게 말하며 손잡이에 갈색 문양이 새겨진 아주 조그만 22구경의 총을 증거 보관용 비닐봉투에서 꺼냈다. 장난감 총 같았다. 경관은 모두 등 뒤로 물러서서 두꺼운 귀마개를 착용하라고 지시하더니 캔버스 천을 씌운 상자에 총구를 대고 방아쇠를 움켜쥐었다. 총이 움찔하며 움직였고 전문가가 쏘아서 그런지 씰룩거리며 끝이 났다. 총알은 상자 정중앙에 시커먼 검댕이와 함께 조그만 구멍을 남겼다.

"이건 방아쇠가 팽팽하게 조여져 있다는 것을 보여주는 겁니다." 경관이 말했다. "그 팽팽한 정도가 어떤 차이를 보이는지 나중에 자세히 설명해 드리죠."

그는 상자에 새 캔버스 천을 씌우더니 거리표시용 막대기로 총구를 5

센티미터 거리만큼 띄운 후에 다시 총을 쐈다. 아까보다 총이 더 크게 덜컥하며 움직였다. 근거리에서 쏜 총알은 검댕이와 잔재를 남기며 캔버스 천 위에 구멍을 만들어냈다. 션 경관은 이런 식으로 천천히 계속해서 똑같은 실험을 반복했고, 10센티미터, 15센티미터, 20센티미터, 25센티미터, 45센티미터, 60센티미터로 서서히 거리를 늘려갔다. 거리가 멀어질 때마다 하얀 캔버스 천 위로 지저분한 흔적이 서서히 흐려졌다. 그렇게 75센티미터가 되자 하얀 천 위에 동그란 구멍 말고 아무것도 남지 않았다. 나중에 탁자 위에 캔버스 천을 나란히 펼쳐놓고 자세히 살펴보니, 안드레 제퍼슨의 상처와 가장 비슷한 형태를 보이는 것은 30센티미터 이상 45센티미터 이하의 거리에서 발사되었을 때라는 것을 알아챌 수 있었다. 나는 함께 온 동료 검시관의 의견을 물었다. 그 역시도 나와 비슷한 생각이었다.

'젠장!' 나는 속으로 이렇게 내뱉었다. 중거리에 해당하는 30센티미터에서 45센티미터의 거리에서 쏜 거라면 스스로 머리에 대고 총구를 겨누었다고 보기에는 조금 먼 거리이지만, 그렇다고 직접 머리에 대고 쏘는 게 불가능한 거리도 아니었다. 그 말은 탄도학 실험 후에도 사고로 총을 쏜 건지 살인인지 정확히 결론을 내릴 수 없다는 의미였다. 게다가 총상 근처에 남은 흔적이 30센티미터 거리일 때와 일치하는지 45센티미터일 때와 일치하는지 알 길이 없었다.

션 경관은 약속했던 대로 방아쇠의 조임에 따른 차이를 시연해 보였다. 먼저 탄창이 비어 있는 것을 확인한 후에 천장 쪽에 총구를 겨누고 방아쇠가 연결된 줄에 1.4킬로그램 정도의 무게를 걸어서 당겼다. 너무 가벼워서 그런지 아무 일도 벌어지지 않았다. 경관은 1.8킬로그램으로 무게를 늘렸다가 다시 2.3킬로그램으로 늘렸다. 여전히 방아쇠는 꼼짝도 하지 않았다. 경관은 계속해서 무게를 늘렸다. 마침내 5.2킬로그램의 무게를 올리고 나서야 방아쇠에 연결되어 있던 줄이 움직였다.

"이걸로 촉발 방아쇠가 아니라는 건 판명된 셈이네요. 보통 거리에서 총싸움을 벌일 때 사용하는 방아쇠는 2.3킬로그램에서 3.2킬로그램 정도에서 작동하거든요. 이건 뉴욕 경찰들에게 지급되는 무기와 비슷한 조임을 가진 총이에요. 그러니까 정말로 쏴야겠다고 작정하고 힘껏 당겨야지만 발사가 되죠."

션 하트 경관의 탄도학 실험은 정말로 환상적이었지만 아쉽게도 안드레 제퍼슨의 사건을 해결하는 데 큰 도움이 되지 않았다. 은색 22구경 총으로 안드레의 머리를 겨눈 사람이 누구인지는 여전히 미궁에 빠져 있었다. 우리는 총이 30센티미터에서 45센티미터 사이에서 발사되었으며 촉발 방아쇠가 아니라는 점밖에 알아내지 못했다. 그 정도의 사정거리라면 스스로 머리에 총구를 겨누기에도 전혀 불가능한 거리는 아니었다. '혹시 저스틴이 안드레가 쥐고 있던 총을 빼앗으려고 하다가 팔 하나쯤 떨어진 거리에서 우연히 방아쇠가 당겨진 것이 아닐까?' 하는 생각도 들었다. 안드레가 총을 쥔 상태에서 두 사람이 동시에 방아쇠를 건드렸을 수도 있고 아니면 마약이나 여자 혹은 다른 이유로 저스틴이 안드레를 쏘았을지도 모른다. 그날 오후 3시 회진에서 안드레 사건에 대한 그럴듯한 가설을 쭉 늘어놓자 찰스 히르쉬 박사가 이렇게 말했다. "그건 사건을 기소하는 쪽에서 알아내야 할 일이야." 결국 나는 아무것도 밝혀내지 못했다. 총상으로 사망한 안드레 제퍼슨의 사망의 방식은 원인 불명으로 남겨졌다.

뉴욕에서는 안드레 제퍼슨과 같은 젊은 흑인 청년들이 총상으로 사망한 경우가 많았다. 브롱크스 사무소에서 한 달간 순환 근무를 할 때만 해도 하루가 멀다 하고 총상으로 사망한 청년들을 부검해야 했다. 어느 금요일, 나는 몸통에 각 2.5센티미터 너비의 총상을 입고 사망한 라몬트 헨더슨의 부검을 하게 되었다. 바로 다음 날에는 얼굴에 두 발의 총상을 입고 사망한 21세 레이너드 홀을 부검했다. 바바라 볼링어의 지도 감독하에 총알이 뚫고 지나간 흔적을 따라서 '피부 박리술'을 실시했다. 눈썹부터 목까지 얇은 얼굴의 피부를 근육계와 완전히 분리해 내는 꽤나 까다로운 작업이었다. 그중에서도 눈꺼풀이 가장 힘들었다. 두개골에서 피부를 분리해 낸 후 총알이 쓸고 지나간 핏자국을 따라서 레이너드 홀의 머리 부분을 살폈다. 총알 하나는 좌측 뺨을 통해서 목 뒤에 박혔다. 또 다른 총알은 좌측 눈썹을 통해서 몸 아래쪽을 뚫고 내려가서 경부 척수를 통해 네 번째 척수골을 심하게 손상시켰다. 시신의 턱과 가슴이 맞닿은 부분 사이로 총알이 뚫고 지나가는 바람에 사입구를 따라서 철제 막대기로 직선을 그리며 깊숙이 찔러 넣었다.

이렇게 두 개의 총상을 연결하고 나니 하나의 이야기가 완성이 되었다. 레이너드는 뺨에 먼저 총을 맞았고 고개를 숙인 상태에서 두 번째 총알이 눈썹을 관통했다. 두 번째 총알이 지나간 탄도를 설명하기 위해서는 반드시 턱을 숙이고 있는 자세여야만 했다. 만약 첫 번째 총알이 척추를 건드렸다면 온몸의 근 긴장이 풀려서 바닥으로 쓰러졌을 것이다. 그랬다면 두 번째 총알이 눈썹을 뚫고 턱과 가슴을 관통한 기묘한 각도를 설명할 수 없을 것이다.

"진짜 기가 막히네요!" 나는 철제 막대기로 레이너드의 눈썹 위로 튀어나온 각도를 살피며 바바라와 부검 기술자의 렌스를 보며 외쳤다. 이렇게 체계적으로 총상을 재구성해 본 적이 한 번도 없었기 때문이다.

바바라와 함께 시신의 얼굴 피부 박리술을 시작하기 직전, 한창 부검하고 있었는데 살인 사건 전담반 경관이 시신의 신원을 확인하겠다며 찾아왔다. 그는 체구가 큰 백인이었다. 경관은 레이너드의 얼굴을 제대로 쳐다보지도 않고 이렇게 말했다. "네, 맞네요." 그리고 내게 클립보드를 내밀며 서명을 하라고 말했다. 막 펜을 들고 서명을 하려는데 경관이 이렇게 덧붙였다. "가슴에 두 발의 총상을 맞은 시신 맞죠?"

그제야 나는 신원 확인서 양식에 적힌 이름을 살폈다. "라몬트 헨더슨" 어제 부검했던 흑인 청년의 이름이었다. "이 시신은 라몬트가 아니에요. 얼굴에 총상을 입은 시신이거든요. 자, 보세요." 경관이 얼굴을 붉혔다. "시신을 확인하지도 않고 신원 확인을 하려고 하신 건가요? 가슴에 두 발의 총상을 맞은 라몬트 헨더슨의 시신은 냉동고에 있어요. 부검은 어제 끝났고요." 나는 서명을 하지 않은 채 클립보드를 돌려주었다.

"이런 일이 얼마나 자주 있는지 궁금하네요." 경관이 부리나케 브롱크스 시체 안치소에서 도망치듯 빠져나가는 모습을 지켜보며 바바라 박사가 말했다. 나 역시도 그 점이 궁금했다.

뉴욕 검시관 사무소에서 펠로우로 수련을 받는 동안 수많은 살인 사건을 접했지만 교묘한 음모 끝에 살인이 벌어지는 경우는 거의 없었다. 무기가 등장하고 피해자가 부상을 당하고 결국 사망하는 것으로 끝이 났다. 나는 겉으로 보기와는 전혀 다른 이야기가 숨겨 있는 사건을 파헤치는 걸 좋아했다.

2001년 8월 어느 후텁지근한 여름날, 메리 린치가 어퍼 이스트사이드의 최고급 펜트하우스 계단 아래에서 쓰러진 채 남편에 의해 발견되었다. 그녀는 알코올과 관련하여 화려한 전적을 가지고 있었다. 메리의 죽음은 겉보기에는 크게 놀랄 것이 없는 평범한 살인 사건이었다. 뉴욕이라는 도시에는 수없이 많은 계단이 있고 노인들도 많으며 알코올중독자들도 셀 수 없이 많으니까.

부검도 재빠르게 이루어졌다. 외진 결과 머리 뒤쪽에 심한 타박상을 입은 것 말고는 별다른 부상이나 질병의 흔적이 보이지 않았다. 나는 시신의 손가락에 끼워져 있던 다이아몬드 장식이 박힌 콩만 한 커다란 에메랄드 반지를 빼서 증거 수집용 봉투에 집어넣었다. 법의학 병리학자로 평생을 벌어도 그런 화려하고 값비싼 반지는 절대로 살 수 없을 것 같았다. 응급의료진들이 메리의 목 부분을 절개했음에도 고인의 우아한 차림새는 그대로 보존되어 있었다. 머리 모양이나 매니큐어를 칠한 것만 봐도 얼마나 부유하게 살았는지 한눈에 알 수 있었다.

메리 린치의 몸통을 절개했다. 두 개의 늑골이 골절된 것 이외에 별다른 상처가 발견되지 않았다. 과거에 수술을 받은 적이 있어서 반흔 조직이 남아 있다면 꽤나 골치 아팠을 텐데 이 부분도 별문제가 없었다. 일반 알코올중독자들처럼 간이 조금 비대한 것만 제외하면 78년을 살면서 지병으로 큰 고통을 받은 적이 없었다는 것을 짐작할 수 있었다. 다음으로 두피를 절개하고 완전히 벗겨냈다. 타박상을 입은 쪽의 근육과 섬유조직에서 혈흔이 묻어났고 두개골 위에 길게 금이 간 흔적이 보였다. 나는 '좌측 선두개골에 5센티미터 길이의 골절'이라고 메모한 다음, 골 절단기를 들고 두개골 주위를 둥글게 잘라낸 다음 뚜껑처럼 위쪽을 들어냈다. 사망의 원인은 메리 린치의 좌측 뇌 표면에 그대로 남아 있었다. 검고 붉은 혈흔이 군데군데 끈적끈적하게 묻어 있는 것으로 보아 경막하혈종으로, 예민한 장기가 우측으로 밀려져 있었다. "중간선전위" 나는 사망의 원인을 기록했다.

머리뼈는 견고한 반구형이고 뇌는 젤리처럼 말랑말랑하다. 머리에 외상을 입으면 심할 경우 뇌 조직에 출혈이 생긴다. 이때 혈액이 밖으로 빠져나가지 못하면 두개강이 그 상황을 견디지 못하게 되고, 그 결과 뇌의 일부가 압력에 눌려 두개강 밖으로 빠져나온다. 그러면서 뇌탈출이라는 끔찍한 결과를 빚어내는 것이다. 그렇게 되면 우리의 생명 중추, 즉 신경 체계에서 심장과 폐에 정지 신호를 보내고 모든 것이 멈추어버려서 결국 사망에 이른다.

메리의 경우 뇌에 충격을 받은 이후 몇 분에서 몇 시간 사이에 이런 끔찍한 결과를 맞은 것이 분명해 보였다. 아마도 머리를 부딪쳐 계단 바닥에 의식을 잃고 쓰러진 다음 뇌에 피가 가득찼을 것이다. 두개골에 난 선 골절이 머리에 충격을 가하면서 결국 죽음에 이르고 만 것이다. 주요 장기의 무게를 잰 후 조심스럽게 장기를 포르말린 용액이 담긴 통에 넣고 신경병리학 상담을 요청했다. 버넌 암브러스트마처 박사가 뇌 구조에 발생한 정확한 부상이 무엇인지 밝혀줄 것이다. 이번 사건은 누가 봐도 명백해 보였다. 나는 메리의 남편이 시신을 화장할 수 있도록 사망진단서에 사인했고 사망의 방식을 적는 곳에 '사고사'라고 기재했다.

그 외에도 그날 아침에만 부검 두 건을 완벽하게 마무리했다. 집에서 부패한 시신으로 발견된 48세의 에이즈 환자와 코카인을 파는 곳에서 마약 과다 복용으로 사망한 20대의 시신이었다. 하루 세 건의 부검을 하느라 정신없이 보냈지만 서류 작업은 그나마 간단한 편이었다. 아니, 전화벨이 울리기 전까지는 간단할 거라고 생각했다.

모린은 자신이 메리와 40년 가까이 지낸 친한 친구라고 말했다. "빌과 결혼할 때도 제가 함께 있었어요. 불쌍한 영혼, 편히 잠들기를. 지금 생각해 보면 빌이랑 살 때가 행복했어요. 빌이 죽고 난 다음… 그 쓰레기 같은 사기꾼을 만났죠! 오, 불쌍한 메리. 둘이 얼마나 다퉜는지 몰라요."

모린이 전화로 말한 바에 따르면 20년 전 부유한 미망인이었던 메리는 말만 번드르르한 린치를 만났다. 그는 잘 생기고 키도 크고 말쑥한 옷차림의 사내로 메리보다 나이도 젊었다. 메리는 그와 데이트를 시작했고 곧바로 프러포즈를 받았다. 그렇지만 메리는 바보가 아니었다. 미리 혼전 합의서를 만들어 그가 재산을 노리지 못하도록 따로 관리했다. 모린의 말을 빌리자면, 린치는 그런 태도가 마음에 들지 않았고 그때부터 학대가 시작되었다고 했다. 두 사람은 그렇게 살얼음판을 걸으며 오랫동안 결혼생활을 유지했다. 린치가 구타하면 메리는 술을 마시는 식으로 말이다.

"그러다가 전당포 사건이 터지면서 걷잡을 수 없게 둘 사이가 어긋났어요." 모린은 중요한 사건을 직설 타로 날렸다. 메리는 남편만 두고 혼자 유럽으로 휴가를 떠났다. 아내가 없는 사이, 린치는 메리의 은을 훔쳐서 고급 전당포로 향했다. "전당포 주인이 마침 메리를 오랫동안 알고 지내던 지인이었어요. 그래서 린치가 가져온 물건을 보자마자 딱 알아차린 거죠. 게다가 그건 대대로 내려오는 가보였거든요! 그이가 나한테 전화가 와서 얘기를 해주더라고요. 저는 유럽에 간 메리에게 곧바로 연락했어요. 그러고 나서…." 모린은 말끝을 흐렸다.

"그런데 왜 남편과 이혼을 하지 않은 거죠?"

"다른 방법을 쓴 거죠." 모린은 두 사람이 이름만 부부인 상태로 지냈다고 설명했다. "작년인가, 메리가 유언장 내용을 고쳤다고 하더군요. 그 인간 이름을 아예 지워버린 거죠. 린치에게는 땡전 한 푼도 남기지 않고 전부 빌과 결혼했을 때 낳은 아이들에게 돌아가도록 말이에요." 혹시 린치가 그 사실을 알게 되었는지 물었다. "그 인간은 알 수가 없죠. 만약 린치가 그 사실을 알게 되었다면 내가 나서서 메리를 지켰을 거예요. 두 사람이 어떻게 지냈는지 다 아는데 가만히 두고 볼 수 없죠."

모린은 자신이 들려준 이야기의 주요 인물인 전당포 주인의 전화번호를 알려 주었다. 린치는 그의 오랜 고객이라고 했다. 오랫동안 꽤 많은 양의 여성용 액세서리를 들고 전당포를 찾아왔다는 말도 덧붙였다. “항상 물건을 팔러 왔지 한 번도 매입한 적은 없었어요. 언젠가는 여자 시계를 들고 왔는데 지금까지 본 시계 중에서 가장 아름다운 물건이었어요. 보석이 박힌 스위스제 최고급 시계였지요. 어찌나 아름답던지!”

“혹시 그 시계가 어디서 난 건지 물어보셨나요?”

“박사님, 제가 하는 일은 그쪽이랑 정반대예요. 되도록 많은 걸 캐묻지 않으려고 하죠. 훔친 물건인지 아닌지 알고 싶지도 않고 설령 훔친 물건이라고 해서 불평할 사람은 아무도 없으니까요.” 그러고는 내가 묻기도 전에 이렇게 말을 이었다. “하지만 메리가 애지중지하던 은을 보는 순간에는 대번에 알아차렸어요.” 그 말은 모린의 이야기에 더욱 힘을 실어주었다. “그러고 몇 주 지나서인가, 메리가 직접 찾아왔더군요. 화가 나서 씩씩대며 찾아오는 손님들이 더러 있기는 하지만, 그날만은 똑똑히 기억이 나요. 메리는 머리끝까지 화가 나 있었어요. 물론 내가 아니라 남편에게 화가 난 거였지요. 결국 매입 가격 그대로 받고 다시 되팔았어요. 저더러 물건을 도어맨 빌리에게 맡겨달라고 하더군요. 저야 도움을 줄 수 있어서 오히려 고마웠죠.”

어쩌면 응급실에서 마지막으로 메리를 치료했던 의사라면 무언가 더 이야기해 줄 수도 있을 것 같았다. 하지만 응급처치할 새도 없이 메리가 사망해서 별로 해줄 말이 없다고 했다. “응급실로 실려 온 지 8분 만에 사망했습니다. 개두술을 하기 위해 환자를 안정시킬 시간조차 없었어요. 혈종은 찾으셨나요?”

“경막하혈종과 좌측 선두개골에 골절이 발견되었어요.”

“아, 그럴 줄 알았어요. 그보다 더 끔찍한 죽음도 많으니까요.”

“그렇긴 하죠.” 나 역시 동의했다.

나는 여전히 가장 중요한 질문에 대한 해답을 얻지 못했다. 메리와 남편 사이에 정말로 가정폭력의 전력이 있었을까? 바로 그때 찰스 박사의 히르쉬즘이 떠올랐다. “현미경보다 전화 한 통으로 해결되는 사건이 훨씬 더 많지.” 나에게는 메리의 이웃인 라나와 911에 신고를 한 도어맨이자 관리인 빌리의 전화번호가 있었다. 먼저 라나에게 전화를 걸었다.

“메리가 실수로 다쳤다고 하는데 저는 굳이 믿지 않을 이유가 없었어요.” 라나는 큰 의심 없이 곧바로 이렇게 말을 뗐다. “저러다가 또 한 번 병원 신세를 지겠구나 하는 생각은 들었어요. 한번은 집에서 넘어져서 손목을 삐었다고 하더군요. 원래 술 마시는 사람들이 그런 일이 잦으니까요. 메리도 술을 입에 대고 살았어요. 아, 메리를 나쁘게 말하려는 건 아니에요. 의사 선생님이시면 저보다 잘 아시겠죠. 메리는 정말로 술을 많이 마셨거든요.”

“생전에 남편과의 관계는 어땠나요?” 나는 라나도 모린처럼 똑같은 생각을 하고 있는지 궁금했다.

“두 사람은 평생 따로 살다시피 했어요. 아파트도 따로 사용했는걸요.”

그 말을 듣자 귀가 솔깃했다. “아파트를 따로 사용했다고요? 그게 무슨 뜻이지요?”

“펜트하우스는 굉장히 규모가 크잖아요. 제가 알기로는 부부 사이가 별로 좋지 않았어요. 말을 섞지 않은지 꽤 오래됐다고 했어요. 매력적이고 잘생긴 남편을 두고 왜 그럴까 싶었죠.” 라나는 생뚱맞게 웃음을 터트렸다. “그곳을 남편의 영역이라고 부르더군요. 제 발로 떠날 때까지 근처에서 맴돌거나 말거나 그냥 내버려 둘 거라고 입버릇처럼 말하곤 했어요. 억지로 떼어 내려고 했다가는 더 골치만 아파질 테니까. 몇 년 전에 건축가를 불러서 아파트를 둘로 분리해버렸어요. 도어맨 빌리한테 물어보면 잘 알 거예요.”

빌리는 아파트 관리인이자 도어맨이었다. 다들 빌리를 잘 알고 있는 것 같았다. “네, 박사님. 제가 911에 신고를 한 사람입니다.” 내가 전화를 걸었을 때 빌리는 이렇게 말했다. “부인이 실려 간 후에 저는 곧바로 현장에서 나왔습니다.”

“아파트 안이 어떤 상황이었는지 살펴보셨어요? 혹시 이상한 점은 없었나요?”

“메리 린치 부인께서는 아파트 계단의 맨 아래 쓰러져 계셨습니다. 펜트하우스라 아파트 내부가 복층이거든요. 우리 아파트에서 가장 큰 집이지요.”

“제가 듣기로는 아파트가 따로 분리되어 있다던데, 맞나요? 부인과 남편이 따로 사셨다고요?”

“네, 박사님. 문도 따로 있습니다. 열쇠도 두 개고요.”

“아, 그렇군요.” 나는 최대한 중립적인 말투를 유지하려고 애썼다. “그러면 메리가 계단 아래에 쓰러진 걸 제일 먼저 발견한 사람은 남편이었겠네요?”

때마침 수화기 너머로 엘리베이터가 도착하는 소리가 들렸고 빌리는 잠시 아무 말도 없었다. “사실은 저도 그 점이 마음에 걸렸습니다.” 마침내 빌리의 목소리가 이어졌다. “꽤 오랫동안 두 분이 함께 계시는 모습을 보지 못했으니까요. 그러다가 어제 린치 씨께서 인터폰으로 제게 연락을 주셨어요. 그래서 저는 ‘네, 사장님. 무엇을 도와드릴까요?’라고 대답했습니다. 메리 린치 부인께서 계단에서 넘어져서 당장 911에 신고를 해야 한다고 하시더군요. 911에서 응급의료진이 도착하자마자 곧바로 엘리베이터로 올려 보냈지만 저는 올라가지 않았습니다. 아시다시피, 다른 입주민들이 제가 자리에 없으면 무슨 일이 생겼나 걱정하실 테니까요. 대체 어떻게 된 거냐며 다들 모여들 게 뻔하고요. 제가 입구를 지키지 않으면 입주민들의 불만이 터져 나올 테고요."

"그럼 그 집에는 메리 씨와 남편 두 사람밖에 없었던 건가요?"

"저야 알 길이 없지요."

"혹시 두 사람이 싸운 것 같지는 않았나요? 뭔가 부서져 있거나 그런 건 없었나요?"

"말씀드렸다시피, 저는 아파트 안에 들어가지 않았습니다. 제가 분명히 말씀드릴 수 있는 것은 이웃에서 메리 린치 부인의 집이 시끄럽다는 불평이 나온 적이 한 번도 없었다는 것뿐이에요." 빌리는 잠시 멈추었다. "부인께서 그렇게 가시다니 정말 유감입니다. 워낙 오랫동안 도어맨으로 일하다 보니 예전에도 입주민 중에 세상을 떠난 분은 봤지만, 부인이 이렇게 갑자기 떠나신 건 정말로 유감이에요."

나는 전화를 끊고 곧바로 1층으로 내려가서 신원 확인을 담당하는 제네트에게 한달음에 달려갔다. 메리 린치의 시신을 유족에게 보내는 것을 잠시 보류하고 새로운 사망진단서를 써야겠다는 소식을 전하기 위해서였다. 그리고 사망의 원인과 방식도 '보류' 상태로 바꾸고 '화장 허가'라고 적은 부분도 삭제해 달라고 부탁했다. 그러고 곧바로 사무실로 돌아와 뉴욕경찰서의 살인 사건 전담반으로 전화를 걸었다.

그날 오후, 퀸과 타일러, 두 경관이 사무실로 찾아왔다. 두 사람 모두 새로운 사건을 맡게 된 것이 전혀 신나지 않는 눈치였다.

"혈중알코올농도는요?" 퀸 경관이 물었다.

"독성학보고서가 아직 도착하지 않아서 정확지 않습니다."

"술 냄새가 진동하던가요?"

"아니요." 나는 딱 잘라 말했다. "물론 지인들 말로는 알코올중독자에 가까웠다고 하더군요. 하지만 그날 아파트에서 남편과 무슨 일이 있었는지 정확히 알기 전까지 이 사건을 '사고사'로 규정지을 수가 없어요."

"그게 무슨 말씀이시죠?"

나는 그동안의 이야기를 들려주었지만 두 사람의 태도는 회의적이었다. 마약으로 인한 총싸움이나 공원에서 칼에 찔렸다거나, 마약 판매상 쪽으로는 적극적으로 수사를 하면서도, 단지 의심스럽다는 이유로 어퍼 이스트사이드의 부촌까지 찾아가서 도어맨을 탐문하는 건 내키지 않는 모양이었다.

"이웃에서 시끄러운 소리를 들었을지도 모르잖아요." 나는 말했다.

퀸 경관이 공책을 덮으며 말했다. "박사님, 혹시 시신에서 단순 추락사가 아닌 것으로 보이는 정황이 발견되면 다시 연락해 주세요." 남편이 메리에게 해를 가했다는 증거가 없다면, 경관들이 이웃을 찾아다니면서 탐문 수사를 벌일 이유가 없을 테니.

결국 이렇다 할 경찰의 사고 조사도 없이, 메리의 사건은 미궁으로 빠져들었다. 나는 수전 박사의 연구실로 찾아가서 조언을 구했다. 경찰의 태도에 대해 이야기하자 수전 박사도 흥분하는 듯했다. "그냥 사고사로 만들고 싶어서 꽤나 애쓰는 것 같은데요? 혹시 다른 상처는 없었어요?"

"전혀요."

"그럼 내일 아침에 저랑 같이 시신을 다시 살펴봐요. 가끔은 하루가 지나고 나서 시신에 상처가 나타나는 경우도 있으니까요."

듣던 중 반가운 소리였다. "하루가 지나면 나타난다니, 그게 무슨 뜻이에요? 왜 그런 일이 생기는 거죠?"

수전은 일단 시신이 흙빛으로 변해버리면 상처가 제대로 보이지 않는 경우가 허다하다고 말했다. 심장이 멈추면 몸속으로 흐르던 혈액이 순환을 멈추고 중력의 법칙에 따라서 온몸의 피가 아래쪽으로 쏠린다. 메리 린치의 경우 똑바로 누운 자세에서 응급실 침대에 누워 사망했기 때문에 처음 시신을 절개할 때만 해도 등 뒤에 보랏빛과 붉은빛이 뒤섞여 온몸이 시커멓게 변한 상태였다. 하지만 부검이 마무리되고 온몸에 피가 빠져나가고 나면 시커먼 핏기가 완전히 가신다. "어떤 경우에는 눈에 잘 보이지 않던 상처가 사망 후 24시간이 지나서야 드러나기도 해요."

그럼에도 나는 비관적인 태도를 보였다. "만약 다른 상처가 발견된다고 해도 그걸 남편이 했다는 걸 확인할 방법이 없지 않을까요?"

"일단 등에서 손자국이 발견된다면 남편이 계단에서 밀었다고 더 강하게 주장할 수는 있을 거예요. 내일 다시 살펴보기로 해요."

다음 날 아침 수전과 나는 탈의실에서 만나 함께 부검용 가운으로 갈아입었다. 메리 린치의 시신은 부검대 위에 똑바로 누운 채로 우리를 기다리고 있었다. 수전의 도움으로 등이 보이도록 시신을 뒤집었고 순간 '헉' 하고 놀라지 않을 수 없었다. 분명 어제까지만 해도 멀쩡했던 등에 손가락 자국 열 개가 분명히 드러나 있는 것이 아닌가! 왼쪽 어깨에 다섯 손가락, 오른쪽 어깨에 다섯 손가락, 정확히 열 개였다. "수전, 당신은 정말 천재예요!" 나는 소리쳤다.

마크 플로멘바움 박사도 사무실에 나와 있어서 곧바로 연락을 취했다. 나는 마크 박사에게 도움을 청했다. "맞아. 손가락으로 어깨를 붙잡은 자국이야. 이런 경우가 생길 수 있기 때문에 부검실에 도착한 시신을 서둘러서 밖으로 내보내지 않는 거야. 상처 부위를 절단해서 현미경으로 확인해 봐. 혈구만 보이면 사망 당시에 생긴 상처인 거고, 염증이 보이면 사망 몇 시간 전에 생긴 상처인 거니까. 분명한 건 저 손가락 자국들은 생체 반응으로 생겼다는 점이야. 사후에 저런 상처가 생길 리는 만무하지."

새로 발견된 상처를 사진사가 카메라에 담은 다음, 양쪽 어깨 위에 붉게 변한 부위를 메스로 잘라내어 조직학 연구소로 보낼 조직 샘플을 채취했다. 누군가 메리 린치의 어깨에 손가락 자국을 남겼다. 누군가 메리의 어깨를 붙잡았다. 그것도 아주 세게.

나는 부검실에서 나오자마자 살인 사건 전담반으로 전화를 걸었다. "경관님, 말씀하신 증거를 찾았어요." 타일러 경관은 전화를 받고 수전 박사처럼 놀라는 눈치가 아니었다.

"혹시 응급의료진이 붙잡아서 생긴 상처가 아닐까요?"

"그게 무슨 말씀이시죠?"

"몸을 들어 올리는 과정에서 그럴 수도 있잖아요. 인공호흡을 하다가 생길 수도 있고요."

그제야 상황을 곱씹어 보게 되었다. 물론 가능성은 있었다. 하지만 인공호흡을 하면서 양쪽 어깨를 붙잡는 경우는 희박하다. "제가 알기로는 응급치료를 하면서 양쪽 어깨를 붙잡아야 할 일은 없습니다. 게다가 멍이 들 정도로 세게 잡는 경우는 더더욱 없고요."

"전혀 가능성이 없다고 자신할 수 있으세요?"

"가능성이 없냐고요? 물론이죠. 응급의료진이 도착했을 때까지 메리는 살아 있었기 때문에 생체 반응을 보일 수 있는 상태였어요. 게다가 메리처럼 몸집이 작고 나이가 많은 환자를 다룰 때는 응급의료진이 더더욱 조심했을 거예요."

"하지만 응급의료진이 안 그랬다고 확신할 수도 없는 거 아닙니까?"

"가능성이야 있겠지만 거의 그런 일은 없다고 봐야죠."

"좋아요. 그럼 남편이 계단 아래 쓰러진 아내를 살리기 위해서 붙잡았을 가능성은 없나요? 어깨를 잡고 몸을 흔들면서 의식을 회복시키려고 했을 수도 있잖아요. 어깨에 멍이 남았다고 해서 꼭 남편이 밀었다고 단정할 수는 없어요."

나는 타일러 경관에게 그 역시도 불가능한 일은 아니라고 대답했다. 당시의 정확한 상황을 알 수 없었고 그래서 메리 린치가 생전에 어떻게 어깨를 붙잡힌 건지 명확히 의견을 밝힐 수 없었다. 결국 내 눈으로 직접 확인이 된 부분만 이야기할 수밖에 없었다. 어깨에 난 손가락 자국은 누군가의 완력에 의한 것이고 자국이 심하게 남은 것으로 보아 상당한 힘이 가해진 것이 분명하며 메리 린치가 사망 후에 누군가 붙잡아서 생긴 자국은 명백히 아니라는 점을 말이다. 이제 정확한 사실관계를 확인하는 것은 경찰의 손에 달렸다.

"그러면 박사님은 이번 사건을 살인 사건이라고 보고 계신가요?" 그는 내 의견을 확실히 알고 싶어 했다.

"사고사인지 살인인지 판단하기에는 워낙 증거가 충분치 않아요. 경찰 측에서 제대로 조사를 하고 정보를 주실 때까지 일단 보류하는 수밖에 없을 것 같습니다."

그렇게 통화를 한 게 8월이었다. 9월이 되자 신경병리학과의 버넌 박사로부터 보고서가 도착했고 그 역시 사망의 원인이 경막하혈종이라는 의견에 동의했다. 그로부터 두 달 후 독성학보고서도 도착했다. 메리는 알코올중독자였다. 그렇기 때문에 높은 에탄올 수치가 확인되었다. 내가 접촉했던 모든 이들은 하나같이 메리가 오랜 세월 알코올에 찌들어 살았다고 입을 모았다. 그 이유 때문에 사망 당시 술에 취해서 계단에서 실수로 넘어졌는지 혹은 다른 일이 있었던 건지 정확히 판단하기가 힘들었다. 마침내 5월 초, 조직학 슬라이드가 돌아왔다. 현미경 관찰 결과 어깨에서 채취한 조직에서는 혈구만 발견되었고 다른 염증이나 치료를 받은 흔적은 보이지 않았다. 그러니까 메리의 어깨에 난 손자국 모양의 멍은 사망 당시에 발생한 것이었다.

5월 중순의 어느 날, 메리 린치의 사망진단서를 완성하기 위해서 사무실 의자에 앉아 있었다. 나는 사망의 원인란에 "강한 충격으로 인한 두개골 골절과 머리 부상"이라고 적었지만 여전히 사망진단서는 보류 상태로 두었다. 경찰 조사 결과 보고서를 받을 때까지 사망의 방식을 사고사로 할지 아니면 살인에 의한 사망으로 할지 판단할 수 없었기 때문이다. 사건이 발생한 지 벌써 9개월의 시간이 흘렀지만 아직도 경찰 보고서는 오리무중이었다. 나는 타일러 경관에게 다시 전화를 걸었다.

"메리 린치 사건에 대해서 별다른 진전이 없나요?" 나는 물었다.

"진전이라니요?"

나는 깜짝 놀라지 않을 수 없었다. "저번에 마지막으로 통화할 때 메리의 남편이 폭력을 사용했을 수도 있다고 말씀드린 것 같은데요. 그래서 살인 사건으로 놓고 조금 더 수사할 필요가 있을 것 같다고요."

"이번 사건을 살인으로 인한 사망으로 판단하실 건가요?"

"아직은 알 수 없지요. 경찰 수사 결과에 따라서 달라질 것 같은데요!"

"일단 메리의 남편과 만나서 이야기를 나눠봤습니다. 그 사람 뇌졸중이 왔어요. 그래서 뭐라고 하는지 제대로 알아들을 수가 없었어요."

그 말을 듣자 피가 거꾸로 솟는 것 같았다. 고작 그게 전부란 말인가? 살인 사건일지도 모를 상황에서 뇌졸중에 걸려 실어증 증세가 있으니 그걸로 할 일은 다 했다는 건가?

"혹시 남편 말고 다른 사람이나 탐문 조사 같은 건 안 하신 건가요?"

"네."

"관리인은요?"

"아, 만나기는 했죠. 별말 안 하던데요."

"그러면 이웃들은요?"

"크게 혐의도 없고 달리 수사할 것도 없는데 무턱대고 주변을 탐문할 수는 없습니다. 만약 살인 사건이 아니라면 더 이상 수사할 거리도 없는 거고요." 결국 그거였다. 나 역시 확실한 증거 없이 이웃들의 문을 두드릴 수 없었고 경찰도 그와 비슷한 입장이라는 거였다.

그날 오후 3시 회진에 메리 린치의 부검보고서 내용을 들고 갔다. "부검 결과만으로는 남편이 아내를 밀친 건지 아니면 혼자 넘어진 건지 판단할 수가 없습니다. 분명 정황상으로는 의심이 되지만 그것만으로 살인으로 단정 지을 수가 없어요. 그렇다고 해서 사고사로 판단하려니 그 역시도 마음이 편치 않고요. 독성학보고서에 따르면 계단에서 넘어질 만큼 만취한 상태였던 것은 확실하지만 만약 한 집에 살던 남편이 밀었다면 얘기가 달라지지 않을까요? 분명히 어깨에 강하게 붙잡은 자국이 남아 있으니까요. 하지만 그 손자국이 단순 폭행에 의한 것인지 아내가 계단에서 넘어진 후에 정신을 차리게 하려고 어깨를 잡고 흔들어서 생긴 자국인지 정말로 알 수가 없어요!"

찰스 히르쉬 박사는 내가 사건 조사의 일부분을 맡고 있다는 사실을 가르쳐주었다. 퀸과 타일러 경관이 내가 맡은 역할의 한계를 가르쳐 준 것이다. "만약 살인과 사고사의 명확한 차이를 알아낼 수 없다면 그거야말로 '원인 불명'이 되는 거야." 마크 플로멘바움 박사는 이렇게 말했다. 그 말을 듣고 의기소침한 표정을 짓고 있었는데, 박사는 인자하게 미소를 지으며 다시 말을 이었다. "원인 불명으로 사망했다고 인정하는 게 '내가 최선을 다하지 않았다'는 의미는 아니야. 그저 '정확한 사망의 방식을 분류할 만한 정보를 얻지 못했다'는 뜻이지. 그게 전부야."

"자네가 올바른 판단을 내릴 거라고 믿네." 찰스 박사는 이렇게 말했다. 나를 신뢰한다는 찰스 박사의 말에도 마음이 좀처럼 누그러지지 않았다. 그 상태로 메리 린치의 사망의 방식을 원인 불명으로 판단할 수밖에 없었다. 경찰 측에서는 메리 린치 부인이 계단에서 넘어진 것으로 보았고, 그걸로 모든 사건이 종결되었다. 메리 린치의 사망은 사고사일 수도 아니면 살인일 수도 있다. 하지만 진실은 그 누구도 알지 못할 것이다.

***

퀸스에 위치한 어느 아파트의 현관문이 살짝 열려 있었다. 문설주가 떨어져 나갔고 문지방 위로 찢긴 나무판자와 삐져나온 못들이 군데군데 널려 있었다. 안드레스 가르시아는 그 집에서 며칠째, 아니 몇 주 동안 서서히 부패했다. 그의 시신은 악취를 참다못한 주변 이웃들이 경찰에 신고하면서 발견되었다. 사건조사팀의 보고서에 따르면 안드레스 가르시아의 시신은 반쯤 엎드린 자세로 집안 복도에서 발견되었다. 목에는 전깃줄이 팽팽하게 묶여 있었고 한쪽 끝부분이 표면이 드러난 천장 파이프에 고정되어 있었다. 두 번째 전깃줄은 발목에 묶여 있었고 양손과 팔은 결박되지 않은 상태였다. 손목과 팔뚝에는 다소 의심스러운 형태의 자상이 있었는데 모두 안쪽으로 긁힌 데다 방향도 하나같이 팔꿈치 쪽으로 나 있었다. 보고서에 따르면 비닐 랩이 시신의 코와 두 눈 위로 팽팽하게 감겨 있었다. 검은색 액체는 아마도 부패한 시신에서 흘러나온 혈액일 것이다. 그 혈액은 시신 아래에 웅덩이를 이루고 있었다.

거실에 TV도 켜져 있었다. 침대 옆 테이블에 놓인 지갑에서는 볼리비아 화폐가 나왔다. 주방 카운터에는 말끔하게 씻어 둔 칼 한 자루가 놓여 있었다. 사건 보고서에는 "싱크대에 누군가 피로 쓴 글자가 적혀 있었는데 파토Pato 혹은 바토Bato인 것으로 보인다"는 정황이 설명되어 있었다. 욕실 문에도 피로 휘갈겨 쓴 글자가 적혀 있었는데 뭐라고 적었는지 알아볼 수가 없다고 했다. 변기 안에는 수술용 라텍스 장갑 한 켤레가 둥둥 떠다니고 있었다. 공식적으로 응급의료진이 경찰의 신고를 받고 시신이 발견된 아파트에 들어갔지만, 그쪽에서는 욕실에 들어가지도 않았으며 장갑을 화장실에 버린 적도 없다고 주장했다. 현장에 나갔던 사건조사팀은 아파트의 상태를 "엉망진창으로 어질러져 있다"라고 묘사해 놓았다.

"이런 말은 하고 싶지 않지만" 푸르니에 경관이 시체 안치소에서 시신 보관용 가방을 열고 있는 나를 보며 이렇게 말했다. "집을 엉망으로 해놓고 사는 사람도 있으니까요."

나는 피로 휘갈겨 쓴 글씨가 무슨 의미인지 물었다. "바토는 '친구'라는 뜻이고 파토는 '남자 동성애자'라는 뜻이에요. 둘 중에서 어떤 단어인지는 정확히 알 수 없지만요." 이것 말고도 푸르니에 경관은 별로 아는 것이 없었다. 사건 현장 감식반의 보고서에도 사진이 첨부되지 않아서, 현장의 상태가 어떠했는지 도무지 판단할 수가 없었다. 결국 시신에 의존할 수밖에 없었다. 하지만 그 시신마저도 심하게 악취가 풍기고 부패하여 엉망이 되어버린 상태였다.

안드레스 가르시아의 시신을 꺼내서 부검대 위에 올려놓자, 눈과 코를 감싸고 있던 비닐 랩이 마치 스카프처럼 목까지 내려와 있었고, 안에는 부패된 피부 조직이 너덜너덜해진 채로 붙어 있었다. 그나마 남아 있는 얼굴 피부도 잿빛으로 푸르게 변해서 누더기처럼 너덜거렸다. 시신 위로는 끈끈한 점액질과 갈색, 초록색, 하얀색 그리고 노란색 얼룩이 뒤덮여 있었다. 시신의 표피 조직이 썩은 과일 껍질처럼 손바닥에 그대로 묻어났다. 생식기를 포함해 그의 몸통 전체는 풍선처럼 부풀어 올라서 금방이라도 뻥 하고 터질 것 같았다. 메스로 Y자 절개를 하자 몸속에 있던 박테리아성 가스가 쉬익 하는 소리와 함께 부검실 전체로 퍼져 나왔다. 푸르니에 경관은 재빨리 부검실 구석으로 몸을 피했다.

시신의 목에 묶여 있던 전깃줄이 피부를 압박해서 목 주변에 흔적이 그대로 남아 있었다. 나는 커다란 가위로 전깃줄을 잘라내고 나서 전체의 지름이 어느 정도인지 근사치를 측정해 보았다. 발목을 압박하고 있던 전깃줄 역시 피가 배어 나올 정도로 팽팽하게 묶여 있어서 목에 남은 것과 같은 흔적이 선명하게 드러나 있었다. 시신의 우측 팔뚝과 손목에 남은 자상들은 평행으로 절개된 형태였다. 이런 경우에는 자살을 시도할 때 흔히 볼 수 있는 '주저흔'일 수도 있고, 잔혹한 고문의 흔적일 수도 있다. 여러 개의 자상이 남았는데도 출혈이 날 만큼 깊숙이 피부를 파고들지 않았고 힘줄도 멀쩡해 보였다. 따라서 양팔에 자상이 가득한 상태였음에도 충분히 발목과 목에 전깃줄을 팽팽하게 묶을 수 있을 정도로 힘이 남아 있었을 것이다.

딱 하나 마음에 걸리는 것은 안드레스 가르시아의 목 뒤쪽에 남은 상처의 형태였다. 4번과 5번 경추 사이로 깊이 파인 전깃줄의 흔적이 정확히 목젖과 평행을 이루고 있었다. 흔히 목을 매어 자살하는 경우 대부분 묶였던 흔적이 턱에서부터 목 뒷부분으로 올라가거나 귀의 높이까지 높게 남는다. 하지만 안드레스의 목에 남은 흔적은 누가 봐도 교살, 즉 고개를 숙인 채로 수평으로 엎드렸고 바로 뒤에서 타인에 의해 목이 졸려서 사망한 모습이었다. 나는 시체 안치소의 소음을 뚫고 저만치 경관을 향해 이렇게 외쳤다. "경관님! 시신을 발견했을 때 어떤 자세였나요?"

"무릎을 붙이고 고개를 숙인 채로 고꾸라져 있었습니다." 경관은 한두 걸음 앞으로 다가오다가 다시 걸음을 멈추고 이렇게 답했다.

"목을 맨 상태로요?"

"네."

"어떻게 그런 자세가 가능했을까요? 여기 목에 흔적을 보면 분명히 수평으로 목이 졸려 있는데 말이죠."

푸르니에 경관은 부검대 위에 시신을 볼 수 있을 만큼 가까이 다가오더니 어깨를 으쓱해 보였다. "반대쪽 전깃줄 끝은 머리 위에 파이프에 묶여 있었고 한쪽은 목에 묶여 있었어요. 현장 사진에서 보는 것과 똑같이요."

"현장 사진이 있다고요?" 현장 감식반 보고서에는 사진이 한 장도 없었다. "그런데 저는 왜 사진을 보지 못했을까요?"

"경찰서에서 가지고 갔으니까요."

"당장 그 사진을 봐야겠어요." 나는 부패한 시신에서 내장을 제거하면서 이렇게 말했다. 몇 분 후 고개를 들었을 때 경관은 어디론가 사라져버리고 없었다.

그로부터 이틀이 지나서 나는 경관에게 전화를 걸었다. 경관은 아직 사진을 보여줄 수 없다고 했다. 화장실에서 발견한 라텍스 장갑에서 지문을 찾기 위해서 노력 중이라는 말도 덧붙였다. 새로운 사실을 알게 되면 연락을 해주겠다고 말했지만 그로부터 한참이 흐른 뒤에도 아무런 소식이 없었다. 경찰 조사 결과로는 안드레스 가르시아의 소지품 가운데에서 볼리비아의 공항 검색대와 경찰 검문을 피할 수 있는 통행권이 발견되었다고 했다. "아무래도 경찰의 일원이었거나 마약 단속국 직원이었던 것 같습니다."

"와우!" 나는 놀라서 소리쳤다. "그렇다면 이번 사건이 마약과 연관이 있다는 건가요? 잠깐, 혹시 국제 마약 밀매 조직을 소탕하려다가 이렇게 된 건가요?"

"거기까지는 알 수 없습니다. 제가 보기에는 자해 끝에 스스로 목숨을 끊은 것 같은데요."

"그 사람 아파트가 엉망진창이었다면서요? 피로 글씨를 적어 놓은 것도 이상하잖아요!"

"자살 충동이 생기면 보통 사람들도 이상한 행동을 해요."

"분명히 시신에 고문을 당한 흔적이 있단 말이에요!"

"그것도 역시 자해한 거로 보입니다." 경관은 똑같은 말만 반복했다.

우리는 그런 식으로 한참 동안 설전을 주고받았다. 경관은 고인이 폭행범에 의해서 교살당했을 가능성에 관해 이야기할 때 왠지 모르게 묵살하려는 태도를 보였다. 나는 더 자세한 수사가 이뤄지기 전까지는 이번 사건의 사인을 자살로 판단할 수 없다고 버텼고 급기야 서로 감정이 격해진 상태에서 전화를 끊고 말았다.

그 주의 어느 날, 스튜어트와 함께 점심을 먹으며 안드레스 가르시아의 사건에 대해 이야기를 꺼냈다. "혹시 항문 쪽도 살펴봤어요?" 그의 질문에 여자 종업원이 깜짝 놀라는 표정을 지었다. 나는 그녀가 자리를 떠날 때까지 기다렸다가 다시 물었다.

"왜 항문을 살펴봐야 하죠?"

"마약 거래 조직에서 고문할 때 항문을 쑤실 때도 있거든요. 마이애미에서 일했을 때는 항문을 필수적으로 살폈어요."

그날 밤, 집에서 밤새 그 사실 때문에 괴로워했고 급기야 남편이 차린 저녁 식사까지 먹는 둥 마는 둥 했다. 다음 날 아침, 나는 시신 냉동고에서 안드레스 가르시아의 시신을 꺼내서 항문과 S상 결장까지 다시 한 번 살펴보았다. 아무 이상이 없었다.

나는 독성학보고서를 재촉했고 일주일 만에 보고서가 도착했다. 알코올 수치만 빼고 모두 정상이었다. 독성학 보고 결과를 알리기 위해 경관에게 연락했지만, 여전히 사건 현장 사진을 보내줄 수 없다는 대답이 돌아왔다. 그쯤 되니 슬슬 화가 나기 시작했다. 경찰 측에서는 사인을 자살로 하고 사건을 빨리 종결하자고 말했지만 사건 현장을 담은 사진을 확인하기 전까지는 그 제안에 동의할 수 없다는 견해를 밝혔다.

그렇게 한 달 가까이 지났을까? 8×10센티미터 크기의 사진 한 다발이 부검실에 도착했다. 나는 깜짝 놀랐다.

현장 사진을 확인한 결과, 안드레스 가르시아는 주방 의자에 앉은 상태로 가슴이 느슨하게 매달린 상태에서 두 발이 뒤로 묶이고 상체는 앞으로 기울어진 모습이었다. 목에 결박된 전깃줄이 파이프에 고정되어 있어서 고개가 완전히 앞으로 고꾸라지지 않았으며 얼굴에는 플라스틱 랩이 완전히 꽁꽁 말려 있었다. 시신을 운반하는 과정에서 비닐 랩이 벗겨져 목까지 흘러내린 모양이었다. 사건 현장이 온전히 보전된 상태에서 찍은 사진에서는 눈과 코, 입까지 비닐 랩으로 꽁꽁 쌓인 상태였다. 변기에서 발견된 라텍스 장갑을 찍은 사진에서부터 한 장 한 장 살펴 보니 주방을 찍은 사진이 나왔다. 주방 카운터에는 "파토" 즉 '남자 동성애자'를 뜻하는 단어가 선명하게 적혀 있었다. 침실에 있는 서랍장이 하나같이 열려 있었고 매트리스와 옷가지들도 사방에 널려 있었다.

오후 회진이 시작되기 불과 5분 전에 현장 사진을 받은 터라, 나는 충격에 휩싸인 상태로 사진을 넘기며 회의실로 향했고 현장 사진을 동료들에게 보여 주었다. 그리고 이번 사건이 자살일 거라고 주장하는 경관의 태도와 아파트가 "엉망진창으로 어질러져 있었다"는 사실에 경관이 "엉망으로 사는 사람도 있다"고 말한 것까지 이야기하자 몇 명의 동료들이 코웃음을 내뱉었다. 대체 경관의 의도는 무엇이었을까? 왜 나로 하여금 사건을 자살로 종결하도록 다그친 걸까? 나는 큰 소리로 의구심을 표현했다. "사건 현장 사진을 안 주고 버티다 보면 지레 포기하고 자살로 종결할 거라고 생각한 것 같아요. 일단 자살로 종결되면 곧바로 잊어버릴 테니까요." 하지만 아무리 봐도 이번 사건이 자살일 리가 없다는 생각이 들었다. 그렇지 않은가? 그렇다면 이번 사건도 '원인 불명'으로 마무리되어야 하는 걸까?

모든 이의 시선이 찰스 히르쉬 박사 쪽으로 쏠렸다. "이건 누가 봐도 살인 사건이야." 그는 현장 사진을 건네며 이렇게 말했다.

그제서야 푸르니에 경관이 나를 가지고 놀았다는 사실을 깨달았다. 나는 다시는 우습게 보지 못하게 해야겠다고 다짐했다. 우리 검시관들은 시신이 말해주지 못하는 부분에 있어서는 전적으로 경찰의 의견에 의지한다. 그렇다고 해서 나와 경찰이 똑같은 목표를 바라보고 있다고 순진하게 믿는 것은 아니다. 누군가 안드레스 가르시아를 고문했고 가학적이고 잔인하게 그를 죽음에 이르게 만들었다. 이 모든 것은 분명 의도적이었다. 나는 사망의 방식이 자살인지 아닌지는 여전히 판단하지 못했다. 다음 날 이번 사건을 명백한 '살인'으로 결론 내렸다. 안드레스 가르시아를 죽인 범인의 야만성과 푸르니에 경관이 보여준 무관심한 태도에 나는 질릴 대로 질려버렸다.

잔혹한 사건이 발생하면 사회 구조에 커다란 구멍이 뚫린다. 우리 검시관들은 그 구멍을 매우는 역할을 맡는다. 그 임무를 수행하기 위해서는 전문가로서의 판단력과 예리한 관찰력을 가지고 있어야 하며, 오랫동안 갈고 닦아온 의사로서의 경험을 바탕으로 감정적인 부분에서 환자로부터 일정한 거리를 유지해야 한다. 그럼에도 매 사건을 완벽하게 처리하기란 쉬운 일이 아니다. 특히나 영아를 살해한 사건을 맡게 되는 날에는 오랫동안 쌓아온 검시관으로서의 노련함이 완벽한 방패막이 되진 못한다.

뉴욕 검시소에서 일하면서 소아 부검만 열여덟 번을 맡았다. 영아와 관련된 사고사의 대부분은 알고 보면 끔찍한 뒷이야기들이 숨겨져 있었다. 물론 그간 내가 맡았던 소아 부검 덕분에 젊은 엄마로서 제멋대로인 우리 아이들에 대한 걱정이 잦아지기도 했다. 뉴욕 검시소에서 일했던 2년 동안 4세에서 14세 사이의 시신을 사후 부검한 적은 없었다. 몇몇 경우만 제외하면 내가 맡았던 소아 부검의 대상들은 태어난 지 1년도 안 된 고작 몇 주, 몇 달밖에 되지 않은 아이들이 대부분이었다. 10대의 미혼모가 노숙자 보호 쉼터에 있는 위험할 정도로 푹신한 침대 위에 아이를 엎어놓는 바람에 태어난 지 7주밖에 되지 않은 갓난아이가 질식한 사건이 있었다. 생후 6개월 된 아이가 엄마의 침대에서 굴러떨어져서 바닥에 있는 철제 손잡이에 고꾸라진 채로 자세 질식사한 사건도 있었다. 그중에서도 가장 가슴 아팠던 사건은 유아용 수면 보조기구 때문에 태어난 지 2개월 만에 질식하여 죽은 갓난아이의 사건이었다. 아이를 돌봐주던 보모가 바닥으로 떨어지지 말라고 보조기구를 사용했는데 오히려 그것 때문에 사망한 것이다. 그 외의 대부분은 유전적인 결함이나 단순한 불운으로 자연사한 경우였다. 하지만 라카이샤의 사건은 유일하게 '살인'으로 결론을 내렸다.

아들 대니의 세 살 생일이 있기 일주일 전, 나는 라카이샤의 부검을 맡았다. 대니보다 한 살이 많은데도 대니와 거의 비슷할 정도로 몸집이 왜소한 여자아이였다. 아이 엄마는 욕조에서 아이가 미끄러지는 바람에 죽었다고 진술했지만 그건 거짓말이었다. 왜냐하면 내 부검대에 누운 아이의 몸에 열탕 화상으로 인한 징후가 분명히 드러나 보였기 때문이다. 얼굴과 손목 그리고 손은 누가 봐도 멀쩡해 보였지만 손목 위부터 팔까지 마치 소매 있는 옷을 입은 것처럼 붉게 화상을 입은 상태였다. 다른 부분은 피부가 접혀 있거나 욕조의 바닥에 닿아 있어서인지 부분적으로 멀쩡한 곳이 남아 있었다. 그것으로 라카이샤가 물 밖으로 기어 나오기 위해서 버둥거리지 않았다는 사실을 밝혀낼 수 있었다. 아이는 고통으로부터 스스로를 보호하기 위해서 몸을 공처럼 둥글게 말고 있었다. 누군가 그 작은 아이의 손목과 발목을 붙잡은 상태로 한참을 뜨거운 물이 든 욕조에 집어넣었던 것이 분명했다.

내 바로 옆 테이블에서는 스튜어트가 부검 중이었다. 그는 아이의 시신을 보고 이렇게 말했다. "이게 열탕 화상이 아니면 우리가 배운 의학 서적이 아무 쓸모없는 게 되겠어요." 수전과 마크 박사도 같은 의견이었다. 나는 부검을 끝내자마자 담당 경관에게 전화를 걸었다. 라카이샤의 부검 결과를 보고하자 찰스 히르쉬 박사는 한 치의 주저함 없이 조용한 목소리로 말했다. "이건 살인 사건이야."

라카이샤에게는 오빠가 있었다. 아이의 오빠는 8살이었다. 우리는 그 아이로부터 아동학대의 참혹한 실상을 듣게 되었다. 아이의 오빠는 "아동 보호국에서 우리를 위탁 가정에 보낼까 봐" 겁이 나서 말하지 못했다고 했다. 아이의 엄마는 양손에 화상을 입었지만 요리를 하다가 다쳤다고 주장했다. 라카이샤는 열탕 화상으로 한 달간 고생하다 병원에 치료를 받으러 갔지만 결국 사망했다. 그 아이는 사망하기 직전 기저귀를 갈아주는 간호사에게 이렇게 말했다고 한다. "어제 엄마한테 혼났어요. 엄마가 나를 욕조에 넣었어요."

나는 라카이샤를 치료했던 병원에 찾아가서 담당 의사를 만났다. 의사는 차트에 화상의 형태로 보아 사고로 인하여 발생한 것이라고 기록했다. 의사는 자신의 진료 결과에 대한 타당성을 입증하기 위해서 아이의 손에 화상 흔적이 없으며 이것은 욕조에서 미끄러지면서 엄마를 붙잡으려고 손을 뻗었기 때문이라고 주장했다. 한편 아이가 병원에 찾아온 날에는 머리부터 발끝까지 붕대를 감고 있어서 온몸의 화상 정도를 제대로 확인하지 못했다는 점을 시인했다.

버스를 타고 집으로 돌아오는데 경찰에게 아이가 사고로 다쳤을 가능성이 있다고 진술했다는 의사의 말이 내내 마음에 걸렸다. 아무리 생각해 봐도 내 판단으로는 우연히 욕조에 미끄러졌다면 본능적으로 두 팔을 아래로 짚거나 뒤로 뻗을 것 같았다. 현관문을 열고 대니가 아직 잠들지 않은 모습을 보자 내 생각이 옳은지 실험해 봐야겠다는 생각이 들었다. 나는 잠옷 바람인 아들을 데리고 침실로 향했고, 침대 위로 번쩍 들어 올렸다가 바닥으로 내렸다. 예상대로 아이는 본능적으로 팔을 양옆과 뒤로 뻗었다. 워낙 활달한 아이라 침대 위로 들었다가 내려놓는 게 재미있었던 모양이다. "엄마." 아이는 깔깔 웃으며 계속해달라고 보챘다. "엄마, 또 또!"

나는 아이를 다시 들어 올렸다가 내려놓았다. 이번에는 침대로 떨어질 것 같았는지 곧바로 팔을 뻗었다. "엄마, 또!" 아이를 들었다가 놓을 때마다 매번 양손이 바닥을 향했다. 만약 뜨거운 물이 담긴 욕조에서 아이를 들었다가 놓았다면 분명히 손에도 화상을 입었을 것이다. 그 소아과 의사의 주장은 완전히 틀렸다.

나는 대니를 꼭 안아주고는 기꺼이 연구 대상이 되어주어서 고맙다고 이야기했지만 좀처럼 멈출 기세를 보이지 않았다. 남편이 주방에서 저녁을 만들고 있어서 나는 한참 동안 대니를 침대에서 들었다 놨다 하며 시간을 보냈다. 그날 밤, 나는 부부 침대 위에서 대니를 재웠고 밤새 아이

곁에 꼭 붙어 있었다.

2003년 1월 중순, 나는 라카이샤의 엄마를 브루클린 가정 법원에서 마주하게 되었다. 그때 나는 둘째 레아를 임신한 지 6개월쯤 되었다. 그날 가정법원 판사 앞에서 열린 공판은 라카이샤의 세 남매를 부모와 격리시켜야 하는지 결정하기 위한 자리였다. 뉴욕시 아동 보호국에서는 아이들을 엄마와 분리해야 한다고 주장하고 있었다. 나는 3일 내내 전문 증인의 신분으로 공판정에 서서 이제는 세상을 떠나 아무 말을 할 수 없게 된 아이의 시신에서 발견된 사실에 대해서 증언을 했다.

재판정은 자그마했다. 2열로 된 의자들이 판사석을 마주 보며 놓여 있었고 70년대 교실에서나 볼법한 새카만 나무로 만든 낮은 벽이 방청석과 변호인 사이를 가로지르며 놓여 있었다. 아동 보호국에서 나온 변호사 테럴 에반스는 나를 직접 신문하면서 재판을 이끌었고, 중요한 사실이 하나 둘씩 밝혀지기 시작했다. 사망의 원인은 "증기에 의해 몸의 80퍼센트가 2~3도의 복합 화상을 입었고, 머리와 몸통 그리고 중요 부위가 심하게 손상되었음"이었다. "어떻게 화상을 당했는가?"라는 질문에 대해서 나는 사망진단서에 적은 대로 "뜨거운 물 때문에"라고 답했다. 화상의 형태와 정도를 바탕으로 사망의 방식을 '살인'이라고 결론 내렸다.

라카이샤의 엄마라는 여자는 통통한 얼굴에 연신 뾰로통한 표정과 짜증이 나는 얼굴을 하고 있었다. 노숙자 차림으로 변호사와 함께 피고석에 앉아 있었는데 바로 증인석과 마주 보는 위치였다. 내 쪽으로는 고개를 들지도 않았다. 친정엄마로 보이는 사람은 화려한 숄에 귀부인 냄새가 풀풀 풍기는 브로치까지 하고 어디 하나 흠잡을 데 없는 옷차림으로 딸 바로 뒤편에 있는 방청객 석에 앉아 있었다. 그리고 내가 증인석에 서 있는 내내 초록색 눈동자를 번뜩이며 금방이라도 잡아먹을 듯 노려보고 있었다.

라카이샤의 엄마를 대변하기 위해 변호사가 나와서 반대신문을 시작했다. 변호사는 싸구려 양복에 폴리에스테르 재질의 넥타이, 말끔한 스니커즈 운동화 차림이었다. 그는 제일 먼저 라카이샤의 진료 기록 전부를 증거로 인정해 줄 것을 제안하여 나를 놀라게 했다. 물론 아무도 이의를 제기하지 않았다. 그 젊은 변호사는 나를 보며 진료 기록에 대한 신문을 시작했다. 먼저 그는 각기 다른 화상 수치와 화상 범위를 진단한 응급의료진의 보고서와 응급실 진료 기록 그리고 병원 진료 기록을 읽어 달라고 부탁했다. 나는 최선을 다해 기록을 읊었고 1도, 2도, 3도 화상의 차이점에 관해 설명했으며 증기로 인한 화상의 경우 시간의 흐름에 따라서 어떻게 증상이 악화되는지 의사에 따라 화상의 수치를 다르게 진단한 이유에 관해서 설명했다. 마침내 그날 욕실에서 무슨 일이 일어났는지에 대한 질문이 이어졌다. 엘리스는 '살인'이라는 결론을 내리기 전에 어떤 이야기를 들었는지 이야기해 달라고 청했다. "글쎄요, 그건 대답하기 힘들어요. 워낙 여러 가지 이야기를 들어서 어떤 이야기부터 해야 할지 모르겠네요." 나는 대답했다. 그제야 판사가 입을 열었다.

"박사님, 사건에 연관되어 있는 그동안의 모든 이야기를 해주시는 건 어떨까요?" 나는 응급의료진의 보고서에서는 라카이샤가 혼자 욕실에 있다가 스스로 물속에서 미끄러졌다고 기록되어 있으며, 이는 라카이샤 엄마의 진술이라고 말했다. 그다음으로 병원 소아과 의사를 만났는데, 그 또한 비슷하게 진술했으나, 샤워를 하다가 물속에 빠졌다는 점이 추가되었다고 말했다. 그러고 나서 라카이샤가 간호사에게 직접 이야기한 부분을 말했다. 이 부분은 진료 기록에 있는 간호사의 메모를 직접 인용했다.

"어제 엄마한테 혼났어요. 엄마가 나를 욕조에 넣었어요."

"이의 있습니다!" 엘리스 씨가 스니커즈를 신은 채로 제자리에서 점프

할 기세로 일어서며 이렇게 소리쳤다.

"피고 측 변호인, 진료 기록을 증거로 인정해 달라고 말한 게 피고 측이라는 걸 잊지 마세요." 판사가 핵심을 지적했다. "박사님, 계속하세요."

나는 뉴욕 경찰에서 수사했던 기록 중에서 라카이샤의 엄마와 남매가 개별 면담한 내용을 그대로 읊었다. 모든 이야기를 마치고 나자 판사의 표정이 복잡해 보였다. 피고의 말이 매 순간 일관성이 없고 달라졌기 때문이다.

오전 11시 30분, 재판은 휴정에 들어갔다. 나는 2시간 동안 증인석에 서서 반대신문을 받았다. 증인석에 서서 진술한 내용은 꽤나 만족스러웠지만 임신을 해서 그런지 미치도록 허기가 느껴졌다. 테럴 변호사와 나는 구석에 있는 피자집으로 가서 허겁지겁 배를 채웠다.

다음 날 오전 9시, 다시 법정선서를 하고 반대신문이 재개되었다. 피고 측 변호사는 화상의 형태를 주제로 화상 부위에 "명확한 경계선이 드러나 있음"이라고 기록한 것에 대해 신문을 시작했다.

"어떻게 하면 양손으로 아이를 들어서 욕조에 빠트릴 수 있나요?"

"제가 시험을 보이기를 바라시나요?"

"네."

나는 판사석을 바라보았고 판사는 고개를 끄덕였다.

"혹시 인형이나 아이를 대신할 만한 물건이 있나요?" 나는 변호사에게 물었다.

"아니요."

"그럼 제가 직접 시험을 보여도 될까요?" 나는 판사에게 다시 물었다.

"그렇게 하세요."

나는 증인석에서 내려와 피고 측과 원고 측 그리고 판사석 가운데 조심스럽게 육중한 몸을 눕혔다. 그리고 태아의 자세를 흉내 내며 등을 바닥에 대고 불룩하게 솟은 배보다 조금 높이 양손을 가슴 위치까지 올렸다.

"이 자세를 보면 어떤 상황으로 경계선이 나타났는지 알 수 있습니다." 설명을 시작했다. "지금 보시는 바와 같이 제 등과 엉덩이 부분은 욕조에서 그나마 차가운 부분에 맞닿아 있습니다. 그래서 시신의 등과 엉덩이 부분의 화상이 거의 없었던 것이죠. 제 양팔의 안쪽은 가슴에 닿아 있고 허벅지와 무릎도 살짝 구부러진 상태입니다. 그렇게 살과 살이 맞닿아 있기 때문에 뜨거운 물이 스며들지 못했던 것입니다. 이를 통해 겨드랑이와 허벅지의 접힌 부분 그리고 무릎 뒤쪽에 화상이 남지 않았던 이유를 설명할 수 있고요." 나는 잠시 가쁜 숨을 고르기 위해 말을 멈추었다가 양팔을 더욱 높이 들며 말을 이었다. "보시다시피 제 양손이 물 위로 높이 떠 있었기 때문에 손목 부분을 경계로 해서 화상의 수치가 다르게 나타난 것입니다."

"증인이 재판정 바닥에 등을 대고 누워서 양팔을 가슴 높이로 들었고, 등과 엉덩이 부분이 바닥에 닿아 있었다는 점을 기록하도록 하세요." 판사는 법원 속기사를 향해 이렇게 지시했다.

테럴 에반스도 기회를 놓치지 않고 나섰다. "판사님, 무릎과 허벅지가 살짝 구부러져 있고 양발이 바닥에서 떨어져 있다는 사실도 기록해야 하지 않을까요?"

"그렇게 하죠." 판사가 대답했다. 모두의 시선이 속기사를 향했고 나는 속기사의 발 쪽에 대자로 뻗어 있었다. 속기사는 판사의 말에 고개를 끄덕였다.

그제야 나는 어렵사리 몸을 추스르며 자리에서 일어났다. 테럴 변호사가 용수철처럼 자리에서 튀어나와 나를 부축해 주었다. 나는 끙 하는 신음과 함께 자리에서 일어나 등을 쫙 폈다. 남들은 아픈 척 연기하는 거라고 말할지 몰라도 임신 기간 내내 등이 아파서 고생했던 터라 딱딱한 바닥에 누웠다가 일어나려니 몸이 말을 듣지 않았다. 재판정 한가운데 서 있자니 모든 이의 시선이 산처럼 부풀어 오른 내 배에 쏠렸고, 어쩌다 보니 라카이샤의 엄마 앞에 똑바로 서고 말았다. 그녀는 바닥에 누워서 시범을 보일 때부터 불안하고 초조한 기색이 역력하더니 이제는 거의 씩씩대는 모습이었다. 급기야 라카이샤의 엄마는 자리에서 벌떡 일어났고 욕실이 어쩌고 저쩌고 중얼거리면서 재판정 밖으로 걸어 나갔다.

"변호인, 피고를 진정시키세요." 판사의 지시가 떨어졌다.

"화장실이 너무 급하답니다, 판사님." 변호인이 서둘러 대답하고는 속기사에게 피고가 화장실에 가기 위해서 재판정을 떠났다는 사실을 기록해 달라고 말했다. 라카이샤의 할머니는 다시 나를 잡아먹을 듯이 노려보기 시작했다. 나는 전혀 개의치 않았다. 왜 화가 났는지 충분히 이해가 됐다. 라카이샤의 할머니는 딸의 말을 전적으로 믿고 있었을 것이다. 하지만 그녀의 손녀였던 라카이샤의 몸에 남은 화상의 형태를 설명하여 사건의 진실을 알리는 것이 바로 나의 의무였다.

이번에도 끔찍한 결말이었다. 라카이샤의 엄마는 과실치사죄와 보호관찰 선에서 협상을 요구했다. 딸을 죽이고서도 단 하루도 교도소에서 보내지 않겠다는 것이다. 내가 재판정에서 증언했다고 하여 라카이샤가 살아 돌아올 수는 없겠지만, 적어도 다른 아이들을 엄마에게 분리시켜서 다시는 아이들에게 해를 가하지 않도록 도와주고 싶었다. 결국 재판정은 우리측의 주장에 손을 들어주었다. 추후에 재판정에서 남은 세 아이의 양육권을 어떻게 처리하기로 했는지 굳이 알아보지 않았다.

라카이샤의 살인 사건을 통해 두 아이의 엄마라는 사실이 검시관으로 일하는 데 도움이 되었다는 것을 깨달았다. 부검을 하면서 모성 본능과 아이를 키워본 경험 덕분에 나의 판단을 더욱 신뢰할 수 있었다. 나는 4살짜리 아이가 어느 선까지 이성적으로 행동할 수 있는지 알고 있었다. 또한 야단법석을 피우며 놀다가 생긴 상처와 학대로 인한 상처의 차이점을 정확히 구분할 수도 있었다. 막 걸음마를 뗀 아이가 미친 듯이 소리를 지를 때 얼마나 짜증이 솟구치는지, 네 명은 고사하고 아이 한 명을 키울 때도 엄마로서의 모성 본능과 자기 조절이 얼마나 필요한지도 잘 알고 있었다.

나는 라카이샤의 엄마가 끔찍한 충동을 이기지 못하고 아이를 뜨거운 물에 넣지 않았다는 걸 똑똑히 알고 있었다. 라카이샤의 엄마는 딸아이에게 따끔한 벌을 주려고 계획했던 것이다. 그래서 욕조에 15센티미터 이상 뜨거운 물이 찰 때까지 얼마 동안 기다릴 수 있었다. 그러고는 억지로 아이를 뜨거운 물에 집어넣었다. 물론 죽일 생각까지는 없었을 것이다. 하지만 그로 인해 아이에게 치명적인 상처를 입혔다는 점은 자명한 사실이다.

나는 검시관으로서 한 치의 부끄럼 없이 일했고 세상을 떠난 라카이샤를 대신해 진실을 밝혔다. 브루클린 재판정에서 A기차를 타고 자리에 앉아 브롱크스에 있는 집으로 돌아오는 길에 라카이샤가 어떤 일을 당했는지 아는 사람이 세상에 나밖에 없다는 사실이 소름 끼쳤다. 라카이샤의 엄마는 자기 엄마에게 거짓말을 했을 테고 어쩌면 스스로에게도 거짓말을 했을 것이다. 응급의료진은 물론 소아과 의사와 경찰에게도 거짓을 말했다. 하지만 라카이샤의 시신에 남은 의도적인 폭행의 흔적을 정확히 파악했던 나에게는 거짓말을 할 수가 없었다. 시신은 거짓말을 하지 않는다.

갑자기 아들이 너무 보고 싶었다. 운동장에서 대니가 뛰어노는 모습을 보면 기분이 조금 나아질 것 같았다. 그날 저녁 남편과 함께 공원 벤치에 앉아서 불룩 튀어나온 배를 문지르며 대니를 보았지만, 그저 피곤하기만 했다. 그리고 갑자기 인생이 덧없게 느껴졌다. 모든 기가 빠져나간 것 같은 기분이 들었다. 내가 할 수 있는 일이라고는 나 자신과 대니 그리고 배 속에 있는 레아에게 절대로 해를 끼치지 않겠다고 약속하는 것뿐이었다.

남편은 세상에 좋은 죽음이란 없다고 생각하는 사람이었다. 죽음에 있어서는 남편보다 내가 더 전문가이지만, 나도 그 말에 동의한다. 라카이샤는 나쁜 죽음을 맞이했다. 안드레스 가르시아도 마찬가지였다. 거대한 기계에 깔려 세상을 떠났던 미구엘 갈린도의 경우도 그렇다. 마약중독자였고 겁에 질려 창문 밖으로 뛰어내리다가 유리에 찔리고 화상을 입고 인도에 추락하여 내부 장기가 완전히 손상되었던 제리도 나쁜 죽음을 맞았다.

사람들은 이렇게 묻곤 한다. “지금까지 봤던 죽음 중에서 가장 끔찍했던 건 뭔가요?” 나는 이렇게 대답한다. “듣고 싶지 않을걸요.” 그렇게 대답해도 항상 몇몇은 끝까지 알고 싶다고 조른다. 그래서 나는 그들을 위해 지금까지 보았던 사건 중에서 가장 끔찍한 죽음을 맞았던 경우를 소개하고자 한다.

엘렌 경관은 시신이 담긴 가방을 들고 나를 찾아왔다. 그는 직접 시신을 확인하기 전에 시신에 얽힌 이야기를 들려주었다. 술집에서 바텐더로 일하던 션 도일은 금요일 저녁을 맞아 모처럼 마이클 라이트와 그의 여자 친구와 함께 술자리를 가졌다. 밤새 술을 마시고 집으로 돌아가는 길에 션이 마이클의 귀에 거슬리는 말을 했던 모양이다. “마이클 라이트는 친구가 자기 애인에게 수작을 부린다고 생각했어요. 그래서 화가 났던 거죠. 게다가 마이클이라는 사람은 엄청 덩치가 큰 사람이기도 하고요.” 서로 고성을 지르며 싸우다가 급기야 주먹다짐으로 이어졌다. 옆에 있던 마이클의 여자 친구는 두 사람이 그저 “장난으로 싸우는 줄 알았다”고 주장했다. 나중에 경찰서에서 마이클은 친구와 언쟁을 벌였던 것을 "그저 야단법석을 피웠을 뿐"이라고 표현했다.

켄네트 경관에게는 911에 들어온 당시 상황을 신고한 녹음테이프가 있었다. "길거리에서 어떤 남자가 미친 듯이 주먹을 휘두르고 있어요!" 한 행인이 911 교환원에게 이렇게 말했다. 행인의 남편이 다시 전화를 받아서 폭행 당하는 남자가 이렇게 소리치고 있다고 전했다. "안 돼, 제발 내 다리를 부러뜨리지 마!" 이후 경찰은 당시 상황을 목격한 사람들과 직접 이야기를 나누었고, "덩치 큰 남자가 작은 남자를 무자비하게 구타했다"는 증언을 확보했다. 어떤 사람은 근처 건물에 있던 보안 요원에게 이렇게 말하기도 했다. "내가 다 봤어요. 덩치 큰 남자가 맨홀 속으로 사람을 집어던졌다니까요!"

엎친 데 덮친 격으로 그 맨홀은 콘에드 사에서 수리 중이었다. 증기 터널의 주요 부분이 고장이 난 상태였다. 그래서 임시로 맨홀 위에 플라스틱 뚜껑을 덮어 두었던 모양이다. 맨홀로부터 5.5미터가량 아래에는 증기 터널의 뜨거운 물이 흐르고 있었다. 콘에드 사의 담당자가 경찰 측에 진술한 바에 따르면, 션 도일이 빠졌을 당시 맨홀 아래 뜨거운 물의 온도는 섭씨 300도에 달했을 거라고 증언했다. 신고를 받은 즉시 경찰과 응급의료진이 현장에 도착했지만, 션 도일을 맨홀에서 구출하지 못했다. 콘에드 사 측에서 주 엔진의 작동을 중단시키기 전까지 기다릴 수밖에 없었다. 뜨거운 물이 흐르는 증기 터널에 구조팀을 급파한다는 것 자체가 너무 위험천만한 일이었기 때문이다. 사건조사팀의 보고서에 따르면 콘에드 사의 직원들이 현장에 도착했을 때 션 도일은 살아 있었다. 목격자에 따르면 션 도일은 등을 활처럼 굽힌 채로 하늘을 향해 손을 뻗었으며 큰 소리로 비명을 질렀다고 한다.

시신을 수습하는 데만 4시간이 걸렸다. 사건조사팀은 고열에 의해 사망한 시신을 수습할 때의 규칙에 따라 시신 운송용 가방에 션 도일을 옮기기 전에 체온을 잿다. 당시 체온은 섭씨 125도였다. 보고서에 적힌 바로는 "체온계 상으로는 125도였지만, 체온계의 최고 수치가 125도였기 때문에 실제로는 그보다 더 높을 수도 있음"이라고 기록되어 있었다.

션 도일의 피부는 마치 딱딱한 가죽처럼 뒤틀려 있었고 물방울이 맺힌 부분은 구슬처럼 반짝거리며 빛이 났다. 손과 발, 어깨와 다리의 표피는 완전히 허물이 벗겨져 있었다. 입 부분은 화상 조직이 시커멓게 변해 동그라미 형태가 되었고 눈동자는 투명하게 변해 있었다. 온몸의 피부가 벌겋게 반짝거렸다. 부검대 위에 누운 션 도일의 시신은 마치 잘 익은 바닷가재를 연상시켰다.

"왜 저런 자세가 나오는 거죠?" 케네트 경관이 부검대 위에 누운 시신을 살펴보며 이렇게 말했다. 션 도일은 두 무릎을 구부리고 엉덩이를 바짝 당긴 자세로 굳어져 있었다.

"일명 투사형 자세라고 해요. 뜨거운 열기 때문에 긴 근육들이 수축해서 그런 거죠. 근육이 수축하면서 두 팔과 다리가 구부러지고 심하면 뼈가 부러지기도 해요."

"왜 그런 현상이 생기는 거죠?"

"불판에 스테이크를 구우면 어떻게 되는지 아시죠? 그거랑 똑같은 현상이에요."

"아." 그제야 켄네트 경관은 고개를 끄덕였다. 그리고 새로운 정보를 머릿속에 저장하며 살인 사건 담당 경찰 특유의 표정을 지었다.

뜨거운 열기에 의해 수축한 근육은 션 도일의 뼈를 부러트리지 않았다. 맨홀로 고꾸라지면서 부러진 곳도 없었다. 흠씬 두들겨 맞고 5.5미터의 깊이의 구덩이에 빠진 것치고는 외상도 크지 않았다. 출혈이나 뇌진탕의 징후도 전혀 보이지 않았다. 차라리 두개관내 출혈이라도 발견했으면 싶었다. 끔찍한 고온 속에서 끝까지 의식이 남아 있었던 시신을 부검하는 것이 나로서는 엄청난 고역이었기 때문이다. 뜨거운 열기에 온몸이 익어버려서 사망 당시 멍 자국이 남았는지도 육안으로 확인이 불가능한 상태였다. 피부 겉면이 완전히 떨어져 나가서 찰과상이 있는지도 알아볼 수 없었다. 그의 간 조직은 평범한 사람처럼 붉은 기를 띄지 않았고 그렇다고 해서 엄청난 출혈로 인해 늘어지거나 창백한 빛을 띠지도 않았다. 그저 딱딱하게 갈색으로 굳어졌을 뿐이었다. 심장과 신장, 지라와 다른 내장 부위도 마찬가지였다. 심지어 뇌조차도 뜨거운 불에 익어 딱딱하게 굳어져 있었다. 정맥과 동맥은 소시지처럼 퉁퉁 불어 올랐다.

3도 화상의 경우 신경을 완전히 마비시키지만, 이 불쌍한 남자는 불이 아닌 뜨거운 증기에 의해 화상을 입은 터라 피부에 있는 신경 조직이 전혀 손상을 입지 않은 상태였다. 따라서 겉으로는 살갗이 타들어 가는 열기에 시달리고 몸속에서는 내장 기관이 서서히 익어가면서 상상조차 하지 못할 만큼 끔찍한 통증을 느꼈을 것이다.

셔 도일의 기관을 절개하고 나자 기도에 거품이 잔뜩 끼어 있는 것을 확인할 수 있었다. 열상으로 기도가 녹아내리면서 폐에 액체가 가득 찼고 호흡을 할 때마다 부종성 거품이 생겨서 점점 공기를 들이마시는 일이 힘들었을 것이다. 뜨거운 온도에서 공기가 목구멍을 타고 들어오기 때문에 기도 위쪽의 살점을 녹여서 결국 질식하게 된 것이다. 그와 동시에 극도로 높은 열기로 인한 생리학적 스트레스로 혈압과 열 소비율이 상승되었다. 고열은 결국 뇌를 부풀어 오르게 만든다. 따라서 질식과 심장정지 그리고 고열 뇌부종 셋 중 어느 하나가 사망의 원인으로 작용했다고 봐도 무리가 아니었다. 아니, 시신에 남은 흔적들로 미루어 볼 때 그 세 가지 요인이 복합적으로 동시에 작용했다고 보는 편이 옳을 것이다. 따라서 '증기에 의한 열상과 화상'이 바로 션 도일의 사망 원인이었다.

나는 부검을 마치고 찰스 히르쉬 박사에게 조언을 구했다. 이번 사건은 사고사이기보다는 살인 사건이라는 확신이 들었기 때문이다. 아무리 두 남자가 장난을 치다가 야단법석이 났다고 해도, 션 도일이 뜨거운 맨홀로 빠질 때 두 사람 사이에 물리적인 충돌이 있었다는 것은 자명한 사실이었다. 이는 '타인에 의한 사망'으로 보아 마땅했다. 타의에 의한 사망, 그것이 살인의 의미였다. 과실치사라고 해서 사고사로 판단할 수는 없는 일이었다. 찰스 박사도 내 의견에 동의했다. "이제 의지에 의한 행동이었는지 그것만 밝히면 돼."

뉴욕 검시관 사무소에서 일하는 2년 동안 난생처음으로 제일 끔찍한 악몽을 꾸었다. 션 도일의 시신을 부검한 바로 다음 날 악몽을 꾸었다. 어두운 곳에 혼자 있는데 귓가에는 끔찍한 비명이 들렸다. 그 비명은 마치 야생 동물이 필사적으로 내는 소리처럼 날카로워서 처음에는 사람의 소리라고 상상조차 하지 못했다. 꿈속에서 바로 아래에 하얀 증기가 피어오르는 구멍이가 있었는데, 션 도일이 제발 구해달라며 나를 보며 미친 듯이 소리를 질렀다. 하지만 뿌연 증기에 가려서 션 도일의 모습은 제대로 보이지 않았다. 팔을 뻗어서 그를 꺼내 보려고 했지만 뜨거운 열기 때문에 나도 모르게 주춤대며 뒤로 물러서고 말았다. 뜨거운 열기가 내 몸을 감싸면서 그의 비명만 더욱 처절하게 들렸고, 마치 우리 두 사람이 하나로 연결된 것처럼 그는 더 애절하게 도움을 요청했다. 구덩이 아래서 그의 몸 내부와 외부에 어떤 일이 벌어졌는지 머릿속에 선명하게 그려졌다. 그가 얼마나 고통스러울지 알면서도 도저히 구해 줄 수가 없었다. 나는 그렇게 몇 주 동안 악몽에 시달렸다.

뉴욕 검시관 사무소에서 스물아홉 구의 시신을 부검했고 그로 인해 내 인생이 달라졌다. 부검에서 찾아낸 결과물을 가지고 진단을 내릴 때 경찰처럼 사고하는 법도 배웠다. 그리고 폭력의 결과, 그것이 잔인하든 아니면 일상적이든 혹은 무의미하든 결정적이든 간에, 폭력이 어떤 결과를 가져오는지 증언을 하기도 했다.

6월의 한 주 동안, 나는 세 건의 살인 사건을 조사했고 모두 집에서 살해당한 경우였다. 하나는 함께 마약을 하러 왔던 친구에게 칼로 아홉 번을 찔리고 목이 졸려 사망한 케이스였고, 다른 하나는 거의 백 살의 가까운 나이로 전깃줄에 목이 졸려 사망한 사건이었다. 마지막은 조현병 증세에 시달리던 여성으로 강도와 교살, 가슴과 목에 자상을 입고 사망한 사건이었다.

단 하루라도 여유롭게 쉬고 싶었다. 그래서 대니를 어머니에게 맡기고 남편과 함께 어퍼 웨스트사이드에 있는 친구네 집으로 브런치를 먹으러 나갔다. 브런치를 즐긴 후 남편과 함께 영화를 보고 저녁을 먹으러 갔다. 향수병에 시달리던 남편은 굳이 멕시칸 레스토랑을 선택했다. 카운터에서 직접 메뉴를 주문하고 야외 테이블로 가서 음식을 먹는 식당이었다. 영화 얘기를 나누면서 주문을 하려고 기다리는데 바로 앞에 남자가 눈에 들어왔다. 20대 중반가량 되는 나이에 족히 183센티미터는 되어 보이는 큰 체격이었다. 민머리에 양쪽 귀에는 동전 크기의 검은색 피어싱 귀걸이를 하고 있었다. 팔에는 마약중독자들이 바늘 자국을 숨기기 위해 문신을 하듯이 큼지막한 문신들이 그려져 있었다. 그중에는 교도소에 다녀온 전과를 나타내는 문신도 있었다. 이 중에서 나를 가장 놀라게 한 것은 그 남자의 목 뒤에 남은 커다란 상처였다. 두개골 아래 정중앙에서 수직으로 왼편에 완벽한 동그라미 형태의 흉터가 보였다. 경추를 따라 아래로 긴 수술 흉터가 잘 아문 자국도 보였다.

마치 그의 시신을 부검이라도 한 것처럼 '두개골 구멍 청년'의 숨겨진 이야기가 내 머릿속에 사진처럼 펼쳐졌다. 오래전 그 청년은 뭔가 일을 저질렀고 누군가 그의 머리 통 뒤에 총구를 겨누었다. 상처의 지름으로 추측해 볼 때, 총을 쏜 자는 22구경이나 그보다 작은 구경의 총을 근거리에서 발사했을 것이다. 총에 맞는 순간 그는 곧바로 쓰러져 의식을 잃었다. 다행히 총알이 두개골 아래 두꺼운 등골에 박히면서 몸을 관통하지 않았다. 어느 숙련된 외과의사가 수술 끝에 뼈에 박힌 총알을 제거하는데 성공했고 출혈을 막아서 두개골 구멍 청년의 목숨을 구했을 것이다. 의학 서적을 그대로 옮겨놓은 것처럼 목 부분을 따라서 양쪽으로 절개한 후에 단단히 봉합해 놓은 흔적이 한눈에 보였다.

마침내 우리는 야외 테이블에 자리를 잡았다. 두개골 구멍 청년은 다른 빈자리가 많은데도 불구하고 하필이면 우리 근처에 자리를 잡고 앉았다. 급히 음식을 먹어 치운 그 청년은 별다른 일도 하지 않은 채 포장용 컵에 든 음료수를 마시면서 빈둥거리고 있었다. 뭔가를 기다리는 눈치였다. 청년의 기다림이 길어질수록 나의 걱정은 커져만 갔다.

그의 눈에는 우리 부부가 세상 물정도 모르는 관광객처럼 보였을 것이다. 방금 전 카운터에서 주문을 할 때, 남편이 평소처럼 필요한 지폐만 꺼내서 계산하지 않고 지갑 안을 뒤적거리며 한참을 헤매다가 돈을 냈기 때문이다. 게다가 맑은 여름날에 맨해튼 시내를 거닐면서 아이쇼핑을 하는 것이 얼마나 즐거운 일인지 한참 동안 시끄럽게 떠들기까지 했다. 하필 남편은 하와이안 셔츠 차림이었고 나 역시도 나풀대는 해변 원피스를 입고 있었다.

아무것도 모르는 남편이 극장의 서라운드 음향에 대해 열을 올리며 신나게 떠들어 대는 사이, 나는 냅킨에 메모를 휘갈겨 썼다. "당신 왼쪽에 있는 남자, 머리 뒤에 총알이 박혔는데도 살아남았나 봐. 계속 우리를 주시하고 있는데 아무래도 우리를 따라올 것 같아." 남편은 그 메모를 보고 화장실을 찾는 것처럼 주위를 두리번거렸고, 두개골 구멍 청년의 모습을 확인하고는 그제야 위험을 감지한 듯 걱정스러운 표정을 지었다. 남편은 아무 말 없이 멕시칸 엔칠라다를 한 입 베어 물면서 자연스럽게 대화의 주제를 바꾸었다.

"여보, 우리가 지금 어느 관할에 있는지 알아?" 그는 자연스럽게 큰 소리로 이렇게 물었다.

"글쎄." 나는 남편의 의도를 곧바로 알아차리지 못했다.

"여기가 1-4관할인지 궁금해서 그래. 어제 퍼거슨 경관이 수사했다는 그 남자 말이야, 1-4관할 아니었어?"

그제야 감을 잡았다. "아니, 그러니까 내 말은 그 사람 1-4관할 맞을 거야. 퍼거슨이 거기 담당이잖아. 그런데 여기는 1-4가 아니라 1-1관할 같은데? 살인 사건이 아니고서는 어느 관할인지 별로 신경을 쓰지 않아서 잘 모르겠어."

'살인'이라는 단어가 들리자 마치 마법을 부린 것처럼 급하게 의자를 끄는 소리가 들렸고, 우리를 스토킹하던 청년은 뒤도 돌아보지 않고 음료수까지 팽개친 채로 급히 식당 밖으로 사라졌다.

처음에는 우리도 어설픈 연기가 효과를 발휘했다는 사실에 한편으로는 놀랐고 또 웃기기도 했다. 그렇게 잠시 짜릿함을 느꼈지만 더럭 겁이 났다. "우연의 일치일 거야." 남편은 믿기지 않는 듯 이렇게 말했다. 우리는 몇 분을 기다렸다가 거리에 빈 택시가 돌아다니는 것을 보자마자 식당 밖으로 급히 뛰어나갔다. 본래는 브롱크스까지 지하철을 타기로 계획했지만 차라리 돈을 좀 쓰더라도 택시를 타고 가기로 했다.

8
당신 잘못이 아니에요

경찰에 신고를 한 사람은 다름 아닌 세입자였다. 집주인의 차가 밖에 주차된 채 주인 방의 욕실 문이 닫혀 있어서 걱정되었던 것이다. 경찰은 욕실 문을 부수고 들어갔고 메나헴 멜리네크가 샤워 커튼 봉에 연결된 줄에 목을 매고 숨져 있는 것을 발견했다. 우리 가족은 아버지가 예전에도 약물 과다 복용으로 자살을 시도한 적이 있다는 점을 알고 있었다. 1983년 4월 13일, 마침내 아버지는 또다시 자살을 감행했다.

엄마의 친구인 루스 이모가 아버지의 자살 소식을 전했을 때 나는 웃음을 터트리고 말았다. 한번 터진 웃음은 멈추지 않았고 나도 왜 그런지 알 수가 없었다. 나는 침실로 들어가서 한참 동안 침대에 멍하니 앉아 있다가 주방으로 나갔다. 엄마가 계속해서 흐느끼고 있었지만 나는 이상하게도 눈물이 나지 않았다. 루스 이모에게 내가 왜 웃었는지 이유를 모르겠다고 말했더니 히스테리성 웃음이었을 거라고 말했다. 그럴 수도 있다.

그런데도 여전히 눈물이 나지 않았다. 당시 나는 13살이었다. 별 시답지 않은 일에도 눈물을 찔찔 흘리곤 했지만 어찌 된 일인지 아버지의 자살 소식을 듣고서도 아무렇지 않았다. 그저 무덤덤했다.

추도식 날에만 수백 명이 찾아왔다. 아버지가 자코비 병원에서 7년 동안 근무했기 때문에, 정신건강의학과 레지던트로 있던 사람들이 전부 찾아온 데다 그동안 근무했던 몇몇 병원의 동료들과 개인적으로 아버지의 진료를 받았던 환자들까지 모두 찾아온 듯했다. 나와 같은 반이었던 40여 명의 친구들도 왔었다. 추도식이 끝난 후, 아버지의 진료를 받았던 환자들 대부분이 나에게 다가와 아버지의 도움을 많이 받았다고 말했다. 그들은 하나같이 아버지가 멋지고 훌륭한 분이었다고 입을 모았다. 예전에 한 번도 본 적이 없는 얼굴들이었다.

엄마는 장례식장으로 향하는 길에 나에게 할아버지와 할머니는 아빠가 심장마비로 세상을 떠난 줄 알고 계시다며 괜히 말실수하지 말라고 주의를 주었다. 한 번도 딸에게 거짓을 말하라고 한 적이 없는 분이었지만, 할아버지와 할머니가 연세가 많으신 데다 아무래도 진실을 감당하기에는 무리가 있다고 생각했던 모양이다. 하지만 아들이 심장마비로 죽었다는 말을 믿지 않을 것 같았다. 물론 사실대로 말하기 어려웠다. 할아버지와 할머니의 슬픔은 상상 이상이었고 영원히 아들의 죽음으로 인한 슬픔에서 벗어날 수 없을 것 같았다.

누군가 할아버지 댁에서 찍은 아버지의 사진을 출력해 두었고 사진 속의 아버지는 희미한 미소를 짓고 있었다. 난생처음 보는 사진이었지만 아무리 봐도 최근에 찍은 것 같았다. 아마도 그 사진이 어디서 어떻게 쓰일지 미리 알고서 최대한 선한 사람으로 보이기 위해서 애쓴 것 같았다. 아버지는 자신의 죽음을 철저히 계획했다. 자살하기 일주일, 아니 이주일 전에 나에게 자신의 유언장이 보관된 장소를 알려 주었다. "혹시라도 아빠한테 무슨 일이 생길지 모르잖아." 그러면서 복도 옷장에 유언장을 넣어두었다고 말했다. 옷장 문을 열기 위해서 그림을 한쪽으로 밀어냈다. 아빠가 죽고, 엄마와 함께 옷장을 열었을 때 유언장을 찾을 수 없었다. 대신 다른 서류들과 투명한 액체가 들어 있는 약병을 넣은 가죽 주머니만 놓여 있었다. 어린 눈에도 주사를 꽂아서 쓰는 약병 같았다. 엄마는 당장 약병을 내다버렸다.

자살한 사람 곁에서 살아남은 사람은 크게 두 부류로 나눌 수 있다. 절대로 그 사실을 입 밖에 내지 않는 부류와 자유롭고 솔직하게 사실을 말하는 부류다. 나는 두 번째에 속했다. 자살에 대해 일부러 쉬쉬하다 보면 결국 또 다른 자살을 불러오기 마련이라고 굳게 믿고 있었기 때문이다. 의대에 진학해 과학적이고 사회학적인 이론을 배우면서 그런 나의 믿음은 더욱 굳어졌다. 법의학 병리학자로 일하면서 유족들의 슬픔을 어루만지다 보니 그 믿음은 더욱 견고해졌다.

보통 가족 중 한 명이 자살한 후 홀로 남겨진 사람들을 대하는 게 굉장히 힘들 거라고 생각하지만 사실은 그렇지 않다. 오히려 대다수 사람들은 직업적으로 내가 해야 하는 일에 대해서 지지를 보내고 감사를 표한다. 가족의 자살 소식을 접한 유족들은 곧바로 현실을 받아들이고 때로는 자살을 어느 정도 예견했다는 반응을 보이기도 한다. 평소에 정신적 장애와 맞서 싸우던 사람이 오랜 세월 고생하다가 결국에는 패배했구나 싶은 생각이 드는 것이다. 물론 자신이 사랑하던 이의 죽음을 검시관이 자살로 분류하는 것에 끝까지 인정하지 않으려는 부류도 있다. 찰스 히르쉬 박사의 경험에 따르면 10대였던 아들이 자살한 지 15년이 지났는데도 매년 아들의 생일마다 박사에게 전화를 걸어오는 엄마도 있다고 말했다. 매번 아들이 자살한 게 아니라며 제발 사망진단서를 사고사로 고쳐달라고 애걸을 한다는 것이다. 그 아들은 목을 매 자살했고 목을 맨다는 것은 대부분 자살에 대한 의지가 매우 강하고 단호한 경우에 속한다. 목을 매기 위해서는 철저한 계획과 심사숙고의 시간이 필요하기 때문이다. 아버지의 경우에는 샤워 커튼 봉에 줄을 매고 매듭을 묶는 것부터 제일 먼저 연습했을 것이다. 밧줄을 단단히 봉에 연결하고 목에 올가미를 쓰고 단단히 여민 후에 온몸의 무게를 실어야 한다. 이런 일은 절대로 우연히 발생하지 않는다. 따라서 그 어머니의 10대 아들도 사고사로 목숨을 잃은 것이 아니다.

목을 맨 시신을 부검하는 건 그리 어려운 일은 아니다. 일반적으로는 목구멍을 따라서 귀 방향으로 일직선으로 올라가는 묶인 흔적이 남는다. 중력 때문에 온몸의 피가 쏠리기 때문에 두 팔과 양쪽 다리는 '장갑과 스타킹을 신은 것처럼 납빛'에 가까운 선명한 보랏빛으로 변한다. 시신의 얼굴이 몸통보다 하얗게 질려 있다면, 올가미가 너무 바짝 조여져서 머리 쪽으로 향하는 혈액의 흐름을 모두 차단해버렸기 때문이다. 그런 경우에는 목을 매고 몇 초 만에 의식을 잃었을 것이다. 만약 얼굴에 아주 작은 보라색과 붉은색 점이 있고 흰자와 잇몸에 붉은 점들이 남아 있다면, 목정맥으로 흘러간 피가 다시 돌아오지 못하는 상태이지만, 목동맥으로 향하는 혈류까지 막지는 못할 정도로 올가미가 꽉 조여졌다는 의미이다. 그런 경우에는 목 주위로 더 깊고 바짝 조여진 묶인 흔적이 남아 있으며, 심장이 뛸 때마다 혈압이 점점 머리 부근으로 쏠리면서 목이 졸린 상태로 몇 분 동안 의식이 남아 있다가 서서히 죽어 갔을 것이다. 만약 올가미로 목을 제대로 매지 못했다면 온몸에 혈류가 흐르는 상태에서 혓바닥이 입천장으로 솟구치게 되고 호흡곤란이 와 캑캑거리다가 사망하게 된다. 목뼈가 부러질 정도로 제대로 올가미를 묶고 자살하는 사람은 매우 드물다. 그런 경우 즉각적으로 사망한다. 지금까지 경험에 따르면 목을 매는 데 가장 흔히 사용되는 것은 전깃줄이고 다음으로 벨트와 개 목줄이다.

"그럴 리가 없어요." 스스로 목숨을 끊은 사람들의 가족은 종종 이런 반응을 보인다. 자살이란 그 속성 자체가 자기 파괴적인 행위이기 때문에 건강한 정신 상태를 가진 사람의 머리로는 헤아리기 힘든 법이다. 나는 성급한 충동에 못 이겨 돌이킬 수 없는 치명적인 결과를 초래하는 사람들, 그렇게 자신의 목숨을 내던지는 사람들을 수도 없이 보았다. "그런 반응을 보이는 게 당연해요." 나는 진심으로 이렇게 말할 수 있었고 때로는 유족들을 붙잡고 아버지에 관해 이야기할 때도 있었다. 1983년의 어느 날, 명석하고 의사로서 성공 가도를 달리던 한 남자, 누구보다 딸에 대한 애정이 넘치던 아버지가 욕실에서 스스로 목을 매 자살했다고 말이다. 나는 아버지가 세상을 떠난 이유를 그 누구보다 자세히 그리고 의학적으로 세세히 이해하는 사람이지만 그럼에도 아버지가 스스로 목숨을 끊은 이유에 대해서는 영원히 이해하지 못할 것이다. 누군가 자살이 무엇이냐고 묻는다면, 그건 정말 잔인하고 이기적인 행위라고 말하고 싶다.

뉴욕은 그 어느 곳보다 다양한 방식으로 사람들이 자신의 목숨을 내던지는 곳이다. 그중에서도 계속해서 자살 사건이 발생하는 특별한 장소가 있었다. 내가 뉴욕 검시관 사무소에서 일했던 2001년 여름부터 2003년까지만 해도, 타임스퀘어에 위치한 매리어트 마퀴스 호텔의 아르티움은 수많은 자살 사건이 발생한 기이한 장소로 꼽혔다. 호텔 내에 있는 아트리움의 정중앙에는 세쿼이아 나무처럼 드높은 엘리베이터가 세워져 있고 밑동에서부터 12대의 유리 자동차가 매달려 있었다. 아트리움의 위로는 매 층 복도마다 수백 미터 아래를 내려다볼 수 있는 난간이 설치되어 있었다. 지금은 난간에서 아래를 내려다볼 수 없도록 막아 두었지만 그때까지만 해도 난간에서 아트리움 전경을 구경할 수 있었다.

나는 36세의 커트 바워스의 시신을 부검하게 되었다. 그는 43층의 난간 옆에 메모 한 장을 남기고 투신했다. 부검보고서에는 "팔 다리가 완전히 횡절단 되었음"이라는 문구를 써놓았고, 이는 시신이 도착했을 때 사지가 몸통에 하나도 붙어 있지 않았다는 것을 의미했다. 커트의 왼쪽 다리와 오른쪽 팔은 11층에서 발견되었다. 왼쪽 팔과 오른쪽 다리는 7층 복도 카펫 위에 몇 미터 간격을 두고 차례대로 발견되었다. 두개골과 두피의 일부는 엘리베이터 쪽으로 떨어졌다. 뇌를 제외한 그 외의 부분들은 4층에서 찾을 수 있었다. 시신 운송용 가방이 부검실에 도착했을 때는 뇌 부분만 제대로 수습되지 않은 상태였고, 사건조사반에서 층층마다 돌아다니며 뇌의 잔재들을 하나하나 거두어 들여야만 했다. 부검을 시작하자 몸통에 남은 내장 기관 역시 전부 파열되어 있었다. 이는 커트 바워스가 투신 이후 각 층에 몸을 부딪치면서 바닥으로 떨어졌다는 것을 나타냈다.

그로부터 4개월 후, 같은 장소에서 스스로 목숨을 끊은 또 다른 시신 한 구가 도착했다. 이번에는 다소 수수께끼 같은 유서를 남겼다. "메리, 그 노친 네가 나를 산 채로 잡아먹으려고 해. 더는 못 견디겠어." 그는 23층 난간에서 몸을 던졌다. 그의 왼쪽 다리는 8층에서, 몸통은 9층에서 수습되었다. 그곳에서 뛰어내리면 마치 멜로드라마에 나오는 것처럼 로비까지 직선으로 추락할 거라고 생각하겠지만 실제로 그런 결과가 나온 적은 거의 없다. 호텔 난간에서 투신한 경우, 핀 볼이 튕기듯이 여기저기 튀어나온 구조물에 연달아 부딪치고 신체의 각 기관이 엄청난 충격을 입는다. 우아함과는 한참 거리가 멀다. 그뿐만 아니라 그 장면을 목격한 호텔 투숙객들에게 트라우마를 남기게 되고, 사건을 조사해야 하는 경찰들과

대학살의 현장을 직접 청소해야 하는 청소부들에게도 엄청난 폐를 입히게 된다.

뉴욕에는 인도가 설치된 다리들이 셀 수 없이 많고, 강물 위로 떠오른 시신들을 부검해 보면 대부분 다리에서 투신한 사람들이다. 업타운으로 향하는 이스트리버에서 발견된 40~50대로 추정되는 신원 미상의 시신을 부검한 후, 나는 시신 속에 숨겨진 끔찍한 이야기를 읽어낼 수 있었다. 폐에 물이 가득찬 것으로 보아 사인은 분명 익사였다. 그 외에도 과거의 것으로 보이는 다수의 외상들이 발견되었지만 최근의 것은 분명히 아니었다. 한쪽 다리는 엉덩이 아래쪽에서부터 절단이 된 상태였고 반대쪽 다리는 쪼그라들어 있었다. 골반 역시 파열 되었다가 다시 회복된 것으로 보였고 창자들도 몇 번의 수술을 거치면서 반흔 조직이 서로 들러붙어 있었다. 엑스레이 촬영 결과 최근에 총상을 입은 흔적이 발견되지 않았지만, 등 아래쪽에 총알이 박혀 있음을 확인할 수 있었다. 그 외에도 온몸이 상처투성이였다.

검시관들은 오래된 총알을 싫어한다. 오래된 총알이 나오면 총으로 인한 살인 사건인지 자살인지 헷갈리고 어떤 경우에는 총상 부위에 깊게 파묻힌 총알을 빼내기 위해서 고군분투해야 할 때도 있기 때문이다. 내가 맡은 신원 미상의 시신은 9번째 흉추에 총알이 박혀 있었다. 그는 오래전부터 하반신 마비 환자로 살았을 것이다. "어딘가에서 유서가 놓인 휠체어가 발견되겠네요." 부검실 사진사가 이렇게 말했다.

"아마도요. 아니면 누군가 강물로 밀어버렸을 수도 있죠. 어쩌면 술에 취해서 교각 아래로 추락했을 수도 있고요. 하지만 어떤 경우라도 신원이 확인되기 전까지는 사인 미상의 시신으로 남을 수밖에 없어요."

"신원을 확인할 수 있을 거라고 생각하세요?"

"네. 누군가 이 사람을 찾기 위해 애쓰고 있을 것 같아요."

그로부터 열흘 뒤, 브롱크스의 요양원 원장으로부터 전화가 걸려왔다. 그의 말에 따르면 나의 부검대에 있는 시신의 이름은 하워드 발머로이고, 요양원에 머물던 사람이라고 했다. "하워드는 평소 말수가 적었지만 그렇다고 우울증 환자는 아니었어요. 누군가 그에게 해를 가한 게 아닌가 싶어요. 하워드는 장외 경마 도박장 정기입장권을 가지고 있어서 매일 도박을 하러 다녔어요. 소소한 액수로 재미삼아 하는 거라고 말하기에 굳이 말리지는 않았어요. 도박 때문에 큰 문제에 휩쓸린 적도 없었고요. 그런데 이렇게 되고 보니 혹시 도박 때문에 문제가 생긴 건 아닌가 싶어요."

"혹시 정신과 약을 복용했나요?"

"전혀요."

"자살에 대해 언급한 적은요?"

"없어요. 안 그래도 직원들과 다른 환자들에게 물어봤는데 하워드가 자살 얘기를 꺼낸 적은 한 번도 없다고 하더군요."

"그럼 자살 시도를 한 적도 전혀 없겠네요?"

"네."

물론 병원장이 거짓말을 한 건 아니었지만 그렇다고 해서 하워드의 사정을 속속들이 알고 있는 것도 아니었다. 며칠 후에 그에 대한 정확한 소식이 들려왔다. 그 소식을 전한 사람은 이스트 할렘의 25번가 관할 담당인 바스케즈 경관이었다. 그는 하워드와 생전에 가까이 지내던 친구들을 만나서 이야기를 나눴고, 강가 쪽을 샅샅이 뒤지면서 버려진 휠체어를 찾아보았지만 별 소득이 없었다고 했다. 결국 그가 알아낸 거라고는 하워드가 알코올중독자였다는 사실이었다. 만취한 상태에서 휠체어에서 떨어졌을 가능성이 새롭게 대두된 것이다.

“같은 방을 쓰던 사람과 요양원의 다른 환자들은 하나같이 하워드 발머에 대해 좋은 이야기만 하더군요. 유일한 단점이라면 술을 많이 마시고 도박을 하는 것뿐이었다고요. 도박장에 수시로 드나들며 술을 마셨고 매주 손에 쥔 돈을 도박장에 털어 넣었다고 하더군요. 돈을 다 잃고 나면 요양원으로 돌아갔고요. 그게 전부였어요. 거의 일상처럼 도박과 술을 반복했다고 하더라고요.”

“고리대금업자와 연관된 건 아닐까요?”

“도박 관련 빚은 없었어요. 주변 사람들 모두 그가 도박을 즐기는 걸 알고 있었지만 크게 우려할 정도는 아니었다고 말했어요. 심지어 도박장을 밥 먹듯이 드나드는 사람들도 하워드를 알아볼 정도니까요. 사진을 보여주니까 모두 알아보더라고요.”

그 말을 듣고 보니 자살의 가능성은 없어 보였다. 오히려 휠체어에서 떨어질 만큼 술에 취했다는 가설을 바탕으로 사망의 방식을 사고사로 볼 것인지 고려해 보아야 했다. 보통 경관들이었다면 그쯤에서 조사를 멈추었겠지만, 바스케즈 경관은 멈추지 않고 더 깊이 파고들었다. 요양원에 들어가기 전까지 하워드 발머는 톰 파커라는 친구와 함께 살았다. 톰 파커는 경관을 만나 지금까지와는 전혀 다른 이야기를 들려주었다고 했다.

“1997년, 하워드가 알코올과 약물 과다 복용으로 쓰러진 적이 있다고 하더라고요. 결국 응급실에 실려 가서 위 속을 세척해야 했대요. 1998년 겨울에는 스스로 곡기를 끊고 죽으려고 한 적도 있었고요. 그때는 혼자 살 때였는데 톰 파커라는 친구가 며칠 만에 하워드의 집에 가보니 벌거벗고 창문을 전부 열어놓은 채로 정신을 잃고 쓰러져 있었다고 하더라고요. 두 번 모두 톰이라는 친구가 병원에 데리고 갔고요.”

톰 파커는 하워드가 어쩌다가 몸속에 총알을 기념품처럼 박고 살았는지 설명해 주었다. 그의 진술에 따르면, 25년 전 하워드 발머는 총을 들고 강도짓을 벌인 적이 있었다. 그런데 피해자가 총을 뺏어서 하워드의 척추를 겨누며 총을 쐈고 결국 그 자리에서 온몸이 마비되어 쓰러졌다는 것이다. 톰 파커는 혹시 하워드에게 무슨 일이 생긴 것은 아닌지 걱정했다고 했다. 하워드가 자기 입으로 무슨 일이 생길지도 모른다고 말했기 때문이다.

"혹시 무슨 일이 생길지도 모른다고 말했다는 군요. 생전에 같은 방을 쓰던 룸메이트에게도 자기 소지품을 잘 관리해 달라는 말을 했대요. 그런데 다른 사람들은 하워드가 우울증이 있다거나 문제가 있어 보이지는 않았다고 입을 모아 말하고 있고요."

바스케즈 경관은 유서가 남아 있지 않을까 싶어 샅샅이 수색을 해 보았지만 아무것도 찾지 못했다. 무엇보다 바스케즈 경관은 경찰로서 맡은 임무를 누구보다 성실히 수행했고 나는 그 점에 대해서 경관에게 감사함을 전하고 싶었다.

바스케즈 경관이 열심히 조사한 정보를 듣고 나서도 하워드 발머의 사망의 방식을 결정하는 데 전혀 도움이 되지 못했다. 하워드의 독성학보고서 결과를 살펴보니 알코올 수치가 엄청나게 높았던 것으로 밝혀졌다. 매일 술을 입에 대지 않았을지는 몰라도 적어도 사망 당시에는 엄청나게 많은 알코올을 섭취했던 것이 분명했다. 술에 취해 휠체어에 앉은 상태에서 이스트 리버에 떨어졌다는 건 쉽게 납득이 가지 않았지만 그렇다고 해서 전혀 불가능한 것도 아니었다. 내 견해로는 자살인 것 같았지만 사고로 물에 빠지지 않았다고 단정할 수도 없어서 결국에는 하워드 발머의 사인은 원인 불명으로 결론을 내렸다. 그날 오후 전체 회의에서 하워드 발머에 대한 부검 결과를 발표했다. 동료들도 내 판단에 지지를 보냈다. "분명 휠체어도 강바닥 어딘가에 가라앉았을 거예요." 동료인 더그 박사가 말했다. 아무래도 그 예측이 옳을 것이다.

기술적인 관점에서 보자면 자살한 시신을 부검하는 일은 일사천리로 진행된다. 물론 겉보기에는 자살로 보이지만 최종적으로 타살로 결론이 내려지는 경우도 가끔씩 있다. 하지만 대부분 자살은 살인과 전혀 다른 양상을 보인다. 사람은 누구나 살기 위해 필사적으로 몸부림을 치기 마련이다. 특히 살인 사건을 조사하는 경관들은 몸싸움이 발생한 사건 현장을 알아보는 데 일가견이 있는 사람들이고, 나 역시 부검에 들어가면 몸싸움으로 인한 상처들이 있는지 제일 먼저 확인한다. 만약 독약으로 사망했다면 독성학보고서 결과를 통해 확인할 수 있다. 자살이냐 사고사이냐를 결정하는 데 가장 중요한 역할을 하는 것은 바로 사건이 발생한 현장을 얼마나 자세히 조사하느냐에 따라 달라진다.

검시관들은 경찰의 조사 결과와 유족들의 진술을 하나의 이야기로 만들기 위해서 많은 시간을 할애한다. 보통 유서는 사망자가 목숨을 끊을 의지가 있었는지 판단하는 데 결정적인 증거가 된다. 그 외에도 문을 잠그고 아파트에 아무도 들어오지 못하게 한다거나 올가미를 꽉 묶었다거나 벽이나 지붕으로 올라가기 위해 의자를 사용했다거나 하는 다분히 고의성이 짙은 증거가 발견될 경우, 자살과 사고사를 구분하는 중요한 기준이 된다. 물론 고의성이 짙다고 해서 살인이 아니라고 판단하는 것은 아니다. 특히 충동적으로 자살할 경우 가족들이 자살이라는 사실을 인정하지 않아서 굉장히 애를 먹는다. 그 경우에는 대부분 유서가 발견되지 않으며, 애인과 다툼 끝에 술이나 약 기운을 빌려 목숨을 끊는 경우가 많다.

위기의 커플이었던 에드워드 버지스와 여자 친구 로라는 핼러윈이 되기 며칠 전에 아파트에서 고성을 지르며 크게 싸움을 벌였다. 에드워드는 스스로 목숨을 끊겠다고 위협했고, 잠시 몸싸움을 벌인 끝에 에드워드 버지스가 밧줄의 한쪽 끝을 파이프에 묶은 후 자신의 목을 매고는 주방 밖으로 뛰어내렸다. 하지만 파이프에 묶여 있던 밧줄이 그의 무게를 버티지 못했다. 결국 그는 5층 아래로 떨어져 두개골을 포함한 다수의 뼈 골절과 내장 열상으로 사망했다. 간은 갈기갈기 찢겨졌고 신장도 엉망진창으로 으스러졌으며 창자도 마찬가지였다. 에드워드를 부검한 결과 다수의 둔상이 발견되었는데 이는 창문이 15미터에 달하는 높이에 있었기 때문에 추락하면서 생긴 상처인 것 같았다. 부검 결과와 경관으로부터 들은 여자 친구의 진술 내용은 거의 일치했다. 나는 사인을 자살로 기록하고 다른 부검을 시작했다. 그날만 해도 둔상으로 사망한 또 다른 사건과 안전벨트를 매지 않고 친구의 자동차에 탔다가 둔상을 입고 사망한 공사장 노동자의 부검이 예정되어 있었고, 오후에는 다시 워드 부인의 전화 공세가 시작되어 아들이 상한 초밥이 아닌 마약 과다 복용으로 사망했다는 사실을 설명하느라 20분을 허비했다.

며칠 후 그러니까 워드 부인의 전화와 우체통 살인 사건과 공사장에서 발굴된 오래된 유해 무더기와 조산아 그리고 심장마비로 인한 사건들 때문에 골머리를 앓고 있을 무렵, 에드워드의 여동생에게 전화가 걸려왔다. 절대로 오빠가 자살했을 리가 없으며 오빠의 여자 친구, 로라가 오빠를 창문 밖으로 집어던진 것이 확실하다며 나를 설득했다. "만약 여자 친구에게 두들겨 맞은 후에 창문 밖으로 내던져진 거면요? 그래도 부검 결과가 똑같이 나오지 않을까요?"

"똑같지는 않을 거예요." 나는 대답했다. "몸싸움을 하면서 생기는 멍이나 손톱자국은 추락사로 인해 생기는 상처들과는 전혀 다르거든요."

"여자 친구가 창문 밖으로 밀었을 수도 있잖아요. 어떻게 그럴 가능성이 없다고 확신하시는 거죠?"

"오빠의 몸무게가 여자 친구보다 23킬로그램이나 더 나가니까요."

"로라도 몸집이 커요! 게다가 얼마나 폭력적이라고요! 어쩌면 우리가 모르는 사람이 그 자리에 또 있었을지도 모르고요. 경찰에게 다른 사람이 있었다고 말하지 않은 거겠죠. 누군지 짚이는데 이름이 기억나지 않아요. 만약 그 사람이 오빠를 죽이고 살해 사실을 숨기기 위해서 시신을 창문 밖으로 던졌다면요?"

"살해 후 범죄 사실을 은폐하기 위해서 시신을 유기하는 일은 충분히 가능합니다." 나는 에드워드의 여동생에게 말했다. "하지만 이번 사건에서는 그런 일이 불가능해요."

"무슨 이유로 아니라고 확신하시는 거죠?" 여동생이 집요하게 물었다.

나는 잠시 멈추었다가 부검의로서 신중하게 생각하며 적당한 단어를 고르려고 애썼다. "부검을 통해 확인된 바로 에드워드 씨가 그 아파트 안에 있을 때 사망하지 않았다는 확실한 증거를 발견했기 때문이에요." 제발 여동생이 내 말 속에 숨겨진 다음 내용에 제대로 귀를 기울여 주기를 바랐다. "내가 어떻게 확신하는지 그 이유를 듣고 싶지 않을 거예요."

하지만 에드워드의 여동생은 숨겨진 의미를 찾아내지 못했다. "그 '확실한 증거'라는 게 정확히 뭔가요?" 에드워드의 여동생은 나로 하여금 말 그대로 피투성이의 현실을 그대로 까발려 달라고 압박했다.

"부검한 결과 갈비뼈가 완전히 부서지면서 내장 기관이 파열되었고, 그로 인해 내장 기관에 출혈이 있었어요. 그 말은 바닥으로 추락한 이후에도 심장이 뛰고 있었다는 뜻이 되겠지요."

수화기 너머로 무거운 침묵이 흘렀다. 그 오랜 침묵이 흐르는 동안 검시관이라는 내 직업이 너무 원망스러웠다. 하지만 에드워드의 여동생은 쉽사리 단념하지 않았다. 그녀는 오빠를 잃은 슬픔을 부정하기 위해, 로라와 그 미지의 친구가 목숨이 붙어 있던 오빠를 창문 밖으로 내던졌다고 말하고 있었다. "로라가 계속 말을 바꾸고 있어요." 여동생은 말했다. 서로 잘 아는 친구의 확언에 따르면, 에드워드가 죽기 며칠 전에, 로라와 심하게 싸웠으며, 그녀는 잔뜩 술에 취해 있었다고 했다. 더욱이 로라가 오빠의 얼굴을 때리는 바람에 코피까지 났다고 말했다. "그날 저녁에 오빠한테 전화가 왔었어요. 코피가 나고 코가 부러진 것 같다고 했어요. 로라가 기타로 얼굴을 후려치더니 버럭 화를 내면서 나가버렸다고 했어요." 나는 부검을 하면서 코뼈를 살펴보았는데 뼈가 부러지지 않았다고 대답했다.

나는 전화 통화를 하면서 부검 당시에 작성해 두었던 에드워드의 인체해부도를 다시 살펴보았다. 시신에 남은 상처들은 바닥으로 떨어지면서 확연히 한쪽으로 힘이 쏠려 있었다. 만약 죽기 전에 싸움이 있었다면 다른 곳에서도 부상의 흔적이 발견되었을 것이다. "오빠가 예전에 자살을 시도한 적이 있나요?" 나는 여동생에게 물었다. 잠시 침묵이 흘렀다.

"예전에 오빠가 사귀던 여자 친구한테 들었어요. 오빠랑 싸웠는데 목에 밧줄을 묶더니 목을 매서 죽겠다고 한 적이 있다고 했어요…."

그 말을 듣자 머릿속에 있던 의구심들이 한순간에 사라졌다. 이건 분명히 자살이었다. 에드워드의 여동생은 나처럼 현장감식보고서를 읽지 않았기 때문에 오빠가 창문 밖으로 떨어지기 전에 목에 밧줄을 묶었다는 사실을 알지 못했다. 그러니까 여동생의 말에 따르면 에드워드는 예전에도 같은 상황에서 동일한 방법으로 자살을 시도한 적이 있었다는 것이고, 이는 이번 사망의 방식과 정확히 일치했다. 내가 왜 이번 사건을 충동적 자살이라고 확신하는지 에드워드의 여동생도 정확히 알아야 할 권리가 있었다. 나는 그녀의 의구심을 아무 근거 없이 무시하는 것이 아니라는 점을 다시 한 번 정확히 밝혔고 아무래도 술기운이나 약 기운이 이번 사망에 결정적인 역할을 했을 거라고 설명했다. 그로부터 몇 달 후 독성학보고서가 도착했다. 내 예상이 정확히 들어맞았다. 흔히 파티 마약으로 알려진 알코올, 코카인, 케타민이 시신에서 검출되었기 때문이다. 경찰은 흔히 이렇게 말한다. "한 번 자살은 영원한 자살이다." 냉담하고 부정적인 표현이지만 대부분 그 말은 사실이다.

나는 다른 법의검시관과 함께 자살 사건이 발생한 현장에 딱 한 번 방문한 적이 있었다. 8월 하순, 악취로 가득했던 에리코 라바지노의 아파트를 찾은 바로 다음 날이었다. 사건 현장은 맨해튼 한가운데 높이 솟은 빌딩에서 발생했다. 나는 조라고 불리는 검시관을 따라서 현장 실습을 나갔다. 일본계 회사에 근무하던 비즈니스맨이 창문이 있는 사무실 안에서 주머니칼로 손목과 목 우측 부분을 그었다. 사무실 내부의 집기는 전부 신제품에다 굉장히 고가로 보였으며, 좌우의 고층빌딩 사이로 은빛 반짝이는 허드슨강이 한눈에 보였다.

그는 책상 옆에 쓰레기 더미가 쌓여 있는 바닥에 쓰러져 있었다. 고가의 정장을 입고 있었고, 셔츠의 깃이 풀린 상태였으며, 소매는 접어 올려져 있었다. 그는 고작 30대 중반으로 보였다. 책상 의자 뒤로 재킷과 넥타이가 가지런히 걸려 있고, 3리터는 족히 되어 보이는 엉긴 피가 고여 있었다. 쓰레기 더미 사이에 우울증 치료제 졸로프트의 빈 약통이 놓여 있었다. 그런데 시신이나 바닥에는 핏자국이 많이 보이지 않았다. 스스로 동맥을 끊고도 쓰레기통 앞에 무릎을 꿇은 채로 몇 분 동안 피를 흘리면서 버텼던 모양이다.

사망한 비즈니스맨의 책상에는 발레복을 입은 10대 소녀의 사진이 놓여 있었다. 유서도 발견되었으나 일본어로 적혀 있어서 현장에 있던 누구도 그 내용을 알아볼 수 없었다. 기지가 뛰어난 경찰 하나가 현장 근처에 일식집이 있다는 사실을 떠올렸고 우리는 현장에 있던 유서를 들고 건물 아래로 내려가서 일식집 주방장에게 번역을 부탁했다.

"아무래도 이번 건은 제가 마무리할 수 없을 것 같습니다." 일식집 주방장은 한 손에는 커다란 회칼을 들고 다른 한 손으로는 콧등에 안경을 걸치고서 유서를 읽어 내려갔다. "아내와 딸에게 미안하다고 하는군요. 그리고 이 단어는…" 주방장이 유서 위쪽에 적힌 단어를 가리키며 말을 이었다. "이름 같아요. 제가 종이에 적어 드리죠." 그는 경관이 가지고 있던 수첩 위에 유서에 적혀 있던 이름을 정자로 적어 내려갔다. 우리는 그 종이가 어디서 난 것인지 말하지 않았지만, 처음 식당에 들어왔을 때 일본인 특유의 환하게 우리를 반기던 익살스러운 얼굴이 어느새 우울하게 변해버린 것으로 보아 그 종이가 유서라는 걸 알아차린 것 같았다. 주방장은 우리를 번갈아 쳐다보며 짧은 목례를 건넸다. 수첩을 가져온 경찰은 고마움의 표시로 더 깊이 허리를 숙여 인사했다. 다시 사무실로 돌아왔을 때 비로소 유서의 수신인이 바로 사망한 남자의 상사라는 사실을 확인할 수 있었다. 나는 슬픈 눈으로 책상에 놓인 딸의 사진을 다시 한 번 쳐다보았다. 자신감 넘치는 환한 미소를 지으며 우아하게 발레 동작을 선보이는 딸의 나이는 열여섯 살 정도밖에 안 되어 보였다.

왜 자살을 선택하는 가장들에게는 10대의 딸아이가 있는 걸까? 2002년 4월, 나는 일주일 동안 두 번이나 그와 비슷한 사건 현장에 나갔다. 화요일에는 55세의 제리 홉킨스가 자살을 했다. 그는 변호사로 우울증 이력이 있었으며, 엄청난 부채로 고생했다. 그는 아내와 12살 아들 그리고 19살 딸을 뒤로 한 채 수면제를 먹었다. 그 주 목요일에는 엄청난 플레이 보이로 알려진 백만장자 피터 클라크가 자살을 했다. 그는 이혼소송이 진행되는 상황에서 사업상 문제까지 겹쳐 골치를 썩고 있었던 것으로 밝혀졌다. 피터가 선택한 자살의 방식은 흔히 볼 수 없는 것이었다. 굉장히 세심한 사전 계획이 필요한 방식이기 때문이다. 피터 클라크는 압축 헬륨가스를 통째로 구입해서 얼굴에 쓰는 밀착 마스크에 연결했다. 헬륨 가스는 독성이 없기 때문에 흡입을 해도 사망하지 않지만, 산소가 공급되지 않은 상태에서 헬륨 가스를 흡입한다면, 간 폐쇄가 일어나 결국 사망하게 된다. 그는 아파트 문을 안쪽에서 잠그고 체인을 묶어 두었고, 문 사이에 유서를 끼워 두어서 아내가 집에 돌아와 아파트 문을 열었을 때 유서가 튀어나오도록 만들었다. 유서에는 "내 목숨은 내 손으로 마무리하고 싶어. 적당한 곳에 연락해서 정리해 줘"라고 씌여 있었다. 피터 클라크에게는 초등학교에 다니는 딸과 막 고등학교에 입학한 딸이 있었다. 사건 보고서를 읽으면서 아버지를 잃은 두 딸을 생각하니 가슴이 저미었다.

다음 날 피터 클라크의 부인에게 전화를 걸었을 때는 어제보다 더 가슴이 아팠다. 13살밖에 안 된 딸이 아빠가 없다는 사실을 절감하며 완전히 무너져버렸다는 거였다. 우연히 가게에 걸린 웨딩드레스를 보았는데 그제야 결혼식장에 자신의 손을 잡고 들어가 줄 아버지가 없다는 사실을 깨닫고는 슬픔에서 헤어나오지 못했다는 것이다. "제 결혼식에도 아버지가 참석하시지 못했어요. 13살 때 아버지가 자살하셨거든요. 그쪽 따님이랑 똑같은 나이였어요." 나는 미망인에게 말했다. "따님에게 자살은 유전병이 아니라는 점을 설명해 주셔야 해요. 저 역시 아버지의 장례식을 마치고 충격이 조금 가셨을 때, 자살이 유전되는 건 아닐까 싶어서 제일 두려웠어요. 나도 스스로 목숨을 끊어야 할 운명이 아닌가 싶었죠. 정말로 그랬어요. 어머니께서 따님에게 그건 사실이 아니라고 반드시 설명해 주셔야 합니다. 자살은 질병이 아니니까요. 똑같은 경험을 했던 의사가 하는 말이라고 전해주세요." 그 말을 끝나자마자 오랜 경력을 지닌 전문가로서의 자세가 와르르 무너져 내렸고 우리는 함께 눈물을 흘리며 슬픔을 나누었다.

뉴욕 검시관 사무소에서 부검 전문의로 일하는 동안 총 스물한 명의 남성을 자살로 분류하였다. 하지만 자살한 여성의 숫자는 다섯 명뿐이었다. 자살 비율은 남성이 여성보다 높았다. 미국 내에서 자살하는 남성의 비율은 여성과 비교해 3배 정도의 수치를 보이며, 어느 주에서는 10배 가까운 수치를 보이기도 한다. 하지만 자살 시도만 놓고 보면 남녀 비율이 정반대의 양상을 보인다. 남성보다 3배나 많은 여성이 자살을 시도한다. 그럼에도 부검 전문의들이 최종적으로 부검대 위에서 만나는 시신의 비율은 여성보다 남성이 많다. 이것은 여성이 선택하는 자살의 방식이 주로 약물 과다 복용이기 때문이다. 이 방식은 더 많은 시간이 필요하기 때문에 자살 시도에 그치는 경우가 많다. 약을 과다 복용 했을 때 그 약물이 치사 농도로 위 속에 완전히 흡수되어 호흡이 멈출 때까지는 몇 분에서 몇 시간이 걸린다. 그 사이에 의료적 개입이 이루어지기 쉽다. 대부분의 미국 남성들은 다시는 돌이킬 수 없으며 치명적인 결과를 가져오는 즉각적인 방식으로 자살을 선택한다. 목을 매거나 높은 곳에서 뛰어내리거나 특히 총기를 사용하는 경우가 많다. 미국 내에서 자살을 선택하는 사람 중 절반이 총기를 사용한다. 뉴욕시에서는 아홉 명 중 한 명이 총기로 인한 자살을 선택한다.

총기로 인한 자살은 실패할 확률이 적고 최단 시간 내에 죽음에 이르게 한다. 뉴욕에서 근무할 당시, 총기로 인한 자살 중에서 가장 끔찍했던 사건은 50세의 남성으로 이웃들의 진술에 의하면 평소에 정신적으로 이상 증세를 보였다고 한다. 그는 2월의 어느 날, 문이 잠긴 자신의 아파트에서 부패한 상태로 발견되었다. 오른손에는 22구경 권총을 들고 있었고 우측 관자놀이에는 접사 총상이 남아 있었다. 머리 부분을 절개해 보았는데 총알이 양쪽 눈동자를 관통하고 나간 흔적을 찾을 수 있었다. 순간적인 에너지로 총알이 눈구멍 뒤의 얇은 뼈를 뚫고 뇌의 전두엽으로 파고들었다. 결국 그는 의식이 흐려진 상태에서 눈앞이 캄캄해지고 엄청난 통증을 느꼈을 테고, 뇌가 서서히 부풀어 올라 죽기까지 30분 정도 숨이 붙어 있었을 것이다.

센트럴파크에서 조깅을 하던 사람이 베데스다 분수 근처에 쓰러져 있던 제임스를 발견했다. 그에 따르면 제임스의 으깨진 뇌가 움찔거리고 있었다고 한다. 시신 왼손에는 380구경 반자동 권총이 들려 있었고 다리 우측으로 9밀리미터 권총이 놓여 있었다. 근처 벤치에 놓인 권총 주머니에는 다음과 같은 메모가 남겨져 있었다. "가방 안에 여분의 탄약과 칼이 있으니 경찰은 반드시 확인 바랍니다." 그의 말은 사실이었다. 28세의 백인 우월론자 제임스 헌트는 자신의 아파트에 12장에 가까운 유서를 남기고 자살했다. 유서의 내용은 대부분 유대인과 흑인에 대한 증오에 찬 원망이었고 어머니에게는 자신의 재정 문제를 해결하기 위한 방법까지 설명해 두었다. 그는 '순수 백인 여성'이 자신을 거절했고, 낙심하여 자살한 것이라고 설명했다.

"그런 일로 자살을 하다니. 다시 돌이킬 수도 없는데." 신원조사팀의 흑인 미녀 직원 지는 자살한 나치주의자의 시신을 부검하는 유대인인 나를 보며 말했다. 나는 옛 독일 나치당의 만자 무늬 문신으로 온몸을 뒤덮은 남성의 시신을 보면서 인간 본연의 복수를 한 거라는 생각에 내심 짜릿했다. 하지만 나치 문신을 한 시신들이 워낙 많았고 어느 정도 경력이 쌍이자, 백인 우월론자 청년의 시신에서 내장 기관을 꺼내는 일이 그냥 무덤덤해졌다. 제임스 헌트는 입속에 한 발 그리고 머리에 한 발을 쏴서 목숨을 끊었다. 경구 내 탄도는 두개골 위쪽으로 빠져나갔다. 다른 사입구는 왼쪽 귀 뒤쪽으로 전형적인 강아지 코 자국이 남겨져 있었다. 머리에 쏜 총알은 네 개로 갈라져서 뇌의 아랫부분에 박혀 있었고 구리로 된 피막은 뼈를 맞고 튀어나가서 우측 두부에 꽂혀 있었다.

제임스 헌트는 2002년 2월 부검을 맡았던 여섯 구의 시신 중 마지막이었다. 자살로 사망한 시신 스물다섯 구 중에서 여섯 구의 시신을 그해 2월에 부검했으니 수치로 보면 1/4 정도에 달하는 것이고 당시 유난히 자살률이 높았다고 볼 수 있다. 그중에서 함께 도착한 두 구의 시신은 지하철에서 발생한 자살 사건으로 유난히 불운한 케이스였다. 지하철에서 투신하는 경우 유서를 남기는 일이 드물고 타살인지 사고사인지 정확히 분류하기 어려웠다. 어쩔 수 없이 사고가 발생한 장소에 있던 승객들의 엇갈리는 진술을 들어야 하고 사망자 주변인들의 진술에 의지할 수밖에 없었다.

2월 초의 어느 날, 평소 조용한 성격의 중년 남성이 세 명의 가족을 남겨 두고, 업타운으로 향하는 유니언 스퀘어역의 4번 지하철 선로에서 목숨을 끊었다. 담당 기관사와 플랫폼에 있던 두 명의 목격자들은 남성이 혼자서 서 있다가 갑자기 선로로 뛰어내렸다고 진술했다. 시신은 3호차 아래서 발견되었다. 다음 날 내가 찾아갔을 때 고인의 아들과 딸과 그의 아내는 충격으로 넋이 나간 상태였다. 사망한 남성은 평소 말수가 적어 속마음을 좀처럼 가족과 나누지 않았다고 했다. 가족들은 그가 우울한 건지 아니면 행복한 건지조차 알 수 없었다고 말했다. 게다가 얼마 전에 손자가 세상에 태어났다고 했다.

부검을 하면서도 왠지 모르게 으스스한 기분을 떨칠 수가 없었다. 시신에는 혈액이 전혀 남아 있지 않았다. 갈비뼈가 부러지고 대퇴골이 말끔히 절단되었고 비장이 걸쭉한 죽처럼 으깨져 있었다. 이는 일반적으로 출혈이 상당했음을 보여주는 증거였다. 사망의 주요 원인은 경추로부터 두개골이 완전히 탈구된 것이었다. 이를 의학 용어로 설명하자면 전형적인 고리뒤통수전위였다. 몸속의 결합조직들이 여전히 둔부와 목 부위를 하나로 연결하고 있었지만, 목뼈와 경부척수 그리고 숨뇌까지 완전히 잘게 부스러져 있어서 흔적을 찾을 수 없었다. 나는 독성학 샘플을 채취하기 위해서 유리병 속에 몸속에 거의 남지 않은 혈액을 열심히 긁어모았다. 보통 심장 부분에서 샘플로 사용할 혈액을 채취하는데 이번에는 심장 내부도 텅 비어 있었다.

"체내에 있던 혈액이 다 어디로 갔을까?" 그날 오후 회진에서 찰스 히르쉬 박사가 물었다.

"저도 모르겠어요! 현장에 남아 있을 것 같은데 그 역시도 확실치 않아요. 온몸의 피를 전부 쏟아낼 정도로 큰 외상도 발견되지 않았거든요."

"현장에 나갔던 조사관들도 시신에서 흘러나온 혈액을 제대로 못 봤을지 몰라요. 지하철 아래 도랑으로 흘렀을 수도 있으니까요. 지하도 아래쪽이 워낙 어둡고 도랑이 있어서 혈액이 전부 흘러가버렸을 겁니다." 다른 박사가 이렇게 지적했다.

"물론 시신에 남아 있던 혈액이 빠져나갈 수밖에 없는 사건들도 있지만, 이번 사건에서는 심장 속의 혈액마저 하나도 남아 있지 않았다는 거잖아. 그렇다면 몸속에 있던 혈액은 도대체 어디로 사라진 걸까?" 찰스 박사는 전문가로서의 날카로운 눈빛으로 다시 물었다. "부검을 하면서 자칫 놓친 어느 부위로 혈액이 흘러가지는 않았을까? 특히 뼈가 앙상한 부비강이나 섬유주 같은 곳 말이야."

순간 뒤통수를 얻어맞은 기분이었다. "박사님 말씀대로라면 골수가 혈액을 빨아들였다는 뜻인가요?"

"생명 중추에 순간적이고 엄청난 심경학적 손상이 생길 경우, 혈관 긴장도의 시스템이 붕괴되는 경우가 있어. 물론 흔히 보기는 힘든 일이지만." 찰스 박사의 말에 회의실 안에 있던 모든 검시관들의 관심이 집중되었다. "숨뇌도 흔적도 없이 사라졌다고 했지? 숨뇌가 완전히 으스러지면서 인체의 모든 혈관들이 느슨해졌을 거야. 그와 동시에 뼈 조직의 혈액을 만드는 곳으로 다시 내용물이 흡수되는 현상이 발생할 수도 있지."

"인체에 남아 있던 혈액의 전부가 뼛속으로 스며드는 게 가능한가요?"

"이론적으로는 가능해."

"정말 대단하네요." 나는 진심으로 감탄했다. 비록 내가 맡은 시신은 끔찍했지만 인간 신체의 메커니즘을 사랑하는 과학자의 입장에서는 더할 나위 없이 멋진 연구 대상이었다. 회의실 안에 있던 다른 동료들도 내가 맡은 부검 케이스가 그날 들어온 사건 중 최고라며 입을 모아 말했다.

2월에 또 다른 지하철 사인 사건의 시신을 부검했다. 그 역시 나이가 많은 남성이었다. 두개골이 반으로 갈라졌고 뇌 부분이 튀어나왔으며 척추도 반으로 부러졌다. 선로 양옆과 지하철 안에서 사고를 목격한 승객들은 그가 갑자기 지하철로 뛰어들었다고 진술했다. 유족의 진술에 따르면, 고인은 사고가 있기 몇 주 전에도 욕조에서 손목을 칼로 그어 자살을 시도한 적이 있다고 말했다. 부검에서도 이전의 자살 시도가 있었다는 진술과 일치하는 손목의 상처를 발견했다. 따로 유서가 발견되지는 않았다.

"유서도 남기지 않고 자살하는 이유가 뭘까?" 나는 그날 저녁 남편에게 투덜거리며 말했다. 우리는 존슨 애비뉴에 있는 슈퍼마켓에 갔다가 집으로 걸어오는 길이었다. 남편은 낡아 빠진 유모차에 대니를 태우고 열심히 밀고 있었다. 비좁은 슈퍼마켓에서는 대니를 커다란 철제 바구니 속에 태우고 잘 깨지지 않는 캔으로 된 식료품과 파스타 봉투 같은 걸 쥐여주고 잠시 아이의 주의를 돌려놓고 이야기를 했다.

"다른 사람이 밀어서 추락한 거라고 의심하는 거야?"

"아니. 목격자들의 증언이 정확히 일치해서 그럴 일은 없어. 발을 헛디딘 것도 아니고 비틀거리며 걸었던 것도 아니고 근처에 다른 사람도 없었어. 기관사 말로는 다분히 의도적이었대. 정말 안됐어. 가엾다는 생각이 들어서 그래."

"자살하는 사람들은 보통 유서를 쓰지 않아?"

"한 연구 결과에 따르면 유서를 쓰는 사람은 10~20퍼센트 정도밖에 안 된대. 최고의 타살은 총알 하나가 사입구를 뚫고 곧바로 사출구로 나와서 수습이 되었을 경우고, 최고의 자살은 유서를 남기는 거야. 그 외에도 팔뚝에 주삿바늘이 그대로 꽂혀 있거나 호텔 탁자에 하얀 가루가 남아 있어서 마약 과다 복용으로 사망을 정확히 파악할 수 있는 경우도 그렇지."

"대니, 이제 마음껏 뛰어놀아." 남편은 유모차에 타고 있던 아들을 내려주었다. 바로 어제까지 비가 내려서 저만치 물웅덩이가 고여 있었다. 아이는 신이 나서 공을 들고 그쪽으로 향했다. 가족을 뒤로하고 일부러 자신의 목숨을 끊을 수 있다니, 내 눈으로 그런 경우를 많이 목격 했지만 그럼에도 도저히 이해가 되지 않았다. 하지만 유서를 남기고 자살한 사람들은 자신이 목숨을 끊는 것이 사랑하는 가족들에게 마지막으로 할 수 있는 선물이라고 착각하는 경우가 많다. 절대로, 그건 크나큰 착각이다. 그건 의심할 가치조차 없는 사실이다.

아버지의 부검보고서 내용은 무미건조하기 짝이 없었다. 고인은 "확인된 기록에 따르면 38세로 추정되며 남성으로 복부 지방은 있으나 비만 수치까지는 아니었다"고 적혀 있었다. "군데군데 흰머리가 있는 검정 머리카락"이라는 내용도 있었다. 그 외에도 "콧수염이 많이 자라 있고, 치아는 자연치이며 치료와 보존이 잘 된 편"이라는 문구도 있었다. 나는 콧수염을 실룩거리며 웃던 모습과 아버지와 입을 맞출 때면 그 콧수염이 얼마나 까칠했는지 아직도 생생히 기억이 났다. 아버지에게서는 양파 냄새가 풍겼다. 부검보고서에서는 그런 내용을 찾아볼 수 없었다. 게다가 유족란에 내 이름의 철자도 멜리네크인데 "멜리레크"와 "밀리레크"로 잘못 표기되어 있었다. 그런데 어쩐 일인지 "메나헴"이라는 아버지의 이름만은 제대로 기록되어 있었다.

법의학 병리학자가 되겠다고 마음먹은 후 곧바로 아버지의 부검보고서를 찾아서 읽어보았다. 나의 인생에 지대한 영향을 미친 사람의 부검보고서를 읽지 않은 채, 부검의 세계로 발을 내디딘다는 건 가장 중요한 과정을 건너뛰는 것처럼 느껴졌기 때문이다. 아버지는 유언장을 남기지 않았다. 그래서 검시관의 눈으로 확인된 사후 부검보고서를 보면 뭔가 숨겨진 힌트를 찾거나 아버지가 왜 스스로 목숨을 끊었는지 이해하는 데 도움이 될 것만 같았다.

회색 밧줄로 목 주변을 묶고 있던 흔적에 대하여 명확하게 묘사해 놓았으며 특이점을 찾아볼 수 없었다. 좌측 턱 아래부터 시작해서 목구멍 우측을 따라서 좌측 귓불 뒤쪽까지 길게 묶인 흔적이 남아 있었다는 내용이었다. 현장 사진은 남아 있지 않았지만 우측으로 고개가 심하게 꺾인 모습을 상상해 볼 수 있었다. 전에도 그와 비슷한 경우를 본 적이 있었기 때문이다. 목 부분 절개 후 띠 근육에서 출혈이 발견되지 않았다. 목 부분의 설골도 온전한 상태였다. 하체는 보랏빛으로 변색이 되었고 얼굴 부위는 납빛으로 울혈*이 나타났다. 경찰이 와서 목을 맨 아버지의 시신을 바닥으로 끌어내릴 때까지만 해도, 아버지는 안경을 쓴 상태였지만 싸늘하게 몸이 굳어져버린 후였다. "Y자 절개로 부검을 실시함." 1983년 웨스트체스터 카운티의 검시관 보조는 다음과 같이 기록했다. "근육은 붉은 갈색을 띠었고 비대한 상태임." 고인은 젊은 편인데도 심장병 징후가 있었다. 평소 즐겨 먹던 햄버거 때문일 것이다. 또한 지방간이 발견되었지만 독성학 조사 결과 코카인, 헤로인, 알코올은 전혀 검출되지 않았다.

아버지는 정신이 온전한 상태였다. 약 기운에 취해서 자살한 거라고 탓할 수도 없었다. 그러니까 내가 원망할 수 있는 대상은 아버지 한 사람뿐이었다.

아버지가 너무나 그립다. 삼십 년이 지난 지금도.

---

* 혈류 장애로 인해 정맥 내의 혈액이 뭉친 상태

9

의료 사고

검시관으로 살인 사건을 조사하면서 인체에 대한 환상이 더욱 강렬해졌다. 문제는 부검실에서 많은 것을 배울수록 나도 모르게 외부에서 만나는 낯선 사람의 상태를 진단하려 한다는 점이었다. 팔뚝과 발목에 주사 자국을 드러낸 채 공원 벤치에 앉아서 깜빡 잠이 든 사람은 언젠가 마약과다 복용으로 사망하게 될 것이다. 흰자 뒤로 누르스름한 광채를 뿜으며 슈퍼마켓에서 쇼핑 카트를 끄는 나이 지긋한 부인은 황달이 생긴 것으로 간에 문제가 있는 게 분명하다. 정강이에 체모가 없고 갈색 점처럼 마맛자국이 가죽처럼 두껍게 드러나 있으며 발목이 퉁퉁 부은 핫도그 판매원은 어떨까? 심부전에 걸릴 가능성이 있다.

낯선 사람을 진단한 나는 어떻게 해야 할까? 목에 흑색종이 있는 여성에게 다가가서 당장 의사를 만나지 않으면 위험하다고 경고해야 할까? 손목에 일직선으로 자해한 상처가 있는 10대 소녀를 만나면 자해가 자살로 이어지기 전에 어서 전문가를 만나서 상담을 받아보라고 말해야 하는 걸까? 약물치료 프로그램 안내 책자를 가지고 다니다가 약물중독자들의 호주머니에 쑤셔 넣어 줘야 할까? 법의학 병리학자의 역할은 사망한 시신에 숨겨진 진실을 세상에 알리는 것이다. 그렇다면 뉴욕에서 사망할 위험이 있는 사람들을 만나면 의사로서 적절한 조언을 해 주는 것 또한 나의 일에 포함이 될까? 하루가 멀다 하고 삶의 종말을 접하는 검시관으로서 그 또한 나의 직업적 책임감이고 직무에 해당되는 것일까?

남아 있는 사람들을 위해 시신을 부검하면서 세상이 두려운 적은 한 번도 없었다. 오히려 아직 죽지 않고 세상을 떠도는 유령 같은 사람들을 보는 것이 더더욱 두렵다.

***

지금까지 부검한 시신 중에서 가장 길었던 사인은 '정맥 주사 약물 남용으로 인한 에이즈 악화로, 괴사성 췌장염이 발생했고, 치료를 위한 췌장 괴사 조직 제거술 과정에서 출혈 합병증 발생'일 것이다. 조금 자세히 설명하자면 에이즈에 걸린 환자를 치료하기 위해서 강력한 에이즈 치료제를 주사로 투약했고, 그 과정에서 췌장에 심한 손상을 주었으며 그로 인해 조직이 괴사되었는데 이를 떼어내기 위해 외과적 수술에 들어가게 되었다는 뜻이다. 결국 수술 과정에서 커다란 혈관 중 하나가 손상을 입었고 출혈 과다로 사망하게 된 것이다. 가망 없는 환자에게 치료적 합병증이 발병한 케이스다.

'치료적 합병증'은 병원의 실수를 그럴싸하게 보이려고 만든 완곡한 표현이 아니다. 치료적 합병증은 사망의 방식을 분류하는 특별한 범주의 하나다. 비응급환자의 치료나 수술이 사망의 직접적인 원인이 되었을 경우를 나타내는 말이다. 생사를 결정짓는 응급한 상황이 아닌 상태에서 수술하다가 사망했을 경우, 그런 시신의 사망 방식을 '치료적 합병증'에 의한 것으로 분류한다. LA에서 레지던트 과정을 할 때는 '치료적 불운'이라는 표현을 사용했다. 하지만 찰스 히르쉬 박사는 그 표현 자체에 분노를 금치 못했고, 남편 또한 말도 안 된다고 반박했다.

'전쟁 손상'을 제외하면 '치료적 합병증'에 의한 사망은 가장 드문 케이스에 속한다. 찰스 박사는 전쟁터에서 얻은 부상에 합병증이 발생하여 사망한 경우를 '전쟁 손상'이라고 말했다. "물론 질병분류학자들 입장에서 전쟁 손상으로 사망한 사건이 생기면 골치 아프겠지." 펠로우로 수련을 받고 있을 때 찰스 박사는 이렇게 말했다. "하지만 나는 전쟁 손상을 단순한 살인으로 분류할 수가 없어."

물론 전쟁 손상을 사망의 방식 중 하나로 분류하는 행정 직원들이 더러 있기는 하지만, 검시관들이라고 해서 모두 '의료상 불운'이 발생한 경우를 하나의 사망 방식으로 분류하지는 않는다. 일반적으로 치료적 합병증을 자연사나 혹은 사고사로 분류한다. 하지만 찰스 히르쉬 박사는 병원에서 발생한 사망 중에서 의료적 결함으로 발생한 사망 사고를 따로 분류하는 것이 공중 보건의로서 우리가 해야 할 사명이라는 입장이었다. 만약 환자가 응급한 수술을 해야 하는 상황에서 목숨을 구하기 위해 수술을 하다가 사망했다면, 그 질병이나 부상을 치료하기 위해 반드시 수술을 해야 하는 것인지 판단 여부에 따라서 사망의 방식을 분류할 수 있다. 만약 누군가 싸움을 벌이다가 총에 맞아서 수술대 위에서 출혈 과다로 사망한다면 이는 살인으로 분류한다. 신장병으로 투석을 하다가 그 과정에서 심장이 멈춘 경우는 자연사다. 하지만 내가 사망진단서에 '치료적 합병증'이라고 적는 경우는 외과적 수술로 인하여 사망이 가속화되었으며, 의료진들 또한 치명적인 결과를 초래한 것에 대해 안타까워하는 경우다.

60대 후반의 흑인 여성인 패트리샤 카데트는 심장절개 수술을 받지 않으면 수명을 오래 유지할 수 없었다. 패트리샤는 병원에서 수술 날짜를 받고 4개관의 혈관을 우회시키는 수술에 들어가기로 했다. 패트리샤의 심장은 콜레스테롤과 폐색 오물이 쌓이면서 심장 동맥이 좁아져서 심장 조직에 산소가 공급되지 않는 상황이었다. 동맥우회술이란 반드시 필요하지 않은 부위의 건강한 정맥(보통은 다리 부분의 정맥)을 떼어다가 심장동맥의 막힌 정맥에 연결하는 수술이다. 치료의 목표는 막힌 부위를 우회하여 혈액 공급이 부족한 부분에 혈액을 공급한 뒤 심근 혈류량을 증가시키는 것이었다. 수술에서 동맥 하나만 연결하는 경우를 1개관 수술이라 부르고, 2개일 경우 2개관이라고 부른다. 패트리샤는 심장절개 수술을 통해 동시에 4개관을 삽입하는 수술을 받았다.

심장절개 수술에 들어가면 의료진은 흉골뼈를 절단하여 굴 껍데기처럼 갈비뼈를 활짝 벌리고 수술이 진행되는 동안 심장박동을 멈춘다. 그동안 인공 심폐 장치가 투입되어 대신 온몸에 산소를 전달한다. 심장동맥이 너무 꽉 막혀 있으면 인체에 유해한 콜레스테롤이 다른 곳에 쌓이기 때문에 동맥우회술이 반드시 필요했다. 그렇기 때문에 전신마취에 들어가고 심장 수술을 시작하기 전에 반드시 로봇을 사용하여 혈관을 최대로 늘려놓아 혈류가 뇌로 흘러가게 만드는 경동맥 내막 절제술을 시행해야 한다.

이 수술에는 위험 요소가 있다. 경동맥 내막 절제술 자체가 혈관에 쌓인 콜레스테롤 덩어리를 뇌로 흘려보내기 위한 것이기 때문에 그 과정에서 뇌졸중이 올 수 있다. 만약 4개관 동맥우회술처럼 위험 요소가 높은 수술을 계획하고 있다면, 게다가 그 수술을 위해서 경동맥 내막 절제술이 필요하다면, 의사라면 누구나 절제술을 하는 동안에 뇌졸중이 올 수도 있다는 사실을 알 것이다. 이러한 수술은 선택적이지만 반드시 필요한 것이다. 여기서 '선택적'이라는 표현은 의학계에서 환자의 선택에 따른다는 의미가 아니다. 의료계에서 선택적 수술은 비응급환자라는 뜻이다.

패트리샤의 경동맥 내막 절제술과 4개관 동맥우회술은 순조롭게 진행되는 듯했다. 손상된 심장을 성공적으로 복구했음에도 담당 의사들은 곧 끔찍한 결과에 맞닥뜨리게 되었다. 수술 과정에서 뇌졸중이 왔고 전신마취 과정에서 몸 한쪽이 완전히 마비되면서 의사소통을 할 수 없는 지경에 이르고 만 것이다. 결국 패트리샤의 뇌는 안에서 바깥으로 점차 부풀어 올랐고 뇌 손상이 더 심해졌다. 그로부터 며칠 후 패트리샤는 완전히 의식을 잃고 혼수상태에 빠졌다. 얼마 후 대신 연결해 두었던 심장마저 작동을 멈추고 말았다.

나는 신원 확인을 위해 준비된 대기실로 가서 패트리샤의 오빠 데이비드를 만났다. 그는 굳이 따로 만나고 싶다고 했다. 데이비드는 노동자로 보이는 옷차림에 초췌하고 나이가 들어 보였다. 그는 잔뜩 화가 난 표정으로 서 있었다. "정말 이해가 안 되는 건, 어떻게 건강하던 사람이 그렇게 갑자기…." 그는 이내 말끝을 흐렸다. "수술실에 들어가기 전까지만 해도 농담까지 하고 더할 나위 없이 행복해 보였는데. 어떻게 그 잠깐 사이에 이렇게 될 수가 있는 겁니까?"

"여동생의 주치의가 무슨 일이 있었는지 충분히 설명해 주셨나요?"

"이야기를 나눴지만 자세한 설명은 못 들었어요. 혈전이 어쩌고 뇌졸중이 어쩌고 하던데 이해할 수가 있어야죠. 게다가 내 눈도 똑바로 바라보지 못하더군요." 그는 두 손가락으로 V자를 만들어 내 눈 쪽에 대는 시늉을 하며 말을 이어나갔다.

나는 말에 힘을 싣기 위해서 잠시 호흡을 가다듬고 그의 이야기를 들었다. 데이비드는 나를 신뢰하지 않았다. 그의 눈에 나라는 존재는 젊고 경험이 없으며 여동생을 수술했던 의사처럼 거짓말이나 떠들어 대는 사람으로 보일 테니까. 패트리샤가 입원했던 병원의 법률자문단은 철저한 방어 태세를 갖추고 있었다. 데이비드의 여동생은 사망했고 이는 분명히 병원 측의 실수였다. 아무래도 의료 과실로 인한 보상비 문제가 걸려 있기 때문에 어떻게든 문제를 감추려고 들 것이 분명했다.

"일단 말씀드리고 싶은 것은" 나는 최대한 데이비드와 눈을 똑바로 맞추면서 말을 이어나갔다. "저는 여동생분이 수술을 받았던 병원이나 혹은 다른 병원 어디에도 소속되어 있지 않다는 점입니다. 저는 그 병원의 의사들을 변호하는 데 추호도 관심이 없는 사람입니다. 저는 국가 기관에 소속된 공무원이고, 최대한 객관성을 유지하는 대가로 월급을 받고 있으니까요. 그러니까 여기는 데이비드 씨가 내는 세금으로 운영되는 기관인 셈이지요."

그제야 데이비드의 표정이 조금 누그러지면서 보일락 말락 작은 미소가 번졌다. "그래서 이렇게 만나러 온 겁니다."

"그럼 검시관으로서 일반적인 자연사와 패트리샤 씨처럼 '치료적 합병증'에 의해 사망한 경우를 어떤 기준으로 분류하는지 설명해 드리죠." 나는 계속 말을 이었다. "만약 응급하게 생사의 기로를 오가는 상황에서 병원에서 수술을 받았다면, 애초에 그런 응급상황이 발생하게 된 원인을 문제로 봅니다. 하지만 이번 경우에는 응급한 수술이 아니었어요. 패트리샤는 심장을 수술하는 것만 제외하면 온전히 건강한 상태에서 수술실에 들어간 케이스입니다. 말씀하신 것처럼 수술실에 들어가기 전까지만 해도 농담을 하고 행복한 상태였으니까요. 만약 그날 수술만 받지 않았더라면 그렇게 허망하게 사망하지는 않았을 겁니다. 그래서 이번 살인 사건은 자연사가 아닌 '치료적 합병증'에 의한 것으로 분류해야 합니다."

"그렇다면 수술 때문에 내 동생이 죽었다는 겁니까?"

"네." 나는 곧바로 대답했다. "패트리샤는 심장 상태가 매우 좋지 않았고 수술을 받지 않았더라도 몇 주 혹은 몇 달까지 살아 있었을 겁니다. 물론 그 이후는 장담할 수 없겠지만요. 하지만 그날 수술을 받지 않았더라면 분명 지금까지는 살아 있었을 겁니다." 나는 병원 의사들이 절대로 말하지 않은 사실을 확실히 전달했다. 그날 수술로 인해 환자가 사망했다는 것을 말이다.

데이비드 카데트는 고개를 끄덕였지만 아무 말도 하지 않았다. 잠시 후 그는 자리에서 일어나 문 쪽으로 향하며 작은 목소리로 말했다. "감사합니다, 선생님." 밖으로 나가기 전에 다시 내 쪽을 쳐다보았고, 아까와 달리 애수에 가득한 눈빛으로 바라보았다. "수술실로 향하는 여동생에게 제가 마지막으로 한 말은 아무 걱정하지 말라는 거였어요."

"정말 유감입니다." 아마도 데이비드 씨에게 그렇게 말한 의사는 내가 처음이었을 것이다.

나는 데이비드 씨가 의료 소송을 걸 수 없는 상황이라는 걸 알고 있었다. 만약 여동생의 죽음으로 머리끝까지 화가 난 상태라 어떻게든 소송을 하겠다고 마음먹었더라도, 그의 소송을 선뜻 맡아줄 변호사를 찾기란 쉽지 않았을 것이다. 고작 소송이나 걸자고 고집을 부리며 나를 만나러 찾아왔던 것은 아닐 것이다. 그는 정말로 솔직한 대답을 해줄 사람을 만나고 싶었을 뿐이다.

나는 의대에서 심지어 외과의 레지던트 과정을 밟으면서도 최대한 수동적인 목소리로 의학적으로 정확한 용어를 사용할 것을 종용받았다.

"색전이 죽상경화판을 폐쇄하는 곳에서 떨어져 나와서 허혈 손상의 결과를 가지고 왔다"라고 말하는 것이 외과의사로서 의학적인 표현이라면, 검시관으로서는 "막힌 동맥을 넓히는 과정에서 지방이 낀 혈전이 느슨해지면서 뇌졸중이 일어났다"고 설명한다. 찰스 히르쉬 박사 밑에서 지도를 받으면서 최대한 의학적인 표현을 자제하기 위해 애썼다.

검시관들은 일반적인 전문의들과 달리 평범한 시민들과 소통해야 하는 일이 많다. 따라서 과학적으로 정확하고 명확한 표현을 사용하는 것보다 듣는 사람이 쉽게 이해할 수 있도록 해야 한다. 물론 사망진단서를 작성할 때는 이야기가 달라진다. 기록을 남길 때만큼은 정확한 전문용어를 사용해야 한다. 하지만 찰스 박사로부터 귀에 딱지가 생길 정도로 배운 바로는 유선상으로 사망자의 유족들과 이야기를 할 때나 재판정에서 배심원단에게 설명해야 할 때는 법의학 병리학자라고 굳이 생색내지 않아야 하며 최대한 알아듣기 쉬운 표현을 사용하는 것이 좋다는 거였다. 그래서 '죽상동맥경화증'이라는 표현 대신에 '콜레스테롤로 인해 정맥이 딱딱해지는 것'이라고 설명해야 한다고 배웠다. 배심원단 앞에서도 '심근경색증'이라고 말하는 대신 '심장마비'로 사망했다고 말해야 한다. 사랑하는 가족이 세상을 떠났다면 '연세가 많으셨기 때문에 심장이 좋지 않았다'라고 말하는 것이 '노인성 심장병으로 인해 사망했다'는 표현보다 훨씬 낫다.

의학과 법률을 오가는 상황에서 일을 하다 보면 자칫 불순한 태도로 환자를 대했다가 의료 소송에 휘말리는 경우를 쉽게 볼 수 있다. 데이비드 씨의 경우도 여동생의 주치의가 뭔가 치명적인 실수를 저질러 여동생을 사망에 이르게 했고, 자신의 잘못을 가리기에 급급해서 거짓말을 하고 있다는 점을 눈치챘을 것이다. 의료진들이 두려움 때문에 혹은 단순한 실수로 데이비드 씨에게 말하지 못한 사실은 패트리샤의 남은 인생을 연장하려다가 오히려 단축했다는 사실이다. 외과 의사뿐만 아니라 내과 의사들도 환자의 상태를 잘못 판단하는 경우가 있다. 특히 환자를 마약중독자라고 예단하여 문제가 발생하기도 한다. 의사들은 다양한 환자들을 경험한다. 하지만 마약중독이나 알코올중독 환자에 대해 잘못 판단하거나 황당한 이야기로 진단을 내릴 때도 있다.

전문가로서 열린 마음으로 환자를 대하지 않는다면 환자의 문제를 정확히 짚어내지 못한다. 그보다 더 나쁜 경우에는 다양한 감별 진단을 하지 않고 그저 머릿속에 떠오르는 생각으로 진단을 내릴 경우, 찰스 히르쉬 박사의 표현에 따르면 '막연한 추정에 따라서 어림짐작으로 진단'을 했다가는 환자를 사망에 이르게 할 수도 있다.

베로니카 리베라는 알코올중독 이력을 가진 28세의 여성으로 2002년 초봄의 어느 날, 나의 부검대 위에 도착했다. 사건 조사 보고서에 따르면, 베로니카가 "몸이 아프고 기운이 없다"는 말을 해서 약혼자가 그녀를 데리고 응급실에 도착했다고 적혀 있었다. 의료진은 빈혈로 진단을 내렸고 즉시 적혈구를 수혈하라고 지시했다. 베로니카는 침대에 누워 있었고 수혈 후 갑자기 호흡이 정지되었다. 곧이어 코드 블루가 울렸고 크래시 카트가 도착해 삽관했지만 기계적 인공호흡 장치로도 베로니카의 호흡을 되살릴 수가 없었다. 기도는 열려 있었지만 폐가 제대로 작동하지 않았고, 혈액 내 산소 포화도가 점차 줄어들었다. 소변 검사 결과 벤조디아제핀, 모르핀 그리고 메타돈 양성 반응이 나왔다. 이 세 가지 약물은 과다 복용하기 쉬운 약물이다. 외과 과장은 병원에서 누군가 베로니카에게 약물을 과다 투여한 것으로 결론 내렸다. 그로부터 며칠 후 베로니카는 인공호흡기를 단 상태에서 다시 뇌사 상태에 빠졌다. 의료진의 기록에 따르면 베로니카 리베라는 불법 약물 과다 복용과 양측 폐렴으로 인해 사망했다.

베로니카의 부검을 시작하자 맨 먼저 눈에 들어온 것은 만성 알코올중독자에게서 볼 수 있는 지방간이었다. 양쪽 폐가 딱딱하게 굳어져 있었다. 이는 급성폐질환의 마지막 단계라고 볼 수 있는 급성호흡곤란 증후군으로 인한 것이었다. 하지만 사망 시각에 급성호흡곤란 증후군만으로 사망 원인을 정확히 알아내기는 힘들었을 것이다. 호흡 정지로 며칠 동안 집중치료실에 들어가기만 해도 폐가 엉망이 되기 때문이다. 맨 처음 베로니카의 호흡이 정지된 이유가 무엇인지 찾아내는 것이 무엇보다 중요했다. 예상했던 대로 회색으로 푸딩처럼 부풀어 오른 '레스피레이터뇌'를 확인할 수 있었다. 또, 위에서 아직 소화되지 않은 알약 하나를 발견해 곧바로 독성학과에 보냈다.

약물검사 양성 반응과 부검 결과를 종합해 본 결과, 베로니카의 호흡 정지는 불법 약물 과다 복용으로 인한 것으로 보였다. 이제는 몇 달 후에 도착할 독성학보고서가 나올 때까지 기다리는 수밖에 없었다. 그 사이 베로니카가 어떤 약물을 얼마나 많이 복용하였는지 확인하기 위해서 조사를 하였다. 뉴욕 검시관 사무소의 보고서에 따르면, 베로니카가 호흡 정지 상태가 되었을 때 약혼자가 바로 옆에 있었다. 나는 약혼자가 베로니카에게 약물을 투여한 것은 아닌지 의심이 들었다. 게다가 베로니카와 마지막으로 대화를 나눈 것도 약혼자였다. 나는 그녀의 약혼자와 통화를 시도했다.

루이스는 최선을 다해 아는 바를 이야기해 주었고, 베로니카를 담당한 병원 의료진들의 형편없는 치료에 대해 귀에 못이 박이도록 떠들어댔다. 그는 병원 측의 실수로 약혼녀가 죽었다고 확신하고 있었다. "베로니카가 너무 기운이 없다고 해서 제가 응급실에 가야 한다고 설득했어요. 정말 시름시름 앓았거든요. 하지만 베로니카를 병원에 데려가지만 않았어도 이렇게 죽지는 않았을 겁니다."

우선 루이스가 응급실에서 겪었던 상황에 대해 물었다. "병원에 있을 때 베로니카가 따로 약을 먹거나 하지는 않았나요?"

"수혈하기 전에 간호사가 약을 한 봉지 들고 왔어요. 그것 말고는 없었어요."

"혹시 베로니카에게…." 나는 말끝을 흐렸다. 최대한 거부감을 주지 않으면서 원하는 정보를 얻으려면, 단어 선택에서 최대한 주의를 기울여야 했다. "병원 밖에서 따로 약을 구해서 가져다주지는 않으셨나요?"

"아니요."

"의료 기록을 살펴보니까 베로니카가 예전에 알코올중독으로 고생했다고 하던데요. 혹시 얼마나 술을 마셨는지 알고 계신가요?"

"그렇게 많이 마시지는 않았어요. 하루에 한두 잔 정도. 폭음할 정도는 아니었어요."

루이스는 약혼녀가 알코올중독자가 아니라고 말했지만 부검을 통해 확인한 바로는 전혀 다른 이야기였다. 나는 다시 결정적인 질문을 던졌다. "혹시 베로니카가 재미 삼아 약을 먹거나 한 적은 없었나요?"

"그게 무슨 뜻이죠?"

"헤로인이나 신경 안정제나 우울증 약 같은 약이요."

"아니요." 루이스는 머뭇거리지 않고 바로 대답했다.

"메타돈 치료 프로그램 같은 걸 진행한 적은요?"

"전혀요."

"제가 이런 질문을 드리는 이유는 소변 검사 결과 벤조디아제핀, 모르핀, 메타돈 양성 반응이 나왔기 때문이에요. 그렇다면 베로니카가 어디서 그런 약물을 구했을까요?"

"잘 모르겠어요. 베로니카는 약물중독자가 아니에요! 저도 아니고요. 병원에서 계속 함께 있었어요. 한 번도 베로니카만 두고 자리를 비운 적이 없었어요." 루이스가 잠시 말을 멈추었다. 만약 마약중독자이면서도 절대 아닌 것처럼 연기를 하는 거라면 웬만한 연기자 뺨치는 실력이었다. 결국 나는 그의 말에 홀딱 넘어갔다. "병원에서 베로니카에게 준 약 때문에 그런 건 아닐까요?" 그가 물었다.

다른 건 몰라도 병원에 있는 의료진이 환자에게 메타돈을 투여했을 가능성은 전혀 없었다. 나는 병원에서 팩스로 받은 진료 기록을 한 장씩 넘겨보았다. "병원 기록에는 액체로 된 약물을 투여했고 코드 블루 전에 수혈을 했다고만 적혀 있네요."

"그렇다면 수혈한 핏속에 약물이 있었을 가능성은 없나요?" 루이스는 새로운 가능성을 내놓았다. 그럴 일은 거의 없었지만 전혀 불가능한 이야기 아니었다. 약물을 사용했던 사람의 경우는 수혈이 금지되지만 혈액은행에 수혈하러 온 사람들을 붙잡고 일일이 약물 검사까지 하지는 않기 때문이다. 설문지 작성과 인터뷰만 거치면 누구나 수혈할 수 있다. "제가 아는 거라고는 병원에서 빈혈이라고 말했고 간호사들이 수혈 주머니를 가져와서 베로니카의 팔에 주사를 꽂은 것뿐이에요." 루이스가 말을 이었다. "침대 바로 옆에 앉아 있었는데 갑자기 베로니카가 몸을 꿈틀거리더니 등이 아파서 죽을 것 같다고 등을 문질러 달라고 말했어요."

그 말을 듣는 순간 머릿속에서 시끄러운 알람 소리가 들렸다. "수혈을 하고 나서 곧바로 등에 통증을 호소했다는 말씀이세요? 수혈 전이 아니고요?"

"네, 간호사가 나간 후에 곧바로 아프댔어요. 그것도 굉장히 아파하더라고요. 그래서 문지르면 나아질까 싶어서 계속 문질렀는데 갑자기 숨을 못 쉬겠다고 했어요! 그래서 응급 호출 버튼을 눌렀고 곧바로 사람들이 오더니 베로니카를 데리고 갔어요. 아무래도 그 피에… 뭔가 문제가 있었던 것 같아요!"

"수혈했을 뿐인데 무슨 문제가 생겼다는 거야?" 내 이야기를 듣자 남편이 되물었다.

"수혈 때문에 폐에 손상이 갔으니까!"

남편은 조그만 목소리로 다시 투덜거렸다. "수혈하다가 폐가 상할 수도 있는 건가?"

"아, 정말 드문 경우이기는 해. 평생 한 번 볼까 말까 한 경우지! 수혈 이후 등에 통증이 왔다는 그 사람 말을 듣는 순간, 이건 수혈관련급성폐장애구나 싶더라고. 하지만 독성학보고서가 도착하기 전까지는 진짜 수혈 때문에 죽은 건지 입증할 수가 없어."

"그럼 약물 과다 복용으로 인한 사망이 되는 거네?"

"응, 하지만 약물 때문에 사망한 게 아니야! 이건 분명 수혈관련급성폐장애 때문이야. 그 약혼자 말이 정말 설득력이 있었어. 그래서 전화를 끊자마자 그 병원 담당 혈액은행에 전화를 걸어서 위험성이 있다는 사실을 알렸어."

"그게 그렇게 큰일이야?"

"수혈관련급성폐장애는 급성 폐부종을 일으켜서 사람을 죽게 만들어. 게다가 한번 발병하면 돌이킬 수도 없어. 병원에 있던 의사와 간호사들은 그 사실을 미처 진단하지 못한 거야. 수혈과 호흡 정지 사이의 연관성을 전혀 유추해 보지 않았던 거고. 그 자체로 중대한 의료 과실이야. 이 문제가 사실로 판명되면 해당 혈액은행에 대한 FDA의 승인이 취소될 거야. 만약 그 혈액은행이 문을 닫게 되면 그 병원도 똑같은 신세가 될 테고."

"진짜 큰일 맞네!"

"응, 혈액은행 관리자도 그런 생각을 하고 있을 거야. 검시관에게서 치명적인 수혈 반응이 발생했다는 사실을 전해 듣는다면 어떻겠어? 내가 그 입장이라도 끔찍하겠지."

수혈관련급성폐장애에 대한 메커니즘은 아직까지 자세히 연구되지 않았다. 기증자나 수혈을 받은 환자의 혈장 둘 중 하나의 항체의 문제로 발생하는 것인데, 이 항체라는 것은 특화된 단백질로 낯선 박테리아나 바이러스가 하나로 뭉쳐져서 발생하는 질병으로부터 우리 몸을 보호하는 역할을 한다. 만약 낯선 박테리아나 바이러스가 침투하면 우리 몸에서는 면역 반응을 보이고 병원균을 파괴하기 위해서 백혈구를 내보낸다. 수혈을 받게 되면 우리 몸은 플라스마와 그 안의 항체는 물론이고 그 혈액이 밖에서 흘러들어온 것을 인지하지 못하고 자신의 혈액인 것으로 착각하게 된다. 하지만 극소수의 경우에는 기증자나 수혈을 받는 환자의 혈액 속에 항과립구항체가 생성될 수 있다. 이 항과립구항체는 백혈구를 하나로 뭉쳐지도록 만든다. 면역 반응에 따라 백혈구가 점점 흘러나오는데 항과립구항체 때문에 백혈구가 서로 뭉치면서 악순환이 이어지고 그 결과 몸속에서 자기 조직을 미친 듯이 공격하게 된다.

이러한 공격으로 가장 큰 피해를 보는 것은 바로 모세혈관이다. 특히 폐가 위험해진다. 폐포낭 내의 빈 공간으로 거품이 있는 액체, 즉 부종이 밀려들고 바깥쪽 벽은 단백질 침전물이 쌓이면서 가스가 들어오고 나가는 것을 방해한다. 결국 산소를 받아들여야 하는 우리 몸은 이러한 거짓 위협에 맞서 면역 반응을 보인다. 이러한 반응은 급속도로 나타나며, 만약 수혈관련급성폐장애가 맞다면 매우 순간적으로 반응이 나타났을 것이다. 그래서 폐에 액체가 가득차고 모세혈관이 막히면서 기계적인 인공호흡으로도 산소 포화량을 높일 수 없었을 것이다. 결국 베로니카의 뇌에 산소가 부족해졌고 그로 인해 사망에 이른 것이다.

그로부터 며칠 후, 베로니카 리베라의 진료 기록 사본 전부가 내 책상 위에 도착했다. 응급실 담당 의사들은 베로니카를 성심성의껏 치료했으며 세부 사항 역시 꼼꼼히 기록해 두었다. 코드 블루 이후의 대처도 엄격히 규칙에 따랐다. 응급 병동의 의사들은 헤모글로빈 효능 테스트에 따라 베로니카를 빈혈로 진단했다. 그런데 소변 검사 결과에서 약물 과다 복용 양성 반응이 나오자 의사와 간호사 모두가 하나같이 베로니카를 집중치료실에 몰려드는 브롱크스의 마약중독자 중 하나라고 치부해버린 모양이다. 그 누구도 베로니카가 갑작스럽게 쓰러진 이유에 대해 조사하지 않았다. 모두 약물 과다 복용으로 인한 결과라고 생각한 것이다.

병원 차트를 확인한 결과, 의료진의 판단이 틀렸다는 사실을 알 수 있었다. 소변 검사에서 양성 반응을 보인 두 가지 약물은 브롱크스 뒷거리가 아닌 병원조제실에서 나온 것이었다. 벤조디아제핀은 미다졸람, 즉 수면 진정제에서 활성화되는 약물로 아편제 성분인 진통제 펜타닐을 투약했기 때문에 양성 반응을 보인 것이다. 코드 블루 팀의 기록에 따르면 위 두 가지 약물은 베로니카가 호흡 정지 증상을 보였을 때, 삽관을 통해 투여되었다는 점을 확실히 보여주고 있었다.

물론 모든 게 의료진의 잘못만은 아니었다. 베로니카는 호흡기 질병에 대한 세균 감염 배양 검사에서 음성 반응이 나왔다. 그렇기 때문에 의사들은 양측 폐렴이 발생했을 가능성을 전혀 예상치 못했을 것이다. 배양 검사 결과만 보면 베로니카는 어떠한 감염 증세도 없었던 것으로 보인다.
"결국 담당의는 폐렴을 전혀 예상치 않았던 거예요." 나는 사무실의 네모난 책상에 앉아서 서류 작업을 하면서 동료인 스튜어트 박사를 보며 이렇게 말했다.

“제대로 진단을 한 게 아니라 그냥 어림짐작으로 사인을 추정한 거네요.” 스튜어트가 이렇게 말했다. 스튜어트는 검시관 일을 시작하기 전에 개인 연구실에서 병리학자로 일했기 때문에 이번 사건에 대하여 일가견이 있었다.

“이것 좀 봐요. 엑스레이를 두 번 찍었어요. 한 번은 베로니카가 처음 응급실에 도착했을 때이고, 한 번은 삽관 이후에 집중치료실에서 찍은 거예요.”

“삽관이 제대로 됐는지 확인한 거로군요.”

“맞아요. 첫 번째 엑스레이는 음성이에요. 12시간이 지난 후에 찍은 엑스레이 사진은 온통 하얀색이에요. 폐에 액체가 가득 찼다는 뜻이죠. 결국 병원 의사도 양측 폐렴에 일조한 셈이에요.”

“12시간 안에 이렇게 하얗게 되기는 힘들죠.”

“맞아요! 고마워요, 스튜어트.”

“심부전 증상이 있어도 엑스레이가 하얗게 보이기도 해요.”

“그렇죠. 하지만 부검 결과 베로니카의 심장은 정상이었어요.”

“알레르기 반응으로 인한 과민성 쇼크의 가능성은 없나요?”

“안 그래도 연구실에서 트립타제 수치를 확인하고 알려 준다고 해서 기다리는 중이에요.” 나는 대답했다. “만약 트립타제 수치가 정상으로 나오고 독성학 결과가 음성으로 나오면 이번 사건은 확실히 수혈관련급성폐장애로 판명되는 거예요. 확실해요!”

스튜어트는 확신이 가지 않는 듯 눈썹을 치켜떴다. “찰스 히르쉬 박사님도 동의하실까요?” 그 말에도 일리는 있었다.

6월 중순, 마침내 독성학 결과가 도착했고 베로니카의 트립타제 수치가 정상이라는 점이 확인되면서 알레르기 반응에 의한 과민성 쇼크의 가능성은 사라졌다. 이로써 병원의 의료진들이 소변 검사 결과 하나에 의존해 베로니카를 약물중독자로 치부해버렸다는 사실을 다시 한 번 확인하게 되었고 나로서는 엄청난 충격이었다.

"그럼 메타돈은 결국 안 나온 거야?" 독성학 결과 보고서를 들여다보고 있는데 남편이 이렇게 되물었다. "어떻게 그런 일이 있을 수 있어?"

"오류로 인해서 양성 반응이 나온 거야. 소변 검사로 약물 검사를 하는 게 혈액 검사보다는 정확성이 떨어지니까. 항체를 이용해서 실험을 하는데 가끔 교차반응이 나타날 때가 있어. 소변 검사는 세밀하지만 정확성이 떨어져서. 환자 중 극소수는 약물에 중독되지 않았는데도 양성 반응을 보일 때가 있거든. 그래서 법정에서 법의학 샘플로 소변 검사 결과가 인정되지 않는 거고. 우리 연구실에서는 반드시 혈액 샘플을 채취해서 다시 결과를 확인해."

"그럼 그 약혼자라는 사람이 진실을 말한 거잖아."

"응, 베로니카는 약물중독자가 아니고 약물 과다 복용으로 사망한 게 아니었어. 혈액 검사 결과 알코올 수치도 제로인 것으로 나타났으니 술도 안 마셨고. 약물 알레르기가 있는 특이체질도 아니었어. 그렇다면 애초에 진단에서부터 잘못되었다는 가능성 하나만 남게 되는 거지."

"큰일이네. 그런데 병원 의사들이 당신처럼 생각하지 못했다는 점이 아직도 이해가 안 돼."

"워낙 드문 경우야. 수혈관련급성폐장애는 그 누구도 상상하지 못 했을 거야."

"정말 아무도 몰랐을까?"

"병리학자를 제외하고는 아무도 몰랐을 거야."

하지만 찰스 히르쉬 박사에게 이번 사건을 설명하기는 아직 시기상조였다. 마지막으로 통화해야 할 사람이 남아 있었다. 나는 엑스레이 결과와 병원 진료 차트를 다시 꼼꼼히 살핀 후에 전화기를 들고 더그 블랙올 교수에게 연락을 했다. 더그 교수는 UCLA 메디컬 센터의 혈액은행 대표로 의대에 다닐 때 혈액은행의 임상병리학을 가르쳐 주신 교수님이었다. 나는 이번 사건의 경위를 전부 설명했다. "약혼자의 말로는 베로니카가 등의 통증을 호소했고 가슴을 부여잡더니 죽을 것 같다고 말했다고 해요."

"자네도 짐작이 가는 부분이 있을 것 같은데." 블랙올 박사는 한 치의 지체도 없이 대답했다.

"수혈관련급성폐장애 같아요."

"아무래도 그런 것 같군."

"제 생각도 그래요!" 나도 모르게 큰 소리로 외쳤다. "교수님께서 그렇게 말씀해 주시기를 바랐어요. 부검대에서 정확한 진단명을 찾아내기가 힘든 법이니까요."

"자네도 부검으로만 진단한 건 아닌 것 같은데. 차트도 살펴보고 연구소 검사 결과도 살펴봤을 테고. 책상에 앉아서 진단명을 찾아냈을 테고."

나는 그날 오후 3시 회진에서 베로니카의 부검 결과를 발표했다. 찰스 히르쉬 박사는 회의적인 반응을 보였다. "엑스레이 가져와." 프레젠테이션을 마치고 나서 곧바로 새로운 지시가 떨어졌다. "그리고 방사선학과에 의뢰해서 자네 의견과 일치하는지도 확인해 보도록. 모든 확인이 끝나면 다시 나한테 가지고 와."

그로부터 몇 주 뒤에 두 장의 가슴 엑스레이 필름과 함께 방사선학과 결과 보고서가 도착했다. 엑스레이 결과는 매우 놀라웠다. 12시간의 시차를 두고 치명적인 폐의 이상이 발견되었고, 나중에 찍은 이미지에서는 폐 속에 유동체가 가득차서 하얗게 변해버린 것을 확연히 볼 수 있었다. 오전 9시 30분 회진을 마치고 나서 엑스레이 결과를 가지고 찰스 박사를 찾아갔다. "방사선학과 소견은 어때?" 박사는 궁금해하며 물었다.

"비심장성 폐부종입니다." 나는 결과지를 그대로 읽어 내려갔다. "시간차에 따른 변화로 볼 때 수혈관련급성폐장애와 일치해요."

찰스 히르쉬 박사는 나를 내려다보면서 보일락 말락 미소를 지었다. "수고했어." 그건 지금까지 뉴욕 검시소에서 일하면서 찰스 히르쉬 박사로부터 들은 최고의 찬사였고 지금까지도 그 순간을 소중히 간직하고 있다.

상사의 짧은 한마디가 이번 베로니카 케이스에 연루된 모든 이들에게 주어진 유일한 찬사였다. 병원의 혈액은행에서는 혈액 제공자를 찾아내서 이렇게 말했다. "본인에게는 해롭지 않으나 다른 사람에게는 해를 끼칠 수 있는 항체가 발견되었습니다. 따라서 앞으로는 수혈을 하시면 안 돼요. 확인을 위해 혈액 검사를 하셔야 합니다." 다음과 같이 말하는 것보다 훨씬 친절한 표현이었다. "당신의 나쁜 피 때문에 다른 사람이 목숨을 잃었을지도 몰라요. 빨리 와서 피검사를 해 봅시다. 그래야 다시는 당신으로 인해 누군가 목숨을 잃지 않을 테니까." 혈액을 제공한 장본인의 혈액을 채취하여 검사를 해 보았지만, 항과립구항체가 발견되지 않았다. 이는 혈액을 제공한 사람이 아닌 베로니카 자신의 항체 속에 있던 항과립구항체가 수혈자의 혈액과 만나면서 반응이 일어났다는 의미였다.

따라서 베로니카 리베라의 사망은 '치료적 합병증'으로 결론이 났고, 다른 실수에 기인한 것이 아닌 피할 수 없는 결과로 밝혀졌다. 병동에 근무하던 의사들과 간호사들의 유일한 실수라면, 수혈 후 이상 반응을 알아차리지 못했으며 이를 혈액은행에 보고하지 않았다는 것이다. 베로니카를 흔한 약물중독자로 추측해버렸기 때문에 발생한 문제였다. 병원 측의 진단이 잘못되었다고 해도 베로니카를 치료한 의료진 입장에서 죽음을 막을 도리는 없었을 것이다. 베로니카 리베라는 정말로 빈혈이었다. 임상적인 관점에서 당장 수혈이 필요한 상황이었다. 수혈을 하지 않았다면 목숨을 부지할 수 있었을까? 아마도. 그렇다면 수혈관련급성폐장애가 일어날 것을 예측할 사람이 있었을까? 아무도.

수혈관련급성폐장애는 돌이킬 수 없으며 종종 오진을 불러오는 질병으로 병원에 입원한 환자들을 죽음에 이르게 만든다. 물론 이밖에도 환자를 죽음으로 내모는 것들은 수없이 많다. 심장개복수술 당시 정맥 카데터가 잘못 연결되어 죽음에 이른 경우도 본 적이 있다. 이 역시도 사망의 방식은 치료적 합병증으로 기록되었다. 사소한 무릎 수술이나 미용을 목적으로 하는 성형 수술을 하더라도 환자가 마취에 대한 특이체질일 경우 자칫 사망에 이를 수도 있다. 2년간 뉴욕 검시소에서 수련을 하며 배운 바로는 이 세상에 '간단한 수술'이라는 건 없다는 사실이다. 찰스 히르쉬 박사는 "간단한 수술이란 내가 아닌 다른 사람이 하는 수술"이라고 즐겨 말하곤 했다.

사이먼 나니카쉬빌리는 동맥경화와 심장병을 앓고 있는 70대 남성이었다. 목동맥 중 하나가 콜레스테롤 침전물로 완전히 막혀버려서 뇌로 혈류가 전달되지 못하는 상황이었다. 당장 수술을 받지 않으면 뇌졸중이 오는 건 시간문제였다. 맨해튼의 마운트 사이나이 병원의 혈관외과전문의는 문제가 되는 목동맥의 불순물을 제거하고 다른 혈관을 이식하는 수술을 했다. 모든 과정이 순조롭게 흘러가는 듯했고, 사이먼은 좋은 컨디션으로 마취에서 깨어났다. 그런데 다음 날 저녁, 목의 옆 부분에서 붕대를 흠뻑 적실 정도로 피가 솟구쳤고 흉측할 정도로 목 주변이 부어오르면서 혈압이 계속 떨어졌다. 코드 블루 팀이 황급히 도착해 삽관을 하고 의사들은 상처 부위 압박을 시도했지만 수술에 들어가기도 전에 사이먼은 세상을 떠나고 말았다.

부검대 위에 도착할 때까지 사이먼의 수술 부위는 여전히 붕대로 가려진 상태였다. 수술 부위의 붕대를 풀자 목 부분의 좁은 공간에 엄청난 양의 피가 가득차 있는 것을 확인할 수 있었다. 목동맥을 절개한 부분에 1.3센티미터가량의 구멍이 뚫려 있었다. 치명적인 출혈이 있었던 부위를 찾아낸 것이다. 상처 부위를 꿰맨 수술용 파란색 프로렌실 봉합 실이 느슨하게 풀려 있었다. 수술을 맡은 의사가 절개한 부위를 고정하기 위해서 단단히 봉합해야 할 부분의 실이 완전히 풀려 있는 것이다. 사진사가 부검 현장을 카메라에 담는 걸 확인한 후, 시신의 목 부분만 잘라서 포르말린 용액이 담긴 플라스틱 통에 옮겨 담았다.

나는 부검 당일 사망진단서를 작성했다. 사망의 원인은 외과적 수술 부위의 출혈이었고 수술 자체가 선택적이었다는 점으로 미루어 볼 때 사망의 방식은 당연히 치료적 합병증이었다. 사이먼은 수술 날짜를 일주일, 이주일, 아니 한 달까지도 미룰 수 있는 상황이었다. “남편은 수술로 삶을 빚지고 살았던 사람이에요.” 부검 결과를 전달하기 위해 사이먼의 부인에게 전화를 걸자 부인은 이렇게 말했다. 3년 전에는 심장병이 왔는데 살아남았고 1년 전에는 엉덩이뼈가 부러지는 사고를 겪었다고 했다. 둘 다 사이먼의 생명을 앗아갈 수 있는 치명적인 사건이었지만, 이번 수술까지 성공했더라면 앞으로 훨씬 더 오랜 세월을 살 수도 있었다.

그날 여름, 나는 마운트 사이나이 병원의 위기관리부서에서 걸려온 전화 몇 통을 처리했고 병원 측에서는 변호사를 선임할 계획이라고 말했다. 병원에서는 사이먼 씨의 사망에 관한 전담조사반을 조직했으며 아직 누구의 과실인지 정확히 판명 되지 않은 상태였다. 담당 의사는 봉합용 실이 끊어진 거라고 주장했고, 봉합용 실을 공급하는 에티콘 사에서는 의사가 봉합을 제대로 하지 않은 거라고 팽팽하게 맞서고 있었다. 결국 양쪽 모두 수술 부위를 육안으로 확인하고 싶다는 의사를 보였다. 병원 측과 에티콘 사가 법적 분쟁에 단단히 대비하고 있는 터라, 나는 공무상 시신과 표본의 법률적 관리인을 맡게 되었다.

사이먼의 딸로부터 봉합용 실을 확인하기 위해 시신의 표본을 사용해도 좋다는 허가를 받은 후, 담당자들이 평가를 위해 사무실로 찾아왔다. 나는 포르말린 통에 들어 있던 목 부분의 수술 부위를 꺼냈다. 하늘색 봉합용 실은 이식한 부위에 반쯤 파고든 상태로 포르말린 용액 위에 나풀거리며 떠 있었다. 사무실 로비로 내려가 보니, 함께 봉합용 실을 확인하게 될 담당자들이 엄숙한 표정으로 정장을 빼입은 채 기다리고 있었다. 패트릭 렌토 박사는 마운트 사이나이의 병원의 부검 담당자로 병원 측을 대표해 이곳을 찾았다. 에티콘 사에서는 은퇴한 혈관외과 전문의 토머스 디빌리오 씨를 보냈다. MIT 대학에서 폴리머 기법*을 전공한 존 모알리 박사도 에티콘 사의 제품의 결함 여부를 확인하기 위해 함께 자리했다.

제일 먼저 우리는 마운트 사이나이 병원에 근무하는 패트릭 박사의 사무실로 향했고 복합전자현미경을 통해서 절단된 봉합용 실을 여러 각도에서 확인해 보기로 했다. 고배율 현미경으로 확인해 봤더니 메스로 절단된 봉합용 실의 끝부분이 말끔하고 네모난 단면이 드러나 있었다. 가위로 절단할 경우 쐐기 형태의 절단면이 남는다. 그 차이는 봉합용 실이 찢겨나간 절단면을 보면 쉽게 구분할 수 있는데, 이번 경우에는 양초에 달라

* 단위체가 반복되어 연결된 고분자의 한 종류

붙은 조그만 혹처럼 끝부분이 둥글둥글하게 꼬여 있었다.

우리는 다 함께 사건 조사 파일에 있던 부검 당시의 사진을 확인했고 혈관을 재건한 수술 부위가 저절로 터지거나 악화된 것이 아니라는 것에 동의했다. 목동맥과 정맥 이식 부위에도 조직이 찢겨나간 흔적이 보이지 않았다. 토머스 박사는 사진 속에 보이는 파란색 봉합용 실을 가리키며 말했다. "여러분 잘 보시면 봉합용 실 한쪽은 직선이고, 다른 한쪽은 돼지의 꼬리처럼 꼬여 있다는 것을 확인하실 수 있을 겁니다. 맞지요? 육안으로는 매듭이 보이지 않는군요. 만약 봉합용 실에 결함이 있어서 스스로 끊어진 거라면 온전한 매듭이 남아 있어야 정상입니다." 그렇게 말하면서도 별로 흡족해하는 표정이 아니었다. 나는 봉합용 실이 끊어진 거라고 당당하게 주장했던 사이먼의 주치의가 지금 이 자리에 있다면 뭐라고 반박할 것인지 궁금했다. "더욱 중요한 것은" 토머스 박사가 말을 이었다. "봉합용 실이 배열된 모습으로 볼 때 애초에 매듭을 완전히 잘못 묶었다는 것입니다." 그는 패트릭 렌토 박사를 쳐다보았다. "매듭을 네모난 모양으로 단단하게 묶어야 하는데, 담당의가 세로 매듭으로 겹쳐서 묶은 모양이군요. 그 매듭이 아래로 밀려 서로 얽히면서 이렇게 끝부분이 느슨해진 것 같습니다."

패트릭 박사는 아무 대답도 하지 않았다. 우리 모두가 그렇듯, 패트릭 박사는 매듭이 묶인 부위를 본인이 직접 살펴보고 싶어 했다. 나는 보관용 통에 있던 표본을 꺼내서 박사에게 건넸다. 박사는 현미경에 표본을 올리고 천천히 배율을 조절했다. 봉합용 실의 느슨한 끝부분이 모니터 위에 나타났다. 누가 봐도 한쪽 끝은 가위로 절단해서 돼지 꼬리처럼 돌돌 말려 있었고 반대쪽 끝은 메스로 잘라 말끔히 절단된 상태였다. 외과수술, 특히 이식 수술을 할 경우에는 문합, 즉 수술 부위를 꿰맨 후에 수술용 바늘 끝부분을 길게 남기고 가위로 잘라내야 한다. 이는 정말 중요하다. 그런데 매듭이 제대로 묶이지 않아 한쪽 끝부분만 엉켜버려서 코르크 마개뽑이처럼 돌돌 풀리게 된 것이다.

결국 봉합용 실에 문제가 아니었다. 프로렌 실 재질에는 결함이 없었고 문제는 담당 외과의에게 있었다. 목동맥 부위에 연결된 봉합용 실 전체를 확인한 결과 표본에 있는 하나의 실을 통틀어, 한 개의 옭매듭만 남아 있었다. 담당의는 네다섯 번가량 세로 매듭을 묶었던 것으로 추정되며 그중 대부분이 완전히 풀려 있다는 사실을 우리 눈으로 똑똑히 확인할 수 있었다. 봉합용 실의 한쪽이 제대로 묶이지 않았고 다른 한쪽이 수술 부위를 반쯤 파고들어 있는 것으로 보아 결국 동맥의 문합이 제대로 마무리되지 않아서 이런 문제가 발생한 것이다.

나는 간담이 서늘해졌다. 의대에서 들어가서 외과의 수련을 받을 때, 맨 처음 배우는 것이 토머스 박사의 말처럼 수술 부위에 매듭을 제대로 묶는 방법이었다. 내가 의대에 다닐 때만 해도 슈퍼마켓에서 사 온 돼지 다리를 주방 식탁에 올리고 매듭을 단단히 묶는 방법을 죽어라 연습했다. 얼마나 집중을 했는지 밤에 매듭을 묶는 꿈까지 꿀 지경이었다. 더구나 마운트 사이나이 병원의 혈관 전문의라면 세계 최고로 꼽히는 곳이었다. 그런 곳에서 수술 부위를 제대로 봉합하지 못하는 실수를 해서 환자를 사망하게 만든 것이다.

병원 측에서 나온 패트릭 렌토 박사도 나만큼 당황한 표정이었다. 우리는 확실한 판단을 위해서 현미경의 배율을 최고로 높이고 사이먼 씨의 목 부분을 다시 한 번 확인하기로 했다. 결국 주사전자현미경까지 동원이 되었다. 그 결과 봉합선의 양쪽 끝부분이 억지로 비틀리거나 길게 뻗어 나오지 않았다는 사실을 확인할 수 있었다. 봉합용 실의 양쪽 부분이 가위로 잘랐을 때와 메스로 잘랐을 때의 차이를 정확히 나타내고 있었다.

나는 사이먼 씨의 부검 결과를 바탕으로 흥미로운 소논문을 작성했다. 패트릭 교수와 존 교수와 공동으로 〈목동맥 내막 절제술에 따른 문합 봉합선 분열에 대한 사후 분석〉이라는 논문을 발표했다. 자신이 속한 병원의 의사가 저지른 치명적인 실수를 다루는 논문을 공동으로 연구 발표한다는 것이 다소 놀라울 수도 있지만, 이 또한 내가 의사라는 직업을 사랑하는 이유 중 하나다. 과학의 진일보를 이끌어 내고 다른 의사들에게 배움을 줄 수 있다면 나의 실수든 동료의 실수든지 간에 충분히 논문으로 활용할 수 있는 것이다. 이 논문의 결론이자 사이먼 씨의 부검을 통해 우리가 배울 수 있는 교훈은 단순했다. '외과의사들이여, 수술 후에는 매듭을 단단히 묶을지어다!'

때로는 의도치 않게 환자를 죽음에 이르게 하는 의사들도 있다. 그런 경우 환자들은 의료 방식이 위험했다는 의료진의 말을 그대로 받아들일 수밖에 없다. 이때 검시관은 치명적인 의료 과실 사건을 만나게 된다. 가브리엘라 알론소는 젊은 여성으로 1996년 임신 7주 차라는 사실을 안 후 선택적 낙태를 하기 위해 퀸스에 위치한 개인 산부인과를 찾아갔다. 일명 '감시하 마취'를 진행하기 위해 정맥 주사로 진정제와 진통제를 맞고 산소마스크를 착용했다. 진정제의 약 기운이 돌면서 가브리엘라는 의식을 잃었고 진통제 덕분에 수술이 이뤄지는 동안 통증을 덜어낼 수 있었다.

감시하 마취란 일반적인 전신 마취와 달리, 수술 부위만 마취를 하는 것을 의미하며, 전신 마취는 환자의 생체 기능 전부가 의료진의 책임에 놓여 있는 것을 의미한다. 이처럼 마취에도 여러 단계가 존재하기 때문에 의사는 수술의 형태와 환자의 불안 정도 그리고 병원에 갖춰진 의료 기구와 다른 요소들을 전반적으로 고려하여 어떤 방식의 마취를 할 것인지 결정해야 한다. 일반 전신 마취는 마취 전문의가 있는 병원에서만 허가되지만, 의료법에 따르면 특별한 자격을 가진 마취 간호사가 의사의 감독 아래 일하고 있을 경우 개인 병원에서도 감시하 마취를 실시할 수 있도록 허가하고 있다.

가브리엘라의 치료적 유산 수술은 복잡하지 않았고 간단히 마무리되었다. 수술이 끝난 후 산부인과 의사와 마취 간호사는 그녀를 휠체어에 태워 일명 '회복실'이라고 불리는 공간으로 이동시켰고, 그 공간은 환자들이 진료를 위해 대기하는 장소로 의료 기구 없이 의자 8개만 놓여 있었다. 그곳에는 대기실에 있는 전화를 받고 진료비를 계산하는 등 병원 사무를 보는 직원 한 명밖에 없었다. 가브리엘라 이외에도 감시하 마취 이후 곧바로 대기실로 옮겨진 환자들이 여럿 있었지만, 이들을 관리 감독할 간호사는 한 명도 없었다. 이반 코바체프라는 이름의 의사는 최소한의 인력만 가지고 병원을 운영하고 있었다. 마취 간호사 데니스 모튼과 혈액 샘플을 채취하고 검사하는 사혈 전문의, 두 명이 전부였다. 심폐소생술을 시행할 수 있는 사람도 이반과 데니스 둘뿐이었다.

사건 이후 담당의 이반의 진술에 따르면, 가브리엘은 수술 직후 의식을 회복한 상태였고 대기실로 옮겼을 당시 다시 '수면 상태'에 빠졌다. 그 후로 다시는 깨어나지 못했다고 했다. 의사는 가브리엘라가 의식을 잃은 원인을 '브레비탈 약물 과다' 탓으로 돌렸다. 브레비탈은 감시하 마취에서 사용할 수 있도록 등록된 마취약이었다. 최소침습수술을 할 때, 짧은 시간 동안 진정과 수면 상태로 만들어 '반 마취 상태'에 이르도록 하는 약물이다. 이런 진정과 수면 상태에서 자칫 목숨을 잃을 위험도 있다. 이 경우 호흡 억제라는 부작용이 발생할 수 있고, 호흡이 점점 느려지다가 혈중 산소 농도가 위험 수위까지 떨어질 우려가 있기 때문이다. 바로 그런 이유로 산소마스크가 반드시 필요한 것이다. 마취를 담당하는 사람은 환자의 호흡수와 수술 중의 의식 수준을 계속해서 점검해야 하며, 이는 수술이 끝난 후에도 마찬가지로 눈여겨 봐야 하는 부분이다. 산소마스크를 벗고 나서는 의식을 회복하고 즉각적인 반응을 보여야 하며 스스로 호흡이 가능해야만 한다.

가브리엘라가 호흡을 하지 않는 것을 알아챈 접수 담당 직원은 곧바로 의사를 호출했고, 의사와 간호사 데니스는 구급차가 도착할 때까지 심폐소생술을 시도하다가 곧바로 엘름허스트 병원으로 이송하였다. 하지만 너무 늦었다. 환자는 돌이킬 수 없는 혼수상태에 빠져버렸다. 결국 가브리엘라는 6년 동안 식물인간 상태로 병원에 누워 있어야만 했고, 2002년 여름, 가브리엘라의 심장이 멈췄다. 나는 사건이 발생한 1996년 9월부터 사망까지 벌어졌던 일련의 사건들을 재구성하고 뉴욕시를 대표해 가브리엘라 알폰소의 사망을 사고사로 분류할지 아니면 치료적 합병증으로 분류할지 결정지어야 하는 책임을 맡게 되었다.

부검이 있던 당일 오후 회진에서, 나는 처음으로 시신을 보고 느낀 바를 조심스럽게 입에 올렸다. "만약 브레비탈 약물이 검출되지 않았더라면 '임신 7주 태아의 선택적 낙태 중 호흡 정지로 인한 식물인간 상태의 장기화'라는 점에만 급급했을 거예요. 유족을 담당하는 변호사에게 진료기록을 요청하고 기다리는 중인데, 지금 상황에서는 사망의 방식을 사고사로 봐야 한다는 의견이에요."

"치료적 합병증으로 인한 사망이라고 보지 않는 이유는?" 찰스 히르쉬 박사가 질문을 던졌다.

"낙태 수술 때문에 장시간 식물인간 상태가 될 거라는 점을 예측하기란 힘든 일이니까요. 마취 상태에서 혹은 마취 후 모니터 하는 과정에서 뭔가 심각한 잘못이 발생한 것으로 보입니다. 게다가 관리 부주의라는 측면에서 '브레비탈 약물 과다'라는 의사의 주장도 어느 정도 신빙성이 있어 보이고요. 이번 사건은 치료적 합병증이라기보다는 사고사로 보는 게 맞을 것 같습니다."

"부검을 하면서 뭔가 흥미로운 점은 없었나요?" 카렌 박사가 물었다.

"별로요. 뇌가 호두처럼 딱딱하게 굳어 있었고 폐렴이 있다는 것 말고는 없었어요." 일명 호두 뇌라고 불리는 이 현상은 식물인간 상태가 계속되면서 뇌가 수축되는 현상을 일컫는 말이었다. 이것은 레스피레이터뇌와는 다른 양상을 보인다. 레스피레이터뇌는 썩지만 호두 뇌는 건강한 뇌와 비슷한 짙은 회색을 띤다. 하지만 크기가 줄어들고 딱딱해진다는 점만 다르다. 폐렴 역시 병원에서 식물인간 상태로 오랫동안 입원했다가 사망하는 환자들에게서 흔히 볼 수 있는 증상이다. 가브리엘라 알론소가 사망한 후, 의학윤리위원회 사무실에서 담당의를 불러 진술을 받았다. 나는 법무팀을 통해서 당시 기록을 요청해 둔 상태였다.

그로부터 6주 후, 윤리위원회 측에서 자료가 도착했고 나는 서류를 책상에 올려두었다. 서류를 살펴본 결과 사건과 관련된 몇 가지 사실들과 문제점을 확인할 수 있었다. 이반 코바체프는 동유럽의 의대에서 수학했으나 미국으로 건너와 레지던트 과정을 1년밖에 거치지 않은 상태였다. 의사협회에서 산부인과 전문의로 허가를 받지도 못했다. 가브리엘라 알론소가 병원에 왔던 날, 이반은 1시간 반 만에 총 7건의 낙태 수술을 실시했다. 수술 한 건당 평균 11분가량 소요되었다는 의미였다. 본인이 직접 작성한 진료 일지에 따르면, 대기실에는 10분에서 15분 간격으로 환자들이 도착했다. 이반 코바체프의 병원은 말 그대로 낙태 공장 수준이었다. 공장에서 제품을 찍어내듯, 낙태 수술을 해왔던 모양이다.

윤리기관의 검토자들 전원은 이반의 행동이 '의료 행위의 정해진 규준을 넘어서는 심각한 일탈 행위'가 있었던 것으로 평가했다. 반드시 심장과 호흡을 확인할 수 있는 모니터를 설치하고 혈압 측정용 밴드와 응급상황에 대비해 크래시 카트를 준비해야 하는데 병원에서 이를 지키지 않았다는 거였다. 경찰은 유효기한이 지난 약물과 유통기간을 2년이나 넘긴 마취제 몇 병을 압수했다. 데니스라는 마취 간호사의 진술서에 따르면, 가브리엘라는 수술 후에 '졸음에 취한' 상태였고, 별다른 조치 없이 환자만 두고 대기실을 빠져나왔다. 그리고 곧바로 수술실로 돌아와서 다음 수술 환자에게 마취제를 투여했다. 접수를 담당하는 직원으로부터 가브리엘라가 숨을 쉬지 않는다는 소식을 듣기 전까지, 아마도 극심한 산소부족 상태가 몇 분간 계속되었을 것이다. 하지만 의사와 간호사는 곧바로 대기실로 달려가서 휠체어에 탄 가브리엘라를 수술대에 눕히고 심폐소생술을 하지 않았고, 먼저 새 환자를 마취 상태에서 깨우기 바빴다.

과거 경찰의 사건 보고서와 진료 기록 등을 모두 통틀어 볼 때, 가브리엘라의 죽음은 잘못된 치료의 결과 혹은 단순한 의료 과실로 인한 것이 아니라는 확신이 들었다. 계획된 수술이라고 해도, 심지어 그 수술을 제대로 마쳤다고 해도 환자가 사망에 이를 수 있는 위험은 늘 존재한다. 결국 가브리엘라 알론소의 죽음은 치료적 합병증으로 결론 내렸다. 의사가 치명적인 실수를 저질러 환자를 사망에 이르게 했다면, 나는 이를 사고사로 분류할 것이다. 하지만 이번 사건은 그보다 더 최악이었다. 이반 코바체프의 시술은 조잡스럽기 짝이 없었을 뿐만 아니라 충분히 피할 수 있는 상황을 돌이킬 수 없는 상태로 번지게 했다. 결국 의료진에 손에 의해 가브리엘라는 의료 과실로 죽음을 맞게 된 것이다. 그렇다면 이번 사건은 살인으로 봐야 하지 않을까?

나는 곧바로 찰스 히르쉬 박사에게 달려가서, 유통기한이 지난 약물을 사용했으며, 병원에 필수 시설이 비치되지 않았고, 제대로 자격을 갖추지 않은 간호사와 낙태 공장처럼 운영되어 온 수술 과정에 대해 설명했다. 찰스 히르쉬 박사 역시 가브리엘라의 사망의 방식을 살인으로 대번에 결론 내렸다. "부검 결과를 작성하기 전에 먼저 검사에게 반드시 연락해서 96년도에 있었던 조사 결과와 자료들이 일치하는지 확인하고 그쪽 의견은 어떤지 확인해 보도록 해."

96년 당시 사건을 담당했던 검사는 오래전 은퇴한 상황이었다. 나는 뉴욕 경찰국 특별사건 전담반의 반장에게 연락을 했고, 살인 사건을 전담하는 경관이 휴가 중이라는 소식을 전달받았다. 다음으로 미해결사건을 담당하는 검사보에게 연락을 했다. 내 말을 들은 검사보는 별로 놀라지 않았고, 독립적인 수사를 위해 필요한 모든 정보와 기록을 제공하겠다고 약속했다. 자료를 받는 데까지 꼬박 다섯 달이 걸렸다. 마침내 모든 기록과 자료를 손에 넣었을 때가 2003년 1월 22일, 바로 미연방정부가 대법원 판결에 따라 임신 말기 전까지 낙태를 허용한다고 발표한 지 30주년이 되는 날이었다.

과거의 자료들은 정신이 번쩍 들게 하는 내용으로 가득차 있었다. 먼저 가브리엘라의 가족들이 제기한 민사소송 재판에서 마취 간호사였던 데니스 모튼이 증언한 내용을 녹취한 부분부터 읽어 내려갔다. 녹취록의 처음 절반 부분은 가브리엘라 알론소가 사망하고 6개월이 지나서, 또 다른 여성 환자가 의식불명 상태에 이른 사건에 대한 내용이었다. "환자가 수술 후에 혼수상태에 빠지게 된 이유가 무엇인가?"라는 질문에 데니스는 "잘 모른다"고 대답했다.

데니스의 증언 녹취록에 따르면, 그는 간호사로서 자신이 맡은 '환자에 대한 책임'은 수술을 마칠 때까지 전부라고 생각했다고 말했다. 어떻게 전문 의료인이라는 사람이 '졸음에 취한' 것으로 보일 정도로 의식이 없는 환자를 대기실에 내팽개치고, 별다른 모니터링도 하지 않다가 완전히 의식을 잃고 5분이 지난 후에야 나타날 수 있단 말인가? 너무 비양심적인 행동이다. 자칫 범죄로까지 연결될 수 있는 상황이었지만, 재판에서는 그에 대한 별다른 언급은 없었다. 의료 위원회 쪽에서도 데니스를 기소할 힘이 없는 상태였다. 퀸스 카운티 법원의 검사라면 기소가 가능했지만, 자신이 가진 힘을 발휘하지는 않았다. 검찰 측에서도 가브리엘라의 사건을 조사했지만 별다른 조치를 취하지 않았다. 경찰에서도 그 누구도 구속하지 않았다. 그렇다면 이제 와서 내가 가브리엘라 알론소의 살인 사건을 살인이라고 주장해도 괜찮은 걸까?

나는 찰스 히르쉬 박사의 연구실로 다시 찾아갔다. "만약 가브리엘라가 낙태를 위해 병원을 찾았는데 브레비탈 약물에 대한 치명적인 알레르기 증상을 보여서 사망한 거라면, 이번 사건을 치료적 합병증으로 결론 내렸을 겁니다. 데니스 모튼이 브레비탈의 적정량의 열 배가 넘는 양을 주사해서 가브리엘라를 사망에 이르게 했다면, 이번 사건은 사고사가 되겠지요." 찰스 히르쉬 박사는 아무 말도 하지 않았다. 그의 표정은 나보다 한 단계 앞서 생각하고 있다는 것을 느낄 수 있었다.

"하지만 이번 사건이 사고사냐 치료적 합병증이냐를 넘어서, 진정제를 과하게 투약하여 환자가 질식했고, 뇌사에 이를 때까지 의료진이 이를 전혀 알아채지 못한 점만으로도 충분히 기소 가능한 일이었다고 생각합니다. 그 자체가 결정적인 증거인 거고요."

내 직속 상사는 눈썹을 치켜올렸다. "그걸 결정적인 증거로 볼 수는 없겠지. 하지만 자네가 수사한 것에 기초해 판단한 부분에서는 나도 동의하네. 이번 사건은 살인으로 결론 내릴 수밖에 없어."

1월 23일, 나는 사망진단서를 최종적으로 마무리했다. 그리고 '사망이 발생한 이유'를 적는 곳에 "극심한 의료 과실로 인함"이라고 기록했다.

그리고 다음 주가 되자 담당 경관이 불안한 목소리로 전화를 걸어왔다. "그럼 어떤 죄목으로 기소를 해야 하는 겁니까?" 처음에는 살인 사건 전담반에서 맡았던 사건이지만, 이제는 담당이 바뀌어 경관이 검사에게 사건을 넘겨야 하는 상황이었다.

"그건 검찰에 물어보셔야 할 것 같은데요. 제가 말씀드릴 수 있는 거라고는 가브리엘라 알론소의 죽음이 극심한 의료 과실에 의해 발생했다는 것밖에 없어요. 그 과실을 어떤 죄목으로 볼 것인지에 대한 부분은 제 분야가 아닌 것 같습니다." 나의 대답은 경관의 불안함을 덜어주지 못했다. 내가 어떤 사건을 자살로 결론 내렸다고 해서, 검사가 가해자를 어떤 죄목으로 형사 처벌할 것인지를 곧바로 결정지을 수는 없기 때문이다. 따라서 경찰 측에서는 수사를 계속해 나가는 수밖에 없었다.

그 후로는 다시 경관에게 연락이 오지 않았고, 나 역시 가브리엘라 알론소의 살인 사건에 대해 퀸스 카운티 법원의 검사가 어떤 죄목으로 기소를 했는지 굳이 알아내려고 애쓰지 않았다.

10

충격과 공포

의대에 다닐 때 가장 친했던 친구가 맨해튼 어퍼 사이드에 위치한 메모리얼 슬로언 케터링 암센터에서 종양학자로 일하고 있었다. 그 친구는 2001년 9월 11일 아침 뉴스를 보자마자 곧바로 아파트에서 제일 가까운 응급실로 달려갔다. 친구의 집은 월드 트레이드 센터에 있었고, 응급실은 그로부터 8킬로미터 떨어진 곳에 위치해 있었다. 병원에는 심장병 전문의, 피부과 전문의, 노인병 전문의까지 온갖 동료 전문의들이 접수처 근처에 삼삼오오 모여서, 테러 현장에서 실려 올 환자들을 도울 만반의 태세를 갖추고 있었다. 먼저 바퀴 달린 들것을 모아 두었고, 부상 정도에 따라 구역을 나눴으며, 부목과 붕대를 준비했다.

텔레비전 화면 속에는 건물이 활활 불타오르더니, 곧이어 와르르 무너져 내렸다. 카메라는 공포에 질린 로어 맨해튼 거리의 모습을 비추었다. 당시 응급실로 달려갔던 내 친구는 연신 문밖을 살피면서 언제 요란한 구급차의 행렬이 도착할지 몰라 안절부절못하고 있었다고 한다. 몇 분의 기다림은 몇 시간으로 이어졌지만 구급차는 도착하지 않았다. 응급실에 모여든 의료진들은 예상보다 끔찍한 상황이 벌어졌다는 예감에 사로잡혔다. 이윽고 저녁 늦은 시간이 되었고, 이제는 현실을 직시하지 않을 수 없었다. 로어 맨해튼에서 실려 온 부상자는 하나도 없었다. 따라서 부상자를 분류하는 작업도 이뤄지지 않았다. 현장에 있던 사람들은 전부 사망했다.

테러로 희생된 사망자들은 뉴욕 검시관 사무소의 안치소로 이송되었다. 그곳에 내가 있었다. 나는 사건 발생 이후 8개월 동안, 유해 확인 작업과 대량 학살의 증거를 분류하기 위해 동분서주했던 서른 명의 검시관 중 하나였다. 산더미처럼 쌓인 유해들을 눈으로 보고 만졌던 경험은 나를 완전히 바꾸어 놓았고, 나뿐만 아니라 나의 동료들과 테러 현장 수습을 위해 온몸을 던졌던 수천만 명의 인생까지 바꾸어 놓았다.

***

아메리칸 항공 11편이 월드 트레이드 센터 북쪽 타워와 충돌하기 불과 몇 초 전, 나는 하늘로 날아가는 비행기를 목격했다. 그날 아침 사무실로 출근하느라 30번가 거리를 급하게 걸어가고 있었는데, 머리 위로 시끄러운 제트기 엔진 소리가 들려 무심코 고개를 들어 쳐다보았다. 비행기는 미드타운의 마천루 뒤에서 나타나, 구름 한 점 없이 파랗게 개인 아침 하늘을 가르며 날아갔다. 순간 불길한 예감이 스쳤다. 아무리 생각해도 JFK 공항으로 가는 항로는 이쪽이 아닌 것 같다는 생각을 하면서 사무실로 계속해서 걸음을 옮겼다. 그때 시각이 정확히 8시 45분이었다.

먼저 사무실에 가방을 내려놓고 5분쯤 지나서 복도로 나가다가 스튜어트 박사와 우연히 마주쳤다. 굉장히 불안한 모습이었다.

"뉴스 봤어요? 방금 비행기가 월드 트레이드 센터에 충돌했대요!"

"뭐라고요?"

"사람들 말로는 경비행기나 여행용 비행기일 거라고 하더군요. 지금 뉴스에 속보가 들어오고 있어요."

"경비행기가 아니라 여객기예요!"

"뭐요? 그걸 어떻게 알아요?"

"스튜어트, 방금 그 비행기를 봤어요! 정말로 큰 여객기였다고요! 오, 맙소사!"

우리는 불길한 예감이 이끄는 대로 발길을 옮겼고 일단 신원 확인을 담당하는 사무실로 내려가서 현 상황을 파악해 보기로 했다. 모두 조사실에 모여 조그만 텔레비전 앞에 다닥다닥 붙어 있었다. 카메라는 불길에 휩싸인 건물을 비추고 있었다. 뉴스 앵커는 현재 상황은 정확히 파악하기 힘들지만 로어 맨해튼으로 소방차들이 꼬리를 물고 모여들고 있다고 반복해서 중계했다.

우리가 아는 건 딱 하나, 여객기에 탄 승객들이 몇 명이든 간에 엄청난 '대형 재난 사고'가 발생했다는 사실이었다. 더그, 스튜어트 그리고 나는 검시소에 비상이 걸리기 전에 뭐라도 준비해 두어야겠다는 마음에 곧바로 2번가 구석에 위치한 조그만 슈퍼마켓으로 부리나케 달려갔다. 혹시 비상이 걸릴 때를 대비해서 끼니를 때울 만한 음식이 필요했기 때문이다. 빵과 슬라이스 냉육, 음료수와 과일을 들고 사무실로 들어오는 길에 바바라 샘슨 박사와 마주쳤다.

"지금 다른 여객기가 남쪽 타워와 충돌했어요. 그래서 또 다른 대형 화재가 났고요. 이게 다 테러리스트의 짓이래요."

찰스 히르쉬 박사는 곧바로 팀원을 꾸려서 월드 트레이드 센터로 출동했다. 일단 무슨 상황인지 정확히 파악하고 야외 시체 안치소를 꾸리기 위해서였다. 나머지 검시관들과 기술자들은 언제나처럼 가운을 걸치고 부검실로 향했다. 9월 10일 뉴욕에는 여느 때처럼 사망자들이 있었고 아침이 되어 저마다 부검해야 할 시신들이 기다리고 있었기 때문이다. 나는 아침에 부검해야 할 시신이 배정되지 않은 상태여서, 일단 동료들과 함께 사무실로 가서 다른 지시가 떨어지기 전까지 서류 작업을 마무리하기로 했다. 1층 텔레비전 앞에서 까만 연기가 피어오르는 쌍둥이 빌딩을 멍하니 지켜보고 있다고 해서 별다른 도움이 될 것 같지 않았다.

나는 폭염이 한창이던 7월 말에 아파트에서 부패된 시신 상태로 발견된 만성 알코올중독자의 부검보고서를 마무리하기 위해 책상에 앉았다. 모든 증거로 비추어 볼 때, 자연사가 확실했지만 어느 순간 정신을 차리고 보니 현장보고서를 제대로 읽지도 않고 그저 멍하니 쳐다만 보고 있다는 것을 깨달았다. 10시가 조금 지나서야 카렌 박사가 사무실 문을 두드렸다. 잔뜩 겁에 질린 얼굴이었다.

"쌍둥이 빌딩 중 하나가 무너졌어요."

카렌의 말을 듣고도 제대로 이해하는 데 시간이 한참 걸렸다.

"뭐라고요? 지금 뭐라고 했어요?"

"여객기 충돌 이후에 또 다른 폭파가 있었나 봐요. 쾅 소리와 함께 시커먼 연기가 피어올랐고 뿌연 연기가 걷히고 나더니 건물이 사라져버렸어요. 완전히 붕괴된 모양이에요. 나머지 건물은 아직도 불길에 휩싸여 있고요. 다들 그 건물마저 무너져 내리면 어떻게 하느냐고 걱정하고 있어요." 나는 말문이 턱하고 막혔다. 도저히 말이 나오지 않았다. "지금 펜타곤에도 여객기 충돌이 있었대요. 그쪽도 불이 났고요. 텔레비전에서 중계

하고 있어요." 카렌은 새로운 소식을 알리고는 종종걸음으로 복도를 향해 내려갔다. 나는 곧바로 책상을 박차고 일어나서 1층 사무실로 달려갔다.

1층에는 나 말고 아무도 없었다. 텔레비전에서는 시커먼 연기가 구름처럼 피어오르고, 로어 맨해튼으로 뿌연 잿더미가 쌓인 모습을 비추고 있었다. 이제 좌측에 있는 건물만 활활 타오르고 있었다. 우측 건물은 온데간데없이 사라졌다. 순간 온몸이 차갑게 얼어붙었다.

당장 무엇부터 해야 할지 알 수 없었다. 하지만 그렇다고 사무실로 돌아가서 지시가 떨어질 때까지 멍하니 기다리고 싶지도 않았다. 나는 검시소 입구로 달려가서 밖으로 고개를 내밀었다. 시커먼 연기는 어디서도 보이지 않았다. 그렇게 복도 끝에 서 있는데 경찰차 몇 대가 파란 빛을 켜고 건물 근처에 차를 세우는 모습이 보였다. 경찰은 520 퍼스트 애비뉴를 따라 노란색 경찰 통제선을 길게 두르기 시작했다.

곧이어 두 번째 건물마저 붕괴되었다는 뉴스가 전해졌다. 스튜어트와 더그가 사무실 밖으로 나왔다. 우리는 앞으로 무엇을 어떻게 해야 할지 의논했고, 바로 그때 마크 박사가 겁에 질린 표정으로 다가왔다. "찰스 박사가 돌아왔어. 부상을 당하기는 했지만 크게 걱정할 정도는 아니야. 첫 번째 건물이 붕괴됐을 때 월드 트레이드 센터 가운데에서 소방관이랑 의논 중이었다는군. 갑자기 건물이 무너져 내리면서 그 충격 여파와 건물의 잔해들이 튕겨 나오면서 부딪힌 모양이야." 나는 너무 놀라서 숨을 쉬지 않고 있다는 사실을 깨닫고 어렵사리 호흡을 가다듬었다. "다이앤 박사는 발목이 부러졌다는군. 에이미 젤슨 박사는 갈비뼈와 팔꿈치가 부러졌고. 댄은 날아온 벽돌에 머리를 맞아서 잠시 기절했는데 지금은 정신을 차렸는지 괜찮아 보여."

"머리를 다친 건가요?" 스튜어트가 핵심을 짚었다.

“지금 CT 촬영을 하고 있어. 찰스 히르쉬 박사는 타박상과 열상을 입었고 몇 바늘을 꿰맸어. 놀라기는 했지만 많이 다친 건 아니야.” 마크 박사의 설명은 끝났지만 우리는 할 말을 잃은 채 멍하니 그를 쳐다보고 있었다. 마크 박사는 잠시 먼 곳을 쳐다보다가 뭔가를 결심한 사람처럼 다시 입을 뗐다.

“자네들도 마음의 준비를 단단히 해 두도록 해. 머리에서 피를 흘리며 하얀 잿더미에 뒤덮인 찰스 박사를 보고 나니, 왠지 그래야 할 것 같군. 찰스 박사 말이 그렇게 아수라장이 된 현장을 본 건 태어나서 처음이라고 했어. 사람들이 그 높은 건물에서 뛰어내리고 떨어지고 난리였대. 공중으로 사람들이 뛰어내리는데 그 행렬이 영원히 끝나지 않을 것 같았다고. 쿵 소리를 내며 인도에 철퍼덕 떨어졌다가 다시 튀어 올랐다가 바닥에 떨어졌다고 하더라고. 찰스 박사 말로는 묵직한 몸뚱이들이 건물 바닥으로 떨어지는 소리가 끝없이 들렸대.” 나도 모르게 손이 입 쪽으로 향했지만 애써 손을 다시 내렸다. “전혀 예상하지 못했던 순간에 갑자기 건물이 붕괴된 모양이야. 건물 잔해에 부딪혀 뇌진탕에 걸린 순간에도 사방으로 시신과 손과 발 같은 게 날아다니는 걸 봤나 봐. 지금으로서는 사망자가 몇 명인지 어느 정도까지 손상되었는지 알 수가 없어. 아직까지도 불길이 잡히지 않은 상황이라고 하니까.”

그는 우리의 반응을 살피며 한 사람씩 똑바로 눈을 맞추었다. “곧 우리가 나서야 할 차례가 돌아올 거라는 사실을 기억해 두기를 바라. 앞으로 우리가 보게 될 둔상과 열상 등은 예전에 한 번도 본 적이 없는 것인데다가 규모 자체도 상상도 못할 정도일 테니까.”

“시신은 언제쯤 도착할까요?” 더그가 물었다.

“아직 알 수 없어. 일단 1시에 로비에 모여서 간단한 브리핑을 할 예정이야. 여러분도 꼭 와야 돼. 그때까지는 사무실 밖으로 멀리 나가지 말고." 그 말과 함께 마크 박사는 걸음을 돌렸다.

스튜어트와 더그는 마치 대낮에 강도라도 당한 표정이었다. 나 역시 같은 기분이었다. 우리 세 사람은 아무 말 없이 자리로 돌아왔지만 가만히 앉아서 기다리는 것 자체가 고역이었다. 나는 새로운 뉴스라도 볼까 싶은 마음에 다시 1층으로 내려갔다. 텔레비전에서는 계속해서 온갖 루머들과 소름 끼치는 소식을 반복해서 전했고, 여객기가 건물에 충돌하는 모습과 건물이 붕괴되는 모습을 편집해서 재연하고 있었다. 엘리베이터를 타러 가다가 조나단 헤이즈 박사와 마주쳤는데 왠지 표정이 우울해 보였다. 그는 찰스 히르쉬 박사를 만났다고 말했다.

"많이 다친 건 아니죠?" 나는 물었다.

조나단 박사는 잠시 아무 말도 하지 않았다. "오늘처럼 찰스 박사님이 늙어 보이기는 처음이었어요." 그 짧은 말로도 충분히 상황을 짐작할 수 있었다.

1시에 브리핑 시간이 되자, 40명에 가까운 직원들이 모두 로비에 모였다. 다른 지역에서 출장 근무 중인 의료진들도 모두 본부로 돌아와 있었다. 지금까지 검시소에서 본 사람 중에서 가장 많은 수의 의료진들이 한자리에 모인 것이다. 로비의 높은 창문 너머로 경찰 통제선이 검시소가 있는 블록 전체를 휘감았다는 것을 확인할 수 있었다. 경찰은 퍼스트 애비뉴를 완전히 차단했고 건물 주변으로 나무 바리케이드와 무장한 경비들까지 세워 두었다.

뉴욕 검시관 사무소의 총 책임자인 데이비드 숌버그는 차분하게 리더십 넘치는 태도로 브리핑을 주도했다. "현재 벌어지고 있는 상황 자체가 굉장히 어려운 임무가 될 것이라는 점을 이해해 주기 바랍니다." 그는 사람들로 가득찬 로비에서 이렇게 말했다. 어림잡아 4만 명에 가까운 직원들이 쌍둥이 빌딩에서 근무 중이었고, 그 중에서 몇 명이 건물이 붕괴하기 전에 탈출했는지 정확히 가늠할 수 없는 상황이었다. 사망자만 해도 족히 수천수만 명에 이를 것으로 추정되었다. 지금으로서는 정확히 이번 테러를 자행한 이들이 누구인지, 또 다른 생화학이나 화학 무기를 가지고 있지는 않은지, 앞으로도 뉴욕에 또 다른 테러가 발생하지는 않을지 전혀 예측할 수 없는 상태였다. 대형 재난 사고 발생 시 투입되는 연방재난사망자 처리팀에서 급파된 전문 요원들이 현재 우리가 있는 곳으로 오는 중이었다. 우리는 월드 트레이드 센터 부근, 그러니까 건물이 붕괴되기 전에 월드 트레이드 센터로 불리던 곳에 본부를 설치했다. "기존의 본부는 사고 현장이었지만 시신의 신원을 확인하는 작업은 바로 이곳에서 이뤄지게 될 겁니다."

데이비드 숌버그는 그쯤에서 마크 박사에게 발언권을 양보했다. "현재 냉장 칸이 설치된 디젤 트랙터 트레일러 네 대가 이곳으로 오고 있습니다. 시신을 보관하는 이동용 시설로 사용할 예정입니다." 마크 박사가 우리에게 말했다. 필요하다면 더 많은 냉장 트레일러들이 동원될 것이다.

"연방재난사망자 처리팀에서 보내는 트레일러인가요?"

"아닙니다." 그가 조용히 말했다. "대부분 UPS와 페덱스에서 보내 준 겁니다. 우리는 냉장 시설이 설치된 트레일러가 급히 필요한 상황이고, 아무래도 그쪽에 트레일러들이 많이 있기 때문입니다." 냉장 트레일러에 대한 다른 질문이 이어졌지만, 마크 박사는 그쯤에서 질문을 잘랐다. "지금은 질의응답을 위한 시간이 아닙니다. 앞으로 여러분이 염두에 두어야 할 부분에 대해 설명할 테니 경청해 주기 바랍니다." 로비에 무거운 침묵이 흘렀다.

"워낙 중대한 상황인 만큼 특별한 분류 시스템을 적용하려고 합니다. 앞으로 도착하는 시신의 고유 번호는 'D'로 정하고 여러분이 처리할 사건 번호는 '맨해튼 재난사고 2001'의 약자인 'DM01'부터 시작하세요. 시신을 처리하는 방식은 '엄지손가락 방식'으로 합니다." 마크 박사는 직접 엄지손가락을 펼치며 설명을 이어갔다. "엄지손가락보다 더 큰 표본이 도착할 경우에만 'DM' 번호를 부여합니다. 만약 엄지손가락보다 작지만 신원 확인에 도움이 된다고 판단될 경우, 가령 지문이나 치아의 일부 같은 것들은 예외적으로 사건 번호를 부여하도록 합니다. 검시관 여러분." 그는 로비에 모인 검시관들을 하나씩 훑으며 말했다. "사건 현장에서 발견된 시신들에 'DM' 번호를 부여하는 것은 전적으로 여러분의 판단에 달려 있습니다."

마크 박사는 지금까지 설명한 내용을 이해할 수 있도록 잠시 휴지를 두었다. 시신들, 아니 시신의 대부분이 아마도 형체를 알아보기 힘들 정도로 훼손되었을 것이다. "만약 엄지손가락보다 더 커서 사건 번호를 붙일 정도라면, 평소 유해를 다루듯이 조심해 주시기 바랍니다. 다시 말하지만 가장 중요한 것은 현장에서 발견된 유해의 신원을 확인하는 것입니다. 따라서 사건 번호가 많이 늘어나더라도 조그만 유해 하나도 놓치지 말고 전부 번호를 붙여 보관해 주시기 바랍니다. 가능하다면 시신의 신원 확인에 최대의 인원을 투입하도록 하겠습니다. 조그만 손가락 하나로도 희생된 사망자의 신원을 확인할 수 있다는 점을 기억하고, 되도록 많은 희생자의 신원을 확인하는 것이 우리의 목표임을 기억해 주시기 바랍니다. 바로 그것이," 마크 박사는 과학자다운 차분한 목소리를 한껏 높이며 말을 이었다. "바로 그것이 우리의 가장 중요한 단 하나의 목표입니다. 바로 이 점을 여러분의 마음속에 깊이 새겨 두시기 바랍니다. 우리는 사랑하는 가족에게 무슨 일이 일어났는지 희생자 유족들에게 알려주기 위해서 최선을 다해야 합니다."

나는 마크 박사의 말을 머릿속에 새기면서 동시에 차분함을 유지하려고 애썼다. 들은 바로는 뉴욕 검시관 사무소는 미국 내에서도 대형 재난에 대한 대비가 가장 철저한 곳으로 알려져 있었다. 고위급 직원들은 강도 높은 훈련을 소화한 바 있으며 반복 연습과 재난 대비 계획을 세워 혹시 모를 상황에 만반의 대비 태세를 갖추고 있었다. 바로 그 계획을 이제야 실행에 옮기게 된 것이다. 문제는 내가 뉴욕에 온 지 9주밖에 되지 않았다는 사실이었다. 나는 재난에 맞설 준비가 제대로 되어 있지 않았다.

"이제 우리에게 가장 중요한 것은 서로 간의 의사소통입니다." 마크 박사가 다시 입을 열었다. "언제 어떤 방식으로 시신들이 도착할지 아직은 알지 못하는 상황입니다. 이스트 리버에 바지선을 띄워서 사망자들을 배로 운송할 거라는 소식만 전해진 상태입니다. 하지만 언제 시신들이 도착할지는 예상할 수 없습니다."

우리는 '시신분류 작업팀'으로 움직이게 될 것이다. 각 팀은 법의검시관과 사진사 그리고 법의학 병리학자로 구성되었다. 연방재난사망자 처리팀에 소속된 미국 각 지역의 치과 전문의부터 인류학자까지 법의학 전반에 걸친 전문가들이 속속 도착할 예정이라고 했다. 우리 검시소는 본부로 전환되어 야외 텐트를 설치하고 각종 차량과 선박을 통해 전달되는 시신들을 분류하는 작업을 맡았다.

"제일 먼저 DNA를 수집해서 유해의 신원을 확인하는 첫 번째 단계를 담당합니다. 온전한 시신을 제일 먼저 분류하고 크기가 작은 유해들은 후순위로 처리합니다. 전화선이 복구되는 대로 뉴욕에서 발생하는 사망 사건의 접수를 받되, 일단 시신을 수습하는 작업은 보류하기로 하겠습니다.

만약 오늘 자택에서 사망한 사건이 발생한다고 해도 오늘만은 따로 수습팀이 출동하지 않는 것으로 하겠습니다."

"거리에서 살인 사건이 발생할 경우에는 어떻게 합니까?"

"그럼 경찰이 사건 현장을 봉쇄하고 우리가 갈 때까지 기다려 줄 겁니다. 하지만 살인 사건이라고 해도 오늘은 하지 않겠습니다." 마크 박사는 중요한 의사소통을 해야 할 경우에 대비해 개인적인 통화를 자제해 줄 것을 지시했다. 그렇다면 우리 가족들은 어쩌지? "가족들은 여러분을 기다려 줄 겁니다." 마크 박사는 마지막 지시 사항을 끝으로 브리핑을 마무리했다. "다른 지시가 있을 때까지 모두 검시소에서 현장에서 도착하는 시신을 분류하는 작업에 최선을 다해 주기 바랍니다."

나는 복도에서 찰스 히르쉬 박사와 마주쳤다. 몸은 깨끗이 씻은 상태였지만 이마에 찰과상이 나 있었다. 지치고 피곤해 보였고 한쪽 다리까지 절고 있었다. 우측 팔꿈치에는 거즈로 붕대가 감겨 있었다. 지금까지 이렇게 지치고 힘들어 보이는 모습은 본 적이 없었다. 누구보다 똑똑하고 훌륭한 리더였던 사람이 지금은 손만 대면 쓰러질 정도로 기진맥진한 모습이었다. 따뜻하게 안아 주고 싶은 마음이 굴뚝같았지만 혹여 기분이 상할까 봐 두 손을 내밀었다. 그는 손가락만 살짝 가져다 댔다. 나는 찰스 박사의 손을 문지르다가 뭔가 이상해서 손을 뒤집어 보았다. 손가락 관절에 멍이 들고 까지고 시커멓게 변해 있었다. "여기 타박상 보이지?" 찰스 박사는 평소 회진을 할 때와 똑같은 목소리로 말했다. "등을 구부린 사람이 다칠까 봐 머리를 막아 주다가 생긴 거야." 그는 직접 몸으로 시범을 보였고 그 모습을 보자 찰스 박사가 너무 나이 들고 겁에 질린 사람처럼 보였다. 그러고 나서 그는 아무 말 없이 발걸음을 돌렸다. 그가 들려준 얘기가 나에게 가르침을 주려고 한 것인지 아니면 속마음을 털어놓은 건지 알 수 없었다. 어쩌면 둘 다였을지도 모르겠다.

오후 4시가 되었지만 시신을 가득 실은 바지선의 소식은 들리지 않았다. 벌써 7시간째 무작정 대기하고 있던 상황이라 왜 이렇게 시신 이송이 지연되는지 이유를 알고 싶었다. "시신에 생화학 무기로 인한 흔적이 남아 있는지 확인해야 하기 때문에 늦는 거야." 마크 박사가 말했다. "이 얘기는 어디서도 입 밖에 내지 말고." 첫날 야간 근무조에 스튜어트가 배정되었고, 마크 박사는 빨리 집으로 가서 눈을 붙이고 내일 아침 일찍 출근하라고 지시했다.

평소 같았으면 퇴근길이 시끌벅적했겠지만, 렉싱턴 애비뉴의 북쪽으로 향하는 퇴근길 행렬은 너무나 조용했다. 술집에는 사람들이 가득했고 모든 사람의 시선이 텔레비전을 향해 있었다. 인도를 걷는 사람들도 평소처럼 주변을 두리번거리지 않고 앞만 보고 걸었다. 서로 눈이 마주쳐도 그저 눈만 빤히 쳐다보았다. 검시관이라고 적힌 재킷을 입은 나를 붙잡고 가끔 사건 현장에 있었냐고 묻는 사람도 있었다. 나는 아니라고 대답하고 계속 걸음을 옮겼다.

***

9월 12일 아침, 퍼스트 애비뉴를 둘러싼 바리케이드를 지키고 있던 경찰들은 신분증과 배지를 확인한 후에야 사무실에 들어갈 수 있도록 비켜주었다. 우리 검시소는 대량 사상 재난 사고의 본부로 완전히 바뀌어 있었다. 밤새 텐트들과 방수포가 야외에 설치되었고, 건물 뒤에 짐을 싣고 내리는 자리에는 네 대의 냉장 트럭들이 나란히 서 있었다.

오전 8시, 직원들이 모두 소집되었다. 마크 박사는 한숨도 자지 못한 얼굴이었다. 그는 첫 번째 시신들이 도착했음을 알리고 앞으로 우리가 해야 할 일을 지시했다. 박사는 온전한 형태의 시신이라도 반드시 외진만 실시해야 한다는 점을 강조했다. 이스트 리버를 통해 도착한다던 시신을 태운 바지선의 소식은 오리무중이었다. 대부분의 유해는 구급차에 실려 월드 트레이드 센터가 있던 자리의 북쪽 구석에 있는 베세이 스트리트를 통해 이곳에 도착했다.

"소방관들은 시신들이 있는 곳을 '더미'라고 부르니까, 여러분도 알아서 잘 이해하도록 하세요." 마크 박사는 안경을 벗고 눈을 비비면서 잠시 말을 멈추었다. "바깥에 설치된 방수포 아래, 각자 자리에서 분류 작업을 하게 될 겁니다. 자기가 맡은 일에만 집중하면 다른 문제는 없을 거예요."

짐을 싣고 내리는 곳에는 접이식 목재 다리 위에 놓인 철제 부검대와 신원 확인을 할 때 필요한 기구들이 실린 카트가 6구역으로 나누어 차례대로 설치되어 있었다. DNA 샘플을 보관할 때 사용하는 유리병과 옷을 자르기 위해 사용하는 가위, 메스 그리고 겸자까지 준비돼 있었다. 폴라로이드 카메라와 시신 운송용 가방에 붙일 라벨지, 붉은 글씨로 '유해성 폐기물 수거함'이라고 적힌 조그만 상자들은 작은 유해를 보관할 때 사용하기 위한 거였다. 뉴욕 경찰들이 잠시 앉아서 쉴 수 있는 높은 의자들과 신원 확인을 하면서 정보를 기록하게 될 기록원들도 보였다. 이곳에 온 경찰들은 실종 사건과 살인 사건을 전담하는 부서에서 파견된 사람이었고, 기록원들은 뉴욕의과대학의 재학생들과 병리학과 레지던트들로 검시관이 외진 후에 말한 내용을 듣고 기록하고 지시에 따라 인체 해부도를 그리기 위해 준비된 인력이었다. FBI라는 글자가 적힌 바람막이 외투를 입고 부검대 주변을 이리저리 오가는 연방 요원들의 모습도 보였다.

근처에 있는 책상에는 마닐라지로 된 파일들이 수북이 쌓여 있었다.

파일 안에는 인체 해부도와 발견 물품 목록, 발가락에 거는 이름표와 'DM01'부터 시작되는 얇은 번호표들이 들어 있었다. DM01부터 시작되는 번호표 뒤에 여섯 자리 숫자가 붙어 있는 것을 보자 깜짝 놀라지 않을 수 없었다. "정말로 희생자가 수천수만 명에 달하는 걸까요?" 나는 함께 작업대에서 일하기로 되어 있는 모니카 스미디 박사를 보며 물었다.

"설마요. 하지만 유해들로 따지면 수천수만 개는 충분히 될 거예요."

DM01-000041번 유해는 형체를 알아볼 수 없을 정도로 머리와 몸통이 부서져 있었다. 월드 트레이드 센터에서 이송된 유해 중에서 처음으로 내가 맡은 시신이었다. 그 모습을 보고 순간 가슴이 울컥했다.

지금까지 이 정도로 훼손된 시신은 본 적이 없었다. 몸통이 완전히 으깨져 있었다. 주요 내장 기관도 다 떨어져 나갔고, 일부 혈관과 조직에 붙어 있는 것들만 제외하면 속이 텅 빈 거나 다름없었다. 두 팔과 다리도 절단된 상태였다. 배꼽을 중심으로 아랫부분이 완전히 잘려 나갔다. 게다가 남은 유해는 불에 타고 검댕이가 덮여 시커멓게 변해 있었다. 머리는… 도저히 머리라고 상상하지 못할 정도였고 그나마 머리카락과 목이 붙어 있어 다행이었다. 시신에서 제트기 연료 냄새가 어찌나 지독하게 풍겼는지 머리가 띵할 정도였다. 시신 운송용 가방에 든 머리와 몸만 보고도 온몸이 완전히 으깨지고 불에 탔으며, 꽤 높은 곳에서 떨어져 엄청난 속도로 바닥에 추락했다는 사실을 알 수 있었다. 지금까지 지하철에 투신하거나, 빠르게 달리는 차나 트럭에 치이거나, 산업용 자재에 깔리거나, 높은 건물에서 떨어지거나, 불에 타서 엉망이 된 시신들을 수없이 봤지만, 그 모든 충격이 동시에 가해진 유해는 처음 보았다.

어디서부터 시작해야 할지 알 수가 없었다. 나는 모니카 박사를 쳐다보며 도움을 구했다. "주디, 우리가 알아내야 하는 건 사망의 원인이나 방식이 아니라는 점을 기억하세요. 우리 목표는 딱 하나, 신원을 확인하는 거예요. 법치의학에 도움이 될 만한 부분이 있는지 살펴보고 시신을 엑스레이실로 보내요. 유해에 뼈가 많은 편이니 방사선학과에서 예전 수술 흔적이나 회복된 상처가 있는지 알아낼 수 있을 거예요." 모니카는 양손으로 으깨진 머리 부분을 잡더니 손으로 만지작거리며 제대로 된 형체로 만들었다. "다행히 머리가 있네요. 사진을 찍을 수 있도록 어느 정도 형체를 다듬어 줘야 해요. 다른 전문가들이 있으니까 나머지는 알아서 할 거예요. 일단 우리가 할 수 있는 최선을 다해 봐요."

나는 숨을 깊게 들이쉬었다. 모니카 박사와 함께 일할 수 있어서 천만다행이었다. 나는 박사가 시키는 대로 외진을 실시했고 머리 안쪽에 좌측 하악골의 일부가 남아 있는 것을 발견했다. 하악골 안에 치아와 금색 크라운이 남아 있었다. 나는 기술자와 힘을 합쳐 얼굴의 형태를 복원하고 유해의 사진을 찍었다. 기록원은 모니카와 내가 지시하는 대로 유해에 대한 정보를 적었다. DM01-000041번 유해는 40~50대의 눈썹이 짙고 가슴에 털이 많은 백인 남성이었다. 모니카 박사는 이 정도면 신원 확인이 가능할 것 같다고 자신 있게 말했다.

"잘했어요. 계속 그렇게 하면 돼요."

몸속까지 부검해야 하는 게 아니라 외진만 하는 것이라서 그런지 작업 속도는 빠르게 진행되었다. 나는 다음 시신 운송용 가방을 열고 심하게 짓이겨진 왼쪽 다리 하나를 꺼냈다. 다른 유해는 없었다. 일단 바지의 재질을 확인하고 천의 형태를 그림으로 그려 두었다. 그러고 나서 다리의 표면을 자세히 살폈는데 그 순간 나도 모르게 그 자리에 멈추어 멍하니 쳐다볼 수밖에 없었다. 피부 아래 근육 조직 깊숙한 곳에 은행식별번호와 이름이 적힌 개인 수표 조각이 박혀 있었기 때문이다. 나는 겸자와 메스를 사용해 근육에 붙어 있던 종잇조각을 떼어 냈다. 그리고 모니카 박사에게 어떻게 해야 할지 물었다. "개인 물품란에 기록해 두세요." 그 말에 옆에 있던 경관도 고개를 끄덕였다. 경관은 다리에 박힌 검은색 플라스틱 파편 조각에도 관심을 보였다. 글록 권총의 손잡이 부분에서 떨어져 나온 것으로 보였다. 나는 파편 조각을 떼서 증거로 따로 분류했다.

고작 두 번째 유해를 분류했을 뿐인데 벌써 온몸의 진이 다 빠져나가는 기분이었다. "대체 어떻게 하면 종잇조각이랑 권총의 파편이 다리 안쪽까지 파고들 수가 있을까?" 나는 기록원으로 대기하고 있던 의대생에게 물었다.

"저도 잘 모르겠어요." 나만큼이나 당황한 모습으로 의대생은 대답했다. "정신과 의사로 전공을 바꾸고 싶어졌어요."

잠시 휴식 시간을 가졌다. 이미 도착한 유해들은 어느 정도 분류 작업을 마쳤고, 앞으로 '더미'에서 시신을 싣고 올 구급차가 도착해서 다시 작업을 시작할 때까지는 잠시 기다려야 하는 상황이었다. 나는 수술용 장갑과 보호용 가운을 벗어 던지고 구세군에서 특별히 준비해 둔 음식이 있는 트럭으로 향했다. 트럭 안은 광이 날 정도로 깨끗했고 음식이 가득했으며 뉴욕의 하늘 아래서 가장 친절해 보이는 사람들로 가득차 있었다. 샌드위치의 맛도 괜찮았고 레모네이드는 끝내주게 맛있었다.

"저랑 같이 기도하실래요?" 점심이 준비된 트럭에 있던 친절한 부인이 이렇게 말했다. 그리고 고개를 숙이고 양손을 모은 채 절실하게 도움이 필요한 순간에 예수님이 함께하시기를 간절히 기도했다. 나도 따라서 고개를 숙였다. 그 순간은 내가 유대인이라 예수님께 기도하지 않는다는 사실을 말하고 싶지 않았고, 그저 도움을 구할 수만 있다면 어디라도 부탁하고 싶은 심정이었다.

잠시 후 시신을 실은 구급차가 도착했다. 나는 팀원들과 함께 작업대로 복귀했고 방금 전에 시신 확인 작업을 했던 으깨진 몸통과 다리 한쪽이 월드 트레이드 센터의 잔해 속에서 발견된 유해들 중에서 그나마 멀쩡한 축에 속한다는 사실을 깨달을 수 있었다. 시신 운송용 가방을 열자 골반과 넙다리뼈 그리고 찢어진 근육 조직이 나타났다. 피부 조직이 붙어 있으면 피해자의 인종을 확인할 수 있어서 다행이라고 생각할 정도였다. 결혼반지와 약혼반지를 낀 젊은 여성의 시신은 그나마 제일 멀쩡한 편이었다. 결혼반지를 빼어 보니 안쪽에 '존♥이사벨'이라는 글자가 각인되어 있었고 그걸로 어느 정도까지 신원 확인을 할 수 있었다. 그 반지를 보고 나니 결혼반지에 이름을 각인해 두면 좋을 것 같다는 생각이 들었다. 사람 일은 알 수 없는 법이니까.

양쪽 발만 들어 있는 유해가 도착했다. 한쪽 발에는 스니커즈 신발이 신겨져 있어서 우리는 사진을 찍고 증거 보관용 봉투에 신발을 담았다. 모니카 박사는 날카로운 눈썰미로 우리 팀에게 꼭 필요한 도움을 주었다. "세 번째 발가락 끝부분에 페디큐어를 받았네요. 잘 기록해 둬요." 나는 박사의 날카로운 지적을 그대로 받아 적었다. 검시소 2층에 있는 직원들은 이러한 유해의 특징을 하나하나 데이터베이스에 저장해 둘 것이다.

야외에 설치된 임시 천막 아래로 멀쑥한 차림의 FBI 요원들이 계속 돌아다니며 말했다. "의료진 여러분, 혹시 비행기에서 떨어져 나온 것으로 보이는 철제 조각이나 라디오나 휴대폰 같은 전자 기기가 있는지 자세히 살펴봐 주시기 바랍니다. 아랍 문자가 적힌 종이를 찾으면 더 좋습니다. 휴대용 칼처럼 생긴 게 보이면 즉시 저희에게 알려 주시기 바랍니다."

테러리스트들이 휴대용 칼로 비행기를 납치했다는 소식을 들은 후여서 그 말을 듣자 나도 모르게 얼굴이 후끈거렸다. 그러나 잠시 후에는 이런 부조리한 일이 바로 내 눈앞에서 벌어지고 있다는 현실을 깨달았다. 내 눈앞에 있는 수많은 유해는 11층 높이에 달하는 쌍둥이 빌딩 두 채에서 나온 것이었다. 대체 이 안에는 휴대용 칼이 몇 개나 있을까? 하지만 FBI에서 나온 요원들은 분명히 우리가 알지 못하는 부분까지 세세히 알고 있을 테고, 우리는 그저 지시에 따라서 휴대용 칼이 나오는 즉시 수거만 하면 되는 거였다. 그때부터 여섯 대의 부검대 여기저기에서 “여기 휴대용 칼이 있어요!”라는 외침이 들렸다. 때로는 동시에 두 사람이 외칠 때도 있었다. “여기 추가요!” 동료 중 하나는 이렇게 외치기도 했다. 마침내 수십 개의 휴대용 칼이 수북이 쌓였다.

“휴대용 칼을 전부 찾아내는 데 얼마나 걸릴지 궁금하네요.” 모니카 스미디 박사는 평소처럼 침착한 태도로 부검대 옆에서 이렇게 말했다. 하지만 오랜 시간이 걸리지 않았다. 한 시간쯤 지났을까? FBI 요원 측에서 이제 휴대용 칼을 충분히 찾았으니 앞으로 발견되는 휴대용 칼 중에서 수사와 연관되지 않은 칼들은 그냥 버려도 된다는 말을 전했다.

나는 육체적으로 녹초가 되었고 정신적으로 진이 빠진 상태로 구세군에서 준비해 둔 저녁 식사 메뉴를 살피러 갔다. 구세군에서는 트럭 대신 30번가 구석에 커다란 텐트를 설치해 두었다. 재치 넘치는 인류학자 한 명이 그곳에 ‘구세군의 집’이라는 별명을 붙였다. 복작대는 텐트 안에서 친절한 구세군 봉사자들이 땅콩버터와 젤리를 바른 샌드위치를 권했다. 샌드위치 모양은 마치 거대한 라비올리 파스타를 보는 것 같았다. 순간 샌드위치라면 사족을 못 쓰는 대니를 위해서 하나 챙겨 둘까 하는 생각이 들었다. 하지만 곧바로 남편이 어떤 반응을 보일지 떠올랐다. ‘온갖 시체 더미가 가득한 곳에서 가져온 샌드위치를 꼭 애한테 먹여야겠어? 절대 안 돼! 그러면 안 되는 거잖아.’ 그 생각을 떠올리자 나도 모르게 키득

키득 웃음이 터졌다. 잠시 기분이 좋아진 것 같다가 이내 아까보다 더 우울해졌다. '웃으면 안 돼.' 나는 속으로 생각했다. 전혀 웃기는 상황이 아니었기 때문이다. 한편으로는 '아니, 웃기라도 해야지 안 그랬다가는 울음이 터질 것 같아'라고 되내였다. 소문에 들은 바로는 현장에 있는 모두를 위해 정신과 상담이 마련되어 있다고 했다. 그 말을 듣는 순간 사건 발생 첫날의 온갖 끔찍하고 비현실적인 일들을 제외하고, 그나마 제일 좋은 소식이라는 생각이 들었다.

잠시 저녁 식사 겸 휴식을 마친 후에 다시 작업대로 향했다. DM01-000112번 유해는 그물 스타킹에 다이아몬드 장식 몇 개가 떨어져 나간 플래티넘 결혼반지를 끼고 있었다. 반지 안에는 '케빈 영원히 사랑해'라고 적혀 있었다. DM01-000123번 유해의 주인공은 머리 쪽이 완전히 으깨어지고 불에 타버린 소방관이었다. 그나마 형체가 제대로여서 셔츠의 가슴팍에 적힌 이름으로 신원을 확인할 수 있었다. 나는 마음속으로 다음에 소방관을 만나게 되면 상대가 원하지 않더라도 꼭 한 번 안아 줘야겠다고 다짐했다.

시신 운송용 가방 안에 각기 다른 시신에서 나온 유해들이 뒤섞여 도착했다. 유해를 전부 꺼내서 분류한 후 각자 고유 번호를 붙였다. 뒤섞인 유해에서는 지독한 석유 냄새가 풍겼다. 첫날 교대 근무를 시작한 지 12시간이 지났고, 오후 8시가 되어서야 우리 팀은 총 110구의 유해들을 처리했다. 그와 동시에 시신이 실려 있는 커다란 트레일러 한 대가 검시소 앞에 도착했다.

나는 충격에 휩싸인 채로 거대한 트레일러를 쳐다보았다. 트레일러는 삑삑 소리를 내며 짐을 싣고 내리는 장소로 움직이고 있었다. 평소에는 시신이 한 구씩 구급차에 실려 왔는데, 이번엔 산업 폐기물 수준의 규모로 이송되고 있는 거였다. 그 모습을 보자 엄청난 충격과 함께 왈칵 눈물이 터져 나오려고 했다. 나만 그런 게 아니었다. 다들 고개를 푹 숙이고 있었다. 기도하는 사람도 있었고 훌쩍대는 사람도 있었다. 거대한 트레일러 속에는 엄청난 양의 유해들이 가득 실려 있었다.

그 후로 잠시 멈춰 설 틈도 없이 시간이 흘러갔다. 6시간을 더 일했고, 트레일러에 실려 온 유해들을 한 구씩 분석했다. 대부분 몇 분이면 확인이 끝났고 조금 더 시간이 걸린다고 해도 최대 30분을 넘기지 않았다. 대부분의 유해가 절구통에 넣고 절굿공이로 찧은 것처럼 엉망진창으로 뭉개져 있었다. 테러 이튿날 나는 9월 12일 아침 8시부터 일을 시작하여 그다음 날 새벽 3시까지 총 19시간 동안 근무했다. 집까지 순찰용 차량으로 데려다주기로 했지만 황량한 브롱크스 거리 근처에 도착하자 운전자가 길을 잃고 말았다. "제 근무지가 브루클린 근처라서요." 운전을 맡은 순찰관은 연신 사과의 말을 내뱉었다. 꽤 젊은 청년이었는데 예기치 못하게 검시관을 집까지 태워다 주느라 굉장히 긴장한 모습이었다. 나중에서야 그 이유를 깨달았다. 내가 시커멓게 재가 묻은 수술용 가운을 입고 반쯤 눈이 감긴데다 온몸에서 죽음의 악취가 진동했기 때문이었다. 나는 정오까지 잠을 청했다. 그리고 겨우 일어나서 대니와 시간을 보냈고 되도록 텔레비전 근처에 가지 않으려고 애썼다.

9월 14일 마크 박사는 팀원들의 근무 시간을 소방관처럼 낮과 밤 12시간 교대 근무 체제로 전환했다. 아침 8시에 검시소에 도착했다. 나는 뉴욕에서 발생한 사망 사고를 부검하는 담당자로 지정되었다. 9/11 테러가 발생한 후로도 도시 곳곳에서 살인 사건이 발생하고 있었기 때문에 누군가 시신의 부검을 맡을 사람이 필요했다. 물론 오후에는 발굴된 유해를 처리해야 했지만, 오전에 내게 주어진 업무는 자신의 아파트에서 교살 당한 58세의 여성 실비아 알렌을 부검하는 일이었다.

보고서에 따르면 실비아의 딸인 아이린은 거의 매일 엄마와 만났지만, 9월 11일에는 전화 통화가 되지 않았다고 했다. 아이린은 전화가 끊겼다고 생각했다. 엄마가 사는 아파트는 월드 트레이드 센터에서 한참 떨어진 할렘가였고 그쪽 근처에서 일을 하는 것도 아니라서 이틀 정도는 아무 소식이 없어도 별다른 걱정 없이 지냈다고 한다. 이틀 후 아이린은 엄마가 사는 아파트로 찾아가 밖에서 문을 열고 들어갔다. 그리고 침실 매트리스 옆 바닥에 피범벅이 되어 손발이 묶이고 재갈과 입마개를 쓴 채로 쓰러져 있는 엄마를 발견했다. 아이린은 아파트 문을 열 때부터 문밖까지 비릿한 피 냄새가 진동했다고 말했다.

실비아 알렌은 내가 맡은 네 번째 살인 사건의 시신이었다. 시신 운송용 가방을 열자 온몸이 심하게 부패된 채 구더기로 둘러싸여 있었다. 안 그래도 으스스한 부검실이 그날따라 더 으스스하게 느껴졌다. 그날 휑한 부검실에는 기술자인 재키와 나, 실비아와 시신 그리고 구더기뿐이었다. 나머지 직원들은 전부 야외에 있는 텐트에서 월드 트레이드 센터의 유해들을 처리하고 있었다.

막 외진을 시작하려는데 갑자기 건물의 화재 알람이 들리더니 누군가 복도로 뛰어들어 와 이렇게 외쳤다. “폭탄이 있어요! 다들 밖으로 나가세요! 지금 당장!” 순간 짜증과 함께 더럭 겁이 났다. 나는 수술용 장갑과 마스크, 작업복을 벗어 복도에 있는 유해성 폐기물 수집함에 집어넣고는 달랑 가운만 걸친 채로 재키를 따라 비 내리는 거리로 달려 나갔다.

월드 트레이드 센터 유해 작업을 하기 위해 모여 있던 직원들도 모두 몸을 피신한 후였다. 우리는 30번가 건너편의 아파트 차양 아래 삼삼오오 모여서, 꼬박 45분을 서성거리며 기다렸다. 그 사이 폭발물 처리반이 출동해 건물 로비에 유족이 실수로 놓고 간 봉투를 살피며 폭발물 여부를 확인했다. "요즘 같아서는 다들 살얼음판을 걷는 기분으로 살잖아요." 누군가 말했다.

"맞아요. 미처 깨닫지 못했는데 가르쳐 줘서 고마워요. 오사마." 내 대답에 작업복을 입고 비에 쫄딱 젖은 직원들이 킥킥 웃음을 터트렸다. 그 웃음소리를 들은 경찰들은 공포에 질린 표정으로 우리를 돌아보았다.

재키와 함께 부검실로 돌아와 보니 구더기들은 폭탄의 위험에도 전혀 동요하지 않고 계속해서 꿈틀거리고 있었다. 실비아의 두 손은 초록색 천으로 8자 형태의 매듭으로 묶여 있었고 신발 끈으로 한 번 더 묶여 있는 상태였다. 양쪽 눈은 검정 깃털과 초록색 스팽글이 달린 마르디그라 가면이 씌워져 있었다. 턱과 협골궁, 그러니까 광대뼈는 산산조각이 나 있었다. 치아도 잇몸에서 느슨하게 빠져나온 상태였다. 맞아서 그런 건지 부패로 인한 건지는 확실치 않았다. 나는 치의학과에 조언을 구하기 위해 급히 소견서를 요청했다. 머리에 새하얀 새턴 셔츠가 느슨히 묶여 있었고 목 부분에는 하얀 탱크톱이 감싸여 있었다. 그 아래로 띠 근육의 출혈과 성대 부근 갑상연골에 열상이 눈에 띄었다.

부검을 하는 데 꽤 오랜 시간이 소요되었다. 급속도로 부패가 진행되는 바람에 작업 속도가 느려졌고 마침내 강간 검사용 키트를 확인할 때가 됐다. 그럼에도 19시간 내내 월드 트레이드 센터 테러의 유해를 검사하느라 보냈던 지옥 같은 시간에 비하면 그나마 부검이 낫다는 생각이 들었다. 실비아 알렌의 시신이 제아무리 끔찍하고 엉망진창이 되었다고 해도, 그물 스타킹을 신은 신원 미상의 여성이나 라벤더색 페디큐어를 받은 또 다른 신원 미상의 여성과 폭탄 테러로 사망한 수많은 유해에 비하면 그나마 덜 잔인한 편이었다. 최소한 실비아 알렌은 신원이 확인되었고 어머니의 죽음을 애도하는 딸도 있으며, 또한 앞으로 실비아를 잔인하게 살해한 범인을 찾아 나설 경찰들이 기다리고 있지 않은가. 산산조각이 난 광대뼈와 피범벅이 된 띠 근육, 강간 키트는 그나마 내 눈에도 익숙한 것들이었다.

부검을 마치고 나서 곧바로 수술복을 갈아입고 월드 트레이드 센터 유해 신원 확인 부검대로 향했다. 테러 당일 남쪽 타워가 붕괴하면서 찰스 히르쉬 박사와 함께 부상을 당했던 검시소의 인류학자 에이미 젤슨 박사가 현장에 복귀한 모습을 보자, 그제야 기분이 좀 나아졌다. 부검대 맨 앞쪽에 법인류학 부상자 분류용 테이블이 새로 설치되었고, 바로 그 자리에 에이미 박사가 서 있었다. 에이미는 하마터면 자신의 목숨마저 앗아갈 뻔했던 바로 그 장소에서 테러리스트의 공격으로 사망한 유해들을 열심히 분류하느라 여념이 없어 보였다. 에이미 박사를 안아 주고 싶은 마음에 무작정 달려가던 나는 바로 근처에서 멈춰야만 했다. 에이미의 이마에 큼지막한 타박상이 보였고, 갈비뼈 위로 보호대를 차고 있다는 사실을 깨달았기 때문이다. "등을 다친 거에 비하면 이건 양반이에요." 에이미가 말했다. "태형이라도 당한 것처럼 등이 엉망이었거든요." 그리고 내 뺨에 가볍게 입을 맞추더니 다시 시신 운송용 가방 안에 든 시신이 한 사람인지, 두 사람인지 아니면 여섯 명 이상인지 분류하는 작업에 집중했다.

결혼반지가 끼워진 한 여성의 심하게 훼손된 손이, 엑스레이 검사 결과 다른 남성의 온전한 몸통의 가슴벽에 단단히 박혀 있다는 사실을 밝혀냈다. 우리는 몸통과 그 속에서 발견된 여성의 손이 같은 인물일 거라고 예상하지 않았다. 부검대 위로 건장한 소방관의 유해에서부터 파란 스커트와 탄탄한 니트 탱크톱을 입은 젊은 아시아계 여성 그리고 얼굴이 으깨진 남성의 시신까지 계속해서 쉴 새 없이 몰려들었다. 나머지 시신 운송용 가방에는 조그만 유해들만 가득했고, 계속해서 일을 할수록 유해의 크기는 점차 작아지더니 나중에는 양손과 발, 엉치뼈, 급기야 창자와 건물의 잔해가 더덕더덕 붙은 근육과 살점들만 남아 있었다.

유해 속에서 발견된 조직들을 하나하나 분류하고 기록할 즈음, 본부 뒤쪽으로 쉽게 부패하는 유해를 보관하기 위해 특별히 준비한 냉장 트레일러 네 대가 도착했다. 범죄과학 수사를 하는 과정에서 사람의 유해는 냉장 보관하도록 되어 있지만, 지금으로서는 월드 트레이드 센터에서 발굴한 유해들을 따로 보관할 장소가 없어 임시 텐트에서 분류했다. 첫 번째 트레일러에는 온몸이 온전한 시신을, 두 번째 트레일러에는 일부가 훼손된 시신을, 세 번째 트레일러에는 손과 발 등의 일부분만 남은 유해를, 네 번째 트레일러에는 그보다 작은 크기의 유해 조각들을 넣었다. 작업을 돕기 위해 발 벗고 나선 자원봉사자들이 많았기 때문에, 검시관들은 '시신'과 '시신 일부' 그리고 '나머지'를 분류하는 작업을 맡기로 했다. 또한 트레일러에 실릴 내용물을 언급하는 대신 "일단 네 번째 트레일러를 처리하고 나서 첫 번째 트레일러로 가서 도울게요"라는 식으로 완곡한 표현을 사용했다. 모든 트레일러에는 성조기가 드리워져 있었다. 주차장에는 디젤 엔진이 윙윙거리며 돌아가는 소리 말고 아무런 소리도 흘러나오지 않았다.

그날 저녁 8시가 되어서야 근무가 끝났다. 나는 녹초가 되어버렸다. 평소에도 살인 사건으로 부패한 시신을 부검하느라 힘들었을 텐데, 부검이 끝나고 나서 6시간이나 월드 트레이드 센터에서 발굴된 유해들을 분류하느라 완전히 기진맥진한 상태가 되었다. 어찌나 지쳤는지 온몸과 옷에 기름과 부패한 시신의 악취가 진동하는 데도 샤워할 엄두도 나지 않았다. 빨리 집에 가서 남편과 아들을 만나고 싶었다.

다음 날 경찰차 두 대가 요란한 사이렌을 울리며 본부 앞 텐트에 도착했다. 네 명의 경관이 차에서 내리더니 절도 있는 걸음으로 유해를 모아 둔 구역을 향해 걸어왔다. 그중 둘은 목이 긴 장화 한 짝을 들고 있었다. 나중에 살펴보니 장화 안에는 아무것도 없었다. 딱 봐도 주 경찰관이 신던 장화 같았고, 동료들이 최대한 경의를 표하여 장화를 운반해 온 거였다. 장화 한 짝은 개인 물품 보관용 텐트로 옮겨졌다.

'더미'로부터 도착한 유해들의 부패가 서서히 시작되고 있었다. 조그만 변화라면 기름 냄새가 조금 가셨다는 것이고, 그 대신 살점이 썩는 악취가 심해지고 있다는 점이었다. 이제는 피부색으로 인종을 구분하는 것조차 어려워지고 있었다. 쌍둥이 빌딩이 있던 자리에 화재가 나면서 여전히 불씨가 완전히 꺼지지 않은 터라 조그만 유해들의 그을음도 점차 심해졌다. 나는 검댕이를 뒤집어쓰고 유해를 운반하고 있을 소방관과 경찰들의 신변이 걱정되었다. 하루하루 시간이 지날 때마다 소방관과 경찰들의 모습이 더욱더 피로에 찌들어 가고 있었다. 소방관의 유해를 확인하고 있을 때면 동료들이 다가와서 사망한 소방관에 대한 이야기를 들려주기도 했다. 지독한 감기에 걸리고도 어렵게 자리를 털고 일어나서 진화 작업에 나섰다가 변을 당했고 곧 있으면 아이의 생일이 다가올 거라는 이야기였다.

시끌벅적한 의대생들이 자원봉사를 하겠다고 본부에 도착하면서, 그날 아침 나에게는 의대생들을 훈련시켜야 하는 새로운 책무가 주어졌다. 임시 텐트에 설치된 부검대를 구경시킨 후에 마지막으로 앞으로 목격하게 될 끔찍한 장면에 대하여 경고했다. 심하게 부패한 시신과 형체를 알아보기 힘들 정도로 훼손된 유해들과 악취에 관해서 설명했다. 마지막으로 유용한 팁을 전했다.

"머리 망을 두 겹으로 쓰세요. 머리를 바짝 묶을수록 악취가 덜 스며들 테니까. 장갑도 잘 맞는 사이즈를 골라서 끼도록 해요. 뉴욕대학교와 지하철 혹은 사방에 붙은 '실종자' 포스터는 되도록 쳐다보지 마세요. 괜히 스트레스만 받고 무엇보다 여러분이 하는 일에 집중하는 것이 중요하니까요."

12시간 내리 근무를 해야 하는 상황이라서, 남편이 저녁 식사 시간에 맞추어 우산이 달린 유모차에 대니를 태우고 나를 만나러 왔다. 경찰 통제선 바로 밖에서 기다리고 있었다. 그런데 어쩐 일인지 화가 나서 얼굴이 벌겋게 붉어져 있었다.

"무슨 일이야?" 나는 물었다.

"2번가에 트레일러가 있더라."

트레일러 네 대에 발굴된 유해 더미를 채울 때, 2번가 동쪽에 빈 냉동 트레일러들을 주차해 놓았다. 테러 발생 다음 날부터 냉동 트레일러들이 속속 도착했고 지금은 커다란 트레일러들이 2번가의 삼면을 가득 채운 상태였다. 그러니까 남편은 그랜드 센트럴 역에서부터 사무실이 위치한 30번가까지 그 대형 트레일러를 피해 낑낑대며 유모차를 끌고 온 거였다.

"맙소사." 남편은 여전히 믿지 못할 광경에 몸을 파르르 떨며 외쳤다. "대형 트레일러가 스무 대도 넘게 서 있던데. 정말 거대한 트레일러잖아! 한 대마다… 잘은 몰라도 한 삼백 구의 시신을 싣고도 남겠던데?" 나는 고개를 끄덕이며 대니를 유모차에서 내려 주었고, 우리 세 식구는 경찰 통제선으로부터 저만치 떨어진 곳으로 걸음을 옮겼다. 남편의 생각처럼 제대로 된 유해들이 그리 많지 않다고 말하고 싶었지만 도저히 용기가 나지 않았다. DNA 검사나 유해 보관용 시험관으로 옮기기 전에 조그만 유해 조각들을 퍼즐 맞추듯이 이리저리 끼워 맞춰야 할 정도로 멀쩡한 시신이 없다는 사실까지 남편이 알아야 할 필요는 없을 것 같았다. 어쩌면 나중에는 말할 수 있을지도 모르겠다.

“저 트레일러가 왜 서 있는지 다른 사람들은 모르잖아.” 남편은 버튼을 눌러 유모차를 자동으로 접어 가방처럼 어깨에 두르며 이렇게 말했다. “나도 당신이 얘기해 줘서 아는 거고. 다른 사람들은 아무것도 모른 채 2번가를 걷고 자기 일을 하러 다니겠지. 이곳을 가득 채우고 있는 트레일러들이 뭐 때문에 세워져 있는지 까맣게 모른 채 말이야.”

“하나, 둘, 셋, 그네!” 대니가 졸랐다. 남편은 오른손을, 나는 왼손을 내밀어 세 걸음마다 한 번씩 대니를 허공으로 들어 그네를 태워 주었다.

“매 블록마다 가득히 들어선 트레일러들을 좀 봐. 주디, 당신이 어떻게 이 일을 하고 있는지 모르겠어.”

“훈련을 받으면 할 수 있어.” 나는 진심으로 대답했다. 찰스 히르쉬 박사, 마크 플로멘바움 박사, 바브 샘슨 박사, 모니카 스미디 박사, 수잔 엘리 박사와 그 외에도 여섯 명의 성실하고 경험 많은 베테랑들이 최악의 상황에 어떻게 대처해야 할지 몸소 보여주고 있었다. 공중보건 전문가들은 대형 재난의 위험을 어떻게 해결하는지, 어떻게 문제를 풀고 앞으로 나아가는지 가르쳐 주었다. 만약 주변의 도움을 받지 않고, 본보기를 보지 못했더라면 나는 사고 첫날에 이 일을 포기해버렸을 것이다. “이건 내 일이잖아. 지금까지 연습해 왔고 그러니까 헤쳐 나갈 수 있는 거야.”

“더 높이!” 대니가 큰 소리로 외쳤다.

“좋아, 그네 말고 비행기 탈까? 준비됐어?” 남편이 물었다.

“비행기 좋아!” 대니가 꽥꽥 소리를 질렀다.

“하나, 둘, 셋- 유후!” 남편은 아들을 들어 허공에 날렸고 동시에 우리는 입을 모아 외쳤다. 대니는 공중 위로 올라갔다가 양팔을 펼치고 인도로 사뿐히 내려왔다.

“붐!” 대니가 말했다. 그리고는 다시 뛰었다가 바닥에 내려오면서 반복해서 소리쳤다. 남편과 나는 그런 아이를 내려다보면서 미소를 지었다. 나는 특별히 챙겨온 땅콩버터 젤리 샌드위치를 꺼냈다. 점심시간에 구세군 텐트에 가서 아이에게 주려고 일부러 챙겨 둔 거였다.

"정말로 이해가 안 되는 게 있는데. 왜 구세군 사람들은 나만 보면 같이 기도를 하자고 하는지 모르겠어." 나는 남편을 따라 3번가에 있는 좁고 어두운 레스토랑으로 걸음을 옮기며 말했다. "매번 신의 은총이 어쩌니 하고 예수님이 나를 사랑하신다고도 하더라고. 고맙기는 한데, 정말 친절한 분들이기는 하지만 왠지 모르게 무섭기도 해."

남편은 걸음을 멈추고 내가 농담을 했다고 말하기를 기다리는 표정을 지었다. "장난으로 그러는 거지?"

순간 얼굴이 달아올랐다. "아니, 정말 감사한 일이라는 건 알지만 구세군 사람들이 그렇게 종교색이 강한지 몰랐어. 그래서 놀란 것뿐이야." 남편은 껄껄대며 웃음을 터트렸다. 대니는 언제나처럼 껄껄대며 웃는 아빠를 보고 이게 기회다 싶은 표정으로 똑같이 까르르 웃음을 터트렸다. "뭐가 그렇게 웃겨?" 나는 은근히 부아가 치밀어 올랐다.

"주디, 구세군은 개신교 신자들이잖아."

"뭐라고?" 나는 깜짝 놀라 되물었다. "그걸 어떻게 알아?"

"그래서 구세군이라고 부르는 거야."

이제는 내가 웃음을 터트릴 차례였다. "나는 구세군이라고 해서 구호품이나 구조 같은 단체라고만 생각했어. 평소 안 입는 옷을 내놓는 단체처럼 말이야!" 남편은 그 얘기를 듣고 아까보다 더 크게 웃어댔다. "구조 단체인데 너무나 친절하게 대해 줘서 왜 그런지 궁금했어!" 결국 우리 부부는 히스테리에 가까울 정도로 웃음이 터져서 잠시 근처에 앉아서 호흡을 고르며 쉬어 가기로 했다.

2001년 9월 15일 저녁, 우리 가족은 시신과 유족들의 확인 전화, 냉동 트레일러로부터 마음의 무게를 내려놓고 함께 웃으며 시간을 보냈다. 대니는 엄마 아빠가 행복해 보였는지 그냥 따라서 웃었다. 그 순간만큼은 우리는 행복했다.

***

쌍둥이 빌딩이 무너졌을 때 엄청난 인파들이 월드 트레이드 센터 현장에 나타났다. 그리고 맨손으로 건물에 깔린 희생자들을 구하겠다고 자청하고 나섰다. 하지만 경찰은 자원봉사자들의 도움을 거절해야 했다. 순식간에 뉴욕시에 있는 모든 잡화점의 작업용 장갑과 삽 그리고 손전등이 동이 났다. 나는 전방에 나서서 이렇게 고귀하고 소중한 임무를 수행하게 되었다는 점에 대해 감사한 마음이 들었고, 뉴스에서 사랑하는 가족의 신원을 확인했다는 소식을 들을 때마다 굉장한 포상을 받는 기분이었다. 미국 전역의 어린 학생들이 감사의 카드와 함께 사탕과 곡물바를 보내오기도 했다. 그중에서도 아이다호의 초등학교 4학년 꼬마가 보내온 카드가 가장 기억에 남는다. 그 카드는 지금도 내 사무실 책상 앞에 걸려 있다. 카드에는 "감사합니다! 좋은 일을 하셨으니 천국으로 가실 거예요!"라고 적혀 있다.

나는 매일 피해자의 신원을 확인하기 위해서 동분서주했다. 바쁜 와중에도 뉴욕의 보통 사람들이 보내 주는 자애로움과 창의력에 놀랐고, 그들의 소소한 관심으로 더욱 힘을 얻고 활기를 되찾을 수 있었다. 뉴욕에 뿌리를 내리고 있는 각 분야에서 내로라하는 대기업에서도 홍보 목적이 아니라 순수한 마음으로 힘을 보탰다.

"신발 사이즈는요?" 실종자 가족에게 기본적으로 묻는 질문 중 하나였다. 이를 돕기 위해 메이시스 백화점 측에서 부검대마다 하나씩 발 사이즈 측정용 도구를 기증했다. 티파니에서는 반지 사이즈를 잴 수 있도록 손가락 사이즈를 재는 도구를 보냈다. 콜게이트에서는 DNA 샘플을 채취하기 위해 뼈에 묻은 이물질을 털어 낼 때 사용하라고 칫솔을 대량으로 기증했다. 구세군에서는 본부에서 일하는 직원들이 멀리 움직일 필요가 없도록 각종 음식을 끊임없이 공급해 주었다.

신원 확인 작업을 하면서 에이미 젤슨 박사도 많이 치유된 것 같았다. 하루가 다르게 부상이 회복되었지만 여전히 흠씬 두들겨 맞은 듯한 모습이었다. 이마에 있던 시커먼 멍이 점차 눈 쪽으로 내려오면서 일명 너구리 눈이라고 불리는 양쪽안와주위혈종이 되었기 때문이다. "내가 재미있는 얘기해 줄게요." 어느 날 아침 작업을 위해 가운을 갈아입으면서 에이미가 말했다. "어제 한 경관이 조용히 할 얘기가 있다는 거예요. 그래서 따라갔더니 너구리처럼 시커멓게 변한 내 눈을 보면서 이렇게 말하더군요. '당신 눈을 이렇게 만든 놈이 누군지 이름만 얘기하면 제가 알아서 처리하겠습니다'라고요. 그래서 깔깔 웃고 이렇게 대답했어요. '오사마 빈 라덴이에요. 잘 부탁해요.' 상대는 별로 재미있어 하지 않더라고요."

찰스 히르쉬 박사도 다시 현장으로 복귀했다. 부상은 있었지만, 번뜩이는 눈빛만큼은 여전했다. "월드 트레이드 센터 현장은 곧 복원 작업으로 변경될 예정입니다." 9월 19일 오후 회진에서 박사가 말했다. "구조 작업은 이제 마무리됩니다. 다시 말해 소방관들이 더 이상 '더미'에서 유해 발굴 작업을 하지 않는다는 뜻이고, 앞으로는 파괴 해체 회사가 투입될 겁니다. 지금까지는 손으로 직접 유해를 발굴했지만 이제는 아닙니다. 거대한 건설 장비들이 투입되어 붕괴된 지점을 파헤치고 발굴하게 될 것이기 때문에 여러분에게 도착하는 유해들도 이러한 변화에 따라 상태가 달라질 것으로 예상합니다.” 또한 두 가지 진술서를 바탕으로 이번 테러로 희생된 사람들의 사망진단서를 발급하게 될 거라고 했다. 바로 유족의 진술서와 실종자를 고용했던 고용주의 진술서에 따른 것이다. “DNA 분석 결과에도 불구하고 신원이 확인되지 않은 시신들이 많습니다.” 찰스 히르쉬 박사는 그런 경우 마지막으로 희생자를 목격했거나 소식을 들었던 사람들의 증언을 바탕으로 정해진 법적 서류를 제출하면 사망진단서를 발급하기로 했다고 전했다. “일단 컴퓨터 작업을 통해 이를 처리하고 만약 DNA나 다른 방식으로 실종자가 발견될 경우 법원 칙령에 따라서 사망진단서를 발급하게 됩니다.”

그날 오후 프레젠테이션 자리에서 찰스 히르쉬 박사는 일주일 넘게 계속된 직원들의 노고에 대해 평소처럼 아무 동요 없는 표정으로 깊은 울림이 전해지는 감사의 인사를 덧붙였다. “여러분 모두의 노고에 감사합니다. 여러분이 작업하는 모습을 보며 나 역시도 깊은 감명을 받았습니다. 요즘은 내 인생 그 어느 때보다 우리 동료 의료진들과 직원들이 자랑스럽게 느껴집니다.”

***

9월 11일로부터 시간이 한참 흘렀다. 일상적인 사후 부검 조사와 월드 트레이드 센터의 복구 작업에 번갈아 투입되어 낮 근무, 밤 근무, 때로는 주말 근무까지 뒤섞여 일하는 데 점점 더 익숙해졌다. 9월 20~21일은 밤 근무를 하는 날이었고 하늘에 구멍이 뚫린 것처럼 빗줄기가 쏟아져 내렸다. 야외 텐트에서 근무하는 기술자들과 비상대책반은 내부에 물이 들이치지 않도록 평소보다 더 꼿꼿이 몸을 세우고 작업에 열중했다. 시간이 꽤 흘렀는데도 여전히 캔버스 천 위로 천둥 번개가 치는 가운데 부패한 시신의 일부를 꺼내서 분류하는 건 섬뜩한 경험이었다. 그날은 퀸스 검시소에서 온 아이티 출신의 위엄 넘치는 여성 검시관과 함께 작업을 했다. 우리는 구세군에서 준비해 준 맛있는 메뉴에 대해 신나게 떠들면서 작업을 했고, 바로 그때 공짜 마사지 이야기가 나왔다.

"마사지요?" 나는 물었다. 올리브 리프라는 지역 사업체에서 우리 사무실 바로 앞 520번가 빌딩의 1층에 마사지 치료사를 무료로 파견했다는 거였다. 다음 휴식 시간에 퀸스에서 온 검시관은 나를 데리고 마사지 센터로 향했다. 올리브 리프의 마사지의 실력이 얼마나 좋은지 한창 떠들고 있는데, 문밖으로 찰스 히르쉬 박사가 걸어 나오고 있었다. 박사는 매우 개운한 표정이었지만 사창가에서 나오다가 걸린 사람처럼 부끄러워서 어쩔 줄 모르는 얼굴이었다.

30분 동안 정말로 개운하고 시원하게 마사지를 받았다. "샤크라 쪽이 제대로 순환이 되지 않는 걸 보니 스트레스가 정말 많으신가 봐요." 젊고 활기찬 마사지사가 이렇게 말했다.

'당연하죠.' 나는 속으로 생각했다. '공포 영화에 나올 법한 환경에서 악취가 진동하는 유해를 분류하는 작업을 하는데 당연히 스트레스가 많죠.' 그래서 샤크라인지 뭔지가 순환이 되지 않았던 모양이다.

그로부터 3주 후, 머리끝에서부터 발끝까지 온전한 시신들이 눈에 띄게 줄어들었다. 8시간 근무를 하던 어느 날이었던가, 달가닥거리는 뼛조각만 분류한 적도 있었다. 하루는 소매에 팔 부분의 뼈만 남아서 너덜거리는 소방관 재킷을 발견하기도 했다. 주머니 속에 취업 관련 서류가 들어 있어서 다행히 임시로 신원을 확보할 수 있었다. 나는 위팔뼈 안쪽을 샅샅이 살피면서 DNA 샘플을 채취할 수 있는지 살펴보았다. 재킷 안에는 조그만 뼛조각들과 미라처럼 변해버린 파편들과 바짝 말라버린 엄지손가락이 뒤섞여 있었고, 다행히 엄지손가락으로 지문을 채취할 수 있었다. 유해에서는 더 이상 부패로 인한 악취가 풍기지 않았다. 이제 남은 거라고는 시커먼 숯덩이와 뿌연 먼지뿐이었다.

밤 근무에 나섰는데 '더미'에서 유해가 도착하지 않아 오랜 시간을 멀뚱하게 보내야 하는 날도 있었다. 그럴 때 잠시 눈을 붙일 장소가 워낙 협소했기 때문에 마크 박사는 사무실 4층에 임시로 대기실을 준비해 두었다. 9월 29일 오후 8시 사무실로 출근을 했을 때, 마크 박사는 사무실에 있는 울퉁불퉁한 방석보다 대기실이 훨씬 나을 거라며 그쪽에서 눈을 붙이라고 말했다. 그 방석은 스튜어트와 내가 뉴욕 의대생에게 15달러를 주고 사놓은 거였다. 대기실이라는 곳에 들어가 보니, 정말 여기가 더 괜찮은 건지 확신이 들지 않았다. 한쪽에는 야전용 침대가 놓여 있었고 70년대에 유행했을 법한 빈티지한 인조가죽 소파침대가 저만치 벽 앞에 놓여 있었다. 뉴욕대학교 시설관리과에서 가지고 온 침대 시트와 수건들도 수북이 쌓여 있었다. 자정까지 야전침대에 누워 있어 보니 함께 밤 근무를 하는 국방부 법인류학자를 위해서 소파침대를 미리 정리해 두어야겠다는 생각이 들었다.

"이런 고물 소파 같으니!" 나는 소파침대를 끌며 짜증 섞인 목소리로 외쳤다. 검시소 사진가인 동료 스테파니가 불쑥 들어오더니 냉큼 도움의 손길을 내밀었다. 매트리스 한쪽 끝을 고정하고 있어야 할 커다란 스프링 하나가 튀어나와서, 우리는 15분 내내 고물 소파를 가지고 씨름을 했다. 마침내 큰 소리로 짜증을 내며 소파침대를 정리하는 걸 포기해버렸다. 결국 소파침대 위에 새로운 침대 시트를 깔았고, 동료 인류학자를 위해서 소파침대 왼쪽에 누워야 몸이 매트리스 안으로 빠지지 않을 거라는 메모를 남겨 놓았다. 나는 녹초가 되어 야전침대에 걸터앉았다. 시계를 보니 새벽 1시였다.

새벽 1시 15분, 무선 송수신기에서 치지직 하는 소리가 들렸다. "의사 선생님 계시면 현장으로 와 주세요. 구조대원 두 분이 도착할 예정입니다." 구조대원이란 뉴욕 경찰이 소방관이나 응급의료진, 경관처럼 유니폼을 입은 사람들을 통틀어 지칭하는 말이었다. 나는 야전침대를 박차고 일어나 무선 송수신기 버튼을 누르고 대답했다. "네, 바로 내려가겠습니다." 아무 대답이 없다. "음. 오버. 제가 의사인데요. 지금 내려가겠습니다. 오버?" 여전히 대답이 없었다. 곧바로 호출기가 시끄럽게 울리기 시작했다. 나는 답하는 걸 포기하고 계단으로 달려갔다.

15분 후 구조대원이 도착했다. 시신 운송용 가방 속에는 잘 보존된 시신 두 구가 들어 있었다. 순간 나는 깜짝 놀라 물러섰다. 요즘 들어서는 제대로 형체를 갖춘 시신이 도착한 적이 거의 없었기 때문이다. 시신은 다름 아닌 소방관들이었다. 머리가 으깨지고 사지가 뒤틀렸지만 묵직한 소방 장비를 걸쳐서인지 몸통 부분은 멀쩡해 보였다.

9월 11일 이후 나는 최대한 감정의 문을 닫고 전문가답게 처신하려고 애를 썼지만 두 구의 소방관 시신을 보자 더는 참을 수가 없었다. 첫 번째 남성은 어깨 윗부분에 아기 천사 모양의 문신이 있었다. 한쪽에는 티파니, 다른 쪽에는 헨리 주니어라는 이름이 새겨져 있었고, 1975년과 1978년이라는 출생연도가 적혀 있었다. 바지 주머니에는 소방서 이름이 적힌 서류가 있었다. 서류의 이름과 문신에 새긴 아이의 이름으로 시신의 신원을 확인할 수 있었다. 그 서류는 다름 아닌 퇴직 신청서였다. 헨리는 50대 중반으로 20년이 넘게 소방관으로 일했다. 신원을 확인했지만, 소방 장비에 적힌 이름과 서류에 적힌 이름이 서로 일치하지 않았다. 나중에 동료에게 들은 바에 따르면 쌍둥이 빌딩 테러가 발생할 당시, 헨리는 비번이었고 뉴스를 보자마자 가까운 소방서에 가서 다른 소방관의 장비를 급히 걸쳐 입고 현장으로 달려갔다는 것이다.

두 번째 시신은 왼손에 아일랜드의 전통 결혼반지 클라다 링*을 끼고 있었다. 내 남편도 똑같은 반지를 끼고 다녔다. 지갑 속에는 9살 정도 되어 보이는 아들의 사진이 들어 있었다. 소방관의 뒤틀린 손에 끼워진 결혼반지를 잡는 순간, 그동안 참고 있던 눈물이 터졌다. 수술용 마스크 위로 눈물이 뚝뚝 떨어지는 바람에 어떻게든 현장에서 벗어나야 할 것 같았다. 나는 마스크와 장갑을 벗어 던지고 무작정 뛰어나갔다. 그리고 작업용 텐트 밖에 바리케이드가 쳐진 구석으로 나와 바닥에 쭈그리고 앉아서 양손으로 얼굴을 가리고 엉엉 울음을 터트리고 말았다.

그렇게 몇 분이 지나고 나서 나는 자리에서 일어났다. 여전히 눈물을 흘렸지만 어떻게든 마음을 추스르려고 애썼다. 헨리의 가족과 아일랜드 결혼반지를 낀 남성의 가족들은 아직 남편에게 무슨 일이 생겼는지 모르는 상태였다. 테러 발생 이후 2주 동안, 매일 집에서 남편의 소식이 들리기만 손꼽아 기다리고 있을 터였다. 두 명의 소방관들은 자신의 임무를 다했고, 이제는 내가 임무를 다할 차례였다. 나는 작업대가 있는 쪽으로 걸어갔고, 새로운 장갑과 마스크를 꺼내서 착용한 후 다시 신원 확인 작업에 착수했다. 모두 아무 말도 하지 않았다. 나처럼 울음을 터트리는 사람들이 워낙 많았기 때문이다.

---

* 두 개의 손이 하트를 마주 잡고 있고 그 위에 왕관이 씌워진 반지

***

10월 초의 어느 날, 나는 오후 4시부터 저녁 12시까지 밤교대로 근무하기 위해 길을 나섰다. 교통체증 때문에 차가 막히는 바람에 출근 시간에 늦고 말았다. 그때만 해도 맨해튼 시내에는 차 한 대에 두 명 이상이 탑승해야 한다는 비상조치가 내려진 상태였다. 그런데도 도로 위에는 차량의 행렬이 끝없이 이어지고 있었다. 어렵사리 작업대에 도착하니 시신운송용 가방 안에 불길에 바싹 타버린 뼛조각 한 무더기가 쌓여 있었다. 복구 작업에 나섰던 일꾼들이 소방관이 착용하는 산소마스크 세 개 아래서 뼛더미를 발굴해 낸 것이다. 천 개는 되어 보이는 백악질의 조그만 파편들이었다. 그중 제일 작은 것은 거의 가루가 될 정도로 뭉개져 있었다. 우리는 8시간 내내 뼛조각과 건물 파편을 분리하는 작업을 했다. 덕분에 두개골 조각과 긴 뼈, 갈비뼈와 등골뼈를 골라낼 수 있었다.

"좋아요, 여기 좌측 대퇴부가 3개 있으니 그쪽에서 좌측 다리뼈 3개를 찾으면 돼요." 에이미 젤슨이 말했다. "그러니까 최소 세 구의 시신을 찾아야 한다는 뜻이에요." 나는 조그만 돌무더기 속에서 온전히 남아 있는 15개의 치아를 찾아냈고 대부분 송곳니와 어금니였다. 그중에는 은으로 된 봉이 반쯤 박혀 있는 치아도 있었다. 창자의 일부, 먼지가 들러붙은 근육, 구리선에 엉킨 살점 다발도 나왔다. 벨트의 버클 부분과 재킷의 단추, 동전들이 한데 엉켜 눌어붙어 있었다. 양말을 뒤집으니 뼛조각들이 와르르 굴러 나왔다.

다음 날 나는 연방재난사망자 처리팀에서 파견한 치과 전문의에게 이 사실을 알렸고, 어금니 안의 잇몸에서 DNA를 채취할 수 있기를 바란다는 대답을 들었다. "앞니가 발견되지 않는 건 당연한 결과예요." 그는 말했다. “얼굴 앞부분의 치아들은 뒤쪽 치아보다 뜨거운 열기에 약하거든요. 대부분 잇몸과 근육으로 둘러싸여 있기 때문이에요. 극도로 뜨거운 열기에 닿으면 앞니는 곧바로 터져서 조각이 나버리지요.” 나는 온전한 치아들을 가지고 치과 진료 기록을 뒤져서라도 뭐라도 밝혀지기를 바랐다. 아무래도 DNA 샘플을 채취해서 신원을 확인하기 어렵다고 생각했기 때문이다. 극도의 열기를 쬐면 DNA는 거의 파괴되고 ‘더미’에서 발견한 유해들은 이미 그 극도의 열기에 노출된 것들이었다.

시신의 신원을 확인하는 동안, 유족들은 무작정 기다리는 수밖에 다른 방법이 없었다. 신원 확인 담당 직원들은 유족들에게 두 가지 중 하나를 선택할 수 있도록 했다. 유해가 발견될 때마다 가장 가까운 가족에게 소식을 알리거나 아니면 실종자로 등록된 사람과 연관된 조직이 처음 발견되었을 때만 연락을 하는 것이었다. 물론 피해자 가족 입장에서는 이런 선택이 말도 못하게 끔찍했을 것이다.

사건 발생 후 정확히 한 달이 되던 날, 우리는 두 가지 정책에 의거하여 법원의 칙령에 따라 신원이 확인된 실종자들에게 사망진단서를 발급했다. 대부분의 유족들은 사무실의 노고에 감사를 표했고, 가운데서 중개인 역할을 맡은 장례 책임자들은 따로 화장을 할 시신이 없음에도 불구하고 먼저 떠난 이들의 죽음을 애도하는 데 도움을 주었다. 하지만 찰스 히르쉬 박사는 신원 확인 과정에서 얼토당토않은 선택지를 주었다는 언론의 보도를 접하고 머리끝까지 화가 나 있었다. “그럼 우리더러 어쩌라는 거야? 유족들에게 아무 소식도 알리지 말고 입 꾹 다물고 있으란 건가?” 그러고 언제나 그랬듯 냉담한 표정으로 멘토답게 새로운 명언을 남겼다. “아델슨 박사가 말하더군. 기자의 질문에 제일 좋은 대답은 모자를 쓰는 거라나. 뭐라고 질문하든 모자를 쓰고 그냥 가라는 거야.”

테러 발생 현장에서 유해 발굴 작업이 복구 작업으로 변환되면서 많은 소방관이 어려움을 겪었다. 어느 날 소방국장 한 분이 스튜어트를 찾아와 일상적인 방화 사건에 대해 이야기를 했다. 스튜어트가 힘드실 텐데 어떻게 버티고 계시냐고 물었더니 9/11 테러 당시 자신의 이야기를 전부 털어놓았다. 첫 번째 타워가 붕괴되던 시간, 소방국장은 현장에 있었고 급히 지하철역으로 몸을 피했다. 덕분에 목숨을 부지할 수 있었다. 하지만 다른 소방서장은 북쪽 타워의 73층에서 마지막으로 목격되었다고 했다. 아직도 소방서장의 유해는 발견되지 못한 상태였다.

소방국장은 그날 함께 일하던 동료 열한 명을 잃었다. 자그마치 열한 명의 친구들이 세상을 떠난 것이다. "그날 이후 가장 힘들었던 순간은 상부에서 현장에 있던 직원들의 목록을 작성하라는 지시를 받았을 때예요. 도저히 자리에 앉아서 죽은 동료 이름을 쓰지 못하겠더라고요. 당장 잔해들을 파헤치고 싶었어요. 우리는 근무를 마치고 서류 작업까지 해놓고 곧바로 현장에 가서 발굴 작업을 했어요. 하지만 그때만 해도 '아직도 살아 있는 사람이 남아 있지 않을까?' 하는 희망이 있었어요. 지금은 그런 기대가 없어요. 직접 현장을 파헤쳐 보니 생존자를 찾기 어렵다는 걸 깨달은 거죠. 아직도 이런 상황이 믿기지가 않습니다." 그는 우리가 뭔가 대답을 해주지 않을까 기대하면서 스튜어트를 보며 이렇게 말한 뒤 나를 쳐다보았다. 우리는 아무 말도 할 수 없었다.

10월 초의 어느 날, 에이미 박사가 독특한 모양의 장식품 하나를 들고 현장에 나타났다. 독수리가 발톱에 닻을 쥐고 있고 긴 장총과 삼지창까지 있는 핀이었다. 나는 그 핀이 어디서 났느냐고 물었다. "미 해군 특수부대 네이비씰의 핀이에요." 에이미가 대답했다. "연방재난사망자 처리팀의 직원 하나가 선물로 준 거예요. 아내에게 예전에 입던 해군 군복에서 핀을 떼서 우편으로 보내달라고 했대요. 만약 내가 해군이었다면 '퍼플 하트' 훈장을 받았을 거라고 하면서 이걸 주더군요." 나는 깜짝 놀랐다. 에이미는 환하게 미소를 지었다. "정말 감동적이죠?" 박사는 '검시관'이라고 적힌 재킷 위에 그 핀을 꽂았다. 그녀가 입은 옷은 9월 11일, 에이미가 남쪽 타워 붕괴 당시 현장에서 내동댕이쳐지던 날, 그녀의 목숨을 구해 주었던 두툼한 그 재킷이었다. 나는 그날 이후 현장에 가본 적이 있느냐고 물었다. 그녀는 벌써 여러 번 현장에 다녀왔다고 했다. "오늘 아침에도 다녀왔어요. 그래서 이 정도로 참고 견딜 수 있는 거예요. 누군가 시해 같은 걸 발견했다고 2시쯤 연락이 왔더군요." 여기서 시해란 분류 작업 시 사용하는 시멘트 바닥에 깔린 '유골'을 의미하는 용어였다. 그리고 주머니에서 잔돈을 꺼내어 세면서 나에게 물었다. "근처에 커피 마시러 갈 건데 같이 갈래요?"

나는 에이미 박사가 타워 붕괴 현장에서 살아남은 경험 때문에 심적으로 상처를 입었을 거라고 생각했다. 그래서 바리케이드를 지나서 2번가 쪽으로 걸어가면서 박사에게 물었다. "아니요, 그렇지 않아요." 에이미는 가식이 없는 목소리로 대답했다. "현장을 시찰할 때 경찰 헬리콥터에 타 보기도 했는걸요. 혹시 내가 조종을 해 봐도 되냐고 물었더니 조종사가 웃어버리더군요. 난 진짜 궁금해서 물어본 건데요!"

"당연히 그랬겠죠."

"궁금하면 물어볼 수도 있는 거 아니에요?"

에이미 박사와 대화한 후 내 눈으로 직접 사건 현장을 확인해야겠다고 결심했다. 우선 9/11 메모리얼 파크부터 가보는 게 나을 것 같았다. 그곳에는 분류된 유해들이 실려 있는 냉장 트레일러들이 세워져 있었다. 마크 박사에게 메모리얼 파크의 추모 트레일러들이 얼마나 위엄 있게 조성

되어 있는지 들은 바가 있기에 테러 현장을 방문하기 전에 그곳에 들러 제대로 마음의 준비를 하고 싶었다. 9월 12일, 나는 우리 사무실 바로 옆 먼지가 자욱한 공터에 도착한 첫 번째 트레일러를 본 적이 있었다. 곧바로 빗줄기가 퍼붓기 시작했고, 사방이 뚫린 공터가 진흙탕으로 변하면서 도로를 관리하는 직원들이 직접 나서서 긴급히 배수로를 만드는 작업을 해야만 했다. 트레일러가 주차된 상태에서 주변 배수로를 파니, 직사각형 모양의 도랑이 보였다. 그것은 마치 트레일러의 묘지를 만든 것 같은 착각을 불러일으켰다. 10월 5일, 나는 아침에 눈을 뜬 후 제대로 경의를 표하기 위해 용기를 내어 메모리얼 파크로 걸어갔다.

당시 메모리얼 파크에 주차된 추모 트레일러는 총 16대였다. 부드러운 햇살 아래 하얀 천으로 차양막이 드리워져 있었고 그 아래로 트레일러들이 나란히 주차되어 있었다. 텐트 아래는 티끌 하나 없이 깨끗하게 단장되어 있었다. 그렇게 오랫동안 먼지 더미를 헤집고 연골과 뼈를 파헤친 결과물, 그 유해들이 이렇게나 완벽하게 존엄한 상태로 보존되어 있다는 사실이 정말 다행이라고 생각했다. 천장에는 거대한 미국 국기가 걸려 있었고, 트레일러 입구마다 제각각 국기들이 드리워져 있었다. 세계 각국의 국기들을 걸어 놓은 이유는 전 세계의 희생자들을 추모하기 위한 것이었다. 주차장 주변에는 합판 틈새마다 화려한 화환들이 줄지어 세워져 있었다. 격납고 안에는 예배당도 있었는데, 예배당에는 사이프러스 화분과 대리석 바닥이 깔려 있었다. 나는 신도석에 가서 앉았다. 잠시나마 평화로움을 만끽할 수 있었지만 곧바로 그런 마음이 사라져버렸다. 비록 9/11 추모 메모리얼 파크에 담은 사랑과 관심을 내 눈으로 확인했지만, 몇 주 동안 먼지 구덩이를 비집고 찾아낸 유해의 무더기들이 윙윙대는 트레일러 안에 보관되어 있다고 생각하니 슬픔과 상실감이 가슴속에 가득차버렸기 때문이다.

검시소의 수사관인 케니가 근무가 시작되는 시간에 맞추어 나와 다른 동료 세 사람을 허드슨강의 여객 터미널에 있는 베세이 스트리트 근처에 데려다주었다. 그곳은 9/11 테러로 발생한 시신이 수습된 지점이었다. 우리는 유니언 스퀘어에서 황량한 거리를 지나서 몇 블록이나 아래로 차를 타고 달렸다. 레스토랑과 소매점, 점포들이 모두 문을 닫았고, 인도에서조차 사람을 찾아볼 수 없었다. "여객기 엔진의 거대한 파편이 저 빌딩을 뚫고서 저기 반대쪽으로 추락한 거예요." 케니는 월드 트레이드 센터의 현장에서 네다섯 블록 남은 지점에서부터 사건 경위를 설명했다.

시신 수습 지점에 도착하자 우리 일행을 안내해 줄 한 남자를 소개받았다. 그는 햇볕에 까맣게 그을려 있었고 담배를 많이 피워 목이 쉰 상태였다. 낡은 작업용 부츠에 붉은색 연방재난사망자 처리팀 셔츠를 입고 있었다. 티셔츠에는 '흙받기'라는 글자가 적혀 있었다. 나는 어쩌다가 그런 별명을 얻게 되었는지 물었다. "현장의 최전방에서 온갖 힘든 일을 처리하는 게 제 임무거든요." 그는 연방재난사망자 처리팀에서 현장 복구 작업을 담당하는 총책임자였다.

케니는 묵직한 작업모를 건네면서 현장의 시체 안치소에서 법의검시관들이 하는 업무에 대해 설명해 주었다. "검시관들은 먼저 현장에서 시신인지 다른 중요한 증거품인지 육안으로 구분하는 일을 해요. 그리고 나머지는 본부에 있는 직원들을 위해 남겨두는 거죠. 초기에 빨리 구분해 놓는 것이 좋으니까요. 한 사람의 시신이 아닌 경우에만 따로 분리하는 작업을 해요. 예를 들어 왼쪽 팔이 두 개일 때는 따로 분리를 해두죠."

나는 작업모를 쓰고 사륜 트랙터 후미 부분으로 가서 동료 옆에 걸터앉았다. 복구 작업 책임자는 한때 쌍둥이 빌딩이 있었던, 먼지가 자욱하고 엉망진창인 거대한 구멍 쪽으로 우리를 안내했다. 거꾸로 보면 평범한 건설 현장처럼 보였다. 머리 위로는 거대한 기중기들이 드리워져 있고 굴착기들이 먼지 구덩이를 고르고 작업모를 쓴 수백 명의 남녀가 철근을 자르고 있었다. 인부들은 건설 기계를 움직여 완전히 무너져 내린 건물의 잔해를 조금씩 해체하고 있었다. 사방을 둘러보아도 눈에 보이는 거라고는 불꽃이 튀는 용접용 토치를 들고 뒤틀린 철제 잔해를 해체하는 사람들뿐이었다.

"처음에 이틀 동안은 양동이를 들고 잔해를 파헤쳤다는 거 아세요?" 책임자는 내 속마음을 읽은 듯 이렇게 말했다. "생존자를 찾기 위해서 손으로 건물의 잔해를 파헤쳤어요." 더미의 가장자리에 있는 한쪽 면에는 엄청나게 커다란 그물이 드리워져 있었다. 바로 옆에 있던 건물은 땅속으로 푹 꺼져 껍데기만 남은 상태였다. 허드슨강의 뒤쪽에 위치한 윈터 가든 아트리움의 둥글고 파란 지붕의 반쪽이 반짝이며 빛나고 있었지만, 앞쪽은 온통 깨지고 불에 그슬린 철제 골대가 그대로 드러나 있었다. 톱니모양만 남은 남쪽 타워는 전쟁의 포화로 속이 움푹 꺼진 고딕 성당처럼 한가운데 떡하니 버티고 서 있었다. 지면 아래로 지어진 월드 트레이드 센터 지하 6층에는 아직도 불길이 잡히지 않은 상황이었다. 그 불은 12월이 될 때까지 꺼지지 않았다.

철제와 콘크리트가 완전히 무너져 내린 것을 보면서 테러의 파괴력이 얼마나 강력했는지 알 수 있었다. 또한 내 눈으로 직접 보고 만졌던 그 수많은 유해를 보면서 테러의 폭력성을 완벽히 이해할 수 있었다.

건설 중장비로 잔해를 집어 올려 저마다 다른 장소로 분리해 놓았고, 그 과정에서 발견된 각기 다른 유해들의 신체 부위는 사방으로 흩어질 수밖에 없었다. 그렇게 수습된 유해들이 며칠 후에 내가 일하는 부검대 위로 도착한 것이었다. 그제야 찰스 히르쉬 박사가 본래 하던 방식이 아닌, 각기 다른 시신에서 나온 조그만 유해 하나에도 DM01이라는 개별 번호를 붙여 분류하라고 지시한 이유를 이해할 수 있었다.

우리가 탄 사륜 트랙터는 '더미'의 한가운데 멈추었고 그렇게 잠시 사고 현장을 쳐다보았다. 누군가 구세군에서 준비해 준 샌드위치 조각을 맛보라고 내밀었다. 나는 몇 조각을 베어 물었다. 지독한 허기가 느껴졌다. 공기는 후끈했고 사방이 먼지투성이였다. 마침내 돌아갈 시간이 되자 경찰차가 우리를 태우고 강력히 세차를 해야만 통과할 수 있는 검역 지대 밖으로 향했다.

경찰차가 펜 스테이션 근처에 내려줘서 지하철을 타고 집으로 돌아왔다. 거리에는 평소와 같이 사람들이 파도처럼 일렁거렸다. 인도를 가득 채우고 저마다 진지한 표정으로 끝없이 밀려드는 사람들. 최근 들어 테러리스트들이 뉴욕을 노린다는 소문이 퍼지면서 온통 두려움에 사로잡혀 있었기 때문인지, 펜 스테이션 근처에도 여전히 경찰들의 모습이 눈에 띄었다. 역에는 9/11 테러로 실종된 사람들을 찾는 포스터가 가득했다. 몇 주 동안 일부러 포스터를 쳐다보지 않으려고 애썼지만, 그날만은 굳이 피하려고 하지 않았다. 유해 더미에서 세상을 떠난 이들의 영혼이 내 뒤를 따라왔을 테니까. 나는 포스터 안에 있는 실종자들의 얼굴을 자세히 살폈다. 잠시 동안 그 자리에 얼어붙은 채로 머릿속에 떠오르는 기억을 붙잡으려고 애썼다. 그러고는 불현듯 멈추었다. 나는 시선을 다른 쪽으로 돌렸다. 아직은 현실을 마주할 용기가 나지 않았다.

***

시간이 흐르면서 현장에는 앙상해진 뼈만 도착했다. 3월 5일, 머리뼈 조각 30개가 도착했고 에이미 박사는 온 힘을 다해 대부분 완벽에 가까울 정도로 복원했다. 3월 30일, 팔찌를 낀 부패한 손 하나가 도착했다. 4월 16일 아침에는 부검을 했고, 오후에는 15개의 뼈가 그대로 드러난 상안골과 견갑골을 확인했다. 4월 29일, 찰스 히르쉬 박사는 지금까지 월드 트레이드 센터 재난 현장으로부터 도착한 유해로 천 명의 신원을 확인했다고 공지했다. 2002년 5월 7일, 티끌 하나 없이 맑던 그 날로부터 8개월이 지난 어느 날, 우리는 복원 작업 가운데 우리가 맡았던 임무를 중단했다. 피해자의 수는 나날이 늘어나고 있었지만 더 이상 부검의들이 할 일이 남아 있지 않았기 때문이다.

현장 복원은 그로부터 2개월이 지나서야 공식적으로 막을 내렸다. 뉴욕타임스에서는 9/11테러로 파괴된 월드 트레이드 센터, 즉 그라운드 제로를 정리하던 인부들이 근처 건물에서 '신체의 일부분과 유해'를 발견했다고 대서특필했다. 나는 에이미 박사에게 정확한 소식을 물었다. 에이미는 어처구니없어 하며 눈을 굴렸다. "9월 10일까지 정육점이 있던 자리에 나를 불러놓고 꼬박 4시간을 세워 두었다니까요. 나는 분명히 돼지나 소의 뼈라고 말했어요." 결국 뉴욕타임스의 기사는 입이 가벼운 경찰들과 게으른 기자들이 완전히 날조한 이야기로 밝혀졌다. 확인 결과 인간의 시신이나 유해는 없었다. 그럼에도 그 이야기는 타임즈의 1면을 장식했다. 나는 온갖 거짓 기사들을 워낙 자주 접했고 그래서 2002년 10월 중순의 어느 날, 월드 트레이드 센터에서 새로운 유해들이 발견되었다는 소식을 듣고도 별로 신경 쓰지 않았다.

하지만 내 예상은 보기 좋게 빗나갔다. 9/11 테러가 발생한 지 꼬박 1년이 지나서 발견된 그 유해들은 결국 사람의 것으로 밝혀졌다. 작업장 인부들은 90 웨스트 스트리트의 지붕에 있는 가설물을 해체하던 중에 유해를 발견했다. 나는 야외 작업장으로 나섰다. 그즈음에는 접이식 목재 다리 위에 부검대 하나만 제외하고 나머지는 모두 정리된 상태였다. 부검대 위에는 시커멓게 타고 바짝 말라붙은 엉덩이 고관절 하나가 덜렁 놓여 있었다. 연방재난사망자 처리팀의 인류학자가 근육의 말라붙은 조각을 떼어냈다. "전자의 양이 너무 적네요." 그녀는 뼈 아래로 둥근 부분을 가리키며 말했다. "따라서 이건 의학적으로 왼쪽 엉덩이 부분이에요."

기록관은 준비된 종이에 결과를 자세히 적었다. 우리 셋밖에 없어서인지 한참 동안 침묵이 흘렀다. "비행기에서 떨어진 유해군요." 나는 큰 소리로 단언했다. 다른 두 동료도 동의의 뜻으로 고개를 끄덕였다. 그럼에도 어떻게 타워에서 그렇게 멀리 떨어진 고층 빌딩의 옥상에 떨어진 것인지 밝혀낼 수가 없었다. 꽤 높은 궤적에다가 엄청난 힘이 더해져야만 가능한 일이었기 때문이다.

그로부터 채 한 달이 지나지 않아, 다시 9월 11일이 돌아왔다. 작년과 다를 바 없이 아름다운 아침이었다. 나는 30번 거리에서부터 아메리칸 항공 11편이 요란한 엔진 소리를 내뿜으며 날아가던 푸른 하늘과 마천루 사이를 걸으며 퍼스트 애비뉴로 향했다. 본래 계획대로라면 서류 작업을 해야 했지만 도저히 집중이 되지 않았고 사무실에 혼자 있기도 힘들었다. "1주년 기념으로 차나 한잔할래요?" 나는 카렌 투리 박사를 찾아가 이렇게 말했다.

우리는 쿠키와 우유를 사 가지고 카렌 박사의 연구실로 가서 이야기를 나누었다. 카렌 박사는 9월 11일 저녁부터 DM01 분류 작업에 참여했다. "처음으로 본 시신은 소방관이었는데 사지가 멀쩡히 붙어 있고 표정도 굉장히 평온했어요. 하지만 등 쪽으로 뒤집어 보니 머리 뒤쪽이 완전히 파열되어 있었어요. 속으로 그래, 이 정도는 괜찮다고 생각했죠. 어차피 상황이 심각한 건 알고 있었으니까 그냥 일을 했어요. 하지만 우리 모두 엄청난 충격을 받지 않았나요? 이토록 심각한 상황이 벌어지리라고는 아무도 예상하지 못했으니까요…."

우리는 구세군이 마련해 준 점심 식사를 했다. 구세군 텐트는 30번가 거리 바깥쪽에서 햄버거와 핫도그를 굽고 있었다. 남편은 대니를 데리고 왔고, 우리 꼬마는 경찰 아저씨들이 경찰차의 조명과 사이렌을 켤 수 있도록 허락해 줘서 최고의 행복을 만끽할 수 있었다. 몇 달 동안 볼 수 없었던 FBI와 연방재난사망자 처리팀의 동료, 아니 전우들도 한자리에 모였다. 피해자의 유족들도 그 자리에 함께했다. 저마다 우리가 얼마만큼 멀리서 왔는지 곱씹으며 이런저런 이야기를 나누었다.

테러로 발생한 피해자 중에서 내가 직접 분류 작업을 했던 유해들이 정확히 몇 구인지는 알 수 없다. 계산 자체가 불가능한 일이니까. 공식적으로 내가 처리한 분류 번호만 따지면 598건에 달한다. 작업에 투입된 검시관이 총 30명, 유해들이 19,956건에 달했다. 이 정도면 누구나 계산할 수 있을 것이다. 일인당 600건 정도를 처리한 셈이다. 우리는 테러로 희생된 시신을 분류 번호와 조그만 표본으로 구분했다. 9/11 테러 발생 일 주년을 기념하며, 검시소 사무실에서는 월드 트레이드 센터 테러로 희생된 2,733명의 피해자의 사망진단서를 발급했다. 그중에서 법원 칙령으로 사망진단서가 발행된 건은 1,344건이고 신원 확인을 통해 발행된 건은 1,389건에 달한다. 공식 집계된 바에 따르면 소방관 343명, 뉴욕 경찰 23명, 그리고 48명이 사망했고 대부분 항만공사에 근무하던 직원들이었다. 그로 인해 3,000명이 넘는 아이들이 부모를 잃었다. 9/11 테러로 미국 역사상 최고로 많은 피해자가 발생했다.

2002년 9월 12일, 520 퍼스트 애비뉴에 위치한 뉴욕 검시관 사무소로 복귀했다. 나는 평소대로 가운을 걸치고 머리를 두 겹으로 싸매고 다시 일터로 돌아갔다.

11
전염병

캐시 응우엔은 베트남계 이민자로 브롱크스에서 20년째 살고 있었다. 이웃들은 그녀를 친절하지만 늘 혼자 다녔던 사람으로 기억했다. 매주 미사에 참여했고, 동네 잡화점에서 시장을 보았으며, 지하철을 타고 일터로 나갔다. 2001년 핼러윈, 캐시는 가족도 없는 혈혈단신의 몸으로 사망했다. 사망의 원인은 탄저균 감염으로 인한 자연사였다. 하지만 사망의 방식은 자연적이지 않았다. 캐시 응우엔의 사망진단서에는 사망의 방식이 살인으로 기록되었다.

탄저병은 무시무시한 질병이다. 탄저균 박테리아가 인간 숙주에 침입하면 빠른 속도로 퍼져 강력하고 치명적인 독소를 만들어 낸다. 그 유기체는 내생포자의 형태로 주변 환경에 따라 10년에서 그 이상까지도 동면할 수 있고, 입술이나 눈에 닿는 즉시 반응한다. 탄저 포자를 호흡기로 흡입할 경우 가장 위험한 감염인 흡입성 탄저가 유발된다. 초기 증상으로는 기침과 발열, 통증과 몸살 기운이 나타나는데 일반적인 감기나 독감과 동일한 양상을 보인다. 흡입성 탄저에 감염된 후 곧바로 치료를 받지 않을 경우 며칠 내로 치유 불가능한 상태가 된다. 일단 감염이 되면 독성이 워낙 높아 병원균을 파괴할 수 없다. 탄저균은 감염이 되면 치명적인 패혈증 쇼크가 올 때까지 교묘하게 증상을 숨긴다. 흡입성 탄저의 위험한 측면이 바로 이것이다. 다행인 것은 탄저균은 인플루엔자나 천연두처럼 인체의 접촉으로 퍼지지 않으며 예방 백신이 있고 감염 초기에는 항생제로 치료할 수 있다는 점이다.

9/11테러가 발생한 지 정확히 일주일이 되던 날, 누군가 탄저병 내생포자가 묻은 하얀 가루를 담아 뉴욕과 플로리다의 방송국으로 다섯 통의 편지를 보냈다. 10월 첫째 주, 뉴스 매체들은 플로리다에 거주 중인 한 남성이 흡입성 탄저로 사망했다는 소식을 전했다. 이는 플로리다주에서 30년 만에 처음 발생한 사건이었다. 곧이어 사망한 남성의 동료 두 명도 탄저균에 감염되었다는 확진을 받았다. 록펠러 센터에 위치한 NBC 방송국 본사의 여성도 뉴스 앵커 앞으로 도착한 편지 봉투를 열었다가 탄저균에 감염되었다. 봉투 안에는 하얗고 고운 가루가 묻은 협박 편지가 들어 있었다. 10월 16일, 우리는 워싱턴에 위치한 국회의사당에도 두 통의 편지가 도착했다는 사실을 확인했다. 미 연방정부에서는 혹시 모를 위험에 대비해서 국회의사당을 폐쇄했다. 그다음 주에는 워싱턴 D.C 우체국 직원 두 명이 사망했다. 그즈음에 나는 지하철역 근처에서 근심 걱정에 가득찬 한 어머니를 만났다.

나는 급한 서류 작업을 위해서 사무실로 출근을 하던 길이었다. 코 성형을 하고 연갈색으로 머리를 염색한 단발머리 여성이 내가 입은 재킷에 '뉴욕 검시관'이라고 적힌 걸 보더니 황급히 다가왔다. "우리 아들이 어제 양키즈 경기를 보러 갔었어요. 오늘 아침에 학교에 데려다주면서 들으니까, 야구장에 하얀 가루 같은 게 떠다니는 걸 봤다는 거예요. 경기장 의자 몇 군데에 하얀 가루가 떨어져 있었다나 봐요. 처음에는 근처에서 야구 놀이를 하는 사람들 쪽에서 가루가 튄 거라고 생각했대요. 그런데 사람들이 가지고 노는 공을 보니까 하얀 가루 같은 게 없더라는 거죠."

처음에는 뭐라고 대답해야 할지 몰라 망설였지만, 정확한 것부터 확인하자 싶어 이렇게 물었다. "아드님이 평소에 어떤 아이인가요? 혹시 농담하는 걸 좋아하는 타입은 아닌가요?"

"이런 걸로 거짓말할 아이는 아니에요. 요즘 분위기가 어떤지는 자기도 뻔히 아는걸요. 오늘 예비입학시험을 보는 날이라 차마 학교에 가지 말라고는 못 했어요." 그렇게 두 명의 엄마는 미드타운 한가운데 잠시 동안 멍하니 서 있었다. "이제 어쩌면 좋을까요?"

'어머니, 그걸 제가 어떻게 알겠어요?' 마음 같아서는 그렇게 말하고 싶었지만 그러지는 않았다. "정 걱정이 되시면 시험이 끝나고 가족 주치의를 찾아가서 코 면봉 테스트라도 받아보도록 하세요. 음성 반응이 나오는 걸 확인하고 나면 아무래도 마음이 편해지실 테니까요." 하지만 내가 제시한 해결책도 어머니의 걱정을 완전히 잠재우지 못했다. "그리고 경기장 좌석 번호를 확인해서 양키즈 스타디움 쪽에 이 사실을 알리도록 하시고요." 그것 말고는 다른 방법이 떠오르지 않았다. 그런데도 아이의 엄마는 내가 가야 할 길을 여전히 막고 서 있었다. 당장 처리해야 할 서류 작업들이 산더미처럼 쌓여 있었는데도 말이다. 결국 나는 전화번호를 받아서 양키즈 경기장의 하얀 가루에 대해 뭔가 알아내면 곧바로 연락을 해주겠다고 말했다. 그제야 아이의 엄마는 만족한 표정을 지었고 그렇게 우리는 각자의 길을 갔다.

탄저균이 든 편지에 대한 명확한 답을 찾지 못한 채 시간이 흘렀다. 그리고 검시소 사무실로 온갖 문의 전화가 쇄도하기 시작했다. 미스터리한 하얀 가루와 만성 기침, 지하철에서 만난 의심쩍은 사람 그리고 TV에 나온 사람들의 말처럼 '철도 여객공사' 고객들의 안전을 위해 시신을 제대로 검사했느냐는 문의도 있었다.

40세의 우체국 직원 하나는 맨해튼 병원에 찾아가 호흡 곤란과 통증을 호소했다. 그는 며칠 전에 코카인 가루를 흡입했다고 간호사에게 말했다. 그 환자는 HIV, 즉 인간 면역 결핍 바이러스 양성자로 급성 폐렴 진단을 받았다. 의료진은 항생제를 사용해서 환자를 치료해 보려고 애썼지만 24시간도 되지 않아 사망했다. 뉴스 매체에서는 뉴저지의 우체국 직원들이 탄저균에 접촉한 사실이 밝혀져 유족들이 부검을 요청했다고 보도했다. 특히 사망자의 조카 한 명이 강력하게 부검을 요구해서 내가 직접 그 건을 맡게 되었다.

"저는 면봉으로 탄저균 양성 여부를 확인하지 않습니다." 나는 유선상으로 이렇게 말했다.

"이유가 뭐죠? 뉴스에서 면봉으로 테스트를 확인하라던데요."

"저희는 살아 있는 사람의 경우에만 면봉으로 테스트를 합니다. 탄저아포를 발견했다고 해서 고인이 감염되었다는 증거가 되는 것은 아니니까요." 나는 자세히 설명했다. 뉴스 매체에서는 코 면봉 테스트가 탄저균 감염 여부를 알아내는 확실한 진단법이라도 되는 양 떠들어댔지만, 사실상 이는 일차적 검사 도구에 불과했고 정확성도 현저히 떨어졌다. "시신을 부검하면서 삼촌 분의 장기를 자세히 살펴볼 예정입니다. 만약 탄저병으로 사망한 거라면 분명히 시신에서 그로 인한 변화를 감지할 수 있을 테니까요."

부검 결과 우체국 직원은 탄저균 감염으로 사망한 것이 아니라는 사실이 밝혀졌다. 그는 에이즈 환자에게 흔히 발생하는 폐렴으로 사망했다. 일단 독성학보고서가 도착할 때까지 사망진단서 작성을 미루기로 했다. 그동안 가족들도 급작스럽게 발생한 슬픔에서 회복하고 뉴스 매체가 조장하는 광적인 태도에서 벗어나 어느 정도 직관을 찾기를 바라는 마음도 있었다. 그로부터 한 달 후, 시신에서 코카인 양성 반응이 나왔다는 보고서를 받았다. "맞아요. 하얀 가루가 원인이었어요." 나는 책상 너머에 앉은 스튜어트를 보며 말했다.

검시소 직원들 모두가 탄저병과 관련해서 비슷한 대화를 나누느라 전화통을 붙잡고 살았다. 어느 날 오후, 찰스 히르쉬 박사의 회진 시간에서 동료 하나가 만성 정맥 마약 주사 중독자이면서 89세까지 장수했던 남성이 침대 맡 유리에 하얀 가루와 함께 집에서 사망한 채로 발견된 사건을 설명했다. "탄저병인지는 확인했어요?" 조나단 박사가 농담조로 물었다.

10월 30일, 사무실로 걸려오는 탄저균 관련 전화들이 전부 다 잘못된 것은 아니라는 사실이 밝혀졌다. 찰스 히르쉬 박사는 오전 회진에서, 호흡기성 탄저병의 첫 번째 사례로 알려진 61세의 캐시 응우엔이 레녹스 힐 병원에서 치료를 받고 있으나 살아날 가망이 거의 없다고 전했다. 캐시는 일요일 무렵, 가슴 통증과 근육통, 심한 기침 증세를 호소하며 병원을 찾았다. 월요일이 되자 캐시의 병세는 더욱 악화되었고 혈액 배양 검사 결과 탄저병 양성 확진이 나왔다. 핼러윈을 지나 화요일로 향하는 자정 무렵 캐시 응우엔은 숨을 거두고 말았다.

사망 당일 아침, 나는 캐시 응우엔의 부검을 보조하라는 지시를 받았다. 짐 박사로부터 캐시의 부검을 할당받고도, 알코올중독 여성의 시신과 장기부전으로 출생 후 곧바로 사망한 남자 영아의 시신까지 부검하기로 되어 있었다. 나는 찰스 히르쉬 박사의 회진 전에 다른 두 구의 시신을 살펴보기 위해서 평소처럼 오전 8시에 부검실로 향했다. 부검실 안에는 탄저병 사망자 캐시 응우엔의 시신과 짐 박사 말고 아무도 없었다.

"기술자들은 어디에 갔어요?" 나는 짐 박사에게 물었다.

"탄저병으로 사망한 시신이라서 부검실에 같이 있는 게 겁이 났나 봐요. 이번 부검에는 도저히 참여할 수가 없다고 해서 우리 둘이 해야 해요."

"뭐라고요?"

"노조 대변인 쪽에서 워낙 강경하게 나와서요. 시신을 부검대로 옮겨두고 나가버렸어요." 그 말을 듣자 나는 어안이 벙벙해졌다.

검시소의 부검 기술자들은 HIV나 간염, 결핵 심지어 웨스트 나일 바이러스 환자를 보고도 좀처럼 겁을 먹지 않는 사람들이었기 때문이다. 하루가 멀다 하고 그런 환자들의 시신을 부검하는 위험 속에서 살아가는 사람들이 아니었던가! 그보다 더욱 놀라운 것은 짐 박사가 평소처럼 가운만 달랑 걸치고 수술용 장갑과 플라스틱 앞치마를 매고 일반 감염 방지용 N-95 마스크를 낀 채로 생물학적 무기라고 불리는 탄저병 사망자의 시신 앞에 멀뚱히 서 있는 장면이었다. 나는 양압 유지가 되는 수술실에서 부검을 할 거라고 예상했다. 이 수술실은 에볼라나 한타 바이러스와 같은 병원균이 발생할 가능성을 염두에 두고 모든 대비를 갖춰 놓았으며 공기정화 인공호흡 마스크까지 있었다. 하지만 짐 박사는 마치 시체 안치소가 사무실인 양, 사무실에서나 입을 법한 복장으로 부검실에 서 있었다.

"혹시 전염 가능성은 없나요?" 나는 엉성하기 짝이 없는 종이 마스크를 쓴 채로 불안한 목소리로 그에게 물었다.

"없어요. 체내에 있는 탄저균은 호흡성 병원균보다 감염력이 낮은 데다 사망 전에 강력한 항생제로 치료를 받았잖아요. 그러니까 체내에 병원균이 생존했을 가능성이 거의 없다고 봐야겠죠."

"진짜죠?"

"자, 어서 부검이나 시작합시다. 기술자가 없으니 당신의 도움이 필요해요."

그래서 나는 시키는 대로 했다. 짐 박사와 단둘이 부검실에서 탄저병으로 사망한 환자를 부검하고 있자니… 시체 안치소에서 핼러윈을 보내는 것만큼이나 소름이 오싹 돋았다. 오전 9시 30분이 되자, 언제나 그렇듯 찰스 히르쉬 박사가 부검실로 들어왔다. 오늘은 뉴욕의과대학의 탄저병 전문가로 알려진 임상병리의와 여섯 명의 레지던트, 의대생들이 함께했다. 방문객들이 부검대 주위에서 지켜보는 가운데 나는 짐 박사를 보조하며 꼬박 45분 동안 캐시 응우엔의 부검을 진행했다. 찰스 히르쉬 박사도 트위드 재질의 양복과 수술용 마스크를 쓰고 구석에서 강렬한 눈빛으로 부검 과정을 지켜보았다.

캐시 응우엔의 부검은 한편으로는 두려웠지만 그 어느 때보다 환상적이었다. 우리는 아무 말 없이 작업에만 몰두했다. 이윽고 가슴뼈와 갈비뼈 앞부분에 이르자, 짐은 잠시 멈추어 흡입성 탄저의 주요한 영향으로 알려진 종격막의 출혈 부위가 드러난 흉곽 안쪽을 살펴보았다. 양쪽 폐 사이의 공간과 심낭 안에 밝고 붉은 피가 가득 고여 있었다. 탄저균이 림프계를 순환하다가 혈류에 이르면서 캐시의 림프 절이 피로 가득 고인 가방처럼 부풀어 오른 것이다. 특히 중심 기도 부근은 검고 푸른빛을 띠며 괴사 현상을 보였다. 부검 결과, 탄저균은 캐시 응우엔의 폐를 통해 몸속으로 파고들었으며, 그곳에서 감염이 퍼져나갔음을 확인할 수 있었다.

폐에도 거품과 혈성 액체가 가득차 있었다. 우리는 출혈성 수막염이 발생했을 가능성도 점쳐 보았지만 두개골을 분해한 결과 뇌의 표면은 완벽할 정도로 깨끗했고 이로써 정상이라는 것을 알 수 있었다. “항생제의 효능이 제대로 발휘되었다는 증거인 것 같군요.” 뉴욕의과대학의 병리학 전문가는 이렇게 말했고 그의 말은 정확했다. 다음 날 미생물학 연구실의 조사 결과, 혈액으로 범벅이 된 조직에서 활동성 박테리아균이 전혀 발견되지 않았다. 레녹스 힐 병원에서 캐시 응우엔을 담당했던 의료진은 현대 의학에서 가장 강력한 것으로 알려진 항생제로 박테리아 감염을 잡는 데는 성공했지만, 이미 공격에 들어간 독성의 맹습까지 막아내지는 못 한 것이다. 어떤 항생제라고 해도 이를 막을 수는 없었을 것이다.

뉴욕의대의 병리학 전문가를 비롯해 찰스 히르쉬 박사는 물론이고 그 누구도 지금까지는 흡입성 탄저로 사망한 시신의 몸을 직접 눈으로 확인한 적이 없었다. 현재 생존해 있는 의사 중에서 50명 정도만 미국 내에서 발생한 탄저병 환자를 접했을 뿐이고, 그중에서도 급격하게 발병하는 흡입성 전염으로 사망한 환자를 사후 부검한 케이스는 지금까지 한 번도 없었을지도 모르겠다. 나는 이번 부검이 뉴욕 검시소 사무소의 유일무이하고 획기적인 사건으로 기록되기를 바랐다.

정말로 핼러윈의 악몽이라고 불릴 법한 한 주였다. 그 주의 첫번째 부검은 헤로인 중독으로 사망해 우체국 쓰레기통의 온갖 잡동사니 속에서 부패한 채로 발견된 마이클 도너휴로 시작되었다. 다음 날에는 ‘상한 초밥’의 스토킹 전화의 서막을 알리는 로버트 워드의 시신이 도착했고, 심장 수술의 마지막 봉합에서 실수가 발생하여 치료적 합병증으로 사망한 중년 여성의 시신도 부검했다. 수요일에는 높은 곳에서 자살을 감행해 온몸이 곤죽이 된 유해가 도착했고, 안전벨트를 착용했더라면 충분히 예방할 수 있었던 자동차 운전자의 부검도 있었다. 할렘가 심장부의 건물 공사 현장에서 사방에 흩어진 채로 발견된 공사장 인부들의 유해도 있었는데, 그 대형 쓰레기장에서 발견된 세 구의 시신이 내 새로운 부검 대상이 되었다.

2001년 10월 31일, 여전히 진행 중인 두 건의 사건과 다섯 건의 사후 부검 그리고 흡입성 탄저로 사망한 캐시의 부검 보조까지 마무리된 상태였다. 그 모든 작업을 마치고 난 오후, 검사실로부터 한 통의 전화가 걸려 왔다. 교살 당한 실비아 알렌의 재판이 있으니 대배심 증언을 준비하라는 소식이었다. 이 사건은 폭탄 위험이 발생했다는 소식에 직원 전체가 빗속으로 뛰어나갔던 날 부검했던 케이스였다.

"언제죠?" 나는 물었다.

"금요일입니다."

"이번 주 금요일이요?"

"네. 그날이 대배심원단 소집일이에요. 곤란하신가요?"

"아니요." 나는 검사에게 거짓말을 하면 어떤 죄목으로 교도소에 갇힐지 내심 궁금해하며 이렇게 대답했다. 대배심단의 출석 요구를 받는 건 처음이었고 그동안 잠시 제쳐두고 있었던 사건이라 걱정이 되기도 했다.

"괜찮습니다."

결국 나의 판단이 옳았다. 대배심에서의 일은 순조롭게 흘러갔다. 그 자리는 실비아를 살인한 범죄자를, 경비가 삼엄하기로 악명 높은 샤완경크의 형무소에 종신형으로 수감시키기 위한 길고 긴 법적 절차의 첫 번째 단추를 끼우는 자리였다. 검사의 표현을 빌리자면, 피고는 전에도 2번의 살인과 일곱 차례의 강간을 저지른 소시오패스의 전형으로 일명 '단골손님'이었다. 당시에는 알지 못했지만, 나중에 형무소에 수감된 후에야 그는 1997년 퀸스에서 살해된 16살 소녀의 미해결 살인 사건이 자신의 짓이었음을 자백했다. 결국 실비아 알렌은 그의 손에 살해된 네 번째 피해자이자 연쇄 살인의 마지막 피해자로 남게 되었다.

2001년 11월은, 9월과 10월에 비해서 그나마 상황이 개선되었다. 뉴욕에서 일주일간 벗어나 워싱턴 D.C. 군 병리학 연구소에서 개최하는 전문 강좌에 참여할 기회를 얻었기 때문이다. 나는 대니와 남편을 데리고 함께 기차를 타고 워싱턴 D.C.로 향했다. 대니는 사방을 뛰어다니며 기쁨의 소리를 질렀다. 우리 가족은 이번 워싱턴행을 오랫동안 고대하던 가족 휴가로 활용하기로 계획했다.

더그와 스튜어트 그리고 나는 뉴욕에서 온 유일한 참가자들이었다. 강의 첫째 날에는 쉬는 시간마다 전 세계에서 온 참여자들이 우리 자리로 몰려들었고, 당시 한 달째 진행 중이던 9/11 복원이 어떻게 흘러가고 있는지 궁금해했다. 우리는 점심 휴식 시간에 우연히 강의 담당자와 마주쳤다. 그는 우리를 보고 깜짝 놀란 표정을 지었다.

"계속 여기서 머무르실 건가요?"

"당연하죠!" 나는 진심으로 기뻐하며 소리쳤다. 마침내 작업실에서 벗어나 새로운 동료들을 만나고 공짜 음식을 먹을 수 있다는 사실에 즐거움을 감출 수가 없었다. "일주일 내내 여기 있을 계획이에요!"

엘리베이터를 타려고 기다리고 있는데 피로에 찌들어 보이는 덩치 큰 대회 참가자 하나가 우리 곁으로 쭈뼛거리며 다가왔다. "뉴욕에서 오신 분들 맞죠?" 그가 물었다. "혹시 퀸스에 비행기가 추락했다는 뉴스 들으셨어요?"

"뭐라고요?" 스튜어트와 나는 입을 모아 외쳤다.

"진짜예요. 오늘 아침에 여객기 한 대가 추락해서 근처 지역이 아수라장이 됐다던데요. 이백여 명이 사망했다는데 벌써 뉴스에 쫙 퍼졌어요. 아직도 모르고 있었다는 게 오히려 놀랍네요." 그 덩치 큰 남자는 뉴욕에

닥친 잔혹하고 비극적인 뉴스를 아무런 감정의 동요도 없이 우리에게 전했다. 그 순간 나는 스튜어트와 더그의 표정을 보았고 나 역시도 '한 대 때려주고 싶은' 기분을 느꼈다.

우리는 부리나케 스튜어트의 객실로 달려가서 뉴스를 틀었다. 뉴욕발 도미니카 공화국행 아메리칸 항공 587편이 JFK 공항에서 이륙한 지 불과 81초 만에 추락했다는 내용이었다. 비행기에는 도미니카 국민을 고향으로 연결해 주는 인기 직항편이었기에 승객들이 가득차 있었다. 탑승했던 승객 260명은 전부 사망했고 아직 정확한 숫자는 파악되지 않았었다. 심지어 추락한 지점에 있던 일반인마저도 목숨을 잃었다고 했다. 에어버스 A300 기종은 사나운 불길을 뿜으며 로커웨이 인근 주택 지역으로 추락했다. 케이블 뉴스는 도끼와 체인 톱, 소방 호스를 들고 뜨거운 불길이 피어오르는 잔해들과 활활 타는 집들로 뛰어가는 소방관들의 모습을 카메라로 비추고 있었다. 뉴욕 소방국 재킷을 입은 소방관들이 여기저기 뒤엉킨 유해들을 뒤덮고 있는 모습은 예전에도 본 적이 있었다. 또다시 악몽이 시작된 것이다. 이번에도 소방관들은 비행기 연료로 불길 속에 갇힌 수많은 승객을 구하기 위해서 저 뜨거운 화염 속으로 줄을 지어 달려가고 있었다.

"이번에는 모든 시신을 부검해야 해." 마크 박사는 뉴욕으로 돌아온 우리 세 사람에게 말했다. 박사는 그날 하루에 처리해야 할 부검 목록을 정리하는 중이었다. 또다시 대형 재난 사고가 터졌지만, 뉴욕 시민은 여전히 일반적인 사건 사고로도 사망했기 때문이다. 마크 박사는 우리를 '2001년 퀸스 재난사고' DM01 복구 작업에 투입했다. 이번 사건은 맨해튼 재난 사고와 더불어 뉴욕 검시관 사무소의 기록에 남게 될 것이다.

"추락 사고의 원인이 뭔지 아직 알 수 없어. 테러리스트의 소행일 수도 있고 기타 다른 원인일 수도 있겠지. 독성학 분석부터 시작해야 해. 일산화탄소 헤모글로빈 수치까지 모든 걸 샅샅이 분석해서 사망의 원인을 알아내야 해." 신원 확인 담당자들은 평소보다 더 분주해 보였다. 열댓 명의 목소리들이 동시에 전화 통화를 하느라 떠들고 있었다. "무엇보다 승객들이 둔상으로 사망한 건지 부상의 패턴이 어떤지 알아내는 것이 중요하고, 인체 해부도에 모든 양상을 꼼꼼히 기록해 두도록. 또한 화재 당시 살아 있었는지 알아내는 것도 중요하겠지. 만약 살아 있었다면 일산화탄소 헤모글로빈 수치로 확인해 볼 수 있을 거야. 다들 잘 알겠지?"

부검실에 도착하니, 일곱 대의 부검대에서 동시에 DQ01 작업을 하고 있었다. 월드 트레이드 센터 재난 때처럼 각 부검대마다 기록원과 경관이 입회해 있었다. 이번에도 FBI 요원들이 부검대 주위를 둘러싸고 있었다.

퀸스 비행기 추락사고 희생자 부검 첫날에만 남성 둘, 여성 둘 총 네 구의 시신을 부검했다. 모두 심하게 시신이 훼손되었고 시커멓게 타버린 데다 얼굴과 두개골의 윗부분이 유실되었다. 심지어 뇌도 찾아볼 수 없었다. 여객기 연료의 악취는 월드 트레이드 센터의 유해들을 부검했던 첫날만큼, 아니 그보다 더 지독했다. 다시 한 번 뉴턴의 법칙을 입증하는 비현실적이고 소름 끼치는 장면이 내 눈앞에서 펼쳐지고 있었다. 한 승객의 지갑이 다른 승객의 부러진 갈비뼈의 뾰족한 부분에 꽂혀 있었고, 그로 인해 지갑 안에 있던 현금과 신용카드, 사진에 동전만 한 구멍이 생겼다. 한 여성의 경우에는 골반의 구멍을 뚫고 자궁이 빠져나와 있었다. 시커멓게 타버린 장기 속에서 3센티미터가량 되는 태아가 불길에 완전히 익어 있었다. 복장뼈를 뚫고 심장이 튕겨져 나와서 두 사람의 시신 위로 대롱대롱 매달려 있는 경우도 있었다. 모순적이게도 상황이 너무 심각하여 유족들에게는 피해자들이 불길 속에서 고통 없이 죽었다는 사실을 전할 수 있었다.

경관의 도움을 받아 장기의 무게를 재고 나서, 엄청난 속도로 부검 결과를 줄줄 읊었다. 내 부검대에서 함께 작업을 하던 연방재난사망자 처리팀의 직원 한 명이 퀸스 비행기 추락사고 당일, 부검소의 재빠른 대응 속도에 매우 인상을 받았다고 말했다. "추락 사고가 발생한 게 9시 15분경이었는데 10시 30분이 되니까 부검소에서 현장으로 찾아왔더군요. 그리고 오후 5시쯤 되니까 벌써 부상자 분류 작업과 부검을 할 만반의 준비가 되어 있었고요. 뉴욕시 부검소는 정말 대단한 분들이 모인 것 같아요." 피로와 상심에 찌들어 있지만 않았어도 그 칭찬을 매우 고맙게 받아들였을 것이다.

587편 여객기 추락 사고로 발생한 유해들이 굉장히 많았다. 우리는 짐을 싣고 내리는 곳 부근으로 부검 작업대를 이동해서 엉망이 된 유해들을 나란히 올려놓고 DM01 분류 작업을 계속했다. 월드 트레이드 센터 테러 발생 첫 주의 모습과 굉장히 흡사한 광경이었다. 조그만 유해들은 모두 찢기고 뒤틀려 있었다. 이번에는 테러 때보다 더 시커멓게 불에 탔지만, 콘크리트 먼지나 재가 덜 묻어 있다는 것이 그나마 다른 점이었다. 야외 텐트 아래서 작업을 했는데 매캐한 등유의 악취가 공기 중으로 눅눅히 스며들어 있었다.

나는 두 명의 경관과 기록원 역할을 맡아주는 연방재난사망자 처리팀의 법의학 병리학자와 함께 부검을 했다. 우리 팀은 빠른 속도로 작업을 처리했고 퀸스 지역의 경찰들이 라벨지를 붙여 놓은 '부분 유해'가 든 시신 운송용 가방 두 개의 부검을 마쳤다. 연방재난사망자 처리팀의 의사가 새로 도착한 가방을 열더니 곧바로 얼어붙었다.

"이건 유해가 아닌데요." 여의사는 가방에서 시선을 떼지 못한 채 이렇게 말했다.

“뭔데 그래요?” 나는 재빨리 그쪽으로 다가가면서 되물었다. “이런 맙소사.”

그 안에는 졸망졸망한 아이들의 시신이 가득차 있었다. 몇 명인지 정확히 알 수는 없었지만 가방이 불룩할 정도로 가득하다는 걸 눈으로 가늠해볼 수 있었다.

바로 옆에서 작업을 하던 더그 박사가 우리 이야기를 들은 모양이었다. 그는 대체 뭔데 그러느냐고 물었고 나는 어린아이들의 시신이라고 말했다. 그러자 잠시도 머뭇거리지 않고 그가 말했다. “내가 대신 맡을게요.”

더그의 친절함은 앞으로도 오랫동안 감사할 것이다. 그때까지만 해도, 그해 가을의 추락사고 수습을 위해서라면 여객기 추락의 잔해들이 가져올 공포에 어떻게든 맞서야 한다고 생각했다. 이런 생각도 잠시 두 살배기 아들을 둔 엄마로서 그 끔찍함은 도저히 감당하기 힘들었다.

2001년 11월 12일, 아메리칸 항공 587편 추락으로 265명이 목숨을 잃었다. 그중 탑승객의 수는 251명, 승무원 9명이었고, 지상에 있던 5명이 함께 피해를 보았다. 추락의 원인은 조종사의 과실이었다. 조종사의 훈련 미비, 에어버스 A300 결함 그리고 항공 교통 관제의 프로토콜의 변경으로 예기치 못한 추락 사고가 발생한 것이다. 이번 재난 사고가 또 다른 테러리즘의 결과물이 아니라는 뉴스는 나와 다른 동료들에게 커다란 위안이 되었다.

***

2001년 가을, 아주 오랫동안 여객기 연료의 냄새와 함께 요란한 굉음을 내며 머리 위로 날아가는 비행기 소리만 들어도 온몸으로 공포를 느꼈다. 하지만 우리 어린 아들 대니는 비행기가 낮은 고도로 날아가는 모습만 보일라치면 까악 소리를 지르고 하늘을 가리키고 달음박질을 치며 놀라워했다. 캘리포니아로 이사를 온 후, 남편과 나는 대니와 갓난쟁이 레아를 데리고 공항 가장자리에 시원한 바람이 불어오는 잡목림으로 자주 소풍을 갔다. 비행기가 이륙하고 착륙하는 모습을 구경하기 위해서였다. 그렇게 한참 동안 남편과 함께 군데군데 보이는 잔디에 앉아서 갓난아이와 함께 놀고, 머리 위로 날아오르는 비행기를 보며 즐거워하는 대니의 모습을 보면서 서서히 비행기 굉음을 두려워하지 않게 되었다.

12
마지막 발령

법의병리학 세계로 처음 발을 들였을 때, 아이를 가진 엄마로서 병리학자가 된다는 것이 커다란 이점이 될 거라고 예상했다. 9/11 테러로 대형 재난을 체험한 후 검시관으로 일한 지 일 년이 지났지만 그 믿음은 여전히 굳건했다. 2002년 6월 말, 나는 법의학 병리학과 펠로우 과정을 마치고 곧바로 뉴욕 검시관 사무소로 출근했다. 그리고 그곳에서 뇌 전문의 버넌 암브러스트마처 박사의 지도하에 1년 동안 신경병리학 펠로우 과정을 시작했다. 그러던 8월의 어느 날 아침, 입덧이 시작되었다.

하루 종일 사람의 뇌를 자르면 입덧이 악화될 거라고 생각하겠지만, 사실 임산부에게 부검실의 환경은 그 어느 곳보다 나았다. 버넌 박사는 인간의 뇌와 사랑에 빠진 친절한 사람이었다. 중저음의 소유자로 키가 2미터에 달하는 장신이기도 했다. 그는 엄청난 인내심과 느긋함으로 펠로우들을 훈련시켰다. 박사의 아담한 연구실 벽면에는 잘 보존된 뇌와 척수들이 선반을 따라 늘어서 있었다. 풋내기 펠로우의 눈에는 굉장히 인상적으로 보였다. 또한 아이를 밴 의사로서 자상한 버넌 박사에게 배울 수 있어서 좋았다. 그와 함께 방부제 냄새가 가득하고, 완벽하게 소독된 장소에서 일 년의 시간을 보냈다. 이만하면 그야말로 최적의 환경이라고 할 수 있지 않을까.

모든 시신의 뇌가 신경병리학적 분석을 위해 버넌 박사의 연구실로 오는 건 아니었다. 뇌를 잘라서 분석하는 작업은, 총상을 포함한 두부 손상이나 신경학 장애의 소견을 보이는 시신으로 제한된다. 비록 내 입장에서 뇌를 잘라 분석하는 작업이 배움의 기회였지만, 버넌 박사의 주요한 역할은 펠로우를 훈련시키는 것이 아니었다. 그는 신경병리학 협회의 공인 자격을 얻은 뇌 전문의로서 두부 손상과 뇌 질병과 결함을 분석하고 연구하는 데 특화된 사람이었다. 그의 분석은 사망 사건 조사 중에 자칫 놓치기 쉬운 미세한 의학적 발견을 가능케 했고, 이는 범죄과학수사에 지대한 영향력을 미쳤다. 일단 버넌 박사가 뇌를 얇게 잘라서 그 조각을 펠로우들 앞에 놓인 테이블에 올려놓으면 우리는 내부의 하부 구조를 면밀히 살피고 맨눈으로 부상을 입은 부위를 확인해 볼 수 있었다. 인체 내부의 가장 미스터리한 부분이 바로 내 손끝에서 그 비밀을 드러내게 되는 것이다. 어릴 적부터 과학자이자 의사의 꿈을 키웠던 소녀의 입장에서 뇌를 잘라 분석한다는 건 굉장히 스릴 넘치는 일이었다.

신경병리학과에서 일 년 동안 펠로우로 일하면서 배가 산더미처럼 불러 부검대에 서는 것이 힘들어질 때까지 일했다. 주말에는 시체를 분석하는 일도 병행했다. 부검은 배꼽 높이의 부검대에서 진행되는 육체적인 노동이었고, 나는 삐딱하게 서서 몸통을 절단하는 자세에 점점 익숙해졌다. 당시 배 속에서 자라고 있던 레아는 유난히 발차기를 많이 하던 아이였다. 내 배 속에는 새로운 생명이 자라고 있었고, 동시에 나는 방금 이 세상에서 소멸한 시신을 만나야 했다. 역설적이게도 희망과 불안함을 동시에 느껴야 하는 것이다.

가족이 늘면서 방 하나짜리 아파트에서 살기 어려워졌다. 남편과 나는 2년 동안 뉴욕 생활을 하면서 이걸로 충분하다고 느꼈다. 나는 이력서를 작성했고 남편은 법의학 병리학자를 구하는 도시가 있는지 찾아보기 시작했다. 운이 좋게도 캘리포니아 산호세에서 병리학자를 구한다는 공고를 발견했다. 우리는 비행기를 타고 날아가서 주변을 살피고 면접을 보기로 했다.

한눈에 봐도 매우 쾌적한 동네 같았다. 햇살이 가득하고 시민들도 여유가 넘쳤다. 자세히 보니 시내 쪽에 고층 건물이 보이지 않았다. 나는 그 이유가 뭔지 물었다. 산타클라라 카운티 검시관 사무소의 최고 책임자는 공항이 시내 바로 근처에 인접해 있어서 22층 이상 건물의 건축 허가를 내주지 않다고 말했다. 물론 지금도 비행기가 건물에 부딪칠 위험의 소지는 있지만, 만약 그렇다면 분명히 우연한 사고로 발생한 경우일 것이다. 게다가 언제든 지진이 발생할 위험이 있어서 검시소에서는 대형 재난 사고에 대비한 규정을 갖추고 정기적으로 대피 훈련을 하고 있었다. 뉴욕에서 인간이 만들어 낸 재난을 경험해서 그런지 이제는 신의 뜻으로 벌어지는 재난 말고는 달리 두려워할 것이 없는 곳으로 가고 싶은 마음뿐이었다.

나는 레아가 태어나기 바로 전날까지 검시관 사무소에서 일했다. 4월의 어느 아침, 진통을 느끼며 새벽 6시에 눈을 떴다. 곧바로 산부인과 담당의에게 전화를 걸어 15분 간격으로 진통이 오고 있다고 알렸다. 의사는 12시간 후에 분만하게 될 거라고 말했다.

"지금 바로 병원에 가야 할까요?"

"대기실에서 12시간 동안 기다리고 싶으시면 그렇게 하세요." 의사는 대답했다.

남편과 나는 조그만 브롱크스의 아파트에 앉아서 서로를 쳐다보았다. "좋아, 일단 불안해하지 말자. 당신이 원하면 대니를 데리고 잠시 산책을 다녀와도 괜찮을 것 같아. 계속 진통이 오는 간격을 체크하다가 아기가 나올 즈음 곧바로 택시를 부를게." 하지만 나는 걱정스러운 마음을 떨쳐낼 수가 없었다. 단단히 준비 태세를 갖춘 남편의 표정을 보니 나와 비슷한 심정이라는 걸 느낄 수 있었다. 12시간 후면 한창 퇴근 시간이고, 그 시간에 브롱크스에서 맨해튼까지 택시를 타고 이동해야 한다는 뜻이었다. '좋아, 그러면 조금 더 일찍 서둘러서 퇴근 시간을 피해서 미리 병원에 도착해서 기다리면… 대체 얼마나 기다려야 한다는 걸까?'

그러던 순간 번뜩이는 계시가 머릿속을 스쳤다. "여보, 나 그냥 출근할래." 내 말에 남편은 웃음을 터트렸다. "장난으로 하는 말이 아니야. 매일 그랬던 것처럼 버스를 타고 가면 돼. 어제도 그렇게 출근했잖아."

우리는 통근 시간이 대충 얼마나 걸리는지 알고 있었고, 45분 동안 큰 변화가 없어 보였다. 평소처럼 움직인다면 뉴욕의과대학병원 분만 병동 대기실에 앉아서 시시각각 불안해하지 않아도 될 것 같았다. "버스를 타면 사무실에서 두 블록 전에 내리고, 사무실 바로 근처에 병원이 있잖아. 책상에 앉아서 서류 작업을 하면서 진통이 오는 간격을 체크하면 될 것 같아."

남편은 미소를 지었다. "자궁이 열리는 신호가 오면 장모님 댁에 대니를 맡기고 곧바로 기차를 타고 당신을 데리러 갈게. 그리고 같이 병원으로 가면 되겠다. 그렇지?" 남편과 함께 계획을 정리해 나가다 보니, 처음에는 미친 소리처럼 들렸던 것이 점차 현실적으로 느껴지기 시작했다.

우리는 계획대로 움직였다. 검시관용 재킷을 걸치고 카포크 거리 구석으로 걸어가서 이스트사이드로 가는 급행버스에 몸을 실었다. 한 시간 후 520 퍼스트 애비뉴에 도착한 나는 동료들에게 출산이 임박했음을 알렸다. 동료들은 시트콤처럼 한순간에 패닉에 빠졌다. 물론 출산의 경험이 있던 여자 직원들의 반응은 예외였다. 아이를 낳아 본 경험이 있기 때문에 나의 계획이 너무나 현실적이고 완벽하다고 말했다. 나는 책상에 앉아서 근무를 시작했고 남자 동료들은 초조함에 가득찬 표정으로 10분마다 사무실 문을 열고 나의 몸 상태를 체크했다. 가볍게 먹으라고 점심을 사다 주는 동료도 있었다. 동료들은 나의 일거수일투족을 보살펴 주었다.

점심을 먹고 난 뒤, 뜻밖의 기사도를 발휘하는 동료의 에스코트를 받으며 근처 산부인과 전문의를 찾아갔다. 진통이 더욱 심해졌지만 여전히 10분 간격이었다. 의사는 진통이 일정하게 7분 간격으로 느껴지면, 그때 분만병동으로 가라고 일러주었다. 나는 아이를 낳기 전까지 사무실에서 시간을 보낼 수 있어서 다행이라고 생각했다. 뉴욕 검시관 사무소에서 보낸 2년의 시간을 찰스 히르쉬 박사의 오후 회진과 함께 마무리할 수 있게 된 것이다.

남편은 대니를 친정엄마 집에 맡기고 나를 데리러 왔다. 우리는 함께 3번가에 있는 태국 음식점으로 향했다. "오늘이 뉴욕에서 먹는 마지막 저녁이라는 거 알고 있어?" 남편은 구슬픈 표정으로 물었다. 비록 8분 간격으로 진통이 오고 있는 상황이었지만, 남편의 말이 너무 다정하고 낭만적으로 들려서 테이블 위로 손을 뻗어 남편의 손을 붙잡았다. 온갖 일을 겪었음에도 남편은 이 도시를 사랑하게 된 것 같았다. 나의 도시, 뉴욕을 말이다.

그날 저녁 8시, 우리는 산부인과 병동에 도착했고 레아는 다음 날 새벽 세상에 태어났다. 그리고 6주 후, 캘리포니아로 이사 가기 바로 전날에 나는 레아를 데리고 펠로우 과정 졸업 파티장으로 향했다. 찰스 히르쉬 박사는 사무실에서 멀지 않은 곳에 있는 평소 좋아하는 레스토랑에 따로 방을 빌려 두었다. 벨벳으로 된 커튼과 리넨으로 만든 테이블보까지 고급 클럽 분위기가 물씬 풍겼다. “촛불도 있네! 크레용도 안 보이고!” 남편은 신이 나서 외쳤다. 동료들이 레아를 안고 어르고 달래고 간지럼을 태우는 사이, 남편은 진짜 어른들과 어울리며 즐거운 시간을 만끽했다. 찰스 히르쉬 박사와 마크 박사는 짧은 연설을 하고 펠로우들과 기념사진을 찍고 수료증을 수여했다. 그러고 나서 나는 조용히 식당 안을 돌면서 수술복을 벗고 평범한 뉴욕 시민으로 돌아간 동료들에게 그간 느꼈던 고마움을 담아 마지막 인사를 건넸다.

나는 모니카 스미디 박사가 앉은 테이블에 앉았다. 9/11 테러 당시 그녀의 차분하고 전문가적인 태도를 보며 극심한 공포에서 벗어나 정신을 다잡을 수 있었다고 고백했다. 그러자 모니카는 놀라서 웃음을 터트리며 말했다. “나도 정신이 하나도 없었어요! 그런 상황에 대비해 훈련을 받아 본 적이 없으니까요! 다들 그랬을 거예요. 겨우 정신을 부여잡고 일했을 뿐이에요.” 그리고 잠시 멈추었다가 맑은 눈으로 나를 똑바로 바라보며 사뭇 진지한 태도로 말을 이었다. “정말이에요. 나도 몹시 당황했었거든요. 정신을 차리려고 얼마나 애썼는지 몰라요. 모든 게 그동안 제대로 훈련을 받은 덕분이겠죠. 그래서 주디도 할 수 있었던 거예요. 그러니까 내가 아니라 찰스 히르쉬 박사님 덕분에 가능했던 것 같아요.”

“부검대 앞에서 살인 사건 전담반 경관에게 받은 최고의 칭찬은 ‘모니카 스미디 박사처럼’ 부검을 했고 상황을 설명했다는 말이었어요. 그보다 더한 칭찬은 없을 거예요.”

파티의 해피엔딩은 역시 결혼 발표로 마무리되어야 한다. 바로 연구실 동료였던 카렌 투리 박사의 결혼 소식이었다. 카렌 박사는 월드 트레이드 센터 참사 당시에 한 경사를 만나 오랜 시간을 함께 일하고 고생했다. 인류학자 에이미 박사가 중간에서 다리를 놓기는 했지만, 두 사람의 로맨스는 주선자의 큰 도움 없이도 자연스럽게 불타올랐다. 우리는 모두 그런 끔찍한 경험을 헤쳐 나가기 위해서 무엇보다 다른 사람과 끈끈한 관계가 필요하다는 것을 느꼈다. 카렌과 경사의 관계는 점점 사랑으로 발전했다. 펠로우 과정 졸업 파티에서 카렌 박사의 남편이 될 분과 인사를 나눴고, 앞으로 태어날 아이를 축복하는 자리가 마련되었다.

마침내 그동안 나를 지도해 주신 상사이자 스승님에게 인사를 할 시간이 되었다. 찰스 히르쉬 박사는 그동안 나의 멘토였으며 일찍이 세상을 떠난 아버지의 역할을 대신해 주었다. 그 점에 대하여 조심스레 감사함을 전했다. 찰스 히르쉬 박사는 특유의 우아함과 겸손한 마음으로 감사 인사를 받았다.

"캘리포니아에서 행운이 함께하기를 바라. 잊지 마. 언제든 힘든 일이 있으면 나한테 연락해도 된다는 걸." 그는 금요일 오후 3시, 회진을 마칠 때마다 보여주던 특유의 표정으로 편안하게 격려하며 미소를 지었다. 찰스 박사는 회진이 끝날 무렵, 항상 이렇게 말하곤 했다. "또 얘기할 거 있는 사람? 예전 사건, 새로운 사건, 바보 같은 사건 뭐든 괜찮아. 없어? 그럼 이제 집에 가서 시원하게 한잔하고 쉬어야겠어."

2년간 뉴욕 검시관 사무소에서 검시관으로 일하면서, 총 262구의 시신을 부검했고 그로부터 12년 후에는 총 2,000구의 시신을 부검했다. 지금까지도 하루하루 인체에 대해 새로운 것들을 배워가고 있다. 나는 내 일을 사랑하고 과학과 의학을 사랑한다. 그리고 내 직업의 비과학적인 부분, 유족과 상담을 하고 경찰과 협업하고, 때로는 증언대에 서야 하는 상황까지도 사랑한다. 부검을 담당하는 의사로서 가장 힘든 역할은 바로 세상을 떠난 사람을 대신하여 말을 해야 한다는 점이다. 모든 의사는 연민의 감정을 잊어서는 안 되고, 이를 배우고 연습해야 한다. 매일 죽은 자들을 마주하고 시신을 분석하기 위해서는 무엇보다 살아 있는 사람들을 사랑해야 한다.

감사의 글

무엇보다 새로운 시도를 격려해 주고, 지지해 준 제니퍼 홀름, 계획을 실행에 옮기도록 도와준 칩 로세티 그리고 상상하지 못했던 고지에 오를 수 있도록 아낌없이 후원을 해 주신 다이스텔&고더치 사의 제시카 파팽에게 우리 부부의 감사를 보내고 싶습니다. 스크리브너 출판사의 모든 직원들, 특히 수전 몰도우 대표님과 교열 담당자 신시아 머맨 그리고 제작편집을 맡아준 케이티 리조, 사나운 곰을 우리에 가두기 위해서 엄청난 용기를 내주었던 존 글린에게도 감사합니다. 우리 부부를 이곳까지 이끌어 주었던 알렉시스 가르가글리아노에게 평생 고마움을 가지고 살아가겠습니다.

저, 아내 주디는 이 책을 만드는 데 가장 중요한 역할을 해주신 멘토이자 스승인 찰스 S. 히르쉬 박사와 뉴욕 검시관 사무소의 검시관들에게 고마움을 전하고 싶습니다. 로스앤젤레스 캘리포니아대학의 엘리자베스 와 가르 박사님 또한 병리학의 특별한 세계로 이끌어 주셔서 감사합니다.

저, 남편 T.J.는 오랜 세월 소중한 경험과 조언 그리고 우정을 함께해 준 멘토 존 브릴리에게 감사의 인사를 전하고 싶습니다. 그리고 통찰력과 용기를 불어넣어 준 캐서린 에르, 에이미 Z. 먼도프 박사 그리고 사라 드라이에게도 고마움을 표현하고자 합니다. 특히 우리 부부에게 창의적 열정을 불어넣어 주고 함께 연구하고 일할 수 있도록 허락해 주신 론 산토로에게 무한한 감사를 전합니다. 마지막으로 그 누구보다도 디나에게 깊은 고마움을 전하고 싶습니다.

뉴욕 검시관의 하루 차가운 시신 따뜻한 시선

펴 낸 날 1판 1쇄 2018년 6월 29일

지 은 이 주디 멜리네크, T.J. 미첼
옮 긴 이 정윤희

펴 낸 이 양경철
편집주간 박재영
진　　행 강지예
편　　집 오현미
디 자 인 박찬희

펴 낸 곳 골든타임

발 행 인 이왕준
발 행 처 ㈜청년의사
출판신고 제2013-000188호(2013년 6월 19일)
주　　소 (04074) 서울시 마포구 독막로 76-1(상수동, 한주빌딩 4층)
전　　화 02-3141-9326
팩　　스 02-703-3916
전자우편 books@docdocdoc.co.kr
홈페이지 www.docbooks.co.kr

이 책의 국립중앙도서관 출판예정도서목록(CIP)은 서지정보유통지원시스템 홈페이지(http://seoji.nl.go.kr)와 국가자료공동목록시스템(http://www.nl.go.kr/kolisnet)에서 이용하실 수 있습니다.
(CIP제어번호: CIP2018018829)

ISBN 979-11-953052-6-1 (03810)

책값은 뒤표지에 있습니다.
잘못 만들어진 책은 서점에서 바꾸어 드립니다.